Le bonheur des autres

Catalogage avant publication de Bibliothèque et Archives nationales du Québec et Bibliothèque et Archives Canada

Gougeon, Richard, 1947-
Le bonheur des autres
Sommaire : t. 1. Le destin de Mélina.
ISBN 978-2-89585-709-9
I. Titre. II. Gougeon, Richard, 1947- . Destin de Mélina.
PS8613.O85B66 2016 C843'.6 C2016-941296-2
PS9613.O85B66 2016

Illustration de la couverture : Annie Boulanger

Les Éditeurs réunis bénéficient du soutien financier de la SODEC et du Programme de crédit d'impôt du gouvernement du Québec.

Nous remercions le Conseil des Arts du Canada de l'aide accordée à notre programme de publication.

Financé par le gouvernement du Canada | Canada

Édition
LES ÉDITEURS RÉUNIS
lesediteursreunis.com

Distribution au Canada
PROLOGUE
prologue.ca

Distribution en Europe
DILISCO
dilisco-diffusion-distribution.fr

Suivez Les Éditeurs réunis sur Facebook.

Imprimé au Canada

Dépôt légal : 2016
Bibliothèque et Archives nationales du Québec
Bibliothèque nationale du Canada
Bibliothèque nationale de France

RICHARD GOUGEON

Le bonheur des autres

★

Le destin de Mélina

LES ÉDITEURS RÉUNIS

Du même auteur
chez Les Éditeurs réunis

L'épicerie Sansoucy

1. *Le p'tit bonheur*, 2014
2. *Les châteaux de cartes*, 2015
3. *La maison des soupirs*, 2015

Les femmes de Maisonneuve

1. *Jeanne Mance*, 2012
2. *Marguerite Bourgeoys*, 2013

Le roman de Laura Secord

1. *La naissance d'une héroïne*, 2010
2. *À la défense du pays*, 2011

Le destin embouche parfois sa corne de brume
pour prévenir de son inexorable fatalité…

Chapitre 1

Rivière-au-Renard, 1930

Entre deux caps soudoyés par les flots, de modestes habitations de pêcheurs peinturlurées de couleurs vives parsèment les berges de l'anse. Au fond de la baie, au-dessus de l'embouchure de la rivière, s'étalent des prairies verdoyantes bordées de bois francs. Sur le penchant du coteau, une petite église domine la mer et les habitants. Au rivage ensablé, enivrés par l'odeur des eaux salines et par les puissants effluves de varech et de poisson, deux camarades s'affairaient au tranchage de la morue. Nicolas déposa son couteau sur l'étal.

— T'as vu la belle brunette, avisa-t-il; c'est de loin la plus attirante des trois filles. Elle arrête pas de te regarder.

Antonin était bien charpenté et fier de sa personne physique. Des yeux pers éclairaient son visage agréable, et sa physionomie aux traits réguliers exprimait une force virile.

— Ben, c'est drôle à dire, mais d'après moi, c'est toi qu'elle zieute de même, rétorqua-t-il. Je suis ben prêt à lui parler, mais à mon idée, le bonhomme a pas l'air ben ben commode.

— C'est pas à l'hôtel que tu vas courtiser une fille. À vingt-cinq ans, tu devrais te délurer. Moi à ta place…

Une fois les poissons mis à sécher sur les vigneaux à treillis de corde, les morutiers s'approchèrent de l'installation voisine. Salomon O'Brien, un solide gaillard dans la cinquantaine chapeauté d'un vieux feutre et revêtu d'un devanteau – un tablier ciré –, les interpella.

— Que c'est que vous voulez, vous autres ? proféra-t-il, avec humeur.

— C'est pas à vous qu'on a affaire, monsieur, riposta le pêcheur. Moi, je m'appelle Nicolas à Mathurin à Baptiste.

— Si t'es ben à Mathurin à Baptiste, je peux te dire que j'ai connu ton père dans le temps que je travaillais à la Fruing ; c'était un de ceux qui venaient de Pointe-à-la-Renommée et qui ont mené le trouble en 1909.

Le barbu à la gueule d'embrun souligna qu'il avait été victime de l'insurrection contre les représentants des grandes compagnies marchandes et leurs employés. Les manifestants avaient attaché le gérant de la Fruing à une clôture, l'avaient frappé à la figure et, le fusil sur la tempe, avaient menacé de le tuer s'il ne signait pas le document exposant leur demande de hausser le prix du quintal de poisson. La requête avait été paraphée. Les marchands avaient alors fermé leurs magasins et s'étaient réfugiés à Gaspé. Ottawa avait ensuite dépêché deux croiseurs sur les lieux, pour calmer les eaux troubles et empêcher les débordements. Vingt-quatre présumés émeutiers avaient été coffrés. Le procès se déroula surtout en anglais, langue que la plupart des accusés ne comprenaient pas. Cinq d'entre eux durent purger une peine de huit à onze mois. Par la suite, on assista à la naissance d'un mouvement coopératif.

Le descendant irlandais émaillait parfois ses phrases de mots ou d'expressions anglaises. Manifestement, le marin avait gardé un arrière-goût saumâtre de l'incident. Par la suite, il s'était établi à son compte et vendait comme tout le monde son poisson à la coopérative.

— Puis toi, l'autre, je te connais pas, mais je sais que le « lot de grave » où vous êtes installés appartient asteure à Magella Bernard, de Petite-Rivière-au-Renard.

— Ben, ça s'adonne que je suis son fils Antonin, monsieur, précisa l'inconnu. Comme j'aime pas beaucoup la ferme, mon père a mis le grappin sur ce coin de terrain de cinq perches donnant sur la mer. Il a acheté le bateau que j'ai dû radouber, puis tout le gréement : lignes, hameçons, baquets, sel... Il m'a permis de pêcher et de rester dans la coquerie. Ah ! C'est pas un château, mais la maisonnette me convient parfaitement.

— Un *cook-room* bâti sur pilotis ! se moqua l'homme au visage buriné. En tout cas, dérangez pas mes filles dans leur ouvrage ! conclut-il.

Les trois sœurs avaient suivi l'échange avec un intérêt non dissimulé, tout en se gardant d'intervenir. Cependant, la brunette, séduite par le charme d'Antonin et entrevoyant la fin abrupte de la conversation, saisit le moment :

— Moi, je m'appelle Mélina, risqua-t-elle, puis elles, c'est Virginie et Rébecca.

— Tu vas rentrer tout de suite à la maison ! lui intima sèchement le père. Je te défends de parler à ces blancs-becs-là.

Les joues de Mélina se teintèrent de rose ; elle souleva le bas de sa robe et prit congé. Elle marcha le pas allègre, souriante de bonheur. Elle avait subi une petite humiliation, certes, mais elle se promettait de revoir le bel Antonin.

En rentrant dans la maison, elle accrocha son tablier au clou et alla se laver les mains à la pompe de l'évier de cuisine avec du savon à l'huile de morue.

— Les autres vont revenir bientôt ? s'enquit Exarée, d'une voix traînante.

— Oui, mère ; moi j'avais une envie pressante.

— D'abord, si tu veux ben, tu vas m'aider à préparer le souper, fit-elle gentiment.

Le père avait mangé gloutonnement et n'avait pas rapporté la rencontre avec les pêcheurs sur la grève. Pendant tout le repas, les deux demi-sœurs de Mélina s'étaient jeté des regards complices, entrecoupés de petits ricanements nerveux.

— Mère, Mélina vous a pas dit qu'elle avait l'œil sur un pêcheur, lança Virginie.

— Vous auriez dû la voir, elle avait la face rouge comme un homard, renchérit Rébecca.

O'Brien abaissa la main sur la table.

— C'est fini cette histoire-là ! décréta-t-il. Puis toi, que je te reprenne plus à faire de la façon à des étrangers, ronchonna-t-il en se tournant vers la plus jeune.

Exarée avait posé muettement les yeux sur sa fille. Elle la savait beaucoup plus jolie que les deux autres, boudées par les garçons. Pourtant, la tignasse rousse et la taille de guêpe de la maigrichonne Virginie, le sourire avenant et les cheveux bouclés de la boulotte Rébecca auraient dû faire mouche chez les Renardois. Et qui était cet étranger auquel on avait fait allusion et qui avait fait naître une jalousie ? Elle finirait bien par le savoir.

Salomon O'Brien sortit sa blague à tabac et bourra le fourneau de sa pipe. Puis, il s'approcha du poêle à bois, préleva une allumette de la boîte de fer et la frotta sur la fesse de son pantalon pour l'allumer.

— Popa, va donc fumer sur la galerie, implora sa femme, on est pas du hareng pour se faire boucaner, puis il fait chaud sans bon sens ici dedans.

Elle l'appelait « popa », en guise de soumission habituelle à l'autorité du maître de la maison. Naguère, le capitaine avait mené des hommes sur les bateaux. Un matin, alors que rien ne laissait présager du mauvais temps, une tempête s'était élevée et, dans la tourmente des flots, sa goélette s'était fracassée sur des récifs.

Après, le naufragé avait occupé un poste à la Fruing, où il avait pu continuer d'exercer ses qualités de meneur. Il était né pour commander, homme ou femme. Et cela, Exarée l'avait compris depuis belle lurette.

***

Dans leur maisonnette, les deux camarades venaient de récurer leurs chaudrons. Nicolas s'était mis à repriser un manigau, sorte de bandeau entourant la paume et le bas des doigts de manière à les protéger lors de la manipulation des lignes à pêche et à les préserver de l'eau salée. Antonin avait ôté ses culottes cirées et ses bottes de caoutchouc, et s'était étendu sur sa couchette, les mains derrière la nuque, l'esprit embrumé par le visage de Mélina.

— Arrête de rêvasser, puis c'est pas l'heure de se coucher, avisa Nicolas ; on devrait aller prendre un coup au Fox River.

— Je me suis levé de bonne heure à matin, j'aime mieux me reposer.

— T'apprendras que c'est ça le métier, mon ami. Asteure que t'as demandé à ton père la permission de devenir pêcheur, c'est pas le temps de changer d'idée. Puis oublie pas que j'ai refusé une *job* de commis au magasin général de monsieur Cotton pour travailler avec toi. Envoye !

Nicolas se rendit à la fenêtre qui donnait sur la mer. Il en écarta le rideau, étudia l'horizon et se retourna vers son ami.

— Ouan ! le couchant est pas ben beau. D'après moi, tu vas pouvoir dormir demain matin. Avant que la pluie prenne, on va d'abord mettre la morue en piles, la peau sur le dessus, et la recouvrir d'un « chapeau » pour éviter qu'elle se fasse mouiller.

Antonin étira ses membres alourdis, chaussa ses souliers, revêtit sa casquette. En sortant, il fut appelé par le hennissement de son cheval ; il alla le caresser, puis il suivit son camarade.

Le Fox River Hotel était la propriété d'Irénée English. Sa famille habitait une aile de l'établissement qui comprenait une dizaine de chambres à coucher. On pénétrait dans un hall d'entrée tendu de tapisserie vieux rose, et recouvert d'une moquette mauve sur laquelle reposaient quelques pièces de mobilier. À gauche de la réception, une salle à manger ainsi que deux salons séparés par une arche, joliment meublés de quelques fauteuils et d'un piano. À droite, un bar ouvert au grand public.

Antonin et Nicolas remarquèrent les voitures automobiles garées devant l'hôtel. Des voyageurs sans doute arrêtés pour la nuit. Ils s'acheminèrent au bar.

— Qu'est-ce qu'on vous sert, messieurs ? demanda l'hôtelier.

— Un verre de petit blanc, répondit Nicolas.

À une table voisine, des marins palabraient. Ils semblaient raconter des histoires de pêche et parler de la saison qui s'annonçait abondante.

L'hôtelier s'amena avec les consommations.

— Une bonne fois, vous viendrez goûter à la cuisine de madame Lebrasseur, les gars ; elle est incomparable.

— La cuisine ou la madame Lebrasseur ? badina Nicolas.

— Les deux, s'amusa le propriétaire. Avec la saison qui vient, j'ai confiance qu'on fasse de bonnes affaires. On sert les déjeuners, les dîners et les soupers. Mais Philip Luce a l'intention d'acheter le vieux *fishing room* de la Fruing puis de le convertir en auberge. Avec l'ouverture du Caribou Inn, la concurrence va être de plus en plus forte.

Même si les travaux de construction du boulevard Perron reliant Matane à Gaspé n'étaient pas tout à fait terminés, chaque année des milliers de voitures s'aventuraient sur la route peu carrossable. Au Caribou Inn, en plus des chambres et de la salle à manger, il y avait un salon de thé et une boutique de souvenirs, où les touristes canadiens et américains pourraient acheter des cartes postales et de l'artisanat.

— Mais ils serviront pas de boisson, ajouta fièrement Irénée English. En tout cas, je leur souhaite bonne chance avec leur *tea room*.

Un costaud entra en promenant un regard scrutateur sur la clientèle.

— Tiens, si c'est pas mes deux petits morveux de la grave ! ricana-t-il. Que je vous voie pas ressoudre sur la grave au ras de mes filles, parce que vous allez vous en rappeler longtemps ! prévint-il, le ton menaçant.

O'Brien se déporta au comptoir, et l'hôtelier alla le rejoindre. Il amorça une conversation avec un petit homme un peu rondouillard juché sur un tabouret qui exhalait une épaisse fumée de son Peg Top.

— Vous êtes de passage à Rivière-au-Renard ? s'enquit-il.

— Je regrette quasiment d'avoir changé de *run*, chuinta le rondelet. Vous pensez ben qu'on peut pas conduire à plus que trente ou trente-cinq milles à l'heure sur ce chemin de gravelle là, on se fait brasser pas mal fort. On tremble comme des fiévreux ; une vraie planche à laver !

Le commis voyageur s'exprimait sans réserve sur la route qui l'avait mené au village. Il tira *Le Progrès du Golfe* de Rimouski replié dans la poche de son complet et le déplia devant O'Brien.

— Avec le krach de l'automne à la Bourse de New York, il y en a qui prédisent une augmentation du chômage comme aux États, rapporta-t-il. Ça va être beau tout à l'heure. C'est dans les grandes villes comme Montréal qu'il faut s'attendre au pire. Par chance que vous avez le poisson pour vous nourrir…

— C'est pas garanti ça, rétorqua O'Brien. Si jamais on nous donnait moins cher le quintal, on aurait de la misère à payer nos dettes, puis il y aurait plus personne pour acheter vos balayeuses électriques, railla-t-il.

— Vous voulez rire de moi ; vous n'avez même pas de courant à Rivière-au-Renard.

Les sombres prédictions du voyageur de commerce avaient fait sourciller les deux amis. En homme généralement bien avisé, le père d'Antonin ne se serait pas lancé à l'aveuglette dans l'achat d'un lot de grave, d'un bateau de pêche et de son gréement, sans connaître les répercussions possibles que représentait la débandade boursière sur le marché du poisson.

***

Au matin du lendemain, le temps maussade et venteux interdisait aux pêcheurs de s'aventurer sur la mer. Dans sa berçante, O'Brien parcourait les lignes de *La Voix de Gaspé*, qui reparaissait après quelques mois d'interruption. Il lisait tout, systématiquement, aussi bien la page destinée aux lecteurs anglais que les articles écrits en français. L'envie de fumer l'assaillit. Sa femme avait terminé son ordinaire de la matinée et avait repris la confection de ses carreaux avant de s'attaquer à la préparation du dîner. Après le ménage dans les chambres, la benjamine était à passer le balai sur le parquet de la cuisine, tandis que ses deux sœurs bavardaient gaiement dans leur chambre.

— Mélina, va me chercher du tabac à pipe, lui intima-t-il.

— Oui, père, j'y vais tout de suite, acquiesça-t-elle.

— Voyons popa, il va pleuvoir des hallebardes ! défendit Exarée.

Mélina appuya docilement son balai au chambranle de la cheminée. Sur les entrefaites, un poing insistant ébranla la porte-moustiquaire. Elle alla répondre.

— C'est monsieur le curé ! annonça-t-elle.

— Reste pas plantée là comme une dinde, ouvre-lui ! ordonna sèchement l'homme de la maison.

Le vieillissant Elias Morris entra, enleva son chapeau à larges bords et opina légèrement la tête, en posant un regard intéressé sur l'assemblage bigarré fait de retailles.

— Vous êtes toujours dans vos courtepointes, Exarée !

— Monsieur Luce m'a demandé si je pouvais pas lui en fabriquer pour son magasin d'artisanat au Caribou Inn. J'ai déjà trois tapis crochetés de confectionnés. Faut que les Américains rapportent des souvenirs.

— J'en sais quelque chose, ma chère Exarée. Après quarante-trois ans aux rênes de la paroisse, vous pensez ben que je connais mon monde puis les différents attraits de notre beau coin de pays. En tout cas, j'espère que les touristes vont être nombreux à séjourner à Rivière-au-Renard cette année, puis à acheter l'artisanat de la place.

— Qu'est-ce que t'attends, Mélina ? s'impatienta le maître du foyer. Va la faire, ta commission.

Mélina s'exécuta. Puis, O'Brien, se tournant vers le pasteur :

— Qu'est-ce que je peux faire pour vous, monsieur le curé ? s'enquit-il, d'un ton plus amène.

Le prêtre fouilla dans la poche de sa soutane en serge de laine noire, en ressortit une lettre froissée qu'il tendit à l'hôte. O'Brien posa *La Voix de Gaspé* sur ses genoux, saisit la missive, la déplia, la lut d'un trait.

— Ouais ! Montréal ! C'est pas à la porte ce patelin-là, commenta-t-il.

Virginie et Rébecca parurent dans l'embrasure de leur chambre et écoutèrent les propos des deux hommes et de leur mère, qui s'était mêlée à l'entretien qui avait toutes les apparences d'un conciliabule. Un cousin du curé, dont les affaires prospéraient dans la métropole, était à la recherche d'une servante, une bonne fille de la Gaspésie.

— Si jamais père me demandait d'aller vivre à Montréal, ce serait non tout de suite, je t'en passe un papier, murmura Rébecca.

— Toi puis moi, on se laissera jamais, mentionna Virginie. À la vie à la mort ! ajouta-t-elle, avant de serrer sa sœur dans ses longs bras maigres.

Pendant ce temps, Mélina s'acheminait au magasin général. Elle ne s'était pas étonnée de la visite du vieux curé Morris, qui profitait de la journée morose pour visiter les pêcheurs. Mais le saint homme avait arboré cet air inaccoutumé des personnages intrigants qui cherchent une diversion et s'apprêtent à révéler un secret…

Le vieil Anatole Girard, un loup de mer retraité, déblatérait des âneries à qui voulait l'entendre. Le pilier de comptoir avait la mauvaise habitude d'interpeller chacun des clients. Pour l'heure, il s'entretenait avec le marchand Firmin Cotton et Antonin, qui semblait ennuyé par les propos du vieux marin. Le pêcheur, soulagé, attacha aussitôt son regard sur celle qui venait d'entrer.

— Mademoiselle O'Brien ! s'exclama le commerçant, la mine ravie.

— Je prendrais du tabac à pipe pour mon père, dit-elle.

— Comment va ce cher Salomon ? demanda Anatole Girard. Toujours aussi malcommode, le vieux bouc ?

Mélina ne pouvait censément réprouver les dires de l'homme. Elle se contenta de baisser muettement les paupières sur ses yeux lavande, en esquissant un demi-sourire d'approbation. Le commerçant remit le tabac à sa cliente. À deviner le galbe des seins sous la robe océane de la jeune fille, son corps frémissant, Antonin savoura l'instant délicieux que lui procurait cette proximité inespérée. Mélina se sentit détaillée du regard, qu'il reporta sur le marchand.

— Une livre de clous, exigea Antonin ; pour faire marquer, comme à l'accoutumée. Puis inquiétez-vous pas, monsieur Cotton, je vas venir *settler* à la fin du mois.

— C'est pour quoi faire ? s'enquit le vieux marin, Anatole Girard.

— T'es trop curieux, le rembarra le marchand : faut pas poser de questions. Une livre de clous, c'est une livre de clous, ça finit là !

— Quand mon père a acheté, ça pressait de radouber ma barge, élabora Antonin. J'ai dû remplacer une couple de planches à moitié pourries, puis repeinturer au complet avec de la *copper paint*. Asteure, faut que je remette en état l'abri pour mon cheval, puis que je rafistole ma cabane. Même si on est au printemps, des fois c'est pas ben chaud quand le vent du large se met à souffler dans les fentes.

Elle avait l'œil embrasé d'une amoureuse qui entend des mots sans se préoccuper d'en décoder le sens.

— Est-ce que je pourrais vous revoir, mademoiselle O'Brien ? risqua Antonin.

— Peut-être ! avança-t-elle avec prudence.

Sa voix émue l'avait trahie. La main moite, elle s'empara de la boîte de tabac et quitta le magasin. Il lui aurait volontiers emboîté le pas et l'aurait rattrapée en courant. Mais les convenances le lui interdisaient.

Le marchand avait perçu le malaise qui avait envahi son client.

— On dirait qu'elle te laisse pas indifférent, badina-t-il.

— Un beau brin de fille, la petite O'Brien, commenta le loup de mer. Mais elle est sûrement pas pour toi. Il y en a d'autres qui ont essayé de l'approcher et Salomon les a tous revirés de bord…

Chapitre 2

À la fin de la matinée, le soleil avait chassé à grands coups de balai les nuages hors de la péninsule. Après le dîner, la ménagère avait entrepris la corvée printanière des châssis doubles avec ses filles. Il fallait d'abord les ôter, nettoyer tous les carreaux, puis les remiser sous une bâche dans le poulailler, avant d'installer les moustiquaires. Rébecca et Virginie avaient choisi les fenêtres du bas, plus faciles d'accès, tandis qu'elle et Mélina s'attaqueraient aux châssis de l'étage. Exarée avait préparé des chaudières d'eau savonneuse pour enlever le plus gros de la saleté que le souffle du large charriait sur la côte. Son mari avait pour son dire que l'exercice s'avérait inutile, parce que les vitres étaient toujours sales, qu'il était suffisant de restreindre le chantier aux portes de la maison. Mais sa femme estimait que les chambres avaient aussi besoin de lumière et d'aération.

Mis à part certains menus travaux domestiques qu'elles aimaient, Rébecca et Virginie démontraient peu d'ardeur à l'ouvrage. Pourtant, Exarée leur avait maintes fois répété qu'une jeune fille devait savoir tenir maison, faire à manger, coudre, repriser, jardiner si elle désirait trouver un prétendant, mais les deux entêtées cultivaient la paresse comme d'autres cultivent une qualité. Elles étaient persuadées qu'un beau jour elles rencontreraient le prince charmant.

Les fainéantes avaient nettoyé les carreaux d'une fenêtre et elles s'étaient assises dans les marches de la galerie pour placoter. Le visage grimaçant, la vaillante Mélina transportait son échelle de l'autre côté de l'habitation.

— Heille ! l'apostropha Rébecca. On en a fini une, tu pourrais la serrer avant qu'elle se salisse.

— Si ça te fait rien, je vas faire l'autre bord, puis je vas la ranger avec les miennes.

— On voit ben que tu veux jamais nous aider, protesta Virginie en la regardant par-dessus ses petites lunettes rondes. On va le dire à notre père, d'abord.

Afin d'éviter les foudres du paternel, Mélina alla appuyer son échelle sur le mur nord de la maison et, d'un pas rageur, elle agrippa la contre-fenêtre qu'elle transporta au poulailler. Puis, maudissant l'attitude de ses sœurs, elle regagna son échelle. La corvée terminée, elle demanda à sa mère la permission de s'éloigner un peu de la maison avant de l'aider à préparer le souper. Une petite marche lui ferait le plus grand bien.

Elle ne pouvait résister à l'envie de retourner là où son regard l'avait croisé pour la première fois. Pleine de ses souvenirs de la veille, ses pas la menèrent sur la grave de son beau-père. Elle abandonna ses souliers dans le sable. Puis, elle dénoua son chignon, s'ébroua vigoureusement. Semblable à la voile d'un bateau, sa chevelure mordorée gonflait au vent du large. Dans sa robe gris bleu, elle déambulait à présent avec nonchalance sous le soleil, absorbée par le visage d'Antonin, indifférente à tout ce qui l'oppressait à la maison. D'ailleurs, elle n'avait cessé de penser à lui, à sa voix bien timbrée, à sa physionomie agréable, à sa manière de la contempler comme une perle précieuse qu'il avait arrachée à la mer. Elle souhaita le revoir en s'attardant un peu. En longeant les vigneaux, elle s'éloignerait de sa coquerie, de sa chance d'être aperçue par lui. La fille de Salomon O'Brien n'allait tout de même pas pousser l'audace jusqu'à s'approcher de la maisonnette du pêcheur. On pourrait l'accuser d'avoir hameçonné le jeune homme, ou pire, on la traiterait de morue, comme cette femme de mauvaise vie qui s'ébattait au Fox River avec des clients de passage.

Il avait emprunté la crête de la falaise et marchait le cœur léger quand ses yeux se tournèrent vers une silhouette gracile ondulant sur le rivage. Il s'arrêta. Un moment, il prit plaisir à la regarder, à voir ses pas qui s'enfonçaient dans le sable, progressant entre les coquillages, les galets, les herbes marines et les algues verdâtres.

— Mademoiselle O'Brien ! s'écria-t-il.

Il avait osé l'interpeller. Elle s'était immobilisée, interdite, cherchant la provenance de la voix. Il l'appela une seconde fois, plus fort, luttant contre le vent qui l'empêchait d'être entendu. Elle leva le regard. Il était en haut des escarpements, les jambes écartées, arborant un irrésistible sourire, ses larges épaules et ses membres bossués de muscles dominant la falaise. Il courut vers le sentier qui dévalait la pente.

— Je suis content de vous revoir, mademoiselle, dit-il, essoufflé.

Il avait manqué de sucre et revenait du magasin général. Elle s'accordait quelques instants de liberté, après la fastidieuse corvée des fenêtres. Ils étaient là, à converser, à se raconter leur journée, à s'échanger des banalités, à croire que le destin avait favorisé leur rencontre.

— J'ai peur qu'on nous voie ensemble, exprima-t-elle.

Un sourire s'épanouit sur les lèvres du jeune homme.

— Pourquoi ? As-tu honte de moi ? demanda-t-il. Il y a seulement les goélands qui nous épient de leurs yeux jaunes.

Il déposa son sac de papier brun, ôta ses souliers. Puis, il prit sa main dans la sienne et l'entraîna plus loin sur le rivage, en contournant les buissons noueux et les éboulements de rocs, dans cette lumière dorée qui les enveloppait. Saisis par le désir d'aller au sommet, ainsi que des gamins téméraires, ils gravirent un rocher. Elle avait secrètement cherché cet instant où elle se retrouverait seule avec lui, à écouter le clapotement des vagues, le regard perdu dans l'immensité qui s'étalait comme une étoffe froissée. Elle était frémissante de bonheur. C'était inespéré.

Rébecca et Virginie parurent sur la grave. Deux paires de chaussures et un sac reposaient au sol. Des empreintes de pieds que la mer commençait à effacer semblaient conduire aux récifs.

— La belle Mélina doit être avec ce pêcheur d'eau douce, avança la grasse Rébecca. Je les entrevois là-bas. Ils sont à peu près à deux encablures d'ici. On pourrait la surprendre. Qu'est-ce que t'en dis ?

— Penses-tu que j'ai le goût de me casser la margoulette en m'aventurant dans les roches ? rétorqua Virginie, l'œil rempli de malice. Tu peux imaginer ce que tu veux, mais moi j'ai une petite idée de ce qu'ils peuvent faire. On a juste à dire à père que…

Devant l'énormité qui lui titillait la langue, Virginie se pencha à l'oreille de Rébecca et lui révéla son dessein.

Les deux laideronnes rebroussèrent chemin et atteignirent la maison de leurs parents. O'Brien s'était écrasé dans sa berçante et, les dents serrées, essayait de s'absorber dans *La Voix de Gaspé*. En revenant du Fox River, il avait surpris sa femme à fricoter seule des restes de poulet. Elle lui avait expliqué qu'après la rude besogne des contre-fenêtres, Mélina méritait bien une petite escapade au bord de la mer où elle aimait se retrouver, parfois. Inquiète du temps qu'elle prenait, elle avait envoyé Virginie et Rébecca pour la ramener. Elle appréhendait la réaction de son intraitable mari, prompt à la colère et lent à s'apaiser.

La porte-moustiquaire claqua. Virginie s'empressa vers la berçante.

— Père, vous serez pas content ! On a quelque chose de pas très agréable à vous apprendre au sujet de notre demi-sœur, annonça-t-elle, d'une voix presque gaie.

Les yeux exorbités, O'Brien referma son journal, le replia, et se leva en le faisant claquer comme un fouet sur le coin de la table.

— Que c'est qu'elle a fait encore, la belle Mélina ? s'emporta-t-il.

— Vous nous croirez pas si on vous le dit, renchérit Rébecca. C'est pas *disable* !

— Elle perd rien pour attendre, celle-là ! ragea-t-il.

O'Brien grommela quelques jurons anglais, reprit son journal et se rassit dans sa chaise.

Dans sa cuisine, Exarée gardait la tête penchée sur sa chaudronnée. Rébecca alla quérir les chaussons de son père et, dans une attitude obséquieuse, lui ôta ses souliers qu'elle troqua contre les pantoufles. L'homme poussa un grognement de satisfaction, remercia ses deux filles pour leur dévouement. Puis, défiant l'interdiction de fumer dans la maison, il alluma sa pipe au poêle et se berça en faisant craquer furieusement le plancher.

Une heure plus tard, Mélina parut, un sourire angélique illuminant son visage. Des mèches folâtres s'échappaient de son chignon aux reflets dorés, et le bas de sa robe ardoise était tout détrempé. Le fourneau de la pipe du maître des lieux n'avait pas dérougi.

— Que c'est qui te prend d'arriver à une heure pareille ? proféra-t-il. J'ai ben hâte d'entendre ce que t'as à dire…

— Rien ! Je me suis tout simplement promenée au bord de la mer…

— Menteuse ! s'écria Rébecca. Tu étais avec Antonin Bernard. On le sait, Virginie puis moi on t'a vue.

— Tu te dirigeais avec lui vers sa coquerie, la dénonça le serpent à lunettes.

— Va falloir te dresser, ma fille ! se fâcha O'Brien.

Mélina demeurait muette comme une carpe. Exarée mesurait l'humiliation de sa fille, se gardant d'intervenir pour ne pas attiser l'irritation de son mari. Il se rendit au poêle pour récurer sa pipe et commanda qu'on s'assoie à table. On reparlerait ensemble de cette échappée romantique avec le jeune homme. Entre-temps, il lui interdisait toute sortie sans qu'elle soit accompagnée de sa femme, de lui-même ou de ses filles.

La fautive avait pignoché dans son assiette, mâchouillant chaque petite bouchée comme une obligation à manger. Mélina aurait préféré se soustraire à la vue de la tablée, se retirer dans sa chambre et ne plus subir l'ambiance pesante qui régnait dans la pièce. Elle n'entendait que le bruit des ustensiles et les rumeurs des volatiles de l'arrière-cour, qui s'atténuaient avec la lente agonie du soleil.

Après le souper, Virginie et Rébecca s'acheminèrent chez leur grand-mère paternelle qui vivait seule dans sa maison sur le barachois. Après la vaisselle, Exarée reprit silencieusement son crochet. Mélina alla quérir son livre et rejoignit sa mère déjà assise dans l'encadrement de la fenêtre. Avant de l'ouvrir, elle le déposa sur ses genoux pour en admirer la couverture de percaline rouge bordée de dorures.

Le père avait fumé une pipée et rentra.

— C'est un peu frais ici dedans, observa-t-il. Mélina, mets donc une couple de rondins dans le poêle, sinon ta mère va s'engourdir les doigts.

O'Brien traversait souvent le seuil sans prévenir, sans dire où il allait. Mais Exarée ne lui en tenait pas rigueur. Salomon éprouvait un malaise à demeurer à la maison des soirées de temps avec « des créatures », comme il le disait. À son grand malheur, il avait été élevé dans une famille de femmes, et le ciel lui avait donné des filles. Plutôt que de supporter un bourru dans sa maison, elle ne le retenait pas, sachant qu'il fréquentait le Fox River et qu'il aimait se retrouver à jouer au whist avec son homme engagé, Abondius, et d'anciens compagnons de travail qui lui étaient restés fidèles, après les pénibles événements de 1909.

Les ténèbres envahissaient la pièce et jetaient des ombres qui obscurcissaient de plus en plus les pages de son livre.

— Pauvre Mélina, tu t'arraches les yeux à lire ! Allume donc la lampe.

— C'est pas mieux pour vous, mère, rétorqua la jeune fille.

— Mes doigts n'ont pas besoin de mon œil pour guider mon ouvrage.

Mélina alla décrocher la lampe Aladin suspendue à la solive et la posa sur la table. Elle souleva le globe de quelques pouces, actionna la pompe, craqua une allumette, l'approcha du manchon en ouvrant le robinet. Une faible lueur jaillit, puis une lumière éclata dans toute sa blancheur.

Elle s'était rassise et avait repris sa lecture. Exarée l'interrompit :

— Dis-moi, Mélina, pourquoi tu n'as pas accompagné tes sœurs chez ta grand-mère O'Brien ; tu sais qu'elle t'adore, ça lui aurait fait plaisir.

— Je sais, mère, mais après ce qu'elles ont dit de moi, je n'avais pas le goût de me retrouver avec elles.

— C'est vrai que tu es allée chez cet Antonin Bernard ?

— Non, mère, c'est une pure fabulation de mes sœurs. Elles m'envient toutes les deux, vous devriez le savoir…

— Alors pourquoi ?

— Je n'ai pas cherché à me défendre, vous connaissez votre mari, il ne m'aurait pas crue. Mais je dois vous avouer qu'Antonin et moi avons marché ensemble sur la grève, jusqu'aux récifs. Je vous jure que nous n'avons rien fait de mal, mentit-elle. Nous avons discuté comme si on se connaissait depuis longtemps. Ses parents habitent tout près, à Petite-Rivière-au-Renard. C'est un bon garçon, un fils de bonne famille.

— C'est ça qui est le problème, rétorqua Exarée. Il n'y a pas que le petit Nicolas à Mathurin à Baptiste dont le père a participé à la révolte de 1909. Salomon prétend que Magella Bernard aussi.

— Peut-être, mais Antonin n'y est pour rien, mère. Pourquoi lui faire subir des années plus tard sa vengeance alors que le différend ne le concerne pas ? Votre mari le traite comme du poisson pourri, alors qu'Antonin n'a rien fait pour mériter sa colère.

Le front d'Exarée se plissa et elle se composa une physionomie troublée. Elle savait son homme habité par la haine et par un profond ressentiment.

Lorsque Salomon O'Brien revint à la maison, il lui déclara qu'il n'avait pas passé la soirée au Fox River ni chez son engagé Abondius ; il s'était rendu chez le curé Morris pour discuter du cas de sa fille rebelle.

Chapitre 3

La pêche n'avait pas été très bonne, et les deux morutiers étaient revenus à l'anse plus tôt que d'habitude. Nicolas avait pesté contre son compagnon qui manquait de persévérance, rappelant que la mer avait ses humeurs, qu'elle n'était pas toujours aussi généreuse à donner son poisson. Ils étaient loin d'en avoir capturé deux mille livres, comme les excellents pêcheurs dans les périodes d'abondance. Ils avaient dû rejeter quantité de harengs, de maquereaux et d'éperlans. Mais d'une certaine façon, pour Antonin, la pauvreté de la récolte lui permettrait de terminer sa journée plus tôt. Du sang chaud lui parcourait les veines. Il avait hâte de la revoir. Et ce jour-là, il était décidé à surmonter la crainte que lui inspirait O'Brien.

Antonin avait attelé son tombereau à son cheval pommelé. Isidore, le bedonnant fils du gros Gatien Plourde, chargeait sa voiture à chien de morue salée séchée. Antonin cessa de jeter des regards furtifs à Mélina et interpella le père :

— Monsieur O'Brien…

— Que c'est que tu veux, toi, morpion ? Que c'est que je t'ai dit ? T'as ben la tête dure…

— Je vas faire un voyage à la coopérative, puis je pourrais en faire un pour vous ensuite. On met pas mal plus de morue dans mon tombereau que dans votre voiture à chien. Que c'est que vous en dites ?

— Tu me diras pas quoi faire, *son of a bitch* ! brama le barbu à la gueule d'embrun. Je veux rien savoir de toi !

Antonin et son camarade se rendirent à la coopérative pour décharger leur cargaison. D'ordinaire plutôt timoré, il se félicitait d'avoir été audacieux. Maintenant qu'il avait surmonté sa timidité, il ne devait pas faire marche arrière. Le bonhomme O'Brien n'avait qu'à se tenir. Il entendrait encore parler de lui.

Après le souper, l'amoureux enfourcha sa monture et progressa vers la maison de Mélina. Saisie par le hennissement d'un cheval, Virginie parut sur la galerie. Antonin attachait les rênes à la petite clôture qui ceinturait la propriété.

— Si c'est Mélina que tu veux voir, tu sauras qu'elle n'a pas la permission de sortir, lança l'efflanquée, les lèvres pincées.

— Fais pas l'innocente, je suis pas venu pour toi. J'ai une faveur à demander à madame O'Brien.

— Tiens donc… Puis t'es ben chanceux que mon père soit pas là, parce qu'il te botterait le derrière pour que tu t'en retournes au plus vite.

Mélina avait écarté le rideau à la fenêtre ; sa sœur semblait parlementer avec le cavalier. Le père était reparti. On lui rapporterait la visite du pêcheur. Elle résolut de ne pas jouer à la soumise et brava le seuil.

— J'ai pensé que ta mère pourrait repriser mes manigaux, hasarda Antonin. Ça s'use vite, ces maudits gants-là.

La maigrichonne aurait griffé la belle au visage, l'aurait défigurée, lui aurait enlevé sa beauté. Les yeux pleins de convoitise, elle repassa le seuil. Manifestement, Mélina ne pouvait s'attarder sur la galerie ; elle invita le garçon à la suivre.

Exarée était enchantée de rencontrer le jeune homme qui courtisait sa fille. Le garçon bien éduqué lui plut. Salomon l'avait rejeté brutalement sans le connaître. Comme elle avait coutume de se procurer la flanelle de coton à la verge au magasin général et de confectionner les manigaux pour son homme, elle accéda volontiers à sa demande.

— Prendriez-vous un thé ? offrit-elle.

— Je ne voudrais pas m'attarder, mad
J'aimerais emmener Mélina faire une pro

— Vous allez vite en affaires, jeune hon
voix conciliante. Puis vous seriez seuls tous l

— Antonin peut attacher son tombereau et mes sœurs pourraient monter dedans pour nous ch peronner, proposa Mélina, la mine rieuse.

La réplique avait fait sourire Exarée ; elle se doutait qu'il n'y aurait pas de chaperon, mais elle avait dessiné un léger malaise sur les traits de Virginie et de Rébecca.

La mère parut réfléchir. Après un moment à évaluer les conséquences, elle consentit.

D'un pas lent, le cheval traversait à présent le village. Frémissante de bonheur, Mélina sentait les paumes du jeune homme serrer les guides contre son ventre et la presser de tout son corps. Le souffle haletant de son haleine sur sa nuque la troublait. Elle était plongée dans un rêve et goûtait, avec délectation, à ces instants de pur ravissement. À l'heure qu'il était, on se précipitait aux carreaux, ou bien l'on faisait semblant d'avoir affaire à l'extérieur. Madame Le Boutillier, la femme du forgeron, sortit pour secouer inutilement sa vadrouille, madame Jalbert, la boulangère, appela son matou qui passait la nuit au-dehors, les vieilles chipies de la place en quête de potins se scandaliseraient de la voir déambuler si effrontément avec ce jeune morutier qui avait un front de bœuf. Pour une fois, sous l'emprise d'une folie passagère, Mélina affichait sa fierté, se pavanait, promenait sa beauté. « Salomon doit pas être au courant, *watch out* quand il va l'attraper, la belle va passer un mauvais quart d'heure », disait-on. Mais elle était prête à être confinée dans sa chambre, à s'astreindre à une corvée pour laquelle ses sœurs seraient épargnées. Le père gronderait sa colère, et puis il finirait par comprendre que rien ne peut l'empêcher d'aimer.

rtereaux avaient parcouru sans réel embarras une e du hameau. Ils avaient croisé le presbytère et la maison Abondius, l'homme engagé, sans qu'aucune âme paraisse. Puis, le cheval contourna le moulin à scie et s'engagea dans la rue commerciale. Au moment où il longea le Fox River, Salomon fit irruption sur le trottoir de bois.

— Heille ! descends tout de suite de cette picouille-là, s'écria-t-il.

Dans sa tenue débraillée, la gueule de travers et le pas chancelant, O'Brien s'avança vers la monture en gesticulant. Malgré la haute stature de l'homme et sa voix de rogomme à mettre un ours en fuite, le cheval tressaillit à peine et poursuivit sa marche triomphante.

Avec l'empressement d'une mère dévouée, Exarée s'était affairée au reprisage des paires de manigaux. Salomon réprouverait assurément son geste et, par-dessus tout, qu'elle ait consenti à laisser leur fille se pavaner avec un cavalier au vu et au su de tout le monde. Il ne le prendrait pas. Elle se remémora des souvenirs. Elle était veuve avec son enfant. Il lui avait si bien chanté la pomme qu'elle avait fini par céder à ce grand gaillard qui soupirait après elle et qui faisait craindre les autres femmes d'être brisées entre ses grosses mains. Puis, elle s'était remariée avec ce veuf qui avait deux filles. Elle s'était mise à la place de Mélina et, en quelque sorte, le défiait. C'était sa façon à elle d'exprimer toutes les frustrations qu'il lui avait fait subir.

Il commençait à se faire tard. Absorbée dans ses pensées, Exarée avait résisté à l'envahissement de la noirceur. Elle venait d'allumer la lampe Aladin quand Virginie et Rébecca revinrent.

— Grand-mère vous salue, dit Rébecca. Elle vous remercie pour le pot de confitures.

— Comment cela, mère, encore des manigaux ? s'étonna Virginie. Coudonc, c'est rendu que vous en confectionnez pour le Caribou Inn, s'amusa-t-elle.

— C'est pour Antonin Bernard, il m'a demandé un petit service. Il est reparti avec votre sœur pour une petite randonnée à la brunante.

— Vous en parlez comme si de rien n'était, rétorqua Virginie.

— En tout cas, ils ne sont pas venus à la pointe jusque chez grand-mère O'Brien, parce qu'on les aurait vus, c'est sûr.

Ainsi que les commères du hameau, les deux sœurs verbalisaient sur l'incident. La lèvre tordue, elles débitaient des propos malveillants qui n'avaient rien à envier à la méchanceté des placoteuses de l'anse. En même temps, elles tenaient la preuve irréfutable de la hardiesse de leur sœur.

Salomon poussa la porte et s'approcha de sa femme.

— Où c'est qu'elle est, ta fille, que je l'apostrophe ? beugla-t-il, les yeux avinés. Je l'ai vue parader avec l'agrès du *cook-room* sur son cheval, pas plus tard que tout à l'heure. Que c'est que les gens vont dire ? Tu lui donnes pas mal de corde, à ta Mélina… Exarée, je te parle !

La femme abaissa les paupières et s'enferma dans un silence coupable. Une angoisse croissante oppressait sa poitrine. La crise de Salomon s'amplifierait et elle atteindrait son point culminant avec le retour de leur fille. Entre-temps, comme des spectateurs insatisfaits, assoiffées par l'affrontement inévitable avec l'insoumise, Virginie et Rébecca espéraient la suite. Cependant, leur paternel s'était enivré, et personne n'était en mesure de prédire la tournure des événements. On l'avait vu, ce printemps même, grimper dans les cordages de l'emportement alors que, contrairement à ce qui avait été entendu, Philibert avait viré son capot de bord. Un peu à l'étroit, O'Brien avait compté sur le petit lot de grave pour étaler ses installations. Salomon avait fait valoir que le coin lui revenait, tout naturellement. Mais le vieil espiègle avait décidé de vendre à Magella Bernard, le père d'Antonin. O'Brien et Philibert ne se parlaient plus.

Malgré sa difficulté à se tenir à la verticale, O'Brien allait de l'entrée à la fenêtre et surveillait l'arrivée de la benjamine.

Mélina entra avec son cavalier et elle l'entraîna à la cuisine.

— Antonin est venu prendre ses manigaux, mère, exprima doucement l'amoureuse.

— Comment ça, ses manigaux ? Hors d'ici, pirate ! fulmina le maître des lieux, étirant le bras vers la porte. Faites-le sortir, sinon je ne réponds pas de moi ! Et toi, Mélina, tu ne sais pas ce qui t'attend, renégate !

O'Brien était déchaîné. Sous l'œil appréhensif de la maisonnée, il se mit à errer dans la pièce comme s'il cherchait à mettre la main sur un objet. Soudain, il alla vers la table, renversa brusquement une chaise dans un fracas épouvantable. Puis, il s'approcha de la dépense et décrocha son fusil du mur.

— T'es mieux d'écouter popa, Mélina, il est bien capable de tirer dessus ! s'alarma Exarée.

La tête effarée, Mélina se réfugia dans les bras de son prétendant, le poussa vers la porte.

— Je t'en prie, va-t'en, Antonin ! s'écria-t-elle.

— La porte-moustiquaire claqua. Avec l'adresse d'un cavalier accompli, Antonin enfourcha son cheval, l'éperonna et partit au galop. Sous l'emprise de l'ivresse, dans un dernier élan de colère, O'Brien se précipita au-dehors et tira un coup de feu dans le vide.

Comme si le bruit fracassant de la décharge l'avait dégrisé, le père abaissa son arme et rentra paisiblement chez lui.

— Es-tu après virer fou, popa ? larmoya sa femme, la voix étranglée par la peur.

O'Brien raccrocha son arme. Mélina s'était retirée dans sa chambre, et ses yeux épouvantés cherchaient dans les ténèbres la silhouette de son bien-aimé. Le père pénétra dans la pièce.

— T'as pas à craindre pour sa vie. Je voulais juste lui donner une bonne leçon. De même, il va comprendre qu'il n'a plus d'affaire à remettre les pieds ici dedans, expliqua O'Brien. De toute manière, t'es ben à la veille de plus le revoir, parce que tu t'en vas rester à Montréal.

— MONTRÉAL ! Mais qu'est-ce que vous faites de mon travail sur la grave et de mère qui a besoin de moi dans la maison ? larmoya Mélina. Et pour quoi faire à Montréal, alors que je suis heureuse à Rivière-au-Renard ?

* * *

Au matin, O'Brien avait pris la mer avec Abondius et s'employait à l'éviscération et au tranchage de la morue. Tandis que ses sœurs enlevaient la peau des poissons, Mélina procédait au salage. Un moment, elle avait cru qu'Antonin avait été blessé par le tir de son beau-père, mais elle s'était ravisée en le voyant à son étal avec son compagnon Nicolas. Il s'était remis à la reluquer comme avant. De temps à autre, c'est elle qui relevait la tête, en faisant mine de chasser quelque moustique encombrant. C'est alors qu'elle repensa aux plans qu'elle avait élaborés pendant la nuit. Son beau-père semblait décidé à l'expatrier de sa maison, mais tiendrait-il à sa parole ou n'était-ce qu'une menace de plus pour la distancer du jeune homme frondeur et entreprenant ? Et, de toute manière, si elle risquait l'exil, elle n'avait plus rien à perdre.

Elle attendit quelques jours, dans une patience confiante, sans qu'Antonin revienne à la maison. Les pas d'un cheval l'avaient parfois attirée à la fenêtre ; c'était le fils d'un voisin qui revenait d'une virée à la campagne. Par ailleurs, on aurait dit que son beau-père ne lui confiait plus de commissions, pour éviter qu'elle ne le rencontre. Avec l'accueil peu cordial qu'il avait reçu, elle n'espérait plus le voir apparaître ; c'était donc à elle de prendre les devants.

Ce soir, son beau-père prenait sa revanche au whist, sa mère et ses sœurs iraient chez la grand-mère, et elle avait refusé de les accompagner en invoquant un besoin de repos. Elle résolut de se rendre à la coquerie de son amoureux.

C'était à l'heure où le soleil rayonne avant de se noyer dans les flots du large. Comme une voleuse, Mélina quitta la maison en emportant un cabas en paille pressé contre elle, comme le fruit d'un larcin. Elle atteignit la grave et s'approcha de l'ancienne maisonnette du vieux Philibert.

Mélina avait toujours été fascinée par cette habitation qui avait l'air de braver la mer sur ses hautes échasses. Assurément, il ne l'avait pas vue, puisqu'il serait déjà apparu sur la galerie qui courait en porte-à-faux sur deux de ses faces. Elle s'en approcherait, en essayant de ne pas effrayer le cheval pommelé qui broutait, un peu plus loin, les herbes folles. Saisie d'un vertige, elle monta dans l'échelle et progressa le long d'un mur, mesurant chacun de ses pas. Elle n'entendait que le bruit apaisant des vagues, qui festonnaient la rive de son écume bouillonnante, et le vent léger qui se dépensait en petites bourrasques. Au tournant du balcon, les doigts crispés sur son cabas, elle s'agrippa à l'arête du mur et pointa le nez vers le couchant. Il était là comme dans un halo, debout dans un baquet d'eau, son corps nu couvert de savon, baignant dans la lumière irisée du soleil.

— Oh ! s'écria-t-elle, portant sitôt la main à la bouche et détournant le regard.

Les mains sur son sexe, il se retourna vitement. Elle rebroussa chemin et atteignit l'échelle qu'elle emprunta jusqu'au sol. Puis, il s'empressa d'actionner le dispositif qui déversa un seau d'eau de pluie pour se rincer l'anatomie et enroula une serviette autour de ses reins.

Elle était assise au pied de l'escalier de fortune, la poitrine haletante, la tête effarée, regrettant son impardonnable bêtise de s'être aventurée. Son sac était à moitié effiloché, mais son contenu n'était pas tombé à la mer.

— Je t'ai fait peur, Mélina !

— J'ai apporté tes manigaux, répondit-elle.

Antonin arbora un sourire embarrassé, enveloppé dans une gêne délicieuse. Pieds nus, il avait ébouriffé sa chevelure mouillée, avait enfilé un pantalon de toile beige et un chandail orangé. À présent, elle hésitait à remonter dans la garçonnière. Nicolas était parti chez Eugénie, la fille du marchand Cotton, on avait tout le temps pour faire le tour du propriétaire. Si elle ne voulait pas entrer, ils pourraient s'asseoir sur la galerie pour bavarder, les jambes ballantes dans le vide, et contempler l'astre de feu qui s'évanouissait dans la pénombre. Elle résista.

Afin de ne pas l'effaroucher, il descendit au bas de l'échelle et s'assit à ses côtés. Elle lui transmit les intentions renouvelées de son beau-père qui l'expédierait chez un bourgeois de Montréal ; ses jours à Rivière-au-Renard étaient peut-être comptés. Il voulut la suivre, tout abandonner. La vie de pêcheur n'était pas facile, et il pourrait dégoter du travail dans la grande ville. Il eut un mouvement vers elle pour l'embrasser, lui signifier qu'il tenait à elle, comme pour apposer un scellé sur leurs amours naissantes, quand trois masses sombres surgirent de l'ombre comme des spectres. O'Brien s'immobilisa devant les amoureux, en frappant une branchette qu'il s'amusait à faire claquer dans sa main.

— Ah ! Ah ! Je vous prends sur le fait, ricana méchamment l'homme en dardant des yeux mauvais.

— On vous l'avait bien dit, père, affirma fièrement Virginie.

Les deux sœurs avaient raccompagné leur mère à la maison. Comme par enchantement, la belle s'était éclipsée et Rébecca avait remarqué que les manigaux reprisés, placés à côté du panier de raccommodage, étaient disparus. À l'encontre de leur mère, les laideronnes s'étaient ensuite précipitées chez Abondius pour quérir leur père, qu'ils conduisirent à la coquerie du vieux Philibert. En venant, O'Brien s'était muni d'une petite branche morte.

— Marche par là ! proféra avec force O'Brien, pointant son fouet.

Désormais, les excuses, les prétextes et les amendes honorables s'avéraient inutiles. Antonin se leva pour retenir sa douce. Sa main coula de la sienne comme du sable fin qui s'échappe de la main qui l'avait pétri. Ses yeux suivaient maintenant dans la noirceur la colonne qui marchait dans le dos de Mélina.

Chapitre 4

Salomon n'avait pas levé la main sur la rebelle ; Exarée l'en avait supplié. Mélina serait bien assez punie d'être expédiée dans la métropole comme une marchandise. La jolie avait pleuré toute la nuit. Un sort cruel s'était abattu sur ses amours. Le surlendemain, elle prendrait le train de Gaspé, elle aurait amplement le temps de faire les apprêts du voyage et de dire adieu à sa grand-mère Lucinda. Entre-temps, elle ne reparaîtrait plus sur la grave et serait confinée à la maison. Exarée en était bien avertie.

Nicolas était revenu tout heureux de sa soirée avec Eugénie, les traits du bonheur imprimés sur son visage. Antonin avait attendu son compagnon et il avait pris un air désolé pour lui annoncer que leur entente ne tenait plus, qu'il désirait s'expatrier à Montréal. Nicolas avait rétorqué que cela le mettait sur le carreau, qu'il n'aurait jamais dû s'associer à un ami irresponsable, incapable de respecter son engagement.

— Tu t'es laissé enfirouaper par ta Mélina, commenta-t-il, amer.

— Je te rappelle que c'est toi qui m'as jeté dans ses bras, mon cher Nicolas.

Au matin, Antonin galopait à toute bride sur le chemin qui menait à Petite-Rivière-au-Renard. Ça sentait bon le foin coupé de la veille, et les fleurs sauvages exhalaient leur parfum dans la rosée. Avant longtemps, il ne traverserait plus sa campagne. Il regretterait cette nature qu'il chérissait, mais pas les besognes de la ferme qu'il exécrait. Un avenir tellement plus palpitant l'attendait.

Ses frères attelaient les chevaux à la voiture à foin et le saluèrent machinalement. Antonin descendit de sa monture et s'engouffra dans la maison jaune blé agrémentée de persiennes vertes. Dans la cuisine d'été, après avoir débarrassé la table, une grosse paysanne à la mine joyeuse se rasseyait avec son mari pour prendre un deuxième café. Amarilda allait porter le liquide ambré à ses lèvres lorsqu'elle aperçut son fils faisant irruption dans la pièce.

— Bonté divine ! Pour une surprise, c'est une surprise ! s'exclama-t-elle en laissant tomber sa tasse avec fracas.

— T'es pas à la pêche, toi, à matin ? demanda Magella Bernard, stupéfait.

— J'ai quelque chose d'important à vous annoncer, dit Antonin.

— Hale-toi une bûche, mon garçon, ta mère va te servir un bon café.

— Vous le savez, son père, que j'aime pas ça du café.

— Assis-toi, d'abord, puis raconte…

Un bonheur indéfinissable se lisait dans le regard de l'amoureux. Il avait rencontré une jeune fille ; elle s'appelait Mélina O'Brien. Elle était belle comme le printemps, douce comme la soie. Ses journées n'étaient plus les mêmes, elle était devenue au cœur de ses pensées. Il était emporté par un enthousiasme débordant. Mais en songeant aux conséquences que cela représentait, sa voix s'altéra. Il admettait que le hasard avait parfois de ces caprices qui forcent la destinée des gens. Il fallait absolument quitter la Gaspésie pour la suivre à Montréal. Il dénicherait un emploi ou fonderait une petite entreprise à son compte.

Une grande déception se peignit sur la physionomie de Magella Bernard.

— Es-tu en train de nous dire que tu veux laisser la mer ? s'enquit-il. Je pensais que t'étais casé pour de bon avec la pêche. Je me suis pratiquement battu avec O'Brien pour avoir la place sur la grave et tout le gréement du père Philibert. Salomon va ben rire de nous autres, asteure. À part de ça, c'est fin pour ton ami Nicolas ce que tu t'apprêtes à faire là, termina-t-il, avant de se lever.

— On te reverra plus, se désola la mère.

— Attends une minute, Amarilda, c'est pas encore fait, cette affaire-là ! trancha le fermier.

Magella Bernard était un être pacifique qui n'aimait pas les histoires. Il recherchait avant tout le bonheur de ses enfants. L'air pensif, il s'était mis à réfléchir, le dos penché, les yeux fixés sur le plancher de bois. Sa femme le regardait en silence, sachant que la décision lui appartenait, qu'il rendrait la meilleure qui soit. Puis, après un long moment à déambuler, il s'arrêta et envisagea son fils.

— Je vas conclure un marché avec toi, Antonin, avança-t-il. Tu termines la saison, puis on vend à l'automne. Ça va être plus facile, puis ça va nous donner le temps de se revirer de bord.

Dans sa sagesse éclairée, Magella Bernard prévint son fils qu'il devait y penser à deux fois avant de se déraciner pour une créature. De plus, beaucoup de gens de la campagne ou même des villes affluaient dans la métropole et se retrouvaient dans une misère pire que celle qu'ils avaient fuie.

Le patriarche avait tranché. Il ne reviendrait pas sur sa décision. Antonin embrassa sa mère sur le front. L'instant d'après, il enfourchait sa bête fringante et s'élançait sur la route de Gaspé.

Désormais au courant du jour et de l'heure probables du départ de Mélina, Antonin revint en vitesse et reprit la mer, avec le dessein arrêté de retourner à la gare le jour suivant pour faire ses adieux. Nicolas s'était dit soulagé d'apprendre que son compagnon ne s'envolerait pas tout de suite avec sa bien-aimée.

Toute la journée, Antonin avait besogné sans enthousiasme à pêcher sa morue, en pensant à Mélina qu'il ne reverrait plus jamais sur la grave, la tête tout occupée à ses apprêts de voyage, le cœur chaviré par son arrachement douloureux. Il se l'imaginait, le corps prostré devant une grosse malle de bois, le couvercle bombé relevé, plaçant avec indolence les vêtements qu'Exarée, larmoyante, lui apportait, pendant que ses méchantes sœurs dansaient avec désinvolture au son d'un *record*.

* * *

Au matin du lendemain, debout sur la galerie, un châle noir jeté sur les épaules, Exarée espérait un dernier petit signe de la voyageuse. Bouleversée, la mère avait le sentiment qu'on lui enlevait une partie d'elle-même, que la mort venait de passer. Intrigués par le désolant spectacle, même les mouettes et les goélands tournoyaient dans le ciel moutonneux et saluaient de leurs ailes battantes celle qui les abandonnait. Les yeux cachés sous le chapeau enrubanné, Mélina se tenait droite, la physionomie impassible, résistant au regard des laideronnes qui se réjouissaient de voir les deux hommes charger l'énorme valise.

— Oublie pas de nous écrire ! lança Exarée, la voix étouffée.

Anatole Girard secoua les rênes sur la croupe de sa pouliche. Pour les courses et les affaires pressantes en dehors du village, O'Brien se faisait conduire par la teigne du magasin général moyennant quelques sous ; c'était en quelque sorte le taxi de la place. Ainsi, il se mettait au fait des déplacements de plusieurs Renardois et pouvait rapporter ce qui sortait le moindrement de l'ordinaire de leur quotidien. Bientôt, la voiture s'éloignerait et cahoterait sur le chemin gravillonné qui menait à Gaspé.

Elle aurait souhaité qu'il revienne à la maison, qu'il affronte une ultime fois son beau-père intransigeant, qu'il la retienne. À lui aussi elle écrirait pour lui dire comment elle s'était installée à Montréal, comment elle s'adaptait à sa nouvelle vie comme tant d'autres Gaspésiens se déracinaient de leur bout du monde. « Si jamais tu te ramassais là-bas... », lui avait-il déclaré comme une promesse, en laissant sous-entendre qu'il la rejoindrait. Mais son amour à lui était-il aussi fort que le sien ? Pour le moment, elle se plaisait à y croire : cela la réconfortait.

C'était la troisième fois qu'il se levait pour demander l'heure au chef de gare. Le train en partance pour Montréal se pointerait incessamment. Mélina entreprendrait un éprouvant périple, marqué par le roulis du train et de nombreux arrêts, et elle arriverait dans la grande ville tard en soirée.

Antonin se rassit sur le banc vermoulu et continua à surveiller. Il était vêtu d'un pantalon noir, d'une chemise bleu foncé et de sa casquette de marin ; elle garderait une belle image de lui. Avait-elle suffisamment résisté pour que son beau-père revienne sur sa décision ? S'était-elle réfugiée dans la parenté ou dans quelque lieu qu'il ne connaissait pas ?

Soudain, la terre frissonna. On entendit le remuement des attelages qui piaffaient d'énervement. Comme s'il surgissait de la brume matinale, le monstre de fer parut et ralentit longuement dans un grincement métallique de freins, d'essieu et de roues qui frottaient sur les rails.

La calèche d'Anatole Girard stationna. Le cocher planta son fouet, sauta à terre et alla faire descendre la voyageuse. Avec l'aide de Salomon O'Brien, il délesta la voiture de la malle pour la déposer sur le chariot à bagages. Mélina demeura immobile, promena un regard angoissé autour d'elle.

Antonin l'aperçut à travers les petits groupes épars. Elle semblait chercher quelqu'un. Il se leva promptement et s'empressa vers elle.

— C'est bien ce que je pensais, exprima-t-il avec déception. Comme ça, tu t'en vas.

— Vaut mieux que tu disparaisses avant que mon beau-père te voie, Antonin, l'exhorta-t-elle, la voix brisée.

— Il dira ce qu'il voudra, je n'ai plus rien à perdre maintenant, rétorqua-t-il, l'air bravache.

Elle avait espéré sa présence, même si la rencontre allait se terminer douloureusement par une déchirure. Il ne pouvait reprendre la mer sans lui dire un dernier mot, sans échanger quelques sourires attendris, sans imprimer dans sa mémoire les traits de son visage. Ils s'écriraient, assurément.

O'Brien survint d'un pas rapide en tenant un billet.

— J'ai ben pensé que tu serais là, toi, déclara-t-il avec arrogance. *Anyway*, tu la reverras plus. Asteure, fais de l'air !

Antonin voulut serrer Mélina contre lui, toucher sa peau fine et satinée, humer l'odeur de ses cheveux, sentir qu'elle frémissait sous son charme.

Un employé avait placé un marchepied. Les arrivants étaient descendus. L'embarquement allait commencer. Les passagers se détachaient lentement des grappes. Elle s'éloigna de lui, et s'engouffra dans un wagon. Des minutes interminables s'écoulèrent avant qu'elle ne réapparaisse à la fenêtre. Elle ne put résister au désir de se pencher au hublot. Son beau-père et le cocher avaient déjà regagné la calèche, mais Antonin, dans son désir de prolonger leur bonheur, s'était approché d'elle.

Un coup de sifflet continu retentit. Le train s'ébranla et quitta la gare.

Chapitre 5

Les semaines s'égrenaient, tout aussi lentes qu'une tortue marine échouée sur le sable, vides de la présence de Mélina, mais pleines de ses images. Il s'empêtrait dans son ouvrage, la tête souvent égarée par quelque pensée qui lui assiégeait l'esprit. Les gestes les plus habituels se transformaient en maladresse, il s'était blessé plusieurs fois aux mains et il lui était arrivé de tomber à l'eau par simple inadvertance. Pour Nicolas, il y avait matière à taquinerie, lui qui filait un bonheur enviable avec sa blonde Eugénie Cotton, enseignante et organiste à la paroisse, et qui vivait dans l'espérance que son camarade oublie la fille d'O'Brien et repêche une autre belle prise renardoise.

Pourquoi ne lui écrivait-elle pas? Il ne pouvait censément communiquer avec elle, ne connaissant pas son adresse ni dans quelle maison elle aboutirait. Par l'intermédiaire du curé Morris, on avait convenu que le commissionnaire de monsieur Rémillard irait la cueillir à la gare Bonaventure.

Les derniers jours, il revenait bredouille du magasin général.

— Toujours pas de lettre de ta Mélina? demandait Anatole Girard.

Ce à quoi le jeune pêcheur rétorquait invariablement:

— Arrêtez de m'asticoter, vieux schnock, parce que vous allez perdre le peu de dents qui vous restent.

Mais en cette fin d'après-midi, le loup de mer souffla assez fort dans les voiles de la raillerie pour que l'amoureux en perde le gouvernail.

Virginie et Rébecca étaient venues acheter du tabac à pipe pour leur père quand Antonin entra.

— Désolé, mon ami, nargua Anatole Girard, pas de lettre encore pour toi !

La grande perche Virginie émit un petit ricanement stupide que partagea la grassette Rébecca.

— Qu'est-ce que t'en sais ? le rembarra Firmin Cotton. Là, tu parles à travers ton chapeau, Natole.

Le marchand délaissa les sœurs O'Brien, alla aux cases postales et revint avec une enveloppe qu'il tendit à Antonin.

— Sa Mélina doit lui annoncer qu'elle s'est déniché un autre prétendant, persifla Girard.

Dans une rage furieuse, sans faire ni une ni deux, Antonin fonça sur le vieil Anatole qui recula brusquement sur le comptoir avant de s'effondrer au sol, les bras le long du corps, presque inanimé, la bouche ouverte, un filet de sang aux commissures des lèvres. Désemparé, le marchand fit irruption devant le comptoir et commença à rassembler les restes du vieux débris. Les yeux hagards, les filles O'Brien empoignèrent chacune un bras du malheureux et l'aidèrent à se soulever.

Décontenancé, Antonin s'approcha du vieillard, tout en s'excusant d'un air contrit.

— On connaît pas sa force, jeune homme ! commenta le marchand.

Le temps de le dire, Antonin déguerpissait et courait vers sa cambuse.

La poitrine haletante, il alla s'asseoir sur la galerie, décacheta la lettre de Mélina et la déplia. Le voyage pour gagner la métropole avait été pénible. Dans sa course, le train s'arrêtait à un chapelet de gares et faisait une petite pause, exactement comme les fidèles devant les différentes stations du chemin de croix du Christ – qu'on avait voulu faire souffrir à petites doses avant de lui transpercer le côté avec une lance –, pour méditer sur les mystères joyeux, douloureux et glorieux de Jésus et de Marie. Lors de son périple, un passager avachi assis sur la même banquette s'était appesanti sur son épaule. Elle l'avait repoussé à plusieurs reprises avant d'en aviser le contrôleur de billets, qui avait exigé que la tête lourde se loue un oreiller et déménage ses pénates à l'autre bout du wagon, avec la promesse de ne se lever que pour aller au petit coin. À défaut de se conformer à la demande, le grossier personnage risquait de débarquer avec ses bagages sur le bord de la voie ferrée ou de séjourner dans le fourgon de queue. Bref, la voyageuse n'avait pas dormi de tout le voyage. À peine s'était-elle assoupie quelques minutes, secouée par l'effet de houle et préoccupée par la crainte instinctive de voir revenir le ramolli.

Le train était rentré en gare à la fin du jour. Des grooms et des taxis s'étaient précipités sur la belle brunette. Mais ils étaient devenus moins secourables quand ils réalisèrent qu'elle attendait à côté d'un énorme coffre qui semblait lui appartenir. Mélina était ensuite montée à bord d'une grosse Buick blanche conduite par Gonzague, le commissionnaire de monsieur Rémillard. En route vers le domicile de l'homme d'affaires, elle avait été impressionnée par les bruits de la circulation et les exhalaisons singulières de la ville, par l'animation dans les rues larges et sur les trottoirs, par les enseignes éclairées et les hauts édifices qui se dressaient dans le ciel montréalais.

La Buick avait stationné dans la cour d'une somptueuse résidence. Exténuée, Mélina avait entrepris de transporter sa malle avec le chauffeur et de la ranger dans sa chambrette à l'étage. Pas si mal, quand même, pour une chambre de bonne ! La pièce aux murs tapissés de papier peint à motifs de fleurs avec la fenêtre joliment drapée lui était parue sombre, cependant. Pour tout mobilier, un lit majestueusement orné d'un baldaquin, une commode sur laquelle reposaient une aiguière d'eau et un bassin de porcelaine, et un secrétaire aux pieds ouvragés avec sa chaise rembourrée. À proximité dans le passage, une salle de bains aménagée spécialement pour les domestiques. Elle avait soulevé le couvercle de sa malle et, avec le plat de la main, avait défroissé quelques vêtements qu'elle avait suspendus à des cintres dans le placard. Après, elle se souvenait de s'être laissée choir sur sa couche et qu'on avait cogné à sa porte à sept heures. Elle s'était levée en catastrophe. Gonzague lui avait signifié que la bourgeoise la convoquait à la cuisine pour lui donner les directives et les consignes de la maison.

À l'aube de la quarantaine, madame Rémillard était de taille moyenne, et la graisse ne semblait avoir aucune prise sur son ossature. Elle roulait de gros yeux ronds enchâssés de part et d'autre de sa face camuse. On aurait dit qu'elle avait subi un accident et que la médecine moderne n'avait pu lui restaurer sa figure d'origine. En lui remettant un tablier blanc bien empesé et une coiffe de dentelle, elle lui avait mentionné qu'elle lui ferait confectionner une robe noire, comme en portaient habituellement les servantes. Puis, elle la mit en garde contre les deux petits monstres qui vivaient sous son toit. En l'espace de quelques mois, trois nounous s'étaient succédé dans la demeure, parce qu'elles ne venaient pas à bout de ses deux rejetons. La première était une bonasse d'une bonté naïve qui se laissait monter sur le dos. En effet, elle avait été impuissante à retenir l'aîné, qui s'était fracturé un bras en tombant du lit sur lequel il sautillait. La seconde, plus ferme, était une analphabète incapable de lire une histoire, et la troisième était une nunuche qui frappait les enfants turbulents à coups de verge pour les mâter. Mais Mélina avait appris à les connaître et semblait avoir un ascendant sur eux. Quant à monsieur Rémillard, il était plutôt gras et il avait la patine du cuir chevelu comme un chaudron de cuivre bien astiqué. Pour faire plus British, il portait des complets d'étoffe anglaise, tissu sur lequel festonnait une chaîne d'or. Il partait tôt le matin et revenait tard le soir, s'en remettant à son épouse pour les charges éducatives avec ce qu'elles comportaient de tentatives, de réussites, d'échecs et de frustrations. Le pauvre avait longtemps renoncé à ses responsabilités de père, persuadé qu'il perdait son temps avec les galopins qu'il avait engendrés.

Antonin lisait avec un intérêt dévorant ce qui constituait le quotidien de Mélina. Elle paraissait s'adapter à cette vie différente. Les journées étaient débordantes de toutes ces occupations qui lui accordaient peu de temps pour sa correspondance. Il lui manquait terriblement. Elle se disait grandement soulagée de l'emprise de son beau-père et des brimades incessantes infligées par ses demi-sœurs. Elle était décidée à ne pas leur écrire, tout en se désolant pour sa mère qui ne méritait pas le sort qu'elle lui réservait. Virginie et Rébecca se seraient emparées de ses lettres et s'en seraient amusées à ses dépens. C'est pourquoi elle lui demandait d'en informer Exarée.

Les deux laideronnes s'étaient empressées de rapporter à leurs parents qu'Antonin avait reçu un pli de Montréal. O'Brien avait réagi en traitant sa fille de complaisante.

— Avec ce que tu lui fais subir, popa, il ne faut pas s'attendre à de la reconnaissance, commenta Exarée.

Mais la mère savait que Salomon était malvenu de repasser au *cook-room*. Il ne pourrait censément exiger que le pêcheur lui raconte le contenu de la lettre personnelle qui lui était destinée. Exarée résolut de se rendre à la bicoque. Pour une fois qu'elle détenait un avantage sur son mari, elle entendait bien en bénéficier.

Ce ne fut que le lendemain soir que la mère eut le champ libre pour agir. Rébecca et Virginie étant chez leur grand-mère, et Salomon frayant avec ses joueurs de whist, Exarée se couvrit de son châle noir et s'achemina à la maisonnette.

Elle avait le sentiment de se comporter comme un voyou qui s'apprête à commettre un larcin ou de filer en douce après un méfait. On voyait rarement la femme d'O'Brien circuler sur la grave, surtout à une heure pareille. Et si on la prenait, qu'aurait-elle à répondre pour expliquer le motif de son déplacement? Il était impensable de visiter un jeune homme. On pourrait colporter des rumeurs. Tant pis! Après tout, il s'agissait de sa fille. Elle pressa le pas.

Une lueur pâlotte jaunissait la fenêtre. Elle progressa vers le coqueron, s'arrêta au pied de l'échelle. Puis, elle resserra les pans de son châle, souleva sa jupe et entreprit de gravir les barreaux quand le pêcheur posa sa plume et survint dans l'embrasure de la porte.

— Attendez, madame O'Brien, je vas vous aider.

Le cœur d'Exarée tressauta et elle faillit relâcher sa main agrippée. Puis, relevant la tête :

— Ma visite ne semble pas vous étonner, jeune homme ! réagit-elle.

Il lui tendit galamment la main et elle accéda au plancher de la galerie.

Il était seul ; Nicolas avait de la chance que sa blonde enseigne au village. Il l'invita à s'asseoir sur le vieux fauteuil élimé et lui offrit à boire un verre d'eau ; elle refusa. Les yeux d'Exarée fixaient la lettre dépliée qu'il avait sans doute relue maintes fois, et celle qu'il avait commencé à lui écrire. Il la remercia de vive voix pour ses manigaux. On aurait dit qu'il tournait autour du pot. Il devait bien se douter qu'elle n'avait pas abouti chez lui pour l'entretenir du mouvement des marées, du prix de la morue ou du nouveau quai qu'on projetait de construire à Gaspé.

— Mélina va bien ? s'enquit-elle.

Il étira le bras et lui remit la lettre. Elle hésita à la parcourir. Il lui fit signe qu'elle pouvait la lire sans retenue, qu'il ne lui faisait pas de cachette, qu'elle était en droit de savoir elle aussi.

Elle lut avec émotion les mots de sa fille. Puis, elle déposa la missive et considéra le pêcheur.

— Je crois qu'elle vous aime, exprima-t-elle, la voix altérée.

Les joues d'Antonin se teintèrent d'une gêne délicieuse. Elle ne pouvait rester plus longtemps dans la garçonnière. Il ne voulait pas qu'elle reparte sans lui dire qu'il prévoyait la rejoindre. Son père consentait à son changement de cap, mais s'opposait à son projet de partir avant l'automne.

Pour l'heure, elle sollicita la faveur de correspondre avec sa fille par son intermédiaire. Elle reviendrait le voir. Il l'aida à redescendre l'échelle et la raccompagna quelques dizaines de pieds plus loin. De retour à son coqueron, il reprit la rédaction de sa lettre.

***

La visite de madame O'Brien avait exacerbé le désir d'Antonin. Il se mit alors à travailler comme un forcené tous les jours de la semaine, même le dimanche. Non seulement il évitait de trop se morfondre en pensant à Mélina, mais il gagnerait quelques dollars de plus pour s'établir à Montréal en attendant de trouver de l'emploi. Par contre, Nicolas avait regimbé un peu, en alléguant qu'il se priverait de voir Eugénie le jour du repos.

Entre-temps, Anatole Girard ruminait une petite vengeance. Le fils de Magella Bernard n'emporterait pas en paradis l'humiliation qu'il lui avait fait subir au magasin général. Depuis lors, le loup de mer surveillait les allées et venues du jeune pêcheur, en cherchant un moyen de lui faire avaler son arrogance. Il en avait causé avec Salomon O'Brien, qui l'avait encouragé à le dénoncer au curé pour son inobservance de la loi religieuse. Ainsi, un beau dimanche, alors que les deux camarades s'affairaient à retourner le poisson sur les vigneaux, Elias Morris entreprit de semoncer le récalcitrant. Il se rendit sur la grave, farouchement déterminé, marchant péniblement dans ses sandales ensablées, sa soutane creusant une petite rigole.

— Ne me dites pas que vous ne connaissez pas la règle ! s'indigna-t-il.

— Qu'est-ce que ça peut ben vous faire, monsieur le curé ? rétorqua Nicolas, impertinent.

Le pasteur s'appuya sur la missive de l'évêque parue dans *La Voix de Gaspé* pour rappeler à ses ouailles l'obligation d'observer le jour du Seigneur. Il fit référence aux marins d'un brise-glace qui, plus tôt en saison, étaient débarqués à l'anse et qu'on avait vus bricoler toute la journée sur leur navire sans assister à la messe.

— En tout cas, monsieur le curé, vous seriez ben scandalisé d'apprendre que la pêche miraculeuse s'est produite un dimanche ! risqua Antonin. Puis, en ce qui nous concerne, c'est pas vos petits sermons sur les rives du lac de Tibériade qui vont nous faire changer d'idée.

— Vous vous en repentirez, mes amis ! semonça le prêtre.

Avant d'être agoni d'injures, il tourna les talons et regagna son presbytère. Anatole Girard l'attendait, persuadé que le coup avait porté. Il se désola d'apprendre que la morale religieuse venait d'essuyer un revers, et se mit à fomenter un mauvais plan.

Faisant fi des prescriptions du curé Morris et de son évêque, les deux camarades avaient repris la mer le dimanche suivant. Il faut dire que les flots étaient un peu agités, mais Antonin avait insisté.

La barge était assez loin pour exécuter la manœuvre. Salomon O'Brien avait chaussé ses hautes bottes de marin et luttait contre l'océan, fouetté par le vent qui clapotait et qui le soulevait, le cravachant et lui faisant avaler de l'eau plein la bouche. Il se croyait au milieu du mugissement des flots, à naviguer en pleine tempête sur une mer démontée. Péniblement, il entoura quelques pieux d'un long câble. Sur la berge, le sourire sarcastique, Anatole Girard attendait le signal.

Dans un petit ricanement satanique qui frôlait la démence, Girard fit claquer les cordeaux sur la croupe de sa pouliche. Brusquement, comme si un géant rompait d'énormes branches sèches, on entendit des craquements sourds puis l'effondrement de la maisonnette, qui s'abîma avec fracas sur les vagues. Le regard satisfait, les flibustiers s'avisèrent de déguerpir.

Au loin, les pêcheurs avaient cargué la voile et ramaient comme des déchaînés sur la mer tumultueuse. Ils avançaient un peu à l'aveugle, comme une embarcation désorientée qui cherche le rivage. Par moments, guidés par le clocher de l'église qui s'élançait dans le ciel tourmenté, ils glissaient vers le continent. Bientôt, ils distinguèrent le Fox River, le Caribou Inn, le magasin général, la maison d'O'Brien.

— On va s'en tirer, s'écria Nicolas.

— Je sais pas si c'est une idée que je me fais, s'inquiéta Antonin, mais on dirait que notre coqueron s'est écrasé. Il n'a pas résisté à la tempête…

Ils fixaient à présent le corps de logis qui semblait ballotter comme un vaisseau à la dérive, emporté dans l'amusement des flots. Leur barge accosta.

— Au diable le poisson ! maugréa Nicolas, il faut trouver un moyen d'amarrer le coqueron.

Des pilots avaient résisté à l'enlèvement brutal de la bicoque. Antonin courut à la petite écurie, caressa son cheval et s'empara vitement d'un cordage. En sortant du bâtiment, il remarqua des empreintes dans le sable se dirigeant vers le village et un des pieux qui avaient soutenu son habitation, abandonné sur la rive.

Nicolas était rentré dans l'eau à mi-jambe et retenait péniblement la maison flottante.

— Qu'est-ce que t'attends ? s'impatienta-t-il. Déguédine…

Entre les débris de l'échelle qui surnageaient, Antonin s'empressa vers l'habitation rustique et ils se mirent en frais de l'attacher solidement à des pieux encore dressés. Il restait à réintégrer leur demeure et à constater l'étendue des dégâts. Les meubles, les objets, la vaisselle placée dans l'étagère, tout avait bougé dans l'étonnant remue-ménage. Même les lettres mouillées de Mélina dissimulées sous la paillasse n'avaient pas été épargnées.

— C'est impossible ! dit Antonin, énigmatique.

— Comment ça, impossible ?

— Premièrement, parce que le coqueron de monsieur Philibert a dû subir ben des intempéries sans jamais s'écrouler. Deuxièmement, parce que j'ai vu les pas d'un homme et des traces de cheval sur la grave. Troisièmement, regarde le pieu, juste là ; j'ai ben l'impression qu'il a été traîné…

Antonin était sûr de lui. L'arrachement du coqueron n'était pas l'œuvre des éléments, mais bien celle de sinistres fripouilles. Quelqu'un avait voulu s'en prendre à lui, c'était l'évidence même. Et de là à poser un nom sur les personnages de basse extraction qui s'en étaient pris à sa maison, il n'y avait qu'un pas que son esprit s'empressa de franchir : Anatole Girard, accompagné d'un autre individu, était vraisemblablement venu avec son cheval. Mais on ne survient pas comme cela chez les gens en les accusant sans preuve d'un méfait dont ils ne sont peut-être pas responsables.

Une rumeur persistante s'était propagée dans tout le village : l'ancien coqueron de Philibert s'était échoué sur la rive. Après le ravage, des curieux s'étaient agglutinés pour voir cette barge étrange qui dodelinait avec indolence au gré de la marée. On s'étonnait qu'elle ait été la seule, parmi les cambuses sur pilotis, à faire naufrage. Depuis des lunes, les Anséais s'étaient habitués à ces hérons de bois immobiles perchés sur leurs échasses, à faire partie du hameau tranquille des pêcheurs. Les laideronnes s'étaient déjà rendues en après-midi, alors que Salomon s'était contenté de dire avec mépris que « le bonhomme Philibert n'avait pas bâti solide, son *cook-room* était voué à l'anéantissement, qu'un jour ou l'autre la mer le ferait disparaître du paysage, *anyway* ! »

Le soir même, alors que l'artisane reprenait son ouvrage et que les autres s'apprêtaient à quitter la maison, Anatole Girard survint. Il venait de repasser sur la grave, pour le simple plaisir de contempler son œuvre. Virginie et Rébecca décidèrent de retarder leur départ chez leur grand-mère. D'ailleurs, la vieille radotait souvent les mêmes lancinantes histoires, tandis que le colleux du magasin général avait tant de choses intéressantes à raconter. Les hommes s'installèrent à table.

— La femme, sers-nous donc une bonne tasse de thé ! ordonna O'Brien.

— La cabane flotte toujours, déclara le vengeur, avant de s'esclaffer d'un rire sadique.

— Coudonc, Natole, c'est pas bien de se réjouir du malheur des autres ! l'interpella Exarée.

— Ça a pas de morale, cette jeunesse-là ! renchérit O'Brien. L'observance de la loi du dimanche, ils connaissent pas ça. « Si vous travaillez le jour du Seigneur, vous vous en repentirez ! » répète souvent le curé Morris. Ça fait que tant pis pour eux autres…

— T'es pas mal sévère, popa, rétorqua Exarée. Puis qu'est-ce qui va leur arriver, à ces jeunes-là, tu penses ? Où c'est qu'ils vont loger, asteure ?

— Ils peuvent toujours rester dedans puis ramer jusqu'aux bancs de poissons, qu'est-ce que t'en dis, Salomon ? s'enquit Girard.

Les hommes s'encourageaient de leurs plaisanteries de mauvais goût et cela amusait les laideronnes. Aux yeux d'Exarée, le drame survenu n'était pas le fait des déferlantes. Manifestement, Salomon et son camarade étaient de connivence dans l'écrasement du *cook-room*.

Anatole Girard repartit, Salomon et ses filles quittèrent leur domicile. Atterrée par ce qu'elle avait entendu, Exarée les regarda s'éloigner. La compassion qu'elle avait d'abord éprouvée se doublait maintenant d'une honte confuse. Elle sentit le besoin irrépressible de se rendre sur la grave.

D'un coup d'œil, elle mesura l'étendue de la catastrophe. La maison sur pilotis était réduite à des décombres flottants. Près d'elle, la barge était amarrée dans la vase. La garçonnière était-elle abandonnée et ses occupants partis dans leur famille ?

Elle plaça ses mains en porte-voix, devant sa bouche :

— Ohé ! s'écria-t-elle.

Antonin parut sur la galerie.

— Êtes-vous capable de ramer, madame O'Brien ? s'enquit-il.

Exarée enleva ses souliers, rassembla ses forces et repoussa l'embarcation. Elle souleva ses jupes et monta à bord. Puis, elle prit les rames et avironna jusqu'à la maisonnette.

Le pêcheur de morue avait l'air désemparé. Il se demandait s'il ne devait pas reconstruire ou retourner vivre chez ses parents, à Petite-Rivière-au-Renard, et voyager tous les jours. Il subodorait une lâche machination contre lui. Il admettait s'en être pris au vieux Anatole Girard, qui l'avait poussé dans ses dernières extrémités.

La mère de Mélina l'écoutait, le regard empreint de sollicitude, à ressentir la tristesse de son navrement. Mais elle gardait le silence. Le colleux du magasin général et taxi de la place n'avait pas agi seul. Salomon avait aussi ses raisons. Philibert aurait dû lui vendre à lui, pas à Magella Bernard. Et son mari avait rejeté le garçon comme s'il s'agissait de sa vieille chemise. Avec tous les détails qu'il lui fournissait, elle savait qu'il tirerait cette affaire au clair. Il lui disait que les lettres n'avaient subi que les avaries de l'eau, qu'il les avait épinglées page par page pour les faire sécher sur la galerie flottante. Ils les avaient relues, ne serait-ce que pour imprimer plus près de son cœur les mots qu'elle lui avait écrits.

Comme il le faisait à chacune de ses visites, il tira une feuille et lui tendit une plume afin qu'elle écrive à sa fille.

Le mouvement de la bicoque sur la mer faisait hésiter sa main. À chacune des lignes, elle s'arrêtait, comme si elle avait besoin de s'assurer qu'elle était capable de continuer, tellement l'émotion gagnait sa plume.

— Je n'ai pas le pied marin, exprima-t-elle pour s'excuser.

La lettre terminée, il l'inséra dans une enveloppe à laquelle il joindrait la sienne. Il la raccompagna sur la terre ferme et attendit le retour de son camarade.

***

Les pêcheurs s'accommodaient tant bien que mal de leur installation. Tous les jours, ils vérifiaient les ancrages aux pilots et faisaient plusieurs fois la navette entre la maison et la rive. Or, l'habitation avait perdu de sa valeur, et Salomon O'Brien voulut saisir l'occasion de s'approprier le lot de grave adjacent au sien avant qu'un autre ne s'en empare.

Un beau soir, il s'amena, bien décidé à parler d'affaires.

— Il y a quelqu'un dans le *cook-room* ? s'écria-t-il.

Antonin pointa le nez au-dehors.

— Si la barge est amarrée au coqueron, c'est qu'il y a quelqu'un dedans, rétorqua-t-il. Que c'est que vous voulez ?

— J'ai une offre à vous faire, les jeunes, minauda O'Brien.

Antonin se doutait de la nature de la proposition.

— Grouillez pas, Nicolas va aller vous chercher, répondit Antonin.

O'Brien monta dans la barge qui s'amarra à la cabane. Le pas chancelant, il s'approcha d'Antonin et lui serra la main. Un mouvement brusque des flots le projeta sur un fauteuil.

— Il y a du roulis, monsieur O'Brien, s'amusa Nicolas. Le coqueron ne bronchait jamais quand il était monté sur ses pieux.

— Pour ne rien vous cacher, monsieur O'Brien, commença Antonin, j'avais de toute façon décidé de changer de métier à l'automne. La pêche, c'est pas pour moi. Puis je peux pas envisager la saison froide sans penser à l'hivernage de notre désastre naval.

— Tu t'imagines un attelage de chevaux pour tirer notre cabane sur la grave, badina Nicolas, à l'adresse de son camarade.

— Ça va prendre plus que le cheval du bonhomme Girard, précisa Antonin. Tant qu'à faire, on va l'installer sur le talus pour avoir une meilleure vue sur le village.

— Pourquoi monsieur Girard? demanda le visiteur.

— Parce que c'est lui qui est venu haler notre cabane avec sa maudite pouliche jaune. Puis mon petit doigt me dit que vous étiez avec…

— T'as ben menti! s'offusqua O'Brien. Tu fais des accusations à tort et à travers, t'as aucune preuve. C'est la mer qui s'est vengée parce que Philibert avait empiété sur elle. Il y a pas d'autre chose à comprendre là-dedans.

— Vous avez juste à vous rendre sur la grave, on voit encore les pas de la pouliche, puis le sillon creusé dans le sable par un pieu qu'elle a traîné sur une centaine de pieds.

Comme si l'explication lui paraissait insuffisante, il rappela l'altercation qu'il avait eue avec Anatole Girard au sujet de Mélina et le petit désir de vengeance qui devait couver sous sa vieille carcasse.

Mais l'idée de vendre se frayait un chemin dans la tête de Nicolas. L'arrivée de l'hiver les forcerait à déménager la cabane, et la vente prévue pour l'automne serait peut-être compromise à cause de l'état lamentable du bâtiment. Après la saison de la pêche, il serait éloigné de sa douce pour monter dans les chantiers.

Il préférait s'engager à titre de commis au magasin général et ne craignait pas pour son avenir. Nicolas prit son compagnon à part et l'encouragea à se départir du terrain, de sa barge et de tout son gréement. Retournant devant le visiteur, Antonin dit qu'il en causerait d'abord avec le véritable propriétaire et que, dans les circonstances, son père exigerait minimalement le montant qu'il avait déboursé.

O'Brien réfléchissait, hésitant à accepter l'offre qui lui paraissait déraisonnable.

— Je trouve que c'est cher pour un lot de cinq perches, une barge, une petite remise qui sert d'écurie, puis…

— … mon *cook-room* sur pilotis, mon arche de Noé qui, de toute façon, ne valait rien avant le déluge. C'est ça, monsieur O'Brien, sinon…

— … sinon…

— Sinon je vous dénonce à la police, vous et votre complice.

Pour l'heure, la réplique d'Antonin avait mis fin aux pourparlers, et Nicolas reconduisit O'Brien au rivage.

***

À présent, il restait à convaincre son père. Dans les jours qui suivirent, Antonin revint à Petite-Rivière-au-Renard, bien décidé à lui faire part de sa décision. Après la dernière tempête qui avait délogé la maisonnette de son perchoir, Salomon O'Brien avait offert d'acheter son bien sur la grave au même prix qu'il l'avait payé. Par le fait même, il devançait son projet de déménager ses pénates à Montréal.

La transaction entre Salomon O'Brien et Magella Bernard effectuée chez le notaire, Antonin s'empressa d'écrire à son amoureuse. Comme avance sur son héritage, son père lui avait donné une fraction de l'argent reçu, somme qui servirait, du moins pour un temps, à le mettre à l'abri de la misère. Entre-temps, sous l'insistance de sa femme, monsieur Rémillard, le bourgeois chez qui Mélina avait été engagée comme servante, lui avait réservé un emploi dans sa manufacture de cigarettes, mais il était hors de question qu'il l'héberge sous son toit…

Chapitre 6

Dans la lumière opaline du matin, à bord du train qui l'amenait dans la grande ville, Antonin repensait à ceux qu'il abandonnait. Les larmes dans la voix, sa mère l'avait supplié de rester. Son père avait tenté de le retenir, en lui proposant de reprendre sa place à la ferme. Mais son choix était définitif : il partait.

Somme toute, sa famille ne lui manquerait pas beaucoup, mais il s'ennuierait de Nicolas avec qui il avait partagé sa garçonnière, l'expérience de la pêche, et quelques bonnes soirées au Fox River. En guise de souvenir, il lui avait donné son cheval, un peu pour se faire pardonner de l'avoir entraîné dans une aventure trop brève et qui avait mal tourné. Aussi regretterait-il de mettre fin à sa relation avec madame O'Brien ; il se causait du souci pour la malheureuse, aux prises avec un mari déplaisant et deux belles-filles qui retenaient de leur père. Dorénavant, Exarée continuerait d'écrire à l'exilée, et les lettres seraient adressées à son camarade au magasin général.

Les paupières closes, dans sa tête renversée sur le dossier de la banquette dodelinaient des images pourtant vives qui s'estompaient peu à peu. Les unes après les autres, elles s'effaçaient, remplacées par le visage de Mélina et celles de la métropole qu'elle lui avait décrite : le beau quartier où elle habitait, le bon voisinage, les promenades dans les rues le seul jour de congé qu'on lui accordait. Cependant, elle ne connaissait pas tout de Montréal, de ses faubourgs, du pain quotidien des ouvriers, du chômage, de ce qui se déroulait derrière les volets fermés, de ce qui baignait dans la lumière falote des taudis.

Épuisée par son interminable périple, la locomotive expira dans un serrement de freins. Le changement de train à Mont-Joli avait retardé les voyageurs. Antonin descendit du wagon, baluchon sur le dos, l'air complètement désemparé. Un valet en livrée s'avança vers lui.

— Je peux le prendre, dit le porteur, posant effrontément la main sur le sac.

— C'est pas nécessaire, j'ai seulement ça, dites-moi juste de quelle manière on sort d'ici, rétorqua Antonin en tirant vers lui son baluchon.

Un gros voyageur serré dans un habit rayé leva les yeux vers le groom.

— Ce gueux n'a pas un sou à vous donner, venez plutôt m'aider, lança-t-il.

Antonin refusa les services d'un cireur de chaussures et sortit sur la rue. Sur le pavé strié de rails de tramway, se faufilant entre des automobiles et quelques rares voitures à cheval, des taxis emportaient des clients. Il amorça le pas vers l'est et atteignit le boulevard Saint-Laurent. Puis, inconsciemment attiré par les eaux qui coulaient vers sa Gaspésie natale, il redescendit vers le fleuve. Au port, il ne serait pas trop dépaysé par ces bateaux amarrés. À cette heure encore matinale, des marins assouvis sortaient derrière des portes suspectes, des femmes à la morale douteuse abordaient les passants. L'air engageant, l'une d'entre elles accosta le jeune homme.

— Hé, matelot ! Si tu cherches un endroit pour finir la nuit, viens chez moi, risqua-t-elle.

Antonin remonta vers le nord et fila vers l'est au tournant de la rue Sainte-Catherine.

Il s'était résigné à passer le reste de la nuit debout, à baguenauder comme cette loque qui le devançait en transportant ses nippes enveloppées dans une guenille au bout d'un bâton, quand un écriteau suspendu à une fenêtre attira son regard. Il actionna la sonnette de cuivre. La logeuse se montra dans l'encadrement d la porte. Elle avait le visage ratatiné comme une horrible sorcière édentée, des yeux creux à faire peur et du poil au menton.

— Vous avez une chambre à louer? demanda-t-il.

La vieille s'engagea muettement dans l'escalier et s'arrêta sur le dernier palier. Elle ouvrit la porte d'une chambrette aménagée sous les combles.

— C'est cinquante cents la nuit, puis le départ est fixé à onze heures parce que je dois faire le ménage, débita-t-elle, d'une voix éraillée.

Le ménage, pensa-t-il, *ça a besoin d'être propre là-dedans!* La logeuse redescendit. Il entra et referma la porte derrière lui. Une lueur blafarde pénétrait par un œil-de-bœuf pratiqué au plafond pentu. Antonin progressa vers une ficelle qui pendouillait au milieu de la pièce. Il la tira. Une ampoule jetant une lumière jaunâtre éclaira une paillasse éventrée d'où sortaient quelques brins. Près d'un mur, une chaise défoncée devant une table verte sur laquelle reposait un vieux numéro de *La Patrie.* Pas même de lavabo. *Je vas m'ennuyer de mon coqueron,* badina-t-il.

Il était près de midi quand une paille rebelle le piqua à une fesse. Il écarquilla les yeux, promena un regard hébété dans la pièce, en se demandant où il avait passé la nuit. Il chercha son souffle, se tourna sur le flanc. Mais une chaleur étouffante avait envahi la chambrette.

Un poing insistant cogna à la porte. Il délia un peu ses membres gourds. Sa main tâta les vêtements qui jonchaient le sol. Il enfila son pantalon et alla entrouvrir.

— Asteure qu'il est dépassé onze heures, vous pouvez prendre votre temps, dit la logeuse. Mais vous me devez un autre cinquante cents.

…e de quoi manger aujourd'hui, madame, mentit-il, … pas me faire ça ! Je m'excuse d'avoir passé tout droit.

…n, ça va, vous avez une jolie binette et m'avez l'air d'un …arçon pas trop argenté. D'abord, je vous offre à dîner pour …s cher ; je vous attends à l'étage en dessous.

Il referma, finit de s'habiller et rassembla ses maigres effets avant de descendre à l'appartement de la logeuse.

Une forte odeur de vinaigre s'exhalait de la cuisine exiguë. Des œufs à la coque marinaient dans un pot au milieu de la table. Il ne raffolait pas particulièrement de ce goût acide, mais il avait faim. Elle décapsula deux bouteilles de Cream Soda et, sans façon, elle déchira un morceau de pain et l'invita à s'asseoir.

La dame habitait seule. L'ancienne tenancière louait à présent un peu à n'importe qui. L'habitation vétuste attirait les mendiants surtout pendant l'hiver, lorsque le froid intense leur gelait les os. Grâce à la location de ses chambres, elle parvenait à tirer un revenu modeste qui lui permettait de vivre. Lui, il arrivait de la lointaine Gaspésie, venait pour gagner sa croûte. Elle n'avait pas à savoir qu'il avait quitté la péninsule pour retrouver celle qu'il aimait.

Après s'être rassasié, il procéda à sa toilette matinale et régla sa note d'hôtel.

Son paquet de hardes sur l'épaule, Antonin entreprit de marcher vers le secteur où se trouvait la manufacture de cigarettes. Il devrait se présenter à monsieur Rémillard le lendemain sans faute, ce qui ne lui laissait pas beaucoup de temps pour dégoter un petit meublé convenable. « Je ne peux pas trouver pire », pensait-il. Avec un salaire, il pourrait loger dans un minuscule appartement moins pitoyable, préparer sa nourriture et ne déranger personne. Il le choisirait de préférence à proximité de l'Imperial Tobacco et se déplacerait à pied pour se rendre à son travail.

L'angélus du soir avait sonné aux églises du faubourg. Le Renardois avait déambulé pendant plusieurs heures le long des rues, à trimballer son baluchon et à détailler les façades des immeubles. Il avait frappé à quelques portes, visité quelques logis, mais il était ressorti chaque fois un peu plus déçu, découragé, désabusé. Maintenant, il devait songer à un endroit pour coucher. Sa logeuse serait sans doute disposée à lui louer la même chambre, mais il se refusait à rebrousser chemin. Advienne que pourra! Il fouilla dans sa poche, déplia un bout de papier, lut l'adresse de la résidence. Il obliqua vers une rue plus passante et monta dans un taxi en maraude.

Le heurtoir résonna dans la somptueuse demeure de l'avenue Roslyn, à Westmount. Mélina parut, resplendissante d'élégance dans son costume de domestique. Elle portait une coiffe fraîchement empesée et un tablier festonné à la taille qui lui seyait à merveille. Un sourire fleurit sur ses lèvres désirables.

Il se délesta de son baluchon, l'étreignit en l'embrassant fougueusement. Deux gamins surgirent dans l'entrée et se précipitèrent sur la bonne. Elle se détacha des bras de son amant.

— Retournez vous asseoir, les enfants! ordonna Mélina. Je vais servir le dessert.

— On va le dire à maman que t'embrasses le monsieur! lança l'un, on va le dire à maman, répéta-t-il, avec un air de bravade enjouée.

Une dame, habillée d'une jupe de fin lainage noir et d'un corsage gris perle orné d'une délicate broderie, fit irruption dans le vestibule. Le visage de la servante s'empourpra.

Mélina fit les présentations. Il n'avait pas mangé. Enchantée de le connaître, l'hôtesse l'invita à se joindre à la famille.

Monsieur Rémillard n'aimait pas les repas qui s'éternisaient avec ses diablotins, et l'arrivée inopinée de l'amoureux finirait de remplir le vase de son intolérance. Il avait repoussé discourtoisement sa chaise et s'était allumé une cigarette en se retirant dans son cabinet. Il s'était calé dans son fauteuil. Son chauffeur, le fidèle Gonzague, lui avait apporté un digestif et son journal *Le Devoir*. Dans la salle à manger, madame Rémillard avait demandé que la bonne serve d'abord le gâteau aux galopins, en espérant qu'ils n'aillent pas déranger la digestion de son mari une fois leur assiette vide et leur lait englouti. Puis, Mélina avait apporté deux bols de potage et s'était assise à table. Elle n'avait pas coutume de prendre ses repas dans la salle à manger. Cette fois, l'hôtesse l'exigeait.

— Vous avez un endroit où coucher, monsieur Bernard? s'enquit-elle. Sinon, vous pourriez demeurer dans la maison quelque temps.

Mélina connaissait l'empathie de sa bourgeoise et son engagement envers les nécessiteux. Il n'en était pas de même pour son mari, qui regardait avec indifférence le sort des chômeurs et qui se réjouissait de les voir fumer des Player's, des Turret et des Sweet Caporal. Il éprouvait un plaisir indicible à rêver à ces hautes cheminées d'usines panachées de fumée qui représentaient des cigarettes de géants. À son avis, on ne grillait pas assez de ces petits cylindres de tabac qui contribuaient à la détente.

— Je ne veux pas avoir l'air effronté, madame, répondit Antonin, mais que va dire monsieur…

Mélina l'implora du regard d'accepter.

— Monsieur dira ce qu'il voudra, rétorqua l'hôtesse.

Leur lait sitôt avalé, les enfants s'étaient emparés d'un ballon et s'étaient mis à le botter un peu partout dans la pièce.

La servante était absorbée par la conversation qui se déroulait entre sa bourgeoise et son amoureux. La dame était prête à l'héberger aussi longtemps qu'il le désirait. Pour elle, il était normal qu'elle lui accorde cette petite faveur. Il n'était pas un chien qu'on abandonne à la rue.

Le ballon atterrit dans le bol du jeune homme, aspergea sa chemise, avant de rebondir au sol.

— Oh ! s'écria madame Rémillard, quel gâchis !

— Ne vous en faites pas, madame, ce ne sont que de petites éclaboussures, rassura la bonne. Les enfants, déposez le ballon dans le coin et allez vous brosser les dents, s'il vous plaît.

Mélina enleva les bols, alla à la salle de bains s'assurer que les chenapans lui avaient obéi et rapporta un torchon pour nettoyer les salissures sur le plancher. Ensuite, elle retourna à la cuisine et en revint avec deux assiettes de porc au poivre vert.

Madame Rémillard s'intéressa au métier de pêcheur, à ce bout du monde où la population gagnait son pain dans des conditions souvent difficiles. Plus elle écoutait le Gaspésien, plus elle s'épanchait sur les habitants de la péninsule qu'elle trouvait malgré tout chanceux de vivre au bord de la mer.

La dame ne voulut pas étirer indûment le repas. Mélina devait desservir la table, s'occuper des enfants et faire la vaisselle. L'hôtesse secoua une clochette d'argent. Un grand échalas parut, le corps raide, avec l'air empesé des domestiques des grandes maisons.

— Gonzague, conduisez le jeune homme à la chambre bleue.

— Oui, madame.

Antonin remercia l'hôtesse pour son hospitalité, alla ramasser ses hardes et marcha à la suite du serviteur.

Le crépuscule avait englouti le jour. Ses vêtements rangés, il s'était accoudé à la fenêtre et observait distraitement les allées et venues des automobiles et des passants sur la rue qui s'endormait. Des pas s'étaient arrêtés sur le palier et avaient poursuivi leur ascension à l'étage des domestiques. La rejoindre à sa chambre lui parut un brin audacieux. Il ne devait pas se mettre à dos monsieur

Rémillard qui, déjà, s'était éclipsé à son arrivée. Une première nuit dans la demeure incitait à la prudence. Mais il ne pouvait plus se languir de parler à Mélina.

Assise devant le miroir de la commode, elle dénoua son chignon et secoua la tête sur sa robe de coton rose fleurie. Elle avait souhaité qu'il la rejoigne, mais elle avait pressé le pas vers sa chambre. À pas feutrés, l'œil aux aguets, Antonin entreprit de gravir l'escalier. Il frappa au chambranle. Elle demeura un moment interdite. Le cœur palpitant d'émotion, elle se leva et glissa vers la porte. Elle ouvrit.

Il fit un pas vers elle, referma doucement derrière lui et, sans lui laisser le temps de dire un mot, il l'embrassa goulûment.

— Tu m'as tellement manqué, ma belle, dit-il, reprenant son souffle.

— Si on savait que tu étais là, Antonin, je serais congédiée sur-le-champ.

— Gonzague ?

— Je crois qu'il m'aime bien, qu'il est incapable de me trahir.

Si monsieur Rémillard venait à l'apprendre, non seulement Antonin serait expulsé hors de sa maison, mais il perdrait aussitôt son emploi à la manufacture. Les relations entre lui et la servante se bornaient aux nécessités les plus élémentaires, et aucune familiarité ne teintait leurs rapports. Elle croyait qu'il la respectait, qu'elle avait gagné son estime parce qu'elle réussissait bien avec les enfants. Le souper avait été un écart à la règle, mais en temps ordinaire, son prétendant mangerait comme elle dans la cuisine des domestiques et il se soumettrait aux habitudes de la maison.

Elle avait débité ses renseignements et ses recommandations sans qu'il la quitte des yeux. Le regard du garçon glissait à présent sur sa robe de nuit. Elle sentit qu'il la désirait. Sans résister, ses lèvres se posèrent doucement sur les siennes. Mais l'appel de la chair était trop fort pour qu'il se restreigne à un chaste baiser. Il se leva, prit sa main et voulut l'entraîner sur le lit.

— Il ne faut pas, Antonin ! refusa-t-elle.

Il demeura interdit, la bouche béante d'étonnement, tendu d'un plaisir insatisfait.

— Moi aussi j'ai le goût de toi, dit-elle, mais on doit être raisonnables…

Raisonnables, se répéta-t-il, depuis le temps que je me retiens ! Comme le mot sonnait faux dans sa tête ! Il abaissa les paupières, inclina la tête, comme pour l'approuver et conformer sa conduite à la sagesse. Puis, il s'éloigna d'elle, s'immobilisa sur le seuil et lui décocha un tendre sourire.

***

Antonin avait mis du temps à s'endormir et il s'était réveillé au petit matin avec la crainte d'être passé tout droit. Les bruits familiers n'avaient pas gagné la maisonnée. Plutôt que de tourner en rond dans sa chambre, la figure encore humide de ses ablutions, il descendit au rez-de-chaussée. La porte du cabinet était demeurée entrouverte ; il étira le cou dans le bureau.

Les murs tapissés de livres le rebutèrent. Au milieu de la pièce, un secrétaire sur lequel reposaient de petites piles de feuilles bien rangées et de quoi écrire. Dans un coin, un fauteuil et une lampe de lecture. Il allait refermer lorsque des pas le surprirent.

— Monsieur Bernard !

Antonin se retourna, l'air hébété.

— Hum ! Je voulais juste voir, s'accusa-t-il.

— Il n'est pas convenable de fureter comme vous le faites et d'emprunter l'escalier principal ; votre amie de cœur a dû vous le dire, pourtant, lança le valet, d'un ton moralisateur.

Antonin amorça le pas vers la cuisine. Gonzague l'interpella :

— Il en est de même pour votre escapade dans la chambre de la servante, monsieur Bernard, ajouta-t-il, fielleux.

— Là vous allez trop loin, s'indigna Antonin. Mêlez-vous de ce qui vous regarde. Cela ne vous concerne pas, vous n'êtes qu'un serviteur au service de la famille alors que moi, je suis comme un pensionnaire dans cette maison. C'est toute la différence…

Sur les entrefaites, Mélina posait le pied au bas de l'escalier des domestiques. Les deux hommes se toisaient comme chiens de faïence. Elle prit un air interloqué et demeura muettement dans la cuisine.

Gonzague tourna les talons. Antonin alla rejoindre Mélina. Il venait de se produire une légère altercation, il lui expliquerait en temps et lieu. Pour l'heure, elle lui servirait son petit déjeuner et, si elle en avait le temps, lui préparerait à la hâte un lunch pour le dîner avant que monsieur n'apparaisse. À sa première journée de travail, il importait qu'il ne soit pas en retard.

Manifestement, il ne serait pas monté dans la voiture du patron ; c'était impensable. Par contre, le chauffeur n'était pas d'humeur à le conseiller sur le chemin à prendre pour se rendre à la manufacture. D'un pas décidé, sa casquette de marin sur la tête, Antonin repartit de l'avenue Roslyn et quitta de façon imprécise le quartier paisible des somptueuses résidences de Westmount. Afin de s'assurer qu'il ne s'écartait pas trop de l'itinéraire le plus court, il interpella des passants et rejoignit la rue Sainte-Catherine qu'il emprunta vers l'est avant de s'orienter vers le canal de Lachine et d'atteindre la rue Saint-Antoine, dans le faubourg Saint-Henri.

Il pénétra dans un quartier sombre et sale où semblait régner la misère, cette insatiable ogresse dévoreuse de gagne-petit, mangeuse de pauvres et grignoteuse de bonheur. De modestes maisons de brique rouge aux petits balcons de fer forgé côtoyaient de chétives maisons de bois dont on devinait l'intérieur insalubre. Sur le trottoir, des bâches recouvraient le mobilier d'un locataire qui pestait contre l'évincement qu'il venait de subir. Quelques rares automobiles dépassaient les haridelles attelées à de vieilles charrettes aux hautes ridelles branlantes, dans l'indifférence des moineaux qui picoraient leur crottin, des haquets où bringuebalaient des tonneaux, des bogheis, des chariots, et des fardiers lourdement chargés de débris.

Au tournant d'une ruelle, un tombereau bondé d'objets hétéroclites était tiré par un quidam suivi par des enfants pieds nus aux vêtements rapiécés qui zigzaguaient derrière lui en faisant rouler des pneus usés. Un peu partout, des badauds déambulaient avec nonchalance, des clochards recroquevillés sur des bancs de parc où ils avaient probablement passé la nuit.

Au moins une vingtaine d'hommes et de femmes déguenillés faisaient le pied de grue devant la manufacture.

— Heille, le matelot, si tu veux une *job*, mets-toi en ligne comme tout le monde ! s'écria l'un.

Une grosse Buick blanche se gara devant l'Imperial Tobacco. La visière de son képi à demi rabattue sur les yeux, de sa main gantée, le chauffeur alla ouvrir au passager qui descendit avec un porte-documents. Puis, ce dernier jeta négligemment son mégot, avant de s'engouffrer dans l'usine. La mine condescendante, Gonzague regagna la voiture, qui démarra en trombe.

Comme un gamin mal élevé, Antonin fit semblant d'ignorer les sans-emplois et entra dans le bâtiment.

Le pointeur de cartes de temps était reparti. Il se présenta à la réceptionniste, une dame d'un certain âge à l'air sec, affublée d'un nez proéminent surmonté de grosses lunettes noires.

Il désirait voir monsieur Rémillard, qui lui avait promis un emploi. Elle lui mentionna qu'il relèverait de René Flibotte, dont le bureau était localisé au second étage de l'immeuble.

Le bruit discordant qui lui parvenait et l'air imprégné d'une forte odeur de tabac séché l'indisposèrent. Antonin gravit les marches de l'escalier qui donnait sur une vaste salle qui tirait son jour par de nombreuses fenêtres, et où s'affairait une ruche bourdonnante de travailleuses vêtues d'un sarrau blanc à manches courtes et d'un curieux et minuscule bonnet blanc qui avait l'air de tenir comme par enchantement à l'arrière de la tête. Près d'un petit local fermé de carreaux vitrés, un homme de taille moyenne à la chevelure en brosse semblait distribuer des ordres à un groupe d'employés. La sonnerie d'un téléphone retentit. Flibotte alla répondre.

Le cornet acoustique collé sur l'oreille, la mine rébarbative, il détaillait le jeune homme qui se tenait à proximité. Il raccrocha et s'approcha d'Antonin.

— C'est toi, Bernard? s'enquit-il gravement. Tu viens de perdre ta *job*, mon garçon. T'avais juste à arriver à temps.

— J'ai fait mon gros possible pour être à l'heure, se défendit Antonin. Vous pouvez pas me foutre à la porte comme ça, c'est monsieur Rémillard lui-même qui m'a engagé…

— Figure-toi donc que c'est lui qui vient de m'appeler. Quand mon patron décide, j'ai juste à faire ce qu'il me demande. C'est ça qui est ça, mon *pit*!

La physionomie d'Antonin s'assombrit. Non, il n'irait pas rencontrer celui qui se dissimulait derrière son autorité et qui faisait tout pour l'éviter. Les mâchoires serrées, il dévala l'escalier, repassa devant la réceptionniste et sortit sur le trottoir. La petite société s'était gonflée de quelques âmes venues, elles aussi, poireauter aux portes de l'usine.

— Aussitôt rentré, aussitôt sorti ! ricana l'un, la lèvre tordue.

Débiné, Antonin déambula dans le faubourg le reste de l'avant-midi. Un peu partout, des désœuvrés arpentaient les trottoirs, traînant leurs savates éculées aux abords des filatures et de la voie ferrée. Dans le train qui l'avait amené à Montréal, un homme d'âge mûr l'avait informé sur la crise qui sévissait dans la métropole. Pourtant, selon le message aux Canadiens du président du Canadien Pacifique au jour de l'An de l'année précédente, « la situation économique n'avait jamais été aussi encourageante ». Dix mois plus tard, l'Occident capitaliste sombrait dans la plus grande débâcle de son histoire. Il ne fallait donc pas s'attendre à trouver de l'ouvrage quand nombre de travailleurs étaient mis à pied. Incapables de survivre avec les prestations du Secours direct, des familles retournaient avec leurs guenilles dans les campagnes pour vivre dans les fermes. Antonin s'en était un peu moqué. Il avait des relations : un grand patron de l'Imperial Tobacco lui avait réservé une place dans l'usine et le logerait dans sa résidence.

À présent, il se sentait comme cette populace oisive abrutie par des privations. Il était comme ces indigents qui portent la guigne et ne savent où aller, avec du temps plein leurs poches et la tête tourmentée par des questions sans réponses. Et comment réagirait Mélina ? Rémillard le mettrait-il à la rue comme un vaurien ? À Rivière-au-Renard, il se serait assurément réfugié au Fox River, pour mieux avaler une rebuffade. Se tapir dans une taverne avec des buveurs ne constituait pas la meilleure riposte au mauvais sort. Inconsciemment attiré par le fleuve, il poursuivit son errance et aboutit au port. Ça ne sentait pas le poisson frais ni la morue séchée. Des silos de céréales émanait une odeur rance de blé moulu qui se mêlait aux relents de mélasse.

Midi venait de sonner quand le promeneur se buta à une clôture qui interdisait l'accès aux immenses hangars. Des travailleurs sortirent avec leur petite boîte de fer-blanc et s'écrasèrent à proximité d'un entrepôt de marchandises. D'autres, plus pressés, franchirent la barrière. Parmi eux, un individu habillé de gros coutil, à la carrure d'ours et à l'air sympathique, aborda le jeune homme portant une casquette de marin.

— Dommage, moussaillon, les travailleurs saisonniers arrivent au début de la saison de débardage, l'informa-t-il gentiment. Si ça te chante, tu peux venir avec nous autres chez le père Bousquet pour dîner, ajouta-t-il, avant de l'entraîner dans une gargote de la place Royale.

Le *docker* s'estimait chanceux de ne pas manquer d'ouvrage et plaignait les bons pères de famille qui n'en avaient pas. Selon lui, le maire Camillien Houde faisait des efforts louables pour aider les nécessiteux, mais il s'insurgeait contre le très honorable William Lyon Mackenzie King, qui avait déclaré qu'il « ne donnerait pas une pièce de cinq cents à une province gouvernée par les conservateurs » ! Le libéral venait d'ailleurs d'être défait par son adversaire tory, R. B. Bennett. Par contre, certains riches financiers se sortaient bien de la crise. C'était le cas du puissant Herbert Samuel Holt, entre autres président de la Banque Royale du Canada, de Montreal Light, Heat & Power, de Canada Power and Paper, et membre du conseil d'administration de nombreuses autres sociétés. Certaines activités des Montréalais faisaient penser à lui : on s'éclairait aux ampoules de Holt, on préparait le déjeuner avec le gaz de Holt, on fumait une cigarette de Holt et on lisait les nouvelles imprimées sur le papier journal de Holt avant de prendre un tramway de Holt, mentionna le débardeur en se référant à la raillerie mordante du journaliste Peter Newman.

— Bon ! On retourne à l'ouvrage, lança l'employé du port.

Antonin n'avait aucune raison de s'attarder. Comme s'il était un des travailleurs du groupe, il sortit du casse-croûte. Sur le trottoir, des guenilleux à la barbe hirsute et aux cheveux en bataille conféraient paisiblement. Les mains au chambranle, le gargotier s'étira le nez à l'extérieur.

— Asteure, c'est à votre tour, les gars ! lança-t-il.

Sans se faire prier, les miséreux entrèrent dans l'établissement.

— Ça prendrait bien des pères Bousquet pour nourrir tous les mendiants de la ville, commenta le débardeur. Je te souhaite de trouver une *job* plutôt que de te ramasser avec eux, dit-il en gratifiant Antonin d'une affectueuse bourrade amicale sur l'épaule.

À nouveau seul et désemparé, Antonin retomba dans une flânerie qui le mena dans le Vieux-Montréal. Lentement, il sillonna les rues et remonta vers le mont Royal. Il était environ huit heures trente du soir lorsqu'il parvint à l'avenue Roslyn.

Gonzague parut en élargissant un sourire de méchanceté.

— Ah ! Vous voilà, vous, s'étonna-t-il. Monsieur est dans son cabinet ; il a deux mots à vous dire.

À tort ou à raison, Antonin avait ruminé de vagues pensées sur la suite des choses. Par-dessus tout, il lui importait que sa relation avec Mélina ne soit pas émoussée par ce qui était survenu durant la journée. Cependant, un entretien avec le maître des lieux s'imposait.

Le valet annonça le retour du pensionnaire et se faufila discrètement entre l'embrasure et lui.

— Je vous expulse de ma maison ! explosa Rémillard.

La cravate dénouée sur le col entrouvert de sa chemise blanche, Rémillard avala d'un trait le reste de son verre de digestif. Puis, il s'empara du briquet qui miroitait sous le plafonnier et s'alluma une cigarette.

— Vous avez pas l'air de réaliser que je vous ai accordé un privilège, jeune homme. Vous aviez un emploi que vous avez aussitôt perdu parce que n'étiez pas à l'heure. Vous n'êtes pas en Gaspésie pour attendre la marée montante avant de prendre la mer…

— Si j'étais embarqué avec vous à matin, j'aurais été à temps à votre usine, monsieur Rémillard.

— Ah ! Elle est bonne, celle-là ! Qu'est-ce qu'il ne faut pas entendre ? s'écria l'hôte. En plus de vous embaucher, de vous nourrir, de vous héberger dans ma demeure, il aurait fallu que je vous amène à l'usine.

Alertée par l'échange houleux qui émanait du cabinet, madame Rémillard surgit dans un état d'agitation.

— Chéri !

— Mêle-toi pas de ça, Madeleine, l'avertit-il, c'est une affaire entre hommes !

Rémillard avait pris une mine de bouledogue anglais qui ne démordait pas. Il aspira une longue bouffée, fit quelques pas rageurs et revint à la charge.

— Il y a des tonnes de chômeurs qui auraient été bien heureux d'être engagés à l'Imperial Tobacco et qui se contenteraient de passer le balai dans la manufacture pour soixante-quinze cents par jour.

— Tu ne vas tout de même pas le mettre à la rue, plaida madame Rémillard, d'une voix émue.

— Monsieur Bernard se croit tout permis dans cette maison, poursuivit l'hôte. Il entre dans mon cabinet comme dans un moulin, monte à la chambre de la bonne comme s'il était son mari.

— Vous attendiez la moindre occasion pour vous débarrasser de moi, monsieur. Dites-le donc que le père de Mélina est derrière votre décision. Monsieur O'Brien a dû convaincre votre cousin, le saint curé Morris de Rivière-au-Renard, de vous appeler pour me faire renvoyer. Admettez-le, c'est ça la véritable explication…

Madeleine Rémillard couvait Antonin d'un regard attendri. Comment pouvait-elle à présent intercéder en faveur de son pensionnaire ? Elle avait le sentiment de l'avoir défendu bec et ongles et qu'elle ne pouvait plus rien pour lui. De toute manière, l'atmosphère serait intenable avec son mari, et les deux hommes ne pourraient censément toujours s'éviter l'un l'autre sans affrontement. Elle résolut de lâcher prise.

Mélina revenait de coucher les enfants. Elle n'avait pas entendu distinctement les paroles des protagonistes, mais elle appréhendait le pire. Il était un peu tôt pour se réfugier dans sa chambre, ses bourgeois avaient peut-être quelque autre demande à lui adresser. La gorge étranglée, elle se rendit au salon pour ramasser la toupie oubliée.

— Me permettez-vous de passer une dernière nuit dans votre demeure ? formula Antonin.

— Non ! répondit sèchement Rémillard, c'est la porte, et vite…

— Ça, par exemple, Hubert, ça ne marchera pas comme ça ! s'indigna l'hôtesse.

— OK d'abord, mais il partira de bonne heure demain matin ! riposta le maître de la maison sur un ton sans appel.

Madeleine Rémillard émergea de la pièce, la tête baissée. La servante était là qui tenait un jouet dans ses mains tremblantes. Elle la considéra gravement.

— Vous pouvez prendre le reste de la soirée avec votre prétendant, exprima-t-elle.

— Bien, madame, répondit Mélina en s'inclinant avec reconnaissance.

Elle avait envie de pleurer, de se dépouiller vitement de son costume de domestique, d'aller faire sa valise et de s'enfuir avec lui. Que lui importait ce qu'on dirait d'elle, de sa petite folie d'adolescente éprise d'un jeune homme impertinent? On tâcherait de la remplacer par une autre, de préférence une laideronne comme ses sœurs, une intouchable guenon sur qui personne ne tenterait de poser les mains. Mais elle partirait sur un coup de tête et se retrouverait sur le pavé, au bras d'un galant sans domicile. Hubert Rémillard s'empresserait de décrier injustement sa conduite auprès du curé Morris.

Les paroles du maître de la maison avaient achevé de l'énerver. Sous la mine affligée des femmes, avant de perdre toute contenance, Antonin émergea précipitamment du cabinet et escalada quatre à quatre les marches de l'escalier principal. Cherchant une approbation, Mélina consulta sa bourgeoise du regard. Elle opina positivement de la tête.

La servante souleva sa jupe, gravit lestement les degrés et enfila le corridor du pensionnaire. La porte de la chambre béait sur le passage. L'œil en furie, Antonin enfouissait ses hardes dans son baluchon.

— Monsieur Rémillard t'a permis de…

— Je sais qu'il n'est pas bon de mettre la voile dans la tempête, mais tant qu'à rester jusqu'à la barre du jour demain matin, j'aime autant lever l'ancre tout de suite…

— Qu'est-ce que tu vas devenir? exprima-t-elle, la voix éplorée.

Elle avait le visage défait, comme si toute la tristesse accumulée depuis des mois marquait au même instant sa belle physionomie. Il voulut l'enlever, traverser le seuil de la malheureuse demeure. Elle allait s'effondrer, se pendre à son cou, l'implorer. Mais il lui paraissait impossible d'attendrir son entêtement farouche. De temps à autre, elle allait à pied s'approvisionner au marché Dominion. Elle avait une journée de congé la semaine, parfois une la fin de semaine quand les Rémillard n'allaient pas en visite ou ne recevaient pas. Quoi qu'il advienne, il s'arrangerait pour la revoir.

Il serra les cordons de son sac, le jeta sans ménagement près de la porte. Puis, comme dans un moment désespéré chargé d'une grande intensité, il l'étreignit violemment sur sa poitrine avant d'agripper son ballot de vêtements et d'effets personnels, et de dévaler l'escalier principal.

Dans la moiteur du crépuscule, Antonin s'éloignait maintenant des demeures confortables de Westmount. La tête enténébrée de déboires, il fonçait à une allure rapide comme s'il se précipitait vers une destination précise. Pourtant, il ne savait pas où il allait.

Sitôt les frontières du faubourg Saint-Henri atteintes, sans s'en apercevoir, il avait ralenti sa course, et ses grandes enjambées avaient cédé le pas à une démarche plus normale, plus décontractée. La soirée était douce et invitante. Contraint à une fuite inévitable, toutes les émotions qu'il avait traversées lui avaient fait oublier sa faim. Avec l'argent de son père, il avait amplement de quoi se payer un repas quelque part et trouver un gîte pour la nuit. Au hasard de ses pérégrinations, il longea un endroit public. Tant qu'à louer une chambre miteuse, il logerait à la belle étoile.

À la lueur d'un croissant de lune qui éclairait les allées du parc, il distingua une masse avachie. Un peu plus loin, le feuillage épais d'un arbre ombrageait un autre banc rustique sur lequel se pelotaient deux amoureux. L'endroit lui convenait. Il s'enfonça dans les lieux et posa son baluchon en guise d'oreiller, puis s'allongea en abaissant la visière de sa casquette.

Au matin, son compagnon d'infortune se leva et alla vers lui.

— Heille ! c'est le temps de ramasser tes cossins, marmotta-t-il.

Antonin dessilla les yeux sur un homme dépenaillé, aux joues mal rasées, qui le secouait mollement.

— Qui c'est qui me dérange dans mon sommeil ? s'insurgea-t-il.

— Pour moi, t'es un petit nouveau dans le quartier, dit le vagabond, la bouche pâteuse. Tu viens de perdre ta *job*, je suppose, puis t'as pas l'air de savoir que les pauvres diables comme nous autres, on peut aller à la soupe populaire, au sous-sol de l'église. Envoye, lève-toi…

Quelques mois auparavant, le sans-abri avait quitté le quartier Hochelaga et migré vers le faubourg Saint-Henri. Ainsi, il passerait inaperçu et il aurait moins de peine à soutenir le regard des inconnus qui ne connaissaient pas son histoire. La crise avait frappé durement sa petite entreprise. Démoralisé, il avait vendu sa part à son associé et bu ce qui lui restait. Sa maison était la rue, sa famille, les passants, et il vivotait avec l'assistance sociale dans l'espoir de jours meilleurs.

Le jour entrait timidement par les soupiraux du sous-sol de l'église Saint-Zotique. Deux plafonniers tentaient de compenser le faible éclairage par leur lumière jaunâtre qui se perdait sur le linoléum carrelé. Dans l'ambiance un peu glauque de la salle, autour de longues tables de bois recouvertes de nappes cirées, des nécessiteux sapaient leur soupe.

Une bénévole, portant un tablier blanc à l'air contristé, s'avança vers eux avec deux bols fumants qu'elle déposa au bout d'une tablée.

— Vous nous amenez un camarade, monsieur Bigonesse, dit-elle, avec une extrême civilité.

— Oui, madame, mais moi, c'est passager, rétorqua Antonin.

— Tut ! On dit ça, on dit ça, mais on ne choisit pas son malheur, le rabroua Bigonesse. Les compagnons s'installèrent. Le vagabond acheva de relater sa déroute financière. Avec un dénommé Amédée Sylvestre, il gardait des chevaux en pension et s'employait au creusage de caves avec sa jument. Mais la construction était au ralenti et le commerce ne lui rapportait pas suffisamment. Le Gaspésien suivait avec un intérêt croissant ses propos. Plus l'homme s'exprimait, plus les yeux d'Antonin s'écarquillaient d'espoir et plus son humeur morose s'évanouissait.

— Aux dernières nouvelles, mon associé était au bord de la banqueroute, déclara-t-il.

L'information n'était pas tombée dans l'oreille d'un sourd. Il aimait les chevaux et il avait un peu d'argent. L'idée de racheter l'entreprise se frayait un chemin dans son esprit. Il avala d'un trait le fond de son bol, et quitta prestement les lieux.

Baluchon sur l'épaule, le Renardois alla rejoindre la rue Notre-Dame et s'embusqua à un arrêt de tramway. Avec son accoutrement de marin et son sac de voyage, il avait la mine d'un étranger dans la métropole. Il se dirigeait vers le quartier Hochelaga. L'aimable wattman l'aiguilla afin qu'il se rende à la rue Cuvillier.

L'alignement de maisons de brique rouge soudées les unes aux autres était percé d'un passage voûté surmonté de ce qui semblait être un petit logis. Une persistante odeur de fumier l'assaillit. Antonin s'aventura par la porte cochère et accéda à une grande arrière-cour de terre battue bordée par un bâtiment et des stalles de chevaux, dont une seule était occupée.

Un homme dans la trentaine, à la figure grêlée et habillé d'une vareuse, s'affairait à étriller un cheval bai.

— Que c'est que je peux faire pour toi ? s'enquit-il en arrêtant le mouvement de sa brosse.

— Me vendre votre *business* ! rétorqua Antonin.

— Les affaires ne sont pas très bonnes, tu sais. D'après ton accent, tu dois venir de la Gaspésie, puis t'as probablement aucune expérience avec les chevaux.

— J'adore ces bêtes, monsieur Sylvestre…

— Vous connaissez mon nom…

Le palefrenier avait l'air plongé dans un état de tristesse et d'accablement douloureux. Avant d'atteindre le fond du baril de la déchéance, il était presque résigné à se départir de sa petite entreprise et à céder le petit garni au-dessus de l'entrée. Avec le bénéfice qu'il escomptait, il ne se jetterait pas dans la boisson comme son ami Bigonesse. Mais il se retenait de vendre, l'offre d'achat le prenait à l'improviste, il avait besoin de réfléchir encore un jour ou deux. Entre-temps, il lui proposait d'amadouer sa Gasparine et de se familiariser avec la routine du commerce.

Sous l'œil bienveillant de Sylvestre, Antonin attela la jument au tombereau et se mit à râteler avec ardeur le fond des stalles pour les nettoyer. Puis, il alla en décharger le contenu sur un terrain vacant. Au fur et à mesure que la journée s'écoulait, des livreurs de lait, de pain, de glace, de bois et de charbon revenaient de leur tournée et confiaient leur cheval aux bons soins du palefrenier et de son garçon d'écurie.

Six heures avaient sonné aux clochers du faubourg Hochelaga et toutes les voitures étaient rentrées au bercail. Les bêtes étaient dételées, elles avaient reçu leur ration d'eau fraîche et d'avoine. Pour dîner, Antonin avait dévoré trois hot-dogs, des frites et un morceau de gâteau étagé au casse-croûte Chez Paul. L'après-midi lui avait redonné l'appétit. Il allait reprendre son baluchon abandonné près de la loge de Gasparine quand Amédée Sylvestre l'interpella.

— As-tu une place pour coucher ? demanda-t-il.

— Pas vraiment.

— T'es toujours ben pas pour passer la nuit encore sur un banc de parc ; il va mouiller.

Le palefrenier traversa la cour en entraînant Antonin dans l'escalier sombre qui menait à son logis. Des photos de chevaux de course «pinouchées» sur un mur l'étonnèrent. À part les meubles dépareillés, le poêle maculé de sauce et les fenêtres poussiéreuses, l'intérieur – comportant une cuisine, un salon, deux chambrettes et une salle de toilettes – paraissait assez bien tenu. En fait, il lui rappelait vaguement sa garçonnière de Rivière-au-Renard, tranchait manifestement avec sa chambre de pensionnaire de la rue Roslyn et présentait infiniment mieux que l'intimité d'un parc public.

Sylvestre fouilla sur la tablette à côté de la glacière et se retourna vers le Gaspésien.

— Ça te va?

— À cheval donné, on ne regarde pas la bride, mais si ça vous fait rien, je vas me décrotter un peu.

Pendant que Sylvestre transvidait une canne de bines Libby's dans une casserole sale sur le poêle, Antonin s'approcha de l'évier, roula les manches de sa chemise, se savonna les mains et les rinça. Il se secoua les doigts dans le vide. Du menton, Sylvestre désigna une serviette crasseuse pendue à un clou.

— Fais attention pour pas que ça revole partout! le rembarra vivement Sylvestre.

De toute la journée, le palefrenier avait été patient et doux, indulgent dans les petites fautes commises et les maladresses. À présent, il devenait maussade et intolérant. Il avait la compagnie d'un jeune homme qui prendrait peut-être la relève de son travail et qui, en quelque sorte, le chasserait de son logement.

Sylvestre servit deux assiettées de bines chaudes. Sans perdre son air revêche, il apporta du pain de ménage, une jarre de mélasse et s'assit. Il versa une mare de l'épais liquide noirâtre sur ses légumineuses, et se déchira un quignon qu'il enfourna avec une fourchetée dégoulinante.

— Sers-toi ! ordonna-t-il, la bouche pleine. On mange à la bonne franquette ici dedans.

Quand il eut bien léché son assiette, il offrit du thé et des biscuits, et une certaine humeur altéra sa physionomie. Il était originaire de la région de Saint-Hyacinthe et songeait à regagner la campagne.

— C'est ben pour dire ! lança-t-il à brûle-pourpoint. Il y a des gens qui arrivent à Montréal en se sauvant de la misère, puis d'autres comme moi qui pensent à retourner dans leur patelin parce qu'elle était moins pire que celle qu'ils connaissent. N'empêche qu'il y en a qui réussissent…

Les propos de Sylvestre parurent incohérents. Il réfléchissait à voix haute, en pesant le pour et le contre. Était-il en train de reconsidérer sa décision ? Antonin l'avait écouté en ôtant les couverts qu'il déposait dans le fond de l'évier. Puis, comme s'il fut emporté par une détresse soudaine, une ombre d'irritation passa sur le front du palefrenier, ses lèvres se tordirent en une affreuse grimace.

— Touche pas à ça, défendit-il. Asteure, tu vas me faire le plaisir d'aller prendre l'air.

Le garçon d'écurie amorça le mouvement vers son baluchon.

— Que c'est que je t'ai dit, donc ? Je te mets pas dehors, sans-dessein ! Laisse tes affaires là, tu reviendras tout à l'heure.

Sylvestre se rendit à la fenêtre sans rideau, scruta la noirceur.

— T'es mieux de sortir tout de suite avant qu'il se mette à pleuvoir. D'après moi, avec le vent qui s'élève dans le feuillage des arbres, il va mouiller à siaux avant la fin de la soirée.

Le Renardois prit sa casquette, l'enfonça sur sa tête et se précipita vers l'escalier.

En effet, il ne s'éloignerait pas de son gîte. Sur le trottoir, le souffle de mère Nature le poussait avec les détritus des poubelles renversées. Malgré tout, il éprouvait une bouffée de joie dans l'incertitude des ténèbres qu'il traversait. Il avançait sans trop prélever l'empreinte des lieux, sans reconnaître les habitations. D'ailleurs, elles se ressemblaient toutes, avec leur brique rouge et leurs escaliers qui se tortillaient lascivement aux façades des maisons. Ce soir, il n'aurait pas à se clochardiser, son lit ne serait pas un banc de parc. Il s'endormirait en pensant à Mélina qui vivait dans le confort d'une résidence de l'avenue Roslyn. Il était un peu tôt pour lui apprendre ce qui se déroulait depuis qu'il s'était enfui, mais chose certaine, dans sa tête il faisait ses adieux à la fabrique de cigarettes, à Rémillard, ce bien-pensant westmountais de connivence avec O'Brien et le curé Morris.

Dans la tourmente des idées qui lui assiégeaient l'esprit, Antonin se surprit à murmurer des bribes de prières. Plus il marchait, plus l'angoisse qui le prenait se muait en un insupportable qui-vive. Si Dieu existait, il répondrait à ses supplications comme il pourvoyait aux besoins du moindre moineau du ciel qui ne savait pas prier et qui se cachait actuellement dans les branches sans se préoccuper du lendemain. Envisager un retour en Gaspésie lui répugnait. Il se demanda ce qu'il pouvait faire pour que Sylvestre se décide et incline en sa faveur. Dans les pourparlers qu'ils avaient entamés, il avait été question d'un prix qui lui parut un peu abusif. Au demeurant, il ne devait pas se montrer trop intéressé. Il avait croisé la rue de Rouen et s'engageait vers la rue Hochelaga. La voûte céleste cracha des éclairs. La pluie commença à s'abattre. Il rebroussa chemin.

Il avait couru à perdre haleine. Son linge détrempé, des rouflaquettes de cheveux collées à la figure, il gravissait les marches de l'escalier avec ses souliers imbibés d'eau qui faisaient des *squishs-squishs*, comme un siphon qui aspire. Haletant, le visage hagard, il s'engouffra dans le tambour et poussa la porte de l'appartement. Sylvestre était couché. Au milieu des effroyables coups de tonnerre et des éclairs éblouissants, il grommela quelques mots en désignant le lit pliant déployé dans la pièce attenante. Le marcheur enleva ses chaussures, ses bas et ses vêtements, qu'il pendit sur le dossier des chaises. Puis, il alla s'essuyer la figure avec la serviette malpropre accrochée au clou et s'allongea en caleçon pour la nuit.

Chapitre 7

Une clarté diffuse pénétrait dans le galetas par les fenêtres délavées que le foudroiement de la pluie avait rincées. Du bout de sa botte crottée, Sylvestre malmena le jeune homme. Les yeux fermés, Antonin dodelina de sa tête égarée.

— Lève-toi et déjeune au plus sacrant, si tu veux apprendre le reste de l'ouvrage que je t'ai pas montré hier, lui intima le palefrenier, avant de traverser le seuil.

La couche parut d'une propreté douteuse. Il déplia ses membres nus et s'arracha du lit. Une consistante platée de gruau reposait sur le poêle éteint. Il se rendit à la fenêtre pour observer dans l'arrière-cour. Sylvestre semblait deviser avec le livreur de glace. Antonin se retourna et alla tâter ses vêtements. Son hôte avait fait une attisée pour les assécher et préparer le porridge. Il s'habilla, déjeuna et le rejoignit.

Toute la journée, Antonin travaillait comme s'il était le garçon d'écurie de celui qui l'avait hébergé. Sylvestre était curieusement devenu d'un commerce plus agréable. C'était à croire qu'il s'apprêtait à conclure une entente. Pour le souper, il était allé à l'épicerie du coin. En revenant, avec ses grosses mains sales, il avait usé de tout son savoir-faire pour fricoter un plat. Préoccupé par la transaction incertaine, Antonin avait avalé sans appétit un mets au goût quelconque.

— Puis, comment t'as aimé mon poisson? Il est pas pire pantoute, hein?

— Ouan…

— Heille, maudit bâtard, c'est du haddock frais à sept cents la livre. Tu connais pas la bonne cuisine. En Gaspésie, mangeais-tu juste de la morue salée séchée, coudonc?

— C'est pas ça, monsieur Sylvestre. J'ai l'impression d'être devenu un employé dans votre *business*. Dites-le tout de suite si vous voulez pas vendre…

Bien au contraire, le palefrenier se disait prêt à se départir de son entreprise. Cependant, il ne s'habituait pas à l'idée de regagner sa campagne. Il confia qu'il était en brouille avec sa famille. Il avait nourri des ambitions démesurées; on l'avait prévenu. C'était à lui d'assumer les conséquences de son choix. Avec l'argent de la vente qu'il obtiendrait, il ferait l'acquisition d'une voiture et circulerait dans le quartier en offrant des fruits et des légumes. Antonin n'aurait qu'à payer sa part de loyer pour le logement.

Une semaine s'était écoulée depuis la signature du contrat. Le travail lui plaisait. Que ce soit pour le soin des chevaux ou les relations avec les livreurs qui laissaient leur bête en pension, il aimait le petit monde qui se créait autour de lui. Par contre, il se trouvait un peu à l'étroit dans le garni loué et il éprouvait du mal à supporter Sylvestre, le bouseux. Le jour, il était content de le voir partir pour faire sa *run*, mais le soir, la promiscuité donnait parfois lieu à des discordes, vite étouffées au moment où il refranchissait le seuil. Maintenant qu'il était assez bien établi, le Renardois songeait à reprendre contact avec son amoureuse. À vrai dire, son emploi de palefrenier lui allouait peu de temps pour s'évader le soir. Avec une hâte fébrile, il voyait venir le prochain dimanche, en espérant qu'une permission soit accordée à Mélina.

Des lignes de tramway et des pas l'avaient mené sur l'avenue Roslyn. Les Rémillard ne recevaient pas ce jour-là. Méfiant, Gonzague apposa son œil sur le judas et ouvrit.

— Tiens, un revenant! Un pensionnaire qui part en claquant la porte ne mérite pas de revenir.

— Tu dois pas connaître la parabole de l'enfant prodigue pour parler de même, blagua Antonin. Va donc dire à ton bourgeois qu'il faut tuer le veau gras. Je suis pas venu pour te voir, innocent!

La porte entrebâillée, le domestique leva les yeux sur la jeune fille qui s'amenait sur le trottoir, toute souriante dans sa robe légère. Elle allait s'élancer vers Antonin, mais s'arrêta devant la demeure voisine. Son amoureux se retourna et s'empressa à sa rencontre.

— Mélina, ma Mélina ! soupira-t-il.

— Si ça te fait rien, on va s'éloigner, Gonzague nous surveille.

D'un pas rapide, elle l'entraîna au tournant de la rue. Dans les alentours, personne ne venait. Des hautes maisons cossues, on pouvait difficilement les voir à travers les vastes jardins plantés d'arbres. Elle déposa un baiser furtif sur sa joue.

Elle était allée à l'office dominical. Le cœur lourd, elle avait prié pour lui, pour leur amour, dans l'espoir de se retrouver. Le ciel avait entendu sa supplique. Ils passeraient la journée ensemble, ils avaient tant à se raconter.

Après une nuit de vagabondage, il avait abouti dans le quartier ouvrier Hochelaga, chez un palefrenier qui gardait des chevaux en pension. Il s'était porté acquéreur de l'entreprise et il habitait un petit meublé.

Pour l'instant, Mélina s'accommodait de son emploi de bonne et de gouvernante. Tranquillement, elle faisait son nid dans une maison qui avait besoin de calme et de stabilité. Elle avait reçu une lettre de sa mère. Exarée s'ennuyait de sa fille. Virginie et Rébecca n'étaient pas plus serviables qu'avant, et elle devait compenser leur fainéantise crasse. D'autant plus que Salomon avait dû engager deux hommes dans la vingtaine qui pêchaient avec la barge d'Antonin et qui demeuraient chez lui pour la saison. Pour l'heure, l'un des deux semblait s'intéresser aux laideronnes. Quant à Nicolas, son travail de commis au magasin général lui convenait et il filait un parfait amour avec Eugénie, la fille du marchand Firmin Cotton.

D'une chose à l'autre, dans l'enthousiasme de leurs retrouvailles, ils allèrent se poster à un arrêt de tram. Elle manifesta le désir de dîner dans un casse-croûte, de se rendre ensuite sur le pont du Havre, inauguré au mois de mai. De là, sur la partie élevée de la structure, ils auraient une vue imprenable sur Montréal. Ensuite, ils pousseraient peut-être une pointe à l'île Sainte-Hélène. Et pour terminer, si le temps le permettait, elle irait visiter son logis.

Deux automobiles, une charrette tirée par un cheval et un homme déplaçant une brouette chargée s'éloignaient sur le tablier. À la guérite, un chauffeur de camion sans cargaison refusait de débourser les soixante-quinze cents exigés, parce qu'il retournait allège sur la rive sud. L'employé de la société du Havre, un maigriot à casquette, s'aperçut que des piétons allaient s'engager sur le trottoir. Il les apostropha :

— Hé ! vous deux, on ne passe pas sans payer, tonna-t-il en pointant la pancarte qui affichait les tarifs. Pour qui vous prenez-vous ? Pour le roi puis la reine d'Angleterre, peut-être ?

Antonin détailla l'écriteau et rétorqua :

— On veut juste se rendre à l'île Sainte-Hélène, puis revenir.

— C'est quinze cents chacun sinon vous restez là.

— Pour une personne, c'est le même prix que pour un tombereau tiré par un chien ou une chèvre, riposta Antonin. Vous trouvez pas que vous exagérez un peu ?

Mélina se pencha à l'oreille de son amant et lui minauda quelques mots convaincants. Antonin s'adressa au préposé.

— OK d'abord, on revire de bord.

Bras dessus bras dessous, les amoureux entreprirent de marcher. Mélina était enveloppée de bonheur. Elle avait l'esprit dégagé de toutes ses responsabilités et se laissait guider par l'homme qu'elle aimait d'une profonde tendresse. Mais à mesure qu'ils progressaient vers l'est, elle avait le sentiment qu'elle allait faire une incursion dans un petit monde inconnu. Subitement, tout devint moins attrayant. Les habitants vivaient dans des entassements de bâtisses séparées par des ruelles sombres, les usines offraient des vues austères, même les vitrines des magasins ne parvenaient pas à la séduire. Le quartier ouvrier parsemé de maisons à logements lui sembla plutôt ordinaire. Quelques rares automobiles étaient garées aux abords des trottoirs. Sur les terrains minuscules devant les façades mornes végétaient par miracle quelques fleurs parmi les mauvaises herbes. Des enfants jouaient dans la rue et d'autres en habit du dimanche les enviaient tristement. Une femme poussant le landau d'un bébé braillard avec deux marmots à ses trousses se pressait, et une autre assise les jambes croisées sur un balcon s'allumait une cigarette.

Elle tâcha de ne pas faire paraître sa déception, mais le ton de sa voix aux inflexions caressantes avait subitement changé.

— T'as pas l'air d'aimer le coin, constata-t-il.

— C'est pas ça, Antonin, faut juste que je m'habitue, bredouilla-t-elle pour s'amender un peu…

Des effluves d'écurie assaillirent ses narines et achevèrent de la surprendre. Antonin ne s'en formalisa pas. Ils franchirent la porte cochère et montèrent au logis. Elle promena un œil circonspect dans la pièce, en plissant les yeux sur la contre-fenêtre embuée. Puis, elle reporta aussitôt son regard consterné sur un sofa couvert de cretonne à grands ramages mauves, avant de le fixer sur le robinet d'où fuyaient à intervalles réguliers des gouttes qui formaient des coulures jaunâtres dans le fond de l'évier.

— C'est ici que tu vis ?

— Comme ils disent à Montréal, c'est pas les gros chars, mais au moins je suis pas dehors.

— Ça a besoin d'un peu de ménage, ce logement-là, commenta-t-elle.

Sans perdre une minute, elle farfouilla dans l'armoire sous l'évier.

— Qu'est-ce que tu cherches ?

— Un produit de nettoyage. D'après ce que je peux voir, à part la moppe puis le balai dans le coin, il y a pas grand-chose…

— Voyons, Mélina, t'es pas pour te mettre à travailler le dimanche, s'opposa-t-il.

Elle amorça le pas vers la porte.

— Où c'est que tu vas de même ?

— C'est dimanche, l'épicerie est fermée. Je vas quêter ce qu'il faut…

Mélina alla frapper chez une voisine qui habitait au même étage. Madame Philippon, une hommasse aux yeux gris fer et à la chevelure très courte, lui répondit. Elle emprunta tout de suite une voix basse, son mari faisait un somme sur le divan. La locataire s'étonna de voir la jeune femme qui venait de l'appartement d'à côté. Cela n'avait pas adonné de la rencontrer pour jaser. Elle aussi avait emménagé au mois de mai. Elle confia qu'elle avait une peur bleue des bibittes, qu'avec les chevaux, les gros rats dégoûtants devaient proliférer dans l'arrière-cour. Avec ses trois ou quatre lavages par semaine, son récurage et son cirage de plancher de cuisine en linoléum, elle se disait d'une propreté irréprochable. Une chose cependant l'empêchait de combler son besoin de salubrité. Afin que son linge ne prenne pas la senteur du fumier, elle devrait l'étendre à l'intérieur à l'année. Elle avait empiré son sort en déménageant de son cinq et demi de la rue Davidson, et reprochait à son homme d'avoir signé le bail sans qu'elle voie le logis.

La locataire avait débité d'un trait son monologue dans l'indifférence de son interlocutrice. Quand elle fut à bout de souffle, elle voulut refermer la porte.

— Ben, je suis heureuse d'avoir fait votre connaissance, conclut-elle.

Mélina précisa qu'elle n'habitait pas l'immeuble, qu'elle était une bonne travaillant chez un bourgeois de Westmount venue quémander des produits de nettoyage.

— Vous auriez dû le dire avant, observa-t-elle. Puis vous êtes pas habillée pour décrotter.

Retournée au logis avec un tablier et un attirail pour les gros travaux, Mélina entreprit de faire chauffer de l'eau sur le poêle de fonte. Puis, elle versa du vinaigre dans le seau et s'attaqua au lavage des vitres qu'elle essuya avec du papier journal. Ensuite, elle prépara de l'eau savonneuse avec du Bon Ami en poudre et se jeta à genoux avec une brosse pour désencrasser le prélart. Il la contemplait avec étonnement, dans l'inutilité de ses gestes, comme une statue fixant béatement les oiseaux grappillant des miettes échappées par des touristes étourdis. Elle soupçonna qu'il la désirait, que ses yeux inquisiteurs la déshabillaient. Elle se redressa, replaça une mèche derrière son oreille et leva ses prunelles vers lui.

— Au lieu de me regarder, va donc réparer le robinet qui coule pour rien. Si t'as pas ce qu'il faut, va voir ton propriétaire, il devrait se faire un plaisir de te prêter un outil. Après tu frotteras le fond du *sink* avec le Old Dutch sur le comptoir.

Elle lui avait adressé la parole, un brin de brusquerie dans la voix. Mais il reconnaissait qu'elle n'avait pas à tout faire pour les deux hommes qui habitaient le logis. Cela dit, il avait rêvé de la posséder sauvagement, là, sur le plancher crasseux. Il avait chassé cette pensée mâle et était allé emprunter une clef à molette chez monsieur Deschambault. Par la suite, elle avait pu compléter la surface et revenir sur ses pas.

Pendant que le lino séchait, elle le rejoignit sur le balcon. Les paumes appuyées à la rambarde, il surveillait l'arrière-cour. Il se retourna, l'air piteux.

— Je trouve que tu te donnes pas mal de trouble, Mélina, j'ai un peu honte. À Rivière-au-Renard, mon coqueron a jamais été aussi crapoteux.

— Je le sais ben, Antonin. On a beau dire, avec monsieur Sylvestre, t'es pas tout à fait chez vous ici dedans. C'est ben malaisé de revirer à l'envers le logis d'un autre, badina-t-elle.

Sa physionomie s'altéra. Elle se pressa sur lui, mit doucement sa main frémissante sur la sienne.

— On sait jamais, exprima-t-elle, un jour je viendrai peut-être vivre dans cette maison avec toi.

La gorge d'Antonin se noua. Il n'avait pas espéré une déclaration si hâtive, un bonheur à un jet de pierre, à la fois si accessible et si proche. Il l'embrassa tendrement, comme pour sceller l'avenir commun qu'ils entrevoyaient. Mais elle désirait « se monter un trousseau », et il ne pouvait expulser son colocataire manu militari. Pire, ils devraient surmonter ensemble l'empêchement d'O'Brien qui ruerait dans le bacul.

Une persistante odeur de propreté émanait du logis quand Amédée Sylvestre revint de sa sortie dominicale. Les lieux étaient méconnaissables. Les vitres avaient retrouvé leur transparence, le prélart luisait dans les endroits que les pas avaient épargnés et quelqu'un avait semé du désordre dans ses affaires en passant par là. En galant homme, Antonin était allé reconduire Mélina. Ils avaient prolongé leur rencontre jusque tard dans la soirée. C'est avec des reproches qu'il fut accueilli.

— Viens pas me dire que t'as rien à voir là-dedans! ragea Sylvestre, l'air exaspéré.

— Ça prenait une femme pour faire du ménage puis remettre les choses à leur place, rétorqua Antonin. Regarde autour de toi comme tout respire le net.

— Ben tu diras à ta blonde qu'elle se mêle de ses oignons, bougonna le livreur de légumes. J'ai pas l'habitude qu'une créature vienne mettre son nez chez moi.

Il alla fouiller dans le bas de sa commode, promena un œil scrutateur. Sa précieuse petite boîte de métal était là avec toutes ses économies. Il referma le tiroir d'un coup sec.

***

Trois quarts d'heure plus tôt, la Buick de son bourgeois stationnait devant les garages. Mélina rentrait à la maison, encore transportée par l'euphorie de sa rencontre avec Antonin. Dès lors qu'elle referma la porte derrière elle, la servante éprouva le vif sentiment de redevenir au service des Rémillard. Pendant son travail qui reprendrait le lendemain, elle ne s'accorderait que des moments éphémères pour penser à son amoureux. Elle allait monter par l'escalier des domestiques. Monsieur Rémillard l'apostropha.

— Mademoiselle O'Brien !

— Monsieur ? sursauta-t-elle. Que puis-je faire pour vous ?

— Votre père n'aimerait pas beaucoup que vous fréquentiez ce garçon.

— Mais ! murmura-t-elle, du bout des lèvres.

Elle ne voyait pas pourquoi l'homme la talonnait. Il l'avait fait prendre en filature par son chauffeur. Il pouvait retracer le parcours qu'elle avait suivi, le temps et le lieu des arrêts et les heures écoulées dans le logis du jeune homme. Elle avait le droit de s'accorder la liberté qu'elle désirait le seul jour de congé qu'il lui permettait.

Madame Rémillard venait de border les enfants. Drapée dans une robe de chambre de grenadine rose, elle descendit le grand escalier, échevelée, la tête éperdue, l'air exténué.

— Bonsoir Mélina, vous avez passé une belle journée ?

— Très belle, madame, merci !

— Ce n'est pas le cas pour ma femme, souligna Rémillard sur un ton sermonneur. Madeleine est incapable de se faire écouter des enfants.

— Vous êtes la seule à qui ils obéissent, approuva la mère. S'il fallait qu'on vous perde, je pense que je deviendrais folle. Mais ce n'est pas une raison pour vous enlever votre journée de congé, admit-elle. Bonne nuit, Mélina.

Rémillard lâcha un grognement désapprobateur et remorqua sa femme dans son cabinet. Il fallait absolument qu'il garde la gouvernante pour éviter un surmenage de la mère de ses enfants. Et pour s'en assurer, le meilleur moyen consistait à l'empêcher de fréquenter le garçon et de lui retirer sa journée de congé. Madeleine Rémillard se rendait à l'évidence. À mesure que son mari énumérait la liste des arguments, des larmes de détresse coulaient le long de ses joues blêmes. Rémillard décrocha le cornet acoustique et appela son cousin de Rivière-au-Renard.

Le dimanche suivant, Antonin se promettait de partir tôt pour se rendre sur l'avenue Roslyn. La veille, il s'était acheté des complets, des chemises et des cravates sur la rue Ontario. Mélina lui avait fait remarquer qu'elle souhaitait qu'il garnisse sa garde-robe plus que modeste. Après le soin des chevaux, il déjeuna, fit sa toilette et s'habilla de vêtements neufs. Son compagnon s'était levé avant lui, et il avait pesté contre les fenêtres trop propres qui l'avaient tiré du lit. Crayon à la main, sa boîte de biscuits Viau fermée devant lui, le livreur de fruits et de légumes griffonnait des chiffres sur une tablette. Il avait développé la fâcheuse habitude de miser sur les chevaux qui couraient au stade. Il regarda les photos de ses ambleurs favoris affichées au mur. Comme d'autres qui fréquentaient des tavernes ou des débits de boisson, il se tenait chez Baril et frère, une taverne-restaurant de la rue Sainte-Catherine où il pouvait risquer le peu qu'il avait, dans l'espoir de gagner de l'argent rapidement. Des journées de temps, les yeux fixés sur un immense tableau, il suivait les résultats des courses en sirotant un Coke ou un café. Pour lui, la passion du jeu était devenue un véritable loisir, et son humeur variait selon la courbe de ses succès mitigés.

— Coudonc, Amédée, es-tu en train de calculer combien tu vas perdre aujourd'hui ? ricana Antonin.

— Moque-toi pas de moi, si jamais je gagnais un bon montant aux courses, je pourrais te racheter mon entreprise, acquérir l'écurie, la maison du propriétaire, puis tout le bataclan au grand complet.

Sylvestre regardait à présent sur la rue. L'échine ployée, des escadrons de fidèles allaient se rassembler à l'église de La Nativité.

— À l'heure qu'il est, tu vas être à temps pour l'attraper en revenant de la messe, comme l'autre fois, lança-t-il. En passant, tu demanderas à ta blonde de coudre des rideaux.

— Pas de soin, Amédée, je peux lui en parler drette aujourd'hui, répondit Antonin.

Alors qu'il s'apprêtait à quitter son logis, Sylvestre l'intercepta.

— Ah ben, jériboire ! il y a un gros char blanc qui se stationne en avant de la bâtisse. Puis une sorte de valet qui débarque. On dirait qu'il va monter chez nous ; ça se peut-tu ?

Antonin alla ouvrir. Gonzague parut dans le tambour, la physionomie contrariée, le nez reniflant des senteurs de fumier qui se mêlaient progressivement aux odeurs fortes de récurant. De sa main gantée, il époussetait des fils d'araignée imaginaires.

— C'est gentil d'être venu me chercher à matin, commenta Antonin.

— Ce n'est pas ce que vous pensez, monsieur Bernard.

Le chauffeur ôta un de ses gants et sortit un papier de la poche de son veston. Il tendit la dépêche à son destinataire.

— Tu crois que je vas gober ça ! Tu te mets un doigt dans l'œil, mon Gonzague.

— Monsieur Rémillard a cru bon vous prévenir pour vous éviter de vous déplacer. Les services de mademoiselle O'Brien sont requis aujourd'hui.

— Quelle gentillesse ! C'est ben clair, ton bourgeois veut pas me voir la face. Il sait que je travaille tout le reste de la semaine.

Le chauffeur arbora un sourire mièvre, tourna les talons et repartit.

***

L'été avait ramassé ses petits et s'était retiré la mort dans l'âme. Le soleil se faisait plus discret ; les journées, plus frisquettes, raccourcissaient. Le vent et la pluie s'invitaient plus souvent. Cette année-là, tel un imposteur, l'automne s'était installé avec insolence. Mais en revanche, pour se faire pardonner son indélicatesse, il parait les arbres de couleurs fauves et, dans les brumes du matin, agrémentait parfois son passage d'une douce lumière tamisée.

Deux semaines s'étaient égrenées dans une attente fiévreuse. Il espérait que les Rémillard ne reçoivent pas ce dimanche-ci. Avec la ferveur des amants sur le point de se retrouver après des mois de séparation, Antonin achevait de déjeuner en vitesse. Il était debout près de la table et tenait sa tasse de café près de ses lèvres, en regardant son compagnon désespéré.

— Que c'est que t'as à matin, Amédée ? T'as pas l'air dans ton assiette.

— J'ai presque tout perdu, hier, confia Sylvestre. J'ai misé sur le mauvais cheval. J'aurais dû faire courir ma Gasparine, ça aurait pas été pire, jériboire ! Si ça continue de même, je vas me ramasser à la rue comme mon ami Bigonesse.

L'amoureux avala sa dernière gorgée de café, rinça sa tasse et la déposa sur le comptoir. Puis, il grimaça au petit miroir suspendu au-dessus de l'évier en ajustant sa cravate, saisit son veston et alla dévaler l'escalier.

Il lui sembla que les tramways bringuebalants secouaient leurs passagers dans un bercement digne de prolonger leur sommeil du dimanche matin. Le corps raide dans ses habits neufs, il avait le sentiment d'être un employé de bureau qui se rendait au travail. Afin de créer la plus grande impression, il s'était aspergé d'une fragrance masculine qui masquait toutes les exhalaisons d'écurie. Assises sur une banquette voisine, deux femmes le contemplaient en émettant des commentaires. Mais il ne parvenait pas à soutenir le regard gênant des yeux qui le harcelaient. Plutôt que de changer de place et d'occuper un banc en arrière du tram, il préféra descendre au prochain arrêt.

Après une heure de marche, il déboucha sur l'avenue Roslyn, désolé d'avoir entamé une bonne partie de son dimanche. Il fit retentir trois coups décidés sur le butoir de la porte. Gonzague surgit à l'entrée, avec l'air digne des domestiques des grandes maisons.

— Ah ! C'est vous, monsieur Bernard.

— Je regrette de te décevoir, mon cher, mais j'insiste pour voir Mélina.

— Ce n'est pas le moment, elle est à la cuisine, riposta-t-il sur un ton rogue. Monsieur et madame reçoivent à dîner.

L'hôtesse parut dans une robe écrue à motifs de fleurs imprimées.

— J'expliquais à monsieur que mademoiselle…, bafouilla le serviteur.

— Mettez un autre couvert, Gonzague, lui intima-t-elle. Monsieur Bernard va dîner avec nous.

Le domestique se contenta de s'incliner en cachant son mécontentement.

Les enfants firent irruption dans le vestibule et entraînèrent le premier visiteur pour jouer à l'étage en empruntant le grand escalier. Pendant ce temps, madame Rémillard était allée informer la cuisinière de la venue d'Antonin. Elle trouvait normal de ne pas avoir congédié l'amoureux. Il restait à en aviser son mari. Elle allait de ce pas le prévenir au cabinet.

Rémillard fit les présentations. Un neveu de passage à Montréal était en visite chez lui. Les messieurs, des dirigeants de l'Imperial Tobacco, avaient accepté son invitation. Après quelques questions anodines auxquelles Antonin sut répondre sans se compromettre, l'hôte entreprit de converser avec ses collègues. Les dames distribuèrent quelques compliments à l'hôtesse pour la bonne éducation des enfants. Ensuite, elles accaparèrent le jeune homme distingué qui partageait leur repas.

Jusqu'alors, les petits s'étaient efforcés de respecter les consignes d'usage que la gouvernante leur avait données. Mais à travers le service des plats que Mélina assurait, elle s'éloignait de la table pour les confier à la mère. À tout moment, celle-ci avait adressé des sourires de contentement pour les féliciter. Ils n'avaient pas dérangé les adultes dans leurs conversations. À présent, les marmots ne tenaient plus en place. Ses gros yeux réprobateurs n'avaient aucune emprise sur leur indocilité.

— Pour l'amour du saint ciel, avez-vous fini de vous tortiller ? s'exaspéra madame Rémillard. Restez donc tranquilles, au moins, pendant qu'il y a de la visite.

— Je vais m'en occuper, insista gentiment Antonin.

Soulagée, Madeleine Rémillard approuva d'un léger signe de tête. Les enfants se précipitèrent au salon. Antonin recula sa chaise et alla les rejoindre.

Antonin avait replié son veston sur le dossier d'un fauteuil, roulé ses manches et desserré le col de sa chemise. À quatre pattes sur la moquette moelleuse, le cadet sur le dos, il se laissait traîner par la cravate.

Rémillard discourait sur les bienfaits de la cigarette. Des hennissements plaintifs se mêlèrent à la rumeur de la salle à manger.

— Là, c'est trop ! fulmina-t-il. Toi, le Gaspésien, fous-moi le camp d'ici une fois pour toutes !

— Hubert, je t'interdis ! intervint l'hôtesse.

Sous l'injonction de leur père, les chenapans avaient libéré la bête qui s'était redressée. Mélina était revenue pour desservir. Un plat entre les mains, saisie par la dispute de ses bourgeois, elle demeurait confusément immobile. La lèvre tremblante, elle ôta son tablier.

— Je vas m'en aller, exprima-t-elle, la voix expirante.

— Ce n'est pas vous que mon mari congédie, Mélina, intervint Madeleine Rémillard.

— Remets ton tablier, s'opposa son amant. Ça se fait pas, donner sa démission de servante en plein repas.

La main dans le dos de son amoureuse, il l'accompagna à la cuisine. Elle avait le cœur dolent, la mine défaite des malheurs immérités. Il lui susurra des paroles de réconfort. Il l'aimait assez pour ne pas la laisser mariner dans un foyer familial où pleuvaient les scènes de ménage, écartelée entre le père et la mère. Il lui souleva le menton et plongea son regard pénétrant dans ses yeux larmoyants.

— Je pense que toi puis moi on devrait se marier, déclara-t-il.

Un flot d'objections allait franchir ses lèvres. Il posa sa bouche sur la sienne. Puis, il dit :

— Aujourd'hui, je vas écrire à ton père et lui demander ta main.

— Pourquoi se donner tant de mal ? Tu connais déjà la réponse.

— Il aura pas d'autre choix que d'accepter !

— Je vas aviser mes bourgeois de ma démission quand on aura sa réponse. Ils se trouveront une autre perle rare… Après, gouvernante ou pas, servante ou pas, on prendra le train pour Rivière-au-Renard.

Chapitre 8

Dès son retour au logis, Antonin s'était appliqué à la rédaction de sa lettre. Elle ne prendrait pas la forme d'une supplique, mais celle de la demande en mariage bien formulée d'un prétendant bien décidé. En attendant que la réponse émane de Rivière-au-Renard, du côté de l'avenue Roslyn, les choses avaient un peu changé. Hubert Rémillard, sentant la soupe chaude, s'était ramolli d'une manière significative. Il avait augmenté les gages de la gouvernante à présent en congé un dimanche sur deux, histoire de maintenir un peu la ligne dure avec l'amant et de ménager les nerfs de sa femme et, par conséquent, les siens…

Entre-temps, Amédée Sylvestre connaissait une période peu fructueuse. Il séjournait des nuits à la même taverne-restaurant Baril et frère de la rue Sainte-Catherine. Le tableau affichant le résultat des courses de chevaux était devenu son mur des Lamentations. Incapable de parier la moindre cenne noire, il se plaignait de ne plus pouvoir miser. Tout au plus avait-il de quoi se payer un café ou deux et revenir au petit matin avec une tête d'enterrement. Comme un malheur n'arrive jamais seul, ses affaires périclitaient. Il ne parvenait pas à satisfaire sa clientèle. On ne voulait plus de sa laitue pommée défraîchie et de ses prunes talées. On lui préférait un autre livreur qui offrait des fruits et des légumes de meilleure qualité. De sorte qu'il songeait lui aussi à rejoindre les bas-fonds de la métropole.

Sa boîte de biscuits Viau ouverte sur la table, le front appuyé dans la paume de sa main, l'homme tergiversait.

— Combien tu me donnes pour ma jument ? demanda-t-il.

— D'après ce que je peux voir, Amédée, avec tes dettes accumulées, même si je te donnais cinquante piasses pour ta Gasparine, t'en auras pas assez pour payer ton loyer.

— Elle vaut plus que ça, tu sais ben, Antonin. Ça te fait pas mal au cœur de me tenir à la gorge de même, puis de savoir que je vas me ramasser sur le Secours direct ?

— Je te ferai remarquer que t'avais pas besoin de moi pour te foutre dans le pétrin. T'es ben capable tout seul.

— Tu pourrais pas me prêter…

— Pas question, Amédée ! Je pense à me marier, j'ai besoin de tout mon argent.

— Ça veut-tu dire que ta Mélina va venir rester ici dedans ?

Le prétendant eut un moment d'hésitation, puis :

— Ç'a ben l'air que oui, répondit-il, la physionomie résolument affirmative. J'ai demandé la main de Mélina au bonhomme O'Brien. Sitôt que j'ai ma réponse, on va convoler, ça sera pas une traînerie. Ça fait que tu peux travailler pour moi puis demeurer ici jusqu'à ce qu'on revienne de Rivière-au-Renard.

***

Antonin avait repris la *run* de fruits et de légumes de Sylvestre. D'une voix râpeuse, il entonnait sa rengaine de fonds de ruelle : « des pommes, des patates, des choux, des *navots*, des tomates, … des légumes, des beaux légumes… pas chers ». Peu à peu sa clientèle augmentait. Avec sa mine agréable, il savait charmer les ménagères, et le soir, le plus souvent, il revenait sa charrette allège, ou avec quelques trognons que Gasparine se faisait un plaisir de broyer.

Le palefrenier s'encourageait. Le petit commerce délaissé par Sylvestre reprenait du poil de la bête et, sans le payer grassement, avec le soin des chevaux, tout cela lui rapportait suffisamment pour vivre. Il avait convenu avec Mélina qu'elle s'occuperait des animaux. Cependant, l'échafaudage de son projet d'avenir reposait sur son mariage. Et la réponse de la Gaspésie se faisait attendre.

C'était jour de congé pour la gouvernante. Antonin s'acheminait sur l'avenue Roslyn avec un empressement peu habituel. Mélina était allée à la messe la plus matinale pour être avec son amoureux le plus longtemps possible. À cette heure, la maisonnée n'était pas encore grouillante de ses occupants.

Dans la résidence silencieuse, le heurtoir retentit comme des coups de canon sur la porte épaisse. Le domestique se rua dans le hall.

— Ah ! monsieur Bernard, s'exclama-t-il, une intonation joyeuse dans la voix.

— T'es ben poli tout d'un coup, mon Gonzague !

— Il faut être à la hauteur quand on sert dans une résidence estimable, monsieur.

— Bon, arrête de me faire chier, puis va dire à ma blonde que je suis arrivé !

Mélina descendit l'escalier des domestiques, et parut avec son manteau d'automne et son sac à main.

— Asteure, déguédine, Gonzague ! ordonna Antonin.

Il avait la mine souriante dans son complet marron, comme s'il avait des nouvelles favorables de Rivière-au-Renard. De son côté, elle avait reçu une lettre désolante de sa mère. Exarée rapportait le retentissement qu'avait eu la demande en mariage sur son mari buté. Salomon O'Brien demeurait intraitable et refusait d'accorder la main de sa fille.

La journée était soleilleuse. Ils iraient marcher sur la montagne. Chacun relaterait ses deux semaines passées. Elle causerait de l'attitude plus conciliante de Rémillard, du climat plus serein dans la maison. Lui, des affaires qui prospéraient, du départ providentiel projeté de Sylvestre. Elle était désireuse d'aller « aux vues ». Lorsqu'elle avait épousseté dans le cabinet de son bourgeois, elle avait feuilleté *La Patrie*. Au Saint-Denis, on présentait *La route est belle*, un film français parlant et chantant. Ensuite, ils prendraient un bon repas dans un restaurant. Elle en était étourdie de bonheur.

Les heures de sursis de Mélina filaient. Ils avaient déambulé la main dans la main, savourant le plaisir d'être ensemble, s'arrêtant çà et là pour s'embrasser sous le regard enveloppant des passants, avant de repartir et de s'arrêter de nouveau à l'angle d'une rue pour s'étreindre.

À la fin de l'après-midi, précisément avant d'entrer dans un établissement pour souper, Antonin eut un geste qui trahit son impatience. Il amorça un mouvement pour lui ouvrir la porte ; il s'immobilisa.

— Tu m'avais promis que tu donnerais ta démission quand on aurait la réponse de ton père. D'après ce que je peux voir, on l'aura jamais.

Les traits de Mélina se contractèrent, sa figure s'assombrit.

— T'étais certain qu'il accepterait de marier sa fille parce qu'il avait pas d'autre choix, mentionna-t-elle.

— J'admets que je me suis trompé. Ton paternel a la tête plus dure que je croyais. Dans ce cas-là, il nous reste juste une chose à faire.

Un sourire de ravissement s'épanouit sur le visage de Mélina.

— Gouvernante ou pas, servante ou pas, on va prendre le train pour Rivière-au-Renard…

Ils allaient entraver le passage de clients. Antonin saisit la poignée et ils pénétrèrent dans l'établissement.

Madeleine Rémillard avait démissionné. Devant l'indiscipline qui avait régné toute la matinée, le domestique avait emmené les chenapans au parc, en après-midi. Le soir, alors que son mari, les deux mains sur la panse, digérait dans son cabinet, elle avait repris du service pour permettre au serviteur de débarrasser la table et de récurer la vaisselle.

La gouvernante tourna la clef dans la serrure et ils s'avancèrent dans la pièce. Exsangue, Madeleine Rémillard était affalée sur le fauteuil jaune du salon.

— Vous me semblez bien pâle, madame, commenta Mélina.

— Ces enfants vont me tuer, soupira-t-elle. Maintenant, c'est Gonzague qui leur lit des histoires pour essayer de les endormir.

Mélina réprima un mouvement vers l'escalier principal pour secourir les chérubins. Antonin l'approuva du regard et la suivit dans les marches des domestiques. Avec l'aide d'Antonin, elle transporta sa malle de bois dans sa chambre. Pendant qu'elle rassemblait ses effets personnels, il alla remplacer le serviteur auprès des enfants. Quand elle eut terminé, elle voulut souhaiter une bonne nuit aux petits. Gonzague se tenait encore dans l'embrasure qui donnait sur le passage.

— Asteure qu'ils dorment, viens me donner un coup de main, murmura Antonin en posant un livre d'histoires imagées sur la table de chevet.

En même temps qu'elle refermait la porte de la pièce, Mélina abaissa affectueusement les paupières sur les enfants qu'elle abandonnait. Doucement, les deux hommes emboîtèrent le pas derrière elle jusqu'à sa chambre.

Le serviteur considéra gravement la malle.

— Envoye, Gonzague, prends ton bout! l'exhorta Antonin.

— On m'avait pas prévenu du départ de mademoiselle O'Brien, rétorqua-t-il.

— Écoute-moi ben, mon Gonzague, le rembarra Antonin. Là, on va mettre ça dans la valise du char de ton bourgeois, puis tu vas venir nous conduire sur l'avenue Cuvillier.

La petite société emprunta l'escalier principal et sortit de la résidence à l'insu de l'hôtesse endormie.

Vers les neuf heures, la Buick s'engagea sous l'arceau de la voûte et se gara dans l'arrière-cour. Sylvestre parut en haut des marches.

— Attendez, j'arrive, s'écria-t-il.

— Donne-toi pas ce trouble-là, répartit Antonin. Le chauffeur va sortir ses gros muscles.

Au matin, Antonin se réveilla tout courbatu, mais avec le sentiment d'avoir franchi une étape importante. Pourtant, il avait traversé la nuit sur le plancher puisqu'il avait cédé son lit pliant à Mélina. Demain, ils prendraient le train et ne reviendraient de leur patelin qu'une fois mariés. Auparavant, ils consacreraient leur journée à quelques achats. Un complet, une chemise, une cravate et des souliers pour lui, une robe, un manteau léger et des escarpins pour elle. Ils consultèrent la voisine, madame Philippon, qui les assura de trouver sur la rue Sainte-Catherine tout ce qu'il leur fallait à bon prix pour leur mariage, sans oublier les alliances qu'ils trouveraient chez Daoust et fils, une bijouterie où elle avait acheté un ange aux ailes plaquées or agenouillé sur un prie-Dieu pour la première communion de son filleul.

***

Le voyage aurait pu se dérouler dans les langueurs d'une désespérante monotonie. Mais les heures écoulées l'un près de l'autre à se dire des mots doux, à exprimer leur tendresse, leur parurent trop courtes. Les jours qui s'écouleraient dans leur vie à deux s'étalaient sans fin devant eux. Ils se remémorèrent leurs ébats amoureux sur la plage. Elle éprouvait le sentiment qu'il se produisait quelque chose de mystérieux. Il plaça la main sur son ventre en souriant…

Bientôt, ils atteindraient le village à l'origine de leur première rencontre, de la naissance de leurs amours. On avait voulu briser leur volonté de s'aimer, les séparer. Ils revenaient ensemble à Rivière-au-Renard, plus forts que jamais, prêts à affronter la tempête, farouchement déterminés à lutter contre vents et marées.

La locomotive s'immobilisa comme l'animal essoufflé qui rentre à l'écurie après une journée exténuante.

Au dernier souffle de la bête métallique, Antonin sauta à terre avec les deux valises qu'il déposa sur le quai. Puis, il empoigna le marchepied qu'un employé des chemins de fer apportait pour faciliter le débarquement des passagers. Mélina parut dans la portière du wagon. Son amoureux plaça le petit banc du cheminot à ses pieds et lui tendit la main.

— Si vous voulez vous donner la peine de descendre, madame Antonin Bernard, fit-il sur le ton d'une politesse obséquieuse.

— Tu trouves pas que tu mets la charrue devant les bœufs? exprima-t-elle, avec un ricanement nerveux.

Anatole Girard se tenait près du chariot à bagages. Des voyageurs attendus par de la famille des campagnes environnantes se dirigeaient vers des voitures et passaient devant lui en le remerciant pour son offre de service.

— Regarde qui est là! observa Antonin. Notre taxi!

L'œil fuyant, la teigne du magasin général faisait mine de ne pas reconnaître le couple. Antonin s'avança à sa hauteur.

— Tu m'as l'air de manquer d'ouvrage, mon Natole! Ben je vas t'engager, moi.

— J'embarque pas n'importe qui, tu sauras, mon petit fendant! rétorqua Anatole Girard. Mais pour la fille de Salomon, je vas faire un spécial.

Sous le regard intimidateur d'Antonin, Girard aida la benjamine d'O'Brien à monter dans sa calèche. Antonin n'éprouvait pas plus grande joie que de voir le salopard lui obéir. Le cocher avait escompté un coup de main du passager pour les bagages et il était remonté dans son véhicule hippomobile. Antonin pointa du menton les valises déposées au sol.

— Tu donnes un service complet ou pas, mon Natole ?

Le taximan agrippa les effets et les rangea derrière sa voiture.

— Asteure, tu nous amènes chez le bonhomme O'Brien, s'imposa Antonin.

Mélina enfonça son chapeau, pressa son sac à main contre elle. Dans un claquement de fouet qui retentit dans l'air de la péninsule, le cocher harcela sa bête et fila sur la route de Rivière-au-Renard.

Sur le chemin de la maison paternelle, Mélina songeait au remous qu'elle soulèverait, aux obstacles qu'elle rencontrerait et à l'affront qu'elle infligerait à son père. Il lui faudrait être forte pour résister aux pleurs de sa mère, déchirée entre sa fille et son mari, et soutenir le regard mesquin de ses demi-sœurs jalouses. Quant à l'amoureux, il fourbissait ses armes et ne se laisserait pas anéantir par O'Brien.

Le caléchier sauta à terre et attacha les rênes à la rambarde de la galerie. Sa pouliche s'ébroua.

— Quelqu'un vient ; va donc voir, popa, dit Exarée.

Salomon O'Brien déposa sa fourchette et se rendit à la porte. Il en revint aussitôt en proférant d'effroyables imprécations. Au milieu des *goddamn* et des *son of a bitch*, il crachait des malédictions contre le fils de Magella Bernard.

— Pour l'amour du bon Dieu, que c'est qui te met à l'envers de même, Salomon ? demanda Exarée. Allez donc voir, une de vous deux.

La boulotte Rébecca s'était empâtée d'au moins une quinzaine de livres. Octave, l'un des deux hommes engagés, lui-même obèse et d'une laideur repoussante, s'était finalement épris d'elle et accourait au-devant de ses moindres désirs. Il s'empressa derrière elle à l'entrée.

Sa sœur était agglutinée à la porte. La curiosité l'emportant sur tout autre désir refoulé, Virginie se leva et alla gonfler le tas des écornifleux. Sans perdre de temps, Évariste, un gnome d'une laideur comparable, se joignit aux trois autres.

Les laideronnes, accompagnées de leur escorte, retournèrent à la cuisine.

— Mère, devinez qui est là ? s'enquit Rébecca.

— C'est Mélina avec son *chum* ! affirma Virginie.

Antonin poussa la porte et marcha dans le dos du caléchier, qui transportait les bagages.

Mélina alla se jeter dans les bras de sa mère en pleurant. Salomon avait saisi sa tabatière et bourrait sa pipe d'un air enragé. Il s'adressa à sa fille sur un ton véhément :

— *Goddamn*, vas-tu ben nous expliquer que c'est qui t'amène à Rivière-au-Renard ?

— Je vas vous le dire, moi, monsieur O'Brien, intervint Antonin : on est venus pour se marier samedi ! Il y a pas longtemps, je vous ai écrit une lettre pour que vous m'accordiez la main de votre fille. La politesse la plus élémentaire aurait exigé de me répondre. Que ça vous plaise ou non, pas plus tard que demain matin, on va aller voir le curé Morris pour les arrangements ! Que ceux qui ont des empêchements au mariage le disent tout de suite !

Les mâchoires durcies, les yeux plissés sur le jeune homme aguerri aux combats de la grande ville, O'Brien craqua une allumette et détacha son regard, qu'il fixa sur le fourneau de sa pipe.

Virginie et Rébecca incitèrent leur père à résister, tandis que les hommes engagés assistaient, impuissants, au drame qui ébranlait la maisonnée. Pendant ce temps, Mélina épongeait ses larmes en cherchant à rassurer sa mère.

Le caléchier attendait près des valises, en suivant la chicane de famille qui s'enlisait. Soudain, il comprit qu'il était dans son intérêt de partir. Il se tourna vers Antonin.

— Tu me dois douze cennes pour le transport, dit-il.

— Toi, t'auras pas une maudite cenne noire, mon Natole, se cambra Antonin. Après ce que t'as fait à ma coquerie ! Fais pas l'innocent, mon vieux verrat ! Ben évidemment, t'as pas exécuté ton travail tout seul ; toi puis ton ami Salomon, vous avez fait une sale *job* pour essayer de me décourager.

La vérité éclatait au grand jour. Devant les visages effarés, reprenant la maîtrise des émotions intenses qui l'habitaient, Mélina informa ses parents qu'elle avait laissé son travail chez les Rémillard et qu'à son retour à Montréal, elle occuperait le petit logis de son mari.

Anatole Girard n'avait pas clamé son innocence. Et pour cause. À peine avait-il levé des yeux penauds sur O'Brien avec qui il partageait la responsabilité du méfait. Il pouvait maintenant se retirer dans ses quartiers. Il salua son ami et franchit le seuil. Ses adversaires désarmés, Antonin se rapprocha de Mélina.

— On va te faire de la place, exprima sans entrave Exarée ; asteure, tu fais partie de la famille.

Au matin, Mélina et Antonin s'acheminèrent au presbytère. Le pasteur les accueillit avec une extrême réserve. La situation était fort délicate. Il n'aurait pas le temps de publier les bans. Il aurait souhaité annoncer les épousailles au prochain dimanche. Dans les circonstances exceptionnelles qui prévalaient, il ne consulterait pas l'évêque ; il prenait sur lui d'accorder la permission au couple. Ce serait un petit mariage de sacristie. L'événement serait enregistré dans les annales de Rivière-au-Renard...

Le couple se rendit ensuite à pied au magasin général. Çà et là, on reconnaissait la fille exilée d'O'Brien au bras du pêcheur qui avait quitté le village pour la rejoindre à Montréal.

Au comptoir, le caléchier avait rapporté ce qu'il avait vu et entendu chez les O'Brien la veille.

— Si je m'attendais ! s'exclama le marchand. Tu viens pas chercher une livre de clous, toujours ? ricana-t-il.

— Asteure que ma coquerie a fait naufrage, j'ai pas besoin de rien, répondit Antonin, la lèvre retroussée. Ça me surprend que notre ami Natole vous ait pas raconté ça !

— Pas de blague, je le savais que tu étais dans les parages, mais je pensais pas te voir retontir au magasin, rétablit Firmin Cotton. Au bras de la belle brunette, en plus. Que c'est que je peux faire pour toi ?

— Vous m'en direz tant ! rétorqua Antonin. Puis, Natole, il me semblait que la fille d'O'Brien était pas pour moi.

La langue sortie, les manches retroussées, Nicolas revenait de l'arrière-boutique avec un sac de farine sur le dos. Il le déposa à ses pieds et se releva en fixant les clients qui semblaient l'observer d'un œil amusé.

— Ah ! ben, ah ! ben, s'étonna-t-il.

Le commis reprocha à son camarade de ne pas l'avoir prévenu de son voyage. Mais c'était sans gravité. Ils arrivaient du presbytère. Antonin l'invita avec Eugénie, qui toucherait l'orgue à son mariage. Pour l'instant, il emprunterait le cheval qu'il lui avait donné afin de se rendre chez ses parents. Le taximan de la place chargeait trop cher...

Mélina à ses côtés, Antonin sella la bête docile qui paraissait se souvenir de son maître. Elle contemplait ses paupières frangées de longs cils noirs abaissées sur les sangles de l'animal. À voir le palefrenier exécuter ses gestes, elle se surprenait d'être aussi attentive. Bientôt, elle seconderait son mari dans les menus travaux de l'écurie. Un moment, elle se remémora sa promenade avec lui dans les rues du hameau, défiant son père et tous les colporteurs faméliques qui s'alimentaient du moindre ragot.

Le cheval trottina sur la route caillouteuse qui menait à la campagne de Petite-Rivière-au-Renard. À mesure qu'il approchait de la maison jaune, la hâte du cavalier grandissait. Il présenterait Mélina à sa famille. Son père leur donnerait sa bénédiction. Il pressa les flancs de la bête.

Les hommes étaient aux champs. Le dos voûté sur la margelle de pierre, la fermière achevait de tourner la manivelle. Des pas montaient dans la cour silencieuse. Elle posa le seau sur le rebord du puits et se retourna.

— Attendez, sa mère ! s'écria le cavalier. Je vas vous aider.

— Mon Dieu ! réagit-elle en mettant une main sur sa large poitrine.

Antonin descendit du cheval, saisit les hanches fines de sa bien-aimée et, l'espace d'une seconde, la fit s'envoler pour la faire atterrir au sol.

Riante de bonheur, Mélina secoua sa robe défraîchie, replaça sa chevelure ébouriffée. Amarilda était enchantée de rencontrer la Renardoise de qui son fils était épris. Il l'avait ramenée dans le hameau de Rivière-au-Renard pour la marier. Comme Exarée, le mariage la bousculait, mais dans les circonstances pressantes, elle s'accommoderait.

— Les hommes vont revenir, vous allez rester à dîner avec nous autres, jubila Amarilda. On va fêter ça !

Magella et ses autres fils rentrèrent à la maison comme des affamés. De prime abord, il trouvait que l'union conjugale était un peu précipitée. Cependant, il comprenait que le voyage du couple ne pouvait s'éterniser et il était heureux que la cérémonie religieuse se tienne à Rivière-au-Renard. « Tu nous laisses pas ben le choix, mon garçon ! » commenta-t-il sans rancune.

Le repas copieux terminé, il restait à aviser la grand-mère O'Brien.

Chaque automne, la vieille femme préparait son bois de chauffage qu'un aimable voisin lui apportait. Elle maniait la hache comme un homme. Lucinda était à corder son bois quand la monture s'immobilisa dans la cour. Elle se retourna en plissant les yeux.

— Je me demandais si j'avais la berlue ou si ma vue baissait tout d'un coup, lança-t-elle.

— Vous voyez encore clair, grand-maman ! C'est ben moi, votre Mélina !

— Viens ici, que je t'embrasse. Qui c'est ce beau grand garçon-là ?

Les présentations faites, le couple suivit la femme solitaire à une petite maison basse qui bravait le vent sur le barachois. La dame essaya de débrouiller la parenté des Bernard, pour connaître celui qui allait épouser sa petite-fille. Lorsqu'elle fut certaine qu'elle avait affaire à un fils de bonne famille, elle épancha sa joie dans le cœur du jeune homme.

Lucinda O'Brien savait que son fils Salomon était un homme dur et qu'il ne portait pas Mélina en haute estime. Depuis qu'il s'était remarié, il traitait parfois méchamment l'enfant d'Exarée. Mais elle n'avait jamais su à quoi attribuer le comportement répréhensible de son fils. Elle ajouta qu'Exarée était la bonté même et qu'elle avait toujours été là pour essayer de tempérer les choses.

Puis, à la fin de sa confidence, elle fixa le prétendant droit dans les yeux.

— Mais je sais que toi tu l'aimes, Mélina, et que tu vas l'aimer durant toute ta vie.

Après les touchantes révélations de la grand-mère, Antonin reconduisit Mélina chez elle. Puis, il ramassa sa petite valise et reprit la route de la maison jaune, où ses parents l'hébergeraient jusqu'au jour du mariage. « C'est la convenance ! » lui avait dit sa mère.

***

Le matin des noces, Amarilda s'agitait dans sa cuisine. Le tablier noué autour de sa robe de semaine, elle avait préparé une pile de galettes de sarrasin, qu'elle empilait dans le réchaud du poêle. Le couvert était mis, la mélasse sur la table. Elle attendait ses hommes.

Le futur marié descendait pour déjeuner dans son pyjama bleu.

— Va donc réveiller les autres, Antonin ! On va être en retard, tout le monde.

— Calmez-vous, sa mère, on voit ben que c'est votre premier garçon qui se marie !

Le jeune homme remonta à l'étage et cogna à la porte des chambres.

Après le déjeuner, Antonin alla s'habiller. Sa mère avait attendu le grand jour pour repasser le complet acheté à Montréal. Revêtue de sa robe du dimanche, Amarilda contemplait avec fierté le futur marié debout au milieu de la cuisine, le corps raidi par le col qui semblait l'étrangler.

Deux des frères allèrent atteler les bêtes à la grosse charrette et au petit boghei. Le cheval de Nicolas attaché derrière le cabriolet, le convoi s'achemina à Rivière-au-Renard.

Salomon O'Brien avait obtenu du curé Morris de ne pas faire sonner les cloches et de faire entrer les invités par la porte qui menait le plus directement possible à la sacristie. Pour l'occasion, le bedeau avait disposé deux fauteuils devant deux sections de chaises, une pour chaque famille. Mais par une manœuvre inexpliquée, des curieux avaient réussi à se faufiler dans l'église.

Flanqué de deux servants de messe à moitié endormis, l'air empreint de gravité, le célébrant s'efforça de sourire aux parents du futur époux en les invitant à s'asseoir.

Encadrée par Rébecca, Virginie et les deux laiderons qui les accompagnaient, Exarée surveillait la porte où devait surgir sa benjamine. Antonin avait pris place et, le dos tourné, regardait dans la même direction en donnant une consigne à Nicolas. Au milieu des chuchotements, Mélina tenant un bouquet parut au bras de son père qui la conduisit à l'autre fauteuil.

Le prêtre célébra le mariage et adressa quelques mots aux nouveaux époux, en insistant sur la valeur sacrée de leur engagement.

Dès la bénédiction finale, Nicolas se précipita vers la nef. Les mariés s'embrassèrent. Eugénie plaqua aussitôt les premiers accords de la marche nuptiale de Mendelssohn, et le couple sortit par la porte de côté. Ensuite, on se dirigea vers la maison des O'Brien.

Pendant qu'Exarée faisait connaissance avec les membres de la belle-famille, les laideronnes distribuaient des verres d'alcool pour mettre les gens à leur aise. Son mari s'était retiré sauvagement dans un coin avec son ami Anatole Girard, ainsi qu'avec le gros Octave, l'amoureux de Rébecca, et le maigrichon Évariste, l'autre homme engagé après qui Virginie soupirait ; elle lui avait naturellement demandé de l'accompagner parce qu'il logeait dans sa maison. Pour faire diversion de la cérémonie qui se déroulait sous son toit, Salomon avait entrepris une conversation avec Anatole Girard sur le prix de la morue.

Du côté des Bernard, on s'était regroupé au salon autour de la vieille Lucinda, qui se réjouissait de l'entrée d'Antonin dans la famille O'Brien. Cependant, comme Amarilda, la mère d'Antonin, elle se désolait de savoir que les nouveaux mariés s'établiraient dans la lointaine Montréal, parce qu'elle ne verrait pas grandir ses arrière-petits-enfants.

Demeurés dans la cuisine, Antonin et Mélina s'entretenaient avec Nicolas et Eugénie sur la belle cérémonie qui avait été célébrée dans l'intimité de la sacristie.

— Je sais pas qui va jouer de l'orgue à mon mariage, affirma Eugénie.

— Va falloir que je fasse d'abord la grande demande à ton père, persifla Nicolas.

Afin de créer une ambiance plus festive, Rébecca avait décidé de faire jouer le gramophone. Mais la musique écorchait les tympans de l'organiste. Suivie de près par Octave, la grosse fille revenait de l'appareil. Eugénie haussa volontairement le ton :

— En tout cas, je veux pas entendre des horreurs de même à mon mariage ! commenta-t-elle.

— Si t'es pas contente, Eugénie Cotton, va-t'en donc chez vous tout de suite ! À part de ça, si tu veux le savoir, c'était pas si beau que ça, ton morceau à l'église, à matin…

— Toi, avec la face que t'as, c'est sûr que t'auras jamais besoin d'une organiste à ton mariage.

Eugénie et Rébecca étaient en guerre depuis leur tendre enfance. À l'école, la fille du marchand général était une première de classe devenue institutrice au village, tandis que celle d'O'Brien traînait à la queue et sentait la morue. Elles s'étaient toujours tenues éloignées le plus possible l'une de l'autre, pour éviter de se sauter à la figure ou de se tirer les cheveux.

À l'approche du dîner, alors que la plupart des convives s'étaient retranchés derrière les limites de la sobriété, certains esprits malveillants s'étaient embrumés. Anatole Girard se leva et, la démarche chaloupée, tituba jusqu'aux mariés.

— Pour moi, le monde va jaser, déclara-t-il. Les gens vont dire que le curé a célébré un mariage forcé, que la fille d'O'Brien est venue se marier dans son village natal avant de s'en retourner accoucher incognito dans la grande ville, vasouilla-t-il.

Antonin fulminait. L'insulte était très offensante, d'autant plus qu'elle émanait de la bouche d'un homme ivre qui disait n'importe quoi. Antonin allait décocher son poing à la face de l'abruti. Mélina posa doucement la main sur le bras de son mari.

— Pourquoi ne pas leur avouer ? réagit-elle, d'une voix altérée. De toute façon, à l'heure qu'il est, la paroisse doit savoir que c'est jour de noces chez Salomon O'Brien. Et de là à croire que je porte un enfant…

Virginie et Rébecca étaient scandalisées. Exarée contenait son émotion, en se portant les mains au visage, tandis que la vieille Lucinda, un peu dure d'oreille, s'était approchée, la bouche béante d'un étonnement ravi, pour vérifier si elle avait bien entendu.

Emportée par le bonheur qui emplissait sa maison, Exarée ordonna aux laideronnes de dresser les couverts. Malgré les efforts qu'elle avait déployés pour que les deux familles se mêlent, les convives s'installèrent avec les leurs de part et d'autre d'une grande table. Puis, Virginie et Rébecca apportèrent des poulets tués et plumés la veille par leur père, et une fesse de porc égorgé par un voisin qui avait fait boucherie au début de la semaine.

De temps à autre, le repas s'arrêtait et on demandait aux mariés de s'embrasser, en frappant sur la table avec les ustensiles. Les yeux avinés, retranché dans une humeur morose, Salomon ne se remettait pas de l'arrivée de sa fille au bras d'Antonin et de l'organisation du mariage improvisé à la hâte. Magella Bernard, qui trouvait dommage de ne pas avoir échangé avec le beau-père de son fils, risqua une remarque :

— Antonin et Mélina font un beau couple, n'est-ce pas? monsieur O'Brien.

— Si vous le dites, monsieur Bernard.

— Voyons popa, va falloir que tu te fasses à l'idée, asteure! commenta Exarée.

— Faut croire qu'on a pas toujours le contrôle sur nos enfants, exprima son mari, la mine dépitée.

— C'est pas mauvais non plus de le perdre une fois de temps en temps, mon garçon, moralisa l'aïeule Lucinda.

La vieille femme semblait la plus heureuse de tous. Son fils Salomon récoltait ce qu'il avait mérité. Les souffrances de sa petite-fille étaient terminées. Mélina avait droit au bonheur.

Les dernières interventions avaient détendu l'atmosphère de la noce. Désormais, on échangeait plus facilement les uns avec les autres, on avait compris que Salomon O'Brien ne pouvait plus exercer la même emprise sur la famille, et que la fête comportait elle-même son pouvoir de rassemblement et de réjouissance.

Au dessert, les nouveaux époux se levèrent pour couper le gâteau sous de chaleureux applaudissements. Pendant que Rébecca reluquait l'épaisseur des tranches de Mélina, Virginie-la-mince soupirait à côté de son maigrichon Évariste, en pensant à la tradition qu'on avait oublié de respecter.

— Vas-tu faire le lancer du bouquet? questionna-t-elle.

La mariée déposa le couteau, saisit les fleurs et ferma les paupières. Les filles célibataires se bousculèrent un peu et s'alignèrent derrière elle. Mélina leur demanda de faire un vœu. Elle s'élança, puis la gerbe projetée atterrit sur une poutre transversale qui soutenait le plafond. Pendant que Rébecca regardait d'un air désemparé la hauteur impossible à atteindre et que Virginie tergiversait sur le moyen à prendre, plus rapide que les deux laideronnes, Eugénie s'empara d'une chaise et alla cueillir le bouquet.

— C'est moi la prochaine ! proclama-t-elle.

— Descends de là puis donne-moi-le, maudite maîtresse d'école ! s'écria Rébecca. De la façon que ma sœur l'envoyait, si ça avait pas été du plafond, c'est moi qui l'aurais eu, implora-t-elle.

Salomon délaissa son morceau de gâteau et alla fumer sur la galerie. Amarilda Bernard enfonça son coude dans les côtes de son mari. Elle se pencha à son oreille.

— Va donc placoter un peu avec monsieur O'Brien, parce qu'on devrait s'en aller pas longtemps après le dessert.

Magella Bernard, qui avait la dent sucrée, exhala son agacement, prit deux ou trois bouchées, repoussa son assiette en s'excusant et se rendit sur la galerie où Anatole Girard avait rejoint son ami.

— Comme ça, monsieur O'Brien, c'est vous qui avez repris les affaires de mon fils, amorça-t-il. Dire que vous et moi on s'est chicanés quand on a voulu acheter du père Philibert. Ce que l'amour peut faire, des fois…

— Je vous le fais pas dire, monsieur Bernard, rétorqua O'Brien, qui tenait une allumette sur le fourneau de sa pipe.

Maintenant que Salomon O'Brien et son ami Anatole Girard étaient rassemblés à l'écart, l'occasion se prêtait bien à l'homme intègre pour élucider un petit mystère.

— D'après ce que m'a laissé entendre Antonin, il y a eu quelque chose de louche à propos du coqueron. Ça a pas adonné que je vous en parle quand on s'est rencontrés chez le notaire pour la transaction, mais asteure que je vous ai vendu, dites-moi donc, messieurs, que la cabane est pas tombée dans l'eau à cause de la tempête…

Anatole Girard réprima son désir de protester contre l'affirmation mensongère. Ses lèvres tremblèrent sur son visage grimaçant. Il se remémora la scène grotesque de la destruction, à la suite de l'empoignade avec le fils de Magella Bernard.

— *Anyway*, vous m'avez vendu au même prix que vous l'aviez acheté du bonhomme Philibert, répliqua O'Brien. Ça fait que tempête ou pas, ça fait pas de différence.

Persuadé que le père de la mariée maquillait la vérité, Magella Bernard rentra dans la maison. Amarilda salua la vieille Lucinda, et remercia l'hôtesse et les laideronnes avec effusion. Antonin et Mélina embrassèrent Exarée. Peu après, la charrette et le boghei des Bernard regagnaient la campagne.

***

Le matin du départ, toutes les activités habituelles avaient été suspendues. La famille était rassemblée devant la maison jaune blé aux persiennes vertes. Le cabriolet était avancé, les bagages chargés. Magella tenait les rênes en attendant les derniers adieux aux jeunes époux. Le cœur gros, un mouchoir de batiste à la main, Amarilda tamponnait ses yeux humides dans les bras de son fils. Antonin desserra son étreinte et entraîna Mélina dans la voiture. Le cocher fit claquer son fouet, et le cabriolet s'ébranla.

Chapitre 9

Le bref séjour avait permis aux jeunes mariés de constater que les ondulations du marasme économique s'étaient propagées dans la péninsule gaspésienne. Depuis leur départ pour Montréal, l'araignée de la pauvreté continuait de faire des victimes, tissant sa toile sinistre autour des misérables paysans de plus en plus endettés. Aux arrêts des gares, des enfants aux jambes grêles et aux vêtements ravaudés tendaient leur main fluette aux voyageurs. « On sera pas si pires ! » avait commenté Antonin.

Comme convenu, Amédée Sylvestre s'était consacré au soin des chevaux, sa Gasparine allait bien, et il avait maintenu tant bien que mal la *run* de fruits et de légumes. Les ventes n'avaient pas été très fameuses, mais en revanche, il n'avait pas perdu d'autres clients. Aussi s'était-il efforcé de garder l'appartement dans un état convenable. Avec l'automne qui s'était installé à demeure, il hésitait à prendre la rue. Il implora Antonin de rester en faisant valoir qu'il serait d'une aide incomparable, que sa petite femme pourrait s'occuper de la maisonnée plutôt que de s'échiner avec les bêtes, de manier la fourche ou de transporter des brouettes de fumier.

— C'est ben de valeur, Amédée, mais le mieux que je peux faire pour toi, c'est de te payer ton ticket de tramway puis ton voyage en train, si tu veux t'en retourner dans ton patelin à Saint-Hyacinthe. Puis je vois mal comment un étranger comme toi partagerait un petit logis avec des jeunes mariés. C'est grand comme ma main, ici dedans !

— Laisse-moi encore une couple de jours pour me trouver une *job*, au moins, supplia-t-il. Après, je te promets de sacrer mon camp puis de plus jamais vous achaler. Où c'est qu'elle est donc, ta belle Mélina ?

— Madame Philippon l'a apostrophée pour qu'elle lui raconte notre périple en Gaspésie. Puis toi, t'as compris ce que je t'ai dit. Je te paie un ticket, puis tu pars drette là !

Antonin avait rentré les valises et il sortit son baluchon du placard. Pendant qu'il rangeait ses vêtements, Sylvestre rapaillait ses maigres effets qu'il enfouissait au fond du sac avec sa boîte de métal vide.

Sitôt que Sylvestre eut franchi le seuil, Mélina s'excusa auprès de sa voisine et réintégra son logis. Antonin avait jeté quelques rondins au poêle, en regrettant d'avoir expulsé le pauvre homme. Elle constata qu'il était bouleversé. Il était beau dans la tristesse qui l'habitait. Elle lui tourna le dos et commença lentement à se dévêtir.

***

Des hennissements sourds retentirent dans l'arrière-cour. Mélina rejeta les couvertures, enfila sa jaquette de coton et se précipita hors du lit. Elle souleva sa tignasse brune d'une main et se pencha à la fenêtre.

— Antonin, il neige à matin !

L'homme s'étira en poussant un bâillement prolongé.

— Que c'est que tu dis ? demanda-t-il en réprimant un second bâillement avec sa main.

— Il tombe de gros flocons, puis monsieur Racine est déjà arrivé…

Antonin dessilla les paupières, quitta sa paillasse et alla rejoindre sa femme. La première neige de la saison se répandait en énormes miettes blanches qui recouvraient le sol. Les derniers jours, un froid étonnant à cette période de l'année avait succédé à une vague inaccoutumée de chaleur, mais l'événement prenait tout le monde à l'improviste. Dans le logis frisquet, Antonin attisa le feu du poêle et Mélina prépara le déjeuner, en se promettant de magasiner des vêtements plus chauds. Peu après, il descendit dans la cour.

Une pelisse de neige semblable à de la mie s'était accumulée sur la casquette du livreur de pain.

— Il faut se lever de bonne heure quand il y a une épaisseur de même, proféra-t-il sur un ton de reproche. Amédée Sylvestre était toujours de bonne heure sur le piton ; même quand il allait jouer aux courses. Ça paraît que tu manques d'expérience, mon jeune.

— Vous m'excuserez ben, monsieur Racine, mais c'est pas tous les jours qu'on revient de ses noces.

Le boulanger se contenta de ricaner un peu pour montrer que l'explication lui semblait très valable. Il avait nourri son cheval et commencé à l'atteler à sa voiture. Le palefrenier alla flatter sa Gasparine et l'aida en racontant son voyage en Gaspésie, mais en ne fournissant pas trop de ces détails croustillants dont les hommes sont friands.

Un châle jeté sur ses épaules rondes, madame Philippon fit irruption sur sa galerie. Ça n'avait pas de bon sens de s'exposer ainsi aux maladies. Comme elle n'avait pas à sortir de la journée, elle avait des bottes et des vêtements de saison à prêter au petit couple, en attendant qu'il s'en procure. Antonin la remercia, alla porter ce qui était destiné à sa femme et redescendit dans la cour.

Le livreur de lait arriva, sa tête chauve recouverte d'un duvet blanc semblable à la crème qui nappe un bidon, ses grosses mains noueuses dépassant exagérément de son manteau déboutonné.

— Puis ! Ça devait brasser dans la couchette du train, lança-t-il gaillardement.

— On a voulu ménager, on s'est juste tassés un brin sur la banquette, monsieur Authier.

Une demi-heure plus tard, des voitures quittaient la cour pour se rendre à la boulangerie ou à la laiterie, afin de s'approvisionner de leurs produits pour leur tournée. Mélina avait laissé sa vaisselle de côté et elle venait de rejoindre son mari. Le vendeur de glace parut sous la porte cochère, se secoua les pieds et s'avança vers l'écurie. Il était vêtu d'un coupe-vent léger et chaussé de souliers imprégnés d'une neige mouillante.

— Vous allez attraper votre coup de mort ! monsieur Lafleur, le morigéna Antonin.

— Ma femme a eu beau se mettre à quatre pattes la tête dans le fond des garde-robes, elle a pas trouvé mon linge d'hiver ni mes claques. Pour moi, elle avait dû jeter mes couvre-chaussures usés quand elle a fait son grand ménage au printemps, mais elle avait pas l'air de me croire. En tout cas, je lui ai dit d'aller en acheter chez Parizeau, sur Ontario. Avec le temps qu'il fait, il y a plein de monde qui va se garrocher au magasin aujourd'hui.

— Craignez pas, monsieur Lafleur, le monde pense plus à manger qu'à acheter des bottes puis des claques, rétorqua le palefrenier.

Les hommes conféraient entre eux pendant que Mélina avait commencé à nettoyer les stalles. Dans son manteau de drap trop ample, sa tête dolente appuyée contre la fourche, elle faisait des efforts pour vomir.

— Ta petite femme a pas l'air bien, Antonin, commenta le vendeur de glace. D'après moi, c'est pas l'odeur du fumier qui la rend malade, badina-t-il. Pour des jeunes mariés, vous êtes pas mal vite en affaires…

Antonin délaissa le livreur et s'empressa vers Mélina. Depuis qu'elle s'était levée, elle ressentait des nausées qu'elle avait tenté de lui cacher. Elle remonta au logis pour s'allonger.

Quelques jours s'écoulèrent. La première neige s'était volatilisée, laissant derrière elle un mélange de joie et de déception. Elle avait causé un émoi chez les enfants qui s'étaient amusés en revenant de l'école, mais sa disparition avait aussitôt soulagé les parents qui avaient reporté l'achat de vêtements d'hiver. Entre-temps, les malaises de Mélina s'étaient estompés et elle avait pu reprendre ses tâches à l'écurie. Suivant les recommandations de son aimable voisine, la jeune femme avait magasiné pour elle et son mari sur la rue Sainte-Catherine, et se disait prête à affronter le froid montréalais qui, disait-on, était moins pire que celui de la Gaspésie. Au moins, le couple avait de quoi gagner sa croûte et prévoyait survivre à la dure période hivernale.

Cependant, avec la venue d'un enfant et les nouvelles responsabilités qui lui incomberaient, Antonin ne voulait pas être en manque de revenus. Son emploi lui laissant un peu de temps, il pourrait trouver une petite occupation complémentaire et ainsi augmenter son pécule. Il en avait causé avec le boulanger Racine, qui lui avait déconseillé de s'adresser à la municipalité. En effet, 50 000 chômeurs réclamaient de l'ouvrage et on favorisait les pères de famille. Depuis l'ouverture de son bureau de placement, la ville avait déjà engagé 5 800 journaliers, et elle en embaucherait d'autres pour les grands travaux d'égouts et de tunnels qu'elle entreprendrait sous peu. Le palefrenier résolut de tenter sa chance.

Le dernier livreur avait quitté l'écurie. Antonin se dépêcha de faire son ordinaire et d'aller s'embusquer à l'arrêt d'un tramway. À cette heure, les petits chars n'étaient pas bondés. Pour la plupart, les ouvriers et les employés de bureau s'étaient acheminés à leur lieu de travail. Il restait de pauvres types qui s'éloignaient de leur domicile pour chercher du boulot dans un autre quartier.

Dans la salle municipale, une trentaine d'individus plus ou moins mal accoutrés étaient alignés et s'étaient répartis sur deux colonnes. Assis à des tables, le dos courbé, d'autres semblaient s'absorber dans des papiers. Devant les files, derrière leur guichet, des fonctionnaires impatients expliquaient comment répondre au questionnaire. Chaque fois qu'un chômeur se levait pour rapporter son formulaire rempli, on entendait le bruit sourd des savates ou le résonnement des semelles cloutées sur le terrazzo. Puis, son papier remis sur une pile, le candidat se dirigeait vers la sortie, un sourire mitigé au bord des lèvres.

Une heure s'était écoulée depuis son arrivée. Le préposé, un homme à la mi-quarantaine à l'air tatillon, commença à noircir quelques lignes.

— Vous avez du front, monsieur Bernard. Vous gardez des chevaux en pension et vous avez le culot de demander de l'ouvrage.

— Je suis prêt à accepter n'importe quoi pour travailler avec mon cheval...

L'employé ébaucha une moue expressive.

— Attendez un moment, je vous prie, dit-il.

Le bureaucrate partit avec le formulaire et alla frapper à une porte. Il revint au bout d'une minute en demandant de le suivre au bureau de monsieur Goyette.

Un cadre imposant à l'œil louche se tenait debout pour l'accueillir, comme si le maire Camillien Houde en personne s'était déplacé pour le rencontrer.

— Vous savez que la municipalité engage des pères et des soutiens de famille.

— Ma femme attend un petit, monsieur Goyette, c'est tout comme...

— Avec la pauvreté et les conditions d'hygiène qui règnent, il y a beaucoup de mères qui perdent leur enfant, objecta-t-il.

— Vous êtes pas très encourageant. Vous m'avez pas fait venir dans votre bureau pour me dire ça, j'espère.

Le surintendant parut un moment énigmatique. Cette année, il était fortement question que, dans la répartition du travail, la municipalité ne se borne pas à engager des pères et des soutiens de famille. Elle attribuerait des contrats pour le charriage de la neige à ceux qui avaient une voiture. Puis, il exposa le projet particulier qui lui était cher. Antonin hésita. Il avait suspendu sa *run* de fruits et de légumes jusqu'au printemps. Mais l'occasion qui se présentait d'apporter un peu plus d'argent au foyer l'incita à accepter.

Mélina achevait de dîner quand son mari revint au logis.

— Tu m'excuseras, mais j'avais faim sans bon sens, Antonin.

— Avec le petit dans ton ventre, t'as besoin de bien manger.

— Puis, ça a-tu donné quelque chose, toujours, ta visite au bureau de placement ?

— On peut dire que oui, mais c'est de quoi auquel je m'attendais pas pantoute, je t'avoue.

Le lundi suivant, Antonin se leva plus tôt que de coutume pour soigner les bêtes et pour vérifier le gréement des voitures. Après avoir attelé Gasparine au tombereau et chargé quelques outils, il embrassa Mélina et s'achemina à un terrain vacant de la rue Sherbrooke, dans un secteur où s'enorgueillissaient de belles maisons. Le surintendant Goyette était là, chaussé de souliers en cuir verni, serré dans un complet foncé. Il avait un plan sous le bras et vociférait des ordres à un groupe de journaliers en salopette. Des piquets avaient été plantés pour délimiter les fondations de la maison. Un dénommé Bluteau, celui qui semblait être le contremaître du chantier, s'avança vers la voiture et s'empara d'un pic qu'Antonin avait apporté. Puis, il s'éloigna pour picocher quelques pelletées et se retourna vers celui qui l'avait engagé.

— C'est ben comme je pensais, monsieur Goyette, la terre est dure en surface, mais le sol est pas complètement gelé.

Un large sourire gonfla les joues du surintendant de la ville.

L'équipe de pelleteurs se mit en frais de creuser. Goyette surveillait l'évolution des travaux qui progressaient à un rythme satisfaisant. Il avait surtout choisi des hommes de puissante carrure qui dégageaient force et vitalité. On travaillait avec une ardeur surprenante. De temps à autre, un engagé s'arrêtait pour enlever son manteau court, dont il allait se débarrasser à côté de sa boîte à lunch ou sur sa bicyclette couchée dans l'herbe, en bordure de la propriété. Puis, il revenait dans le trou en retroussant ses manches, avant de se cracher dans les mains et de reprendre son outil. Lorsque la pelle butait sur un affleurement rocheux, on appelait Antonin pour aider à dégager la pierre et pour la faire transporter dans son tombereau, sur le terrain voisin.

Après deux heures de creusage, une rutilante Dodge noire se gara de l'autre côté de la rue.

Le surintendant consulta sa montre.

— Bon, ben, faut que j'aille au bureau, asteure, dit-il.

À peine le propriétaire était-il parti qu'un des ouvriers laissa tomber sa pelle.

— Je ferai pas le singe à picosser toute la journée pour des pinottes, déclara Cormier. Je sais pas ce que vous en pensez, les gars ? proféra le regimbeur, à la cantonade. À ce train-là, si ça continue, la cabane de Goyette va être bâtie dans deux semaines, puis après on va se retrouver le cul sur la paille…

— On peut se compter chanceux d'avoir été engagé, répliqua le contremaître Bluteau. Ça fait que prends ta pelle puis creuse…

— Les gars ont besoin d'un petit *break*, *boss*, argumenta Cormier. Toi t'es payé à rien faire, c'est pas pareil. Si ça te fait rien, on va s'arrêter quelques minutes.

Au grand désespoir du contremaître, les journaliers déposèrent leur outil, frottèrent leurs mains terreuses. Les uns s'écrasèrent sur place. Les autres sortirent de la fosse, fouillèrent dans les poches de leur manteau et s'allumèrent une cigarette qu'ils allèrent fumer sur un tas de terre.

Après un arrêt d'une vingtaine de minutes, l'ouvrage se poursuivit plus lentement jusqu'au son de l'angélus de midi. À cette heure, on se regroupa en dehors de l'excavation pour dîner, sauf le contremaître, qui s'isola avec sa boîte métallique sur un monticule.

Au milieu de plaisanteries égrillardes, on mangea de bon appétit. En racontant chacun son passé, on apprenait à se connaître. On se découvrait des affinités, des liens se créaient qui rendaient l'atmosphère plus supportable. Car le travail du creuseur de cave demeurait exigeant, même pour des hommes bâtis «pour de la grosse ouvrage», disait le récalcitrant.

Un peu avant six heures, la Dodge noire stationna à proximité du chantier. Avant de traverser la rue, le surintendant promena un regard perplexe sur les lieux et s'amena près de son contremaître.

— Ouais, je pensais que ça avancerait plus vite! observa-t-il, la bouche tordue.

— On a enlevé plusieurs grosses roches, rétorqua son homme de confiance en pointant l'amoncellement sur le terrain avoisinant.

L'accumulation de matière indésirée sur le champ d'à côté sembla lui causer du souci. Un jour ou l'autre, il faudrait l'ôter pour éviter du désagrément à son propriétaire.

Au premier coup de l'angélus du soir, les ouvriers fatigués émergèrent de l'excavation et allèrent lancer leurs outils dans le tombereau d'Antonin. Certains ramassèrent leur boîte à lunch, enfourchèrent leur bicyclette et saluèrent monsieur Goyette. D'autres s'éloignèrent à pied, le bras tendu de leur boîte vide, le visage allongé, tout de même contents de leur première journée sur le chantier. Le contremaître marcha dans le dos du surintendant qui retraversait la rue. Antonin harcela Gasparine et entreprit de regagner la rue Cuvillier.

Les livreurs avaient quitté la cour. Mélina souleva un rond de son Légaré-Windsor pour s'assurer que le feu ne s'était pas éteint. Elle chiffonna quelques pages de *La Patrie* et le ralluma. Elle pensa que son mari devait avoir un appétit d'ogre. Au cours de l'après-midi, la faim lui avait labouré les entrailles, et elle était remontée pour grignoter des biscuits au gingembre avec un verre de lait avant de redescendre à l'écurie. Elle cassa six œufs qu'elle incorpora aux ingrédients dans un bol et versa le tout dans la poêle.

La palefrenière avait dressé le couvert, le pain et le beurre étaient sur la table, et l'omelette était dans le réchaud. Avant de s'asseoir pour repriser des bas aux lueurs de la lampe, elle se pencha à la fenêtre d'en avant. Le tombereau disparaissait sous la porte cochère. Elle eut envie de rejoindre Antonin, de se blottir dans ses bras, de lui dire qu'elle s'était ennuyée de lui.

Après avoir dételé et soigné Gasparine, il rangea le tombereau et entra au logis avec une brassée de bois.

— Les nuits commencent à être pas mal fraîches, dit-il.

Il alla déposer ses rondins près du poêle et enlaça sa femme.

— Puis ? demanda-t-elle, soucieuse.

Il accrocha son manteau et sa casquette, et voulut d'abord s'informer de sa journée. Ses malaises ne l'avaient pas repris. Les livreurs avaient été très avenants avec la petite épouse enceinte. Elle avait pris son temps pour dîner, avait mis un peu d'ordre au logis, puis elle avait eu des moments de répit qui lui avaient permis de refaire ses forces. Enfin, elle le fixa d'un regard interrogateur.

— En tout cas, c'est une saprée *job* ! affirma-t-il en poussant un soupir de lassitude.

Ainsi Antonin avait-il résumé la fastidieuse besogne. Le creusage chez monsieur Goyette ne durerait qu'un temps et elle reconnaissait qu'il faisait tout ce qu'il pouvait afin de bénéficier de la manne inespérée qui tombait.

Quelques jours se succédèrent sous l'hospice d'une température clémente qui permit l'avancement des travaux d'excavation. Après ses heures au bureau, Goyette venait faire son tour et adressait des commentaires insatisfaits à son contremaître, qui les transmettait le lendemain à son équipe. Mais la fin de la semaine arrivait et il manifestait des signes d'agacement de plus en plus intolérables à son épouse. Elle résolut de se rendre sur le chantier.

Au cours de l'après-midi du samedi, le surintendant stationna sa Dodge du côté de sa propriété, pour éviter à sa femme de traverser la rue. La précieuse se contenta d'essuyer de sa main gantée la buée de la portière qui embrouillait sa vue et refusa de descendre.

— Va leur parler, à tes engagés ; tu vois ben que ton Bluteau n'a aucune autorité, dit-elle. Puis oublie pas de mettre tes chaloupes pour pas salir le char.

Goyette quitta son siège et se rendit à l'arrière de sa voiture. Il ouvrit le coffre, en retira une paire de claques dont il couvrit ses souliers de cuir verni, et alla se percher sur la plus haute butte. Au fond du trou, les hommes s'acharnaient après une pierre énorme.

— Écoutez-moi ben, les gars, s'écria-t-il. Je trouve que vous êtes pas ben ben efficaces. Je veux la bâtir cette année, cette maison-là.

— Dans ce cas-là, renâcla Antonin, venez donc nous aider au lieu de chialer après nous autres.

Goyette grommela quelques mots de mauvaise humeur, ôta son pardessus et alla rejoindre ses ouvriers en empruntant une petite échelle.

À sept, ils réussirent à extirper la pierre et à la rouler en dehors de son enfoncement.

— Vous voyez, c'est de même qu'il faut faire, les gars ! commenta le surintendant.

Le souffle court, les traits tirés par l'effort déployé, il rentrait sa queue de chemise flottante dans son pantalon sali. Il amorça le pas pour atteindre l'échelle et pour remonter au niveau du sol.

— C'est pas tout, monsieur Goyette, faut la sortir de la fosse, asteure, exprima Antonin. Puis il commence à faire sombre.

— Toi, je t'ai engagé avec ton cheval, ça fait que…, rétorqua le haut fonctionnaire municipal en toisant le palefrenier d'un œil torve.

Antonin se rappela que le surintendant était habitué à se faire obéir et que, en l'occurrence, c'était lui qui paierait de sa poche les employés. Avec d'autres, il aménagea une descente de terre. Puis, lentement, son maître tenant les rênes à côté de la voiture à bascule, la jument, d'abord rétive et indocile, accéda au fond de l'abîme. La compagnie rassembla ses effectifs pour charger la masse inerte. Ensuite, quelques bras poussèrent le tombereau pour aider Gasparine à gravir l'escarpement et pour délester le fardier de son contenu.

Entre-temps, la noirceur avait commencé à répandre ses ténèbres et à remplir la fosse que la lueur des réverbères ne pouvait atteindre. La manœuvre avait été harassante, et les ouvriers fourbus ne pensaient qu'à leur journée de repos pour se remettre un peu de leur dure semaine. Goyette discuta avec son contremaître Bluteau, alla échanger quelques mots avec sa femme et revint auprès des journaliers qui s'apprêtaient à prendre congé.

— On continue demain, les gars, proféra-t-il.

Une rumeur de protestation se propagea. L'entente stipulait qu'on ne reprendrait que le lundi, qu'un temps de répit s'avérait nécessaire pour exécuter la suite de l'ouvrage.

— On est pas aux travaux forcés ! monsieur Goyette, vitupéra Antonin, chaudement soutenu par ses pairs.

— C'est ça ou ben je vous donne pas une maudite cenne, répliqua sèchement le surintendant.

Les ouvriers se regroupèrent autour d'Antonin qui semblait devenir leur chef. Le petit conciliabule terminé, le porte-parole s'adressa à Goyette :

— OK d'abord, on accepte ! répondit-il, avec un consentement arraché.

***

Il pleuvait des cordes et le vent soufflait à décorner les bœufs. Avec un temps pareil, Mélina s'abstiendrait d'aller à la messe du dimanche. Elle n'était pas d'une piété fervente, mais la prière lui permettait de remercier son Créateur pour le bonheur qu'elle vivait avec son mari, en plus de se confier dans les moments plus difficiles. Et l'enfant qu'elle avait en son sein la portait à recourir plus souvent à Lui. « Mon Dieu, faites qu'il arrête de mouiller ! » se dit-elle en regardant dans l'arrière-cour.

Debout dans son tombereau, son homme courba l'échine avant de s'engager sous la voûte de la porte piétonne. Il était coiffé de sa casquette et revêtu d'un imperméable qui le couvrait jusqu'aux bottes. Il lui avait dit que le temps avait besoin de s'abeaudir parce que, sinon, il reviendrait avant la fin de la journée. Gasparine progressait lentement sous l'eau battante, fonçant dans la tempête qui lui cinglait la croupe. Ses œillères lui protégeaient les yeux contre les agressions de la pluie torrentielle. La pauvre bête n'était pas têtue comme une mule, mais elle voyait venir le raidillon qui menait à la rue Sherbrooke. Elle aurait souhaité rentrer à l'écurie et avançait, malgré tout, en s'en remettant à la confiance du charretier.

Bluteau esquissa un large sourire quand il aperçut le fardier. Le plus récalcitrant des engagés se présentait lui aussi à l'ouvrage et avec l'équipement. Le palefrenier avait apporté des câbles et une brouette pour faciliter le transport de la terre, qu'on évacuerait aussi par la rampe d'accès construite la veille. La mine résignée, les journaliers vêtus d'un manteau de pluie s'approchèrent du tombereau pour prendre leurs outils et redescendirent docilement dans la fosse. Mais il continuait de pleuvoir et l'eau accumulée compliquerait la tâche déjà laborieuse.

Le fond de l'immense cavité ressemblait à présent à une mer étale troublée par les éléments. On ne savait plus où piquer du pic et de la pelle tellement l'onde s'épaississait. Il fallait sonder sous les pieds, tâter de la botte et se croiser les doigts pour éviter les fausses manœuvres et de chuter. Et lorsqu'un ouvrier parvenait à enfoncer son outil, il ramassait une pelletée dégoulinante qu'il allait déposer dans la brouette baveuse. Des bras solides agrippaient alors les brancards et gravissaient le plan incliné pour aller en vider le contenu. Mais bientôt, les muscles des hommes détrempés ne suffirent plus à la pénible besogne. Bluteau recommanda qu'on mette le cheval à contribution.

Depuis son arrivée, Gasparine attendait sous le ruissellement de la pluie froide, ses grands yeux hébétés tournés vers la fosse. Elle regarda avec crainte son maître s'approcher. Antonin la câlina un peu, tira sur la bride et marcha devant elle pour la guider. Comme si elle appréhendait le pire, ou comme si elle avait peur qu'on l'enterre ou qu'on la noie, elle s'immobilisa au bord de la rampe. « Viens, ma Gasparine ! » dit Antonin.

Alors, elle amorça une descente. Tremblante, les yeux hagards, elle posait le sabot mal assuré sur la pente glaiseuse en progressant vers la mare. À tout moment, un glissement pouvait survenir qui l'entraînerait captive entre les limons de son attelage. Elle aurait beau se débattre, elle n'était pas un porc qui aime à se vautrer dans la fange boueuse ni un canard qui s'ébroue joyeusement dans l'étang. Elle atteignit le bas de l'escarpement et alla s'immobiliser au milieu de l'excavation, précisément là où l'eau montait aux genoux des hommes et jusqu'aux moyeux du tombereau.

On recommença à creuser et à remplir la caisse de bois. Les ouvriers ne regardaient plus que la boîte du véhicule qui s'emplissait de leurs pelletées brunâtres. Mais lentement, irrémédiablement, Gasparine s'enlisait dans la vase. Antonin s'écria :

— Heille ! Ma jument est après disparaître ! Dételez-la au plus sacrant !

Le palefrenier alla grimper dans l'échelle et revint avec le cordage qu'il avait apporté. Au risque de caler eux-mêmes, les hommes formèrent deux équipes de trois qui se postèrent de part et d'autre aux flancs de la bête. Puis, on glissa les câbles sous le ventre de l'animal et, dans un incroyable effort concerté, on réussit à le dégager de son envasement. Effarée, Gasparine s'éloigna de son sépulcre en éclaboussant ses sauveteurs et prit sur elle de gravir la rampe.

Maintenant que la bête était en lieu sûr, il restait à désembourber le véhicule. D'abord, on le délesta de son chargement et, après une heure à barboter dans les remous, on parvint à le remonter à la surface du sol.

— Tu diras ce que tu voudras, Bluteau, exprima Antonin, dépité, mais Gasparine sera pas la seule à dételer aujourd'hui.

Sur les entrefaites, la pluie avait ralenti. Elle ne crépitait plus sur les toits de bardeaux et sur l'asphalte luisant. Mais les conditions de travail demeuraient exécrables. Les engagés avaient lancé leurs outils dans la boîte du tombereau et s'éloignaient du chantier. Antonin rattela sa bête et regagna la rue Cuvillier.

Mélina était absente. En vaquant à ses occupations de ménagère, elle s'était morfondue tout l'avant-midi. Cependant, elle ne voulait pas rester enfermée toute la journée dans son logis à s'inquiéter pour son homme. Après le dîner, pour se changer les idées, elle s'était rendue chez la voisine pour demander conseil. Madame Philippon avait aussitôt déduit que la jeune femme voulait confectionner des vêtements de bébé parce qu'elle était enceinte. Exarée avait appris à coudre à sa fille, mais Mélina s'était trouvée désemparée à l'idée de fabriquer du linge d'enfant. Pendant que son mari roulait ses cigarettes pour sa semaine et que ses enfants jouaient à des jeux de société, madame Philippon avait déniché un reste de pelotes de laine et commencé à lui enseigner les rudiments du tricot.

Antonin frissonnait dans ses hardes mouillées. Et la flamme du logis qui se mourait. Il toussota. Son imperméable s'était déchiré, ses bottes avaient avalé de l'eau et détrempé ses bas. Il alla dans le hangar au bout de la galerie et en revint avec une brassée de bois. Puis, il se dévêtit, se couvrit d'une robe de chambre, épingla son accoutrement sur une corde tendue au-dessus du poêle et réanima le feu.

Vers la fin de l'après-midi, Mélina rentra chez elle. Des vêtements étaient à sécher. Antonin s'était alité et grelottait dans la chaleur enveloppante des couvertures. Elle déposa vitement son ouvrage sur le coin de la table, s'approcha du lit et posa la main sur le front fiévreux.

— C'est ben ce que je pensais, aussi ! exprima-t-elle.

— Je tousse un peu, j'ai pris du thé pour me réchauffer le gorgoton, articula-t-il.

Le breuvage chaud serait insuffisant pour enrayer la toux et chasser le mauvais rhume. Elle rappliqua chez sa voisine, et en revint avec une bouteille de gin et un pot de miel.

***

Au matin, un ciel presque sans nuages agrémentait la vie des Montréalais. Le palefrenier avait traversé une longue nuit reposante. De complexion robuste, il se sentait capable de retourner sur le chantier. À peine se raclait-il la gorge pour s'éclaircir la voix. La journée précédente l'avait éreinté un peu, mais il ferait son possible pour l'avancement des travaux.

Les livreurs avaient quitté les lieux en disant qu'ils avaient été épargnés d'un dimanche abominable. C'est en ressassant ces paroles qu'Antonin attelait Gasparine à sa voiture et louait le soleil qui asséchait la terre battue de son arrière-cour. Malgré le beau temps, la jument abêtie regardait son maître d'un air égaré. Elle redoutait quelques menées obscures pour la pousser au-delà de ses forces. Gasparine n'avait jamais été aussi éprouvée par le labeur et la température. Elle avait failli trépasser, mourir dans la vase qui l'avalait tout rond.

Lorsqu'Antonin arriva sur le site, Goyette et Bluteau contemplaient la mare gisante au fond de l'excavation. L'eau s'était un peu résorbée, mais le creusage demeurait tout aussi pénible que la veille à exécuter. De plus, on avait secouru la malheureuse bête qui disparaissait comme dans les sables mouvants. Il s'avérait plus prudent de reporter au lendemain la poursuite des travaux, d'autant plus que deux hommes ne s'étaient pas présentés. Le surintendant jugea qu'on devait alors en profiter pour dégager le terrain voisin de la matière qu'on y avait déposée. Goyette s'adressa à son contremaître.

— Ouais, ben, dans ces conditions-là, je pense que la meilleure chose, c'est de transporter les roches au coin de Pie-IX.

— Pourquoi là plutôt qu'ailleurs ? s'informa Bluteau.

— Je te parle pas du château des frères Dufresne. C'est de l'autre côté de la rue. Il y a apparence qu'un certain frère Marie-Victorin veut faire construire un jardin botanique, puis que monsieur le maire a l'air intéressé par le projet pour faire travailler des chômeurs de Montréal.

— Je suis pas dans le secret des dieux comme vous, monsieur Goyette, mais moi j'ai entendu dire que Camillien Houde veut faire construire des bécosses, puis que toutes les excavations vont être faites à la pelle, pas avec des engins mécaniques…

Le surintendant de la ville arbora un sourire significatif.

— Bon ben, patron, je pense que les deux autres engagés viendront pas aujourd'hui.

Bluteau se détacha de Goyette et alla transmettre les directives au groupe réduit. Antonin harcela Gasparine. Avec un contentement modéré, le bureaucrate suivit des yeux le tombereau qui s'acheminait sur le terrain voisin.

***

Le creusage avait repris au lendemain de la corvée du transport de pierres. Les deux hommes malades étaient revenus et l'équipe complète besognait avec une ardeur renouvelée. Quelques jours encore et le creusage serait terminé. Fidèle à son habitude, Goyette revenait sur le chantier. Chaque fois, plutôt que de démontrer sa satisfaction de voir le travail s'achever, il demeurait avare de commentaires. Les journaliers se méfiaient de sa mine louche comme du loup dans la bergerie. La dernière journée, comme convenu, il devait se rendre sur le chantier pour payer ses employés. Les outils étaient ramassés, les hommes s'étaient rassemblés au tombereau et fumaient une cigarette.

— Coudonc, Bluteau, l'apostropha Antonin, ça fait une demi-heure qu'on attend ! Il va-tu se montrer, ton Goyette ?

— C'est ben supposé, qu'il m'a dit. J'imagine qu'il a dû être retardé au bureau…

Les hommes engagés continuèrent à palabrer sur ce que le petit revenu d'appoint leur permettrait de régler : les factures impayées, l'achat de bois de chauffage, des vêtements chauds pour les enfants et peut-être même quelques gâteries pour les Fêtes.

Mais l'heure passait et le surintendant ne paraissait pas. Le palefrenier soupçonnait un retour pénible pour sa jument. Il monta dans son tombereau et saisit les guides.

— Décollez-vous, les gars, moi je suis tanné d'attendre, proféra-t-il. Je crois ben que ça va aller à la semaine prochaine.

Bluteau sembla se réjouir de l'intention du plus récalcitrant. Les autres allaient se disperser quand la Dodge se gara en bordure du trottoir, de l'autre côté de la rue.

— Sauvez-vous pas, les gars ! s'écria-t-il. C'est l'heure de la paie…

Antonin immobilisa sa bête et alla se ranger à la file indienne. Goyette tira un étui de la poche intérieure de son complet, tendit quelques dollars à Bluteau et s'approcha des employés.

À moitié soulagés, la mine déconfite, les hommes s'éloignaient l'un à la suite de l'autre, un maigre billet à la main. Antonin se retrouva enfin devant le propriétaire, qui afficha aussitôt un air grave.

— Désolé, mon ami Bernard, il en reste plus pour vous, affirma-t-il, esquissant un sourire mièvre.

— Ah ! ben torrieu, par exemple ! Comment ça, pas de paie ? protesta le palefrenier.

— Bluteau m'a dit que des mauvaises têtes comme la tienne, on pouvait s'en passer. Il est pas pour te garder jusqu'à la fin de la construction pour t'entendre regimber tout le temps contre l'ouvrage. D'ailleurs, demain on va faire les formes pour l'embasement puis couler le béton, et lundi on va être bons pour le coffrage des fondations.

— Que c'est que vous avez à redire, donc ? s'indigna Antonin. Puis mon cheval que j'ai failli perdre dans le fond du trou. Ah ! ben, toé, mon écœurant, tu t'en sortiras pas comme ça ! réagit-il, écumant de rage.

La mine vengeresse, le palefrenier s'en retourna en pensant qu'il prendrait les grands moyens pour avoir gain de cause.

* * *

Le lundi suivant, plutôt que de se présenter sur la rue Sherbrooke, Antonin résolut de revenir au bureau de placement municipal. Goyette le paierait rubis sur l'ongle, sinon il irait le dénoncer séance tenante à un supérieur.

Des dizaines de chômeurs occupaient la salle. Antonin se refusa à s'aligner derrière les autres. Il avait déjà rempli un formulaire pour une demande d'emploi. Les préposés au guichet lui diraient alors d'aller s'asseoir et d'attendre que le surintendant se libère.

Dès que la porte du bureaucrate grinça sur ses gonds, il bondit comme un chat sur une souris.

— Faites donc comme chez vous, monsieur Bernard ! dit le fonctionnaire.

— Je voudrais pas avoir l'air effronté, monsieur Goyette, mais je crois que vous avez un petit compte en souffrance. Vos engagés semblaient pas ben ben contents, mais ils ont été payés sur le chantier, au moins. Vous allez me payer tout de suite, sinon…

— Les grosses menaces, asteure…

— … sinon je m'en vas cogner à la porte du maire Houde pour lui dire que vous avez profité de votre poste de surintendant de la ville pour engager un pauvre diable comme moi sans lui donner une saudite cenne, débita Antonin. En passant, si les autres ont peur de réclamer ce que vous leur aviez promis, c'est leur affaire. Mais moi je me laisserai pas manger la laine sur le dos !

— Voyons, monsieur Bernard, je trouve que vous ruez pas mal fort dans les brancards. Laissez-moi vous dire que vous allez changer de poil quand vous aurez entendu ce que j'ai à vous proposer, ricana-t-il, un brin d'ironie dans la voix.

Goyette invita Antonin à prendre place et exposa son dessein. Il offrait de l'embaucher dans le cadre d'un programme de réalisations municipales. On recrutait des chômeurs, notamment pour le déneigement et la construction de vespasiennes, si chères au maire Houde. À l'instar de ce qui avait existé à Rome sous l'empereur Vespasien et qu'on retrouvait à Paris, Camillien Houde désirait faire construire des urinoirs et des toilettes publiques, ces «édicules de nécessité, charmants pavillons octogonaux décorés de pilastres et de chapiteaux néo-corinthiens». En tant que haut fonctionnaire de la ville, Goyette lui ferait signer un contrat qui lui assurerait d'être rémunéré. Pour cela, non seulement il devait d'abord renoncer à le poursuivre pour ses travaux impayés à son chantier personnel, mais il devait se joindre gracieusement aux autres pour l'édification de sa résidence.

Une irritation croissante ombragea la physionomie d'Antonin. Il se cambra sur sa chaise.

— C'est malhonnête! s'emporta-t-il. J'ai travaillé comme un forcené sans recevoir une maudite cenne noire, puis vous avez le front de me demander ça! Puis, qu'est-ce que vous avez promis aux autres, coudonc? Allez-vous leur faire signer un contrat?

— Ça, ça te regarde pas, mon gamin.

Antonin haletait de rage. Il avait abaissé les paupières pour ne pas dévisager l'homme véreux. Dans la balance de ses tourments, il soupesait le pour et le contre d'un tel engagement sans parvenir à se décider. L'emploi lui garantirait un salaire sur lequel il pourrait compter durant plusieurs semaines. Cependant, la pratique de l'individu sans scrupule le dégoûtait. Il releva la tête.

— Et qu'est-ce qui m'assure que je vas être payé, cette fois-là?

— Le contrat, monsieur Bernard, le contrat ! Si ça peut vous rassurer, au cas où vous en auriez besoin, je vas vous remettre une carte de travail et une carte d'identité. Et puis, on peut dire que vous seriez gâté parce que la *job* serait pas ben loin de chez vous, juste au parc Lalancette, coin de Rouen et Nicolet.

***

Mélina attendait son homme pour le dîner. Antonin était parti en rogne le matin, fermement résolu à se faire payer. Cependant, elle entretenait certains doutes sur l'intégrité du haut fonctionnaire municipal qui avait refusé injustement de régler avec son mari.

Pendant que le ragoût mijotait sur le poêle, elle relisait la lettre d'Exarée. Quand elle entendit des pas qui gravissaient les marches, elle délaissa sa lecture et s'empressa vers la porte. Il prit une grande inspiration.

— Oh ! Ça sent bon ici dedans ! J'ai déniché un contrat ! déclara-t-il en brandissant son papier.

Un sourire illumina le visage de Mélina.

— Commence par m'embrasser, exprima-t-elle. T'as d'abord un contrat avec ton épouse, ton devoir d'époux avant tout…

Il l'étreignit dans ses bras et se recula, comme s'il s'était aperçu qu'il l'avait trop serrée. Puis, il déposa un baiser sur le ventre de sa femme.

— Un gros bec pour notre petit trésor ! dit-il.

À défaut d'avoir obtenu ce qu'il souhaitait, il avait conclu une entente signée avec le surintendant retors. Il était prêt à renoncer à son dû, le temps de la construction. Ce qui l'assurait d'un salaire au printemps.

— Mais dans quel monde vivons-nous ? s'indigna-t-elle.

— On appelle ça de la *crocherie*, ma belle !

Elle convenait qu'il n'avait pas le choix : c'était ça ou rien ! Il avait traité avec une redoutable canaille. Il retournerait au chantier en après-midi. Elle le servit en lui rapportant le mot d'Exarée.

Mélina n'avait pas vraiment reconnu l'écriture tremblée de sa mère. La lettre avait été rédigée à la lueur d'une chandelle, dont la flamme était aussi vacillante que sa main. Néanmoins, elle devinait la santé faiblissante de la femme qui n'avait pas appris à parler d'elle-même et qui avait coutume de s'oublier pour faire plaisir aux autres. Pour Exarée, « tout va bien » était une formule commode et fabriquée que les personnes comme elle utilisent pour dissimuler leur état d'âme. Elle terminait son texte en disant qu'Antonin serait heureux d'apprendre que son ami Nicolas se marierait à l'été. Mais que ce ne serait pas le même célébrant qui présiderait la cérémonie. En effet, à la demande de l'évêque, le vieillissant curé Morris s'était curieusement retiré à la campagne chez sa sœur, échiné par quelques décennies de ministère, il faut bien le dire…

Après le dîner, dès qu'elle eut traversé la porte cochère, Gasparine prit la rue au petit trot. Elle trottait comme une bête qui avait besoin de se dégourdir les jambes. Pour lui donner de l'allant, son maître l'avait soignée avec quelques bonnes poignées d'avoine et un seau d'eau fraîche. Amédée Sylvestre avait dit qu'il fut un temps où sa jument était capable d'avoir les oreilles dans le crin pour éviter de se faire doubler. La période était maintenant révolue. Comme pour ménager ses forces, elle ralentit au bas de la côte et gravit lentement le raidillon.

Au cours de l'avant-midi, les ouvriers avaient décoffré l'empattement et passablement avancé le coffrage des murs de la fondation. Auparavant, en novembre, il était arrivé qu'on puisse encore procéder au pavage des rues, mais cette année-là, la température propice permettait aussi d'effectuer des travaux de maçonnerie.

Des barils d'eau, des tas de sable et de poudre de ciment avaient été acheminés sur le chantier. Le contremaître se tenait près d'un immense bac. Il s'étonna de voir surgir le tombereau :

— Que c'est que tu fais icitte ? demanda-t-il.

— Je suis venu vous donner un coup de main, répondit Antonin. En plus, j'ai apporté une brouette pour transporter le ciment. Tu peux pas refuser un bon homme comme moi, rétorqua-t-il en exhibant son contrat.

L'œil méfiant, Bluteau parcourut le papier et le remit au palefrenier, qui l'enfouit dans la poche de sa salopette.

— Bon, envoye, d'abord, sur le ciment !

Chapitre 10

À la propriété de Goyette, les travaux extérieurs étaient suspendus jusqu'au printemps. On procéderait alors à la pose de la pierre et à l'aménagement du terrain. Pour l'heure, on s'affairait au calfeutrage des portes et des fenêtres et à la finition intérieure. Bientôt, Antonin s'emploierait à l'enlèvement de la neige et recevrait une compensation pour son travail. Au moins, il n'était pas comme ces milliers de sans-emplois qui hantaient les salles d'attente des usines ou celle du bureau de placement municipal. Ou pire, un de ces misérables qui vagabondaient dans les bas-fonds montréalais, en quête d'un gîte ou d'un quignon de pain.

Le premier vendredi de novembre, vers les neuf heures du soir, on frappa au bas de l'escalier. Mélina posa son tricot, resserra les pans de sa robe de chambre et alla se pencher à la fenêtre. À la lueur du fanal accroché à une poutre de l'écurie, Antonin faisait sa tournée aux stalles des chevaux avant la nuit. Elle alla verrouiller. Puis, elle entendit des pas qui montaient comme une masse qu'on soulève pesamment. Une main insistante cogna. La poitrine haletante, elle allait se précipiter à la fenêtre pour crier. Elle s'immobilisa de peur. Une clef hésitante tourna dans la serrure.

— Vous, Amédée !

Sa chemise était déchirée, son pantalon troué. Des mèches de cheveux en désordre étaient collées sur son front ensanglanté et son air hagard commandait la pitié. Il balbutia quelques bribes et alla s'effondrer sur la bergère.

— J'espère que je vous ai pas fait trop peur, Mélina.

Sylvestre avait conservé une clef de l'appartement. L'homme était à bout, il avait marché pendant des heures pour atteindre un lieu où il se sentirait en sécurité.

Pendant qu'un chaudron réchauffait sur le poêle, elle mouilla une débarbouillette d'eau tiède, lui bassina le front, le nez et les tempes. Elle voulut le faire parler, savoir ce qui l'avait rendu dans un état aussi lamentable. L'homme semblait replié dans son silence. Elle préféra attendre que son mari remonte.

Une vingtaine de minutes plus tard, Antonin parut au logis. Il referma, pendit son manteau et sa casquette au crochet. Puis, il se retourna : le sans-abri était assis à sa table et lapait sa soupe.

— Ah ! ben joual vert ! Sylvestre ! Que c'est que tu fais ici dedans ? proféra-t-il.

Mélina leva la main afin que son mari s'apaise. Le ton avait été brusque et des yeux hostiles dardaient celui qu'il avait pratiquement expulsé depuis peu. Mélina prit la théière pour remplir une tasse qu'elle tendit à son mari, et s'assit avec les deux hommes. Antonin buvait son thé en fixant le manant qui déchirait sans vergogne un morceau de pain sous son toit. Il remarqua la coupure qui allait de l'arcade sourcilière au nez. Puis, il en eut assez de l'insolence du visiteur importun.

— Quand t'auras la panse pleine, oublie pas de nous dire que c'est qui t'amène, Sylvestre ! Des fois que ma femme puis moi on serait curieux de savoir…

L'indélicatesse de l'hôte avait fait place à une plaisanterie cynique. Sylvestre releva la tête en se composant une physionomie piteuse.

— Tu vas arrêter de me niaiser quand tu sauras ce qui m'est arrivé, Antonin, exprima-t-il, la voix ravalée.

Sylvestre avait répondu sèchement. Le matin même, alors qu'il errait paisiblement au square Dominion, il avait été entraîné malgré lui dans une manifestation communiste. Les disciples de Lénine avaient désiré célébrer le treizième anniversaire de l'établissement de la République russe. Des centaines de policiers, à pied, à cheval, à motocyclette ou à bicyclette, avaient été mobilisés à différents points stratégiques du centre-ville. L'attroupement nombreux et tapageur refusa de se disperser. Certains résistants voulurent frapper les agents de la paix. Selon lui, dans la mêlée qui s'ensuivit, outre des manifestants, quelques badauds furent blessés.

Les communistes se rendirent alors sur la rue Craig par petits groupes de trois ou quatre et débouchèrent sur le Champ-de-Mars en scandant des slogans. Mais un fort détachement de policiers qui les attendait chargea. En quelques secondes, la foule se débanda et il ne restait plus qu'une cinquantaine de récalcitrants. Des coups furent échangés et la poignée de rebelles battit finalement en retraite.

— Puis, que c'est qu'ils voulaient au juste, les communistes? s'enquit Antonin.

— Un salaire minimum de vingt-cinq piasses par semaine pour les ouvriers mariés, et dix-huit piasses par semaine pour les ouvriers célibataires comme moi. En plus, ils demandaient que les chômeurs soient pas obligés de payer leur loyer…

— C'est pour ça que tu t'es ramassé icitte, mon enfant de nanane! Si tu penses qu'on va t'héberger gratuitement puis te donner dix-huit piasses par semaine à rien faire, détrompe-toi, mon Sylvestre.

Mélina avait regardé son mari d'un air implorant. Antonin n'était pas disposé à loger le misérable. Tout au plus l'accueillerait-il pour la nuit…

***

Le matin suivant, Antonin était reparti à reculons sur le chantier de la rue Sherbrooke. Alors qu'Amédée Sylvestre s'enroulait bien au chaud à récupérer et à se faire dorloter par Mélina, il partait pour travailler à la maison de Goyette jusqu'au dernier coup de cinq heures.

Les ouvriers allaient se répartir dans différentes pièces de la maison quand Antonin arriva sur le chantier. En ce dernier jour de la semaine de travail, l'atmosphère semblait presque joyeuse. Même le contremaître paraissait détendu.

— Notre Gaspésien a pas l'air de bonne humeur à matin ! lança Bluteau.

— Sa femme l'a reviré de bord encore hier soir, badina l'un.

— Elle a dû l'envoyer coucher à l'écurie, renchérit un autre.

Les hommes se dispersèrent sur les blagues qui tombèrent à plat.

La nuit avait été froide et on prévoyait une température maximale de trente-cinq degrés Fahrenheit. L'habitation était humide. Bluteau ramassa quelques débris de construction et se rendit à l'âtre pour faire une attisée. Il avait remarqué les habiletés manuelles du palefrenier, et avait confié à Antonin et à Cormier la pose d'une cimaise à l'arête des murs et des plafonds hauts.

Dans le salon, des tréteaux reliés par des madriers de sapin avaient été installés. Armé de son marteau et d'un sac de clous, Antonin grimpa sur l'échafaudage. Sur le plancher, son compagnon affecté au sciage des moulures le regardait.

— Que c'est qui va pas ? demanda-t-il. C'est samedi, pourtant. Il y a juste toi qui as pas l'air dans son assiette aujourd'hui.

Antonin avait étiré le galon et se concentrait sur la mesure à prendre.

— Une baguette de six pieds et demi, dit-il, éludant la question.

— T'as pas encore été payé, je suppose ?

— Comme je te l'ai expliqué, l'argent va rentrer seulement après une semaine de déneigement. Tandis que vous autres, vous avez déjà reçu une paie, mosus de chanceux. À vrai dire, il y a d'autres choses qui me chicotent…

Sans attendre qu'Antonin se livre, le menuisier replaça son crayon sur l'oreille et commença à scier. Le morceau une fois coupé, il le tendit à Antonin qui s'étira un bras en posant le pied au bord de la plateforme.

— Tabarouette ! s'écria le compagnon.

Le bruit sourd de la chute accompagné du cri d'Antonin alerta le contremaître et les ouvriers, qui firent irruption dans la pièce en s'attroupant autour du blessé.

— Aidez-le ! ordonna Bluteau.

— Non non ! fit-il, les repoussant du revers de la main. Je devrais être capable tout seul, j'ai rien de déboîté, c'est juste une entorse.

L'infortuné tenta de se relever par lui-même en poussant des gémissements plaintifs, mais n'y parvenait pas. Il se frictionna doucement la cheville pour atténuer la douleur. Il fit une seconde tentative pour se redresser et réussit à se tenir debout en s'appuyant sur sa jambe gauche.

— Je l'ai vu, moi, il a pogné toute une débarque, confirma Cormier. Je sais pas où c'est qu'il avait la tête à matin, relata-t-il en s'approchant de lui. De la manière qu'il est tombé, ç'aurait pu être ben pire. En tout cas, *boss*, attendez-moi pas avant-midi. Je vas le reconduire chez lui, puis revenir après le dîner.

Antonin s'appuya sur son camarade qui l'entraîna à son tombereau.

Cormier secoua les cordeaux sur les fesses de Gasparine et le véhicule s'ébranla. Écrasé dans le fond de la boîte, le blessé grimaçait à chaque soubresaut de la chaussée.

— Veux-tu que je t'amène chez le docteur ? demanda le conducteur.

— C'est pas la peine, Mélina va m'arranger ça. Traîne pas trop, parce que ça fait mal en tabarouette !

Cormier harcela la bête, qui passa du trot au petit galop.

* * *

Au cours de son déplacement, le coche réussit à soutirer la véritable raison de l'étourderie qui avait entraîné la chute de son camarade. L'ancien palefrenier avait provoqué tout un mécontentement en revenant au logis. Cependant, Antonin se voyait à présent dans l'obligation de recourir à ses services.

Gasparine s'immobilisa sous la porte cochère. Cormier sauta à terre et alla ouvrir la porte au bas des marches. Antonin refusa énergiquement l'aide de son compagnon. Le visage tordu de frustration autant que de douleur, il se déplaça sur les fesses jusqu'au bord du tombereau et se laissa glisser au sol.

— T'es pas pour monter ça tout seul, asteure, commenta le coche. T'as de la misère à marcher.

— T'es ben fatigant ! le rembarra Antonin. Contente-toi donc de revirer dans la cour puis d'attendre. Ça sera pas long, Sylvestre va aller te reconduire au chantier.

Agrippé à la main courante, le blessé gravit les premiers degrés. En haut de l'escalier, la porte s'ouvrit.

— Antonin !

La tête effarée, Mélina souleva sa jupe et descendit quelques marches. Il la repoussa en disant que ce n'était pas à elle de venir à sa rescousse, qu'il devait y avoir un flanc-mou en haut qui paressait sur sa paillasse.

Parvenu à l'étage, l'estropié clopina vers le grabataire. Sylvestre se retourna sur sa couche en offrant sa figure tuméfiée.

— T'es pas encore levé, toi, sacripant de malheur? brama Antonin. Mouve-toi au plus vite, puis va ramener mon compagnon à l'ouvrage.

— Ouan ben, laisse-moi le temps de déjeuner! protesta-t-il en fourrageant d'une main dans sa chevelure broussailleuse.

— Avec ce que tu fais ici dedans, tu dois pas avoir si faim que ça. Envoye, que je te dis, tu mangeras après!

Amédée Sylvestre enfila prestement sa chemise et ses culottes, chaussa ses souliers, décrocha son coupe-vent et sa casquette, et quitta l'appartement.

Mélina s'empressa d'étendre une serviette sur le comptoir et se précipita vers la glacière. Elle en extirpa un bloc qu'elle picocha avec un couteau. Puis, elle replia le linge qu'elle appliqua soigneusement sur la cheville endolorie. Le mal était fait, l'enflure ne réduirait pas facilement. Ensuite, elle entoura l'articulation d'un bandage, et le blessé s'écrasa dans la bergère.

Par la force des choses, Sylvestre fut mis à contribution. Dans les jours qui suivirent, Antonin se déplaçait en s'appuyant le moins possible sur son pied foulé. Il tenait à se lever à la barre du jour pour le soin des chevaux et pour rencontrer les livreurs. La présence d'Amédée permettait à Mélina de demeurer au logis et de vaquer à ses occupations domestiques. Elle avait maintenant deux hommes à nourrir, mais elle parvenait à se garder du temps pour la lecture et le tricot. À l'occasion, elle se rendait chez sa voisine pour bavarder quelques minutes et, sitôt prise de remords, elle en revenait pour continuer son ordinaire.

Antonin se refusait à rester au logis. Il n'abattait pas autant d'ouvrage que d'habitude, certes, mais il se dépensait à différentes petites besognes qui retardaient son rétablissement. De sorte qu'au bout d'une journée de labeur, il devait s'écraser avec des compresses d'eau froide ou de glace. À la fin de sa première semaine de convalescence, il envisagea de chauler les murs de son écurie ou de construire un enclos pour dégourdir les chevaux. Mélina s'opposa à ces projets déraisonnables, en faisant valoir que, dans ces conditions, il ferait mieux de retourner sur la rue Sherbrooke.

Entre-temps, son camarade Cormier vint lui rendre visite. Au chantier, Bluteau le réclamait. Il l'avait remplacé par un apprenti malhabile qui gaspillait du bois de finition. Il s'avéra que les arguments du contremaître ne réussirent pas à le faire fléchir. De toute manière, il ne s'était pas complètement rétabli de sa malencontreuse chute. Au fond, il était évident que le palefrenier préférait travailler à son écurie, quitte à supporter son assistant encore un peu. En fait, il suppliait le ciel de lui envoyer de la neige à encombrer les rues afin de recevoir un salaire qui lui permettrait de traverser l'hiver plus décemment.

Deux semaines complètes avaient suffi au désenflement de sa cheville. Antonin avait repris toute sa vigueur et commençait à s'exaspérer de la présence de Sylvestre. Il estimait être capable de s'arranger tout seul. Un bon soir de novembre, alors que le parieur revenait de la taverne-restaurant Baril et frère après avoir passé des heures à envier les autres sans miser un sou, Antonin l'apostropha :

— On va mettre les choses au clair ! décida-t-il. Asteure que je suis raplombé, j'ai plus vraiment besoin de toi. Va falloir que t'ailles nicher ailleurs, mon Sylvestre.

— À ce moment-ci de l'année, c'est pas le temps de mettre un chien dehors ! riposta Amédée. Où c'est que tu penses que je vas me ramasser, asteure ? Je te demande pas une mosus de cenne, seulement un petit coin pour manger puis dormir. Ta femme est pas mal plus fine que toi, mon Bernard. Je suis certain que si c'était juste d'elle, je pourrais rester.

Mélina couvait le misérable d'un regard attendri. L'homme n'était pas des plus travaillants, mais il avait permis à Antonin de se remettre sur ses deux pieds. Et la plupart du temps, il leur laissait leur intimité de couple en s'éclipsant pour la soirée.

Après une nuit à jongler sur sa couche, le pensionnaire se leva la mine contrariée pour déjeuner avec ses hôtes. Il s'apprêtait à suivre Antonin pour le train du matin.

— Que c'est que je t'ai dit, Sylvestre ? Tu peux t'en aller, proféra Antonin. Pour tout de suite, je m'en vas à l'écurie, puis après, je remonte au chantier sur la rue Sherbrooke. Quand je vas revenir, arrange-toi pour être disparu, parce que ça va aller mal. Tiens ! Ça c'est pour prendre les petits chars, dit-il en jetant une pièce de monnaie sur la table. Puis va surtout pas te foutre dans une manifestation pour retontir ici encore une fois, parce que là je serai pas doux avec toi : tu vas te faire revirer de bord assez raide ! M'as-tu compris ?

La démarche légèrement claudicante, Antonin prit congé. L'air désolé, Mélina fixa la porte qui venait de se refermer.

Les voitures de livraison avaient toutes franchi la voûte de la porte piétonne. Pendant que le palefrenier attelait Gasparine, Sylvestre ramassa ses hardes et s'assit avec l'hôtesse, qui lui offrit un dernier café. Elle ne lui avait pas offert de repasser ses vêtements friponnés. Il les avait enfouis dans son petit baluchon.

Antonin remonta, dévisagea muettement Sylvestre. Puis, il empoigna sa boîte à lunch et son coffre d'outils, et redescendit dans l'arrière-cour.

— En tout cas, Mélina, exprima Sylvestre, ton mari a l'air d'avoir oublié ce que c'est que de vivre dans la rue. Je lui souhaite pas de malheur, mais…

— Antonin est pas mal dur avec toi, j'en conviens, larmoya-t-elle. Mais il est pas méchant. Il faut comprendre que c'est pas facile pour lui en ce moment. Il y a juste l'argent des chevaux qui rentre, puis la vie est chère sans bon sens, Amédée.

Elle se leva et se rendit à la fenêtre. Sylvestre s'abstint de la rejoindre. Ce matin-là, regarder sa jument lui aurait arraché le cœur. Il l'avait flattée une dernière fois la veille. Debout dans sa voiture à bascule, Antonin courba l'échine. Le tombereau traversa la porte cochère et prit la rue.

De loin, la résidence du surintendant municipal se dressait fièrement sur Sherbrooke. Elle recevrait son revêtement extérieur au printemps en s'enjolivant de pierres rosées. En s'approchant, Antonin remarqua la Dodge stationnée devant le terrain boueux que la neige recouvrirait bientôt. Pour l'heure, les alentours de la nouvelle construction ressemblaient à une immense gibelotte que le soleil d'automne n'avait pas asséchée. Depuis le trottoir, un large chemin de madriers conduisait à la maison. Gasparine s'immobilisa dans la cour. Le palefrenier attacha les rênes à la rambarde de la galerie.

Antonin emporta son coffre de menuisier et sa boîte à lunch, et parut dans l'habitation.

— Trop tard, mon ami ! lança Goyette. On est pas mal avancés. J'ai mis Cormier aux cadrages de portes, puis j'ai fini par trouver un sapré bon homme pour les armoires. Ça fait que j'ai plus besoin de toi, asteure. Que c'est que tu veux ? Quand on peut pas compter sur un employé, on en engage un autre, railla-t-il.

— Je pouvais pas prévoir qu'il m'arriverait un accident.

— Je trouve que ta convalescence a duré pas mal longtemps, pour quelqu'un qui a pris juste une petite débarque en bas de l'échafaudage. Si t'es pas plus fiable que ça, je vas annuler ton contrat avec la ville, c'est tout ! D'ailleurs, ma décision était déjà prise…

— Tu peux pas me faire ce coup de cochon là, Goyette ! Là, ça va aller mal en taboire pour toi ! Remarque ben ce que je te dis, mon cibole !

Au même moment, on entendit un bruit d'attelage accompagné de hennissements suivis d'un effroyable craquement sourd. Comme s'ils eurent été des amis se portant au secours d'une victime, Goyette et Antonin surgirent sur la façade.

— Ah ! ben simonac, par exemple ! s'écria le surintendant. Ton maudit joual a arraché le devant de ma maison. Ça va te coûter cher, mon Bernard ! jura-t-il.

Les ouvriers parurent aux fenêtres et, l'air effaré, contemplèrent les dégâts.

De peur de s'envaser, Gasparine s'était reculée brusquement de quelques pas, en lieu sûr, les sabots bien au sec sur les madriers jetés comme une passerelle salvatrice sur l'onde boueuse. La bête ne se souvenait que trop de son horrible enfoncement dans la vase du soubassement où, prisonnière de son harnais, elle s'était sentie disparaître avec le tombereau. À vrai dire, elle n'avait jamais imaginé une manière aussi effroyable de finir ses jours.

— Que c'est que t'avais d'affaire à attacher ta picouille après ma galerie ? tempêta Goyette.

— Que c'est que vous voulez, monsieur Chose, ma jument a une mémoire d'éléphant ? rétorqua Antonin.

L'animal s'était calmé. Pendant que le surintendant, les deux pieds dans la fange, mesurait l'ampleur de la catastrophe, le palefrenier faisait reculer sa bête sur le trottoir de bois. Puis, sans aucune marque de civilité, Antonin reprit la rue.

Rendu à son domicile, il dételа Gasparine qui entra d'elle-même dans l'écurie, heureuse de se retrouver sous le plafond bas, dans la chaleur moite qui se dégageait. Afin qu'elle se remette de ses émotions, il lui servit une ration de foin de trèfle et une poignée de son de blé. Mais la bête rassérénée ne pouvait ressentir la profondeur de la frustration de son maître.

Mélina avait appréhendé un retour hâtif de son mari. Dès qu'elle entendit un bruit d'attelage, elle se précipita à la fenêtre. Antonin monta au logis. Il était sous l'emprise d'une vive irritation.

— Sylvestre est ben parti, toujours ?

— Oui, oui. Goyette t'a renvoyé, je suppose ?

— Il a même annulé mon contrat, le bâtard.

Antonin se fit couler un grand verre d'eau, le but en donnant quelques bribes d'explications entre chaque gorgée. Mélina fouilla dans la paperasse accumulée sur la commode, lui remit la copie de l'entente signée avec la municipalité, et il redescendit aussitôt l'escalier.

À la suite d'Amédée Sylvestre, il se pressa à l'arrêt de tramway. L'empressement et la destination étaient différents, mais les deux protagonistes nourrissaient la même hargne, le même ressentiment.

L'enragé s'engouffra dans l'hôtel de ville et demanda qu'on lui indique le bureau du maire. Madame Wickham, une préposée anglophone arborant un chignon serré d'un ruban rose, baragouina dans un français approximatif que le magistrat avait la réputation d'être très disponible auprès des contribuables, mais qu'on ne survenait pas dans son cabinet comme un cheveu sur la soupe. Lorsqu'il aperçut la plaque gravée de l'inscription « Monsieur le maire », il brandit son papier et, d'un pas un tantinet claudicant, il se dirigea vers la porte qu'il ouvrit sans frapper.

Le corpulent Camillien Houde était reconnu pour son nez à la Cyrano de Bergerac, qui ombrageait son visage débonnaire. Un veston en tweed gris et une chemise de soie blanche, agrémentée d'une boucle marine, traduisaient son goût prononcé pour l'élégance vestimentaire. Il releva sa grosse tête au front dégarni et posa ses yeux de batracien sur lui. Puis, il ôta le cigare noir qu'il maintenait entre ses dents.

— Qu'est-ce que je peux faire pour vous, mon brave ? s'enquit-il.

— Pour vous, ça sera pas grand-chose, mais pour moi, ça représente beaucoup, monsieur Houde.

— Prenez le temps de vous asseoir, exprima-t-il. Les problèmes de Montréal peuvent bien attendre quelques minutes.

L'édile écarta sa pile de feuilles racornies. Antonin déplia son papier devant lui, en exposant les termes de l'entente et ce qui avait conduit à son annulation.

— Le pire, c'est que j'ai obtenu ce contrat-là en travaillant sans être payé pour la construction de la résidence de votre surintendant Goyette. Si c'est pas croche ça, monsieur Houde…

Le maire se leva.

— J'en connais un qui va se faire parler dans le casque, déclara-t-il. Je m'en occupe personnellement.

Il prit sa plume, s'inclina sur la copie de contrat et apposa sa signature.

— Y a-t-il autre chose que je pourrais faire pour votre bonheur, monsieur Bernard ?

***

Antonin regagna son domicile, assuré de traverser l'hiver avec des gages de la municipalité. Il ne restait qu'à patienter que la neige recouvre le sol montréalais de sa poussière blanche. Pour ainsi dire, on n'avait pas encore eu de véritable bordée que les pelleteurs attendaient comme une manne. Selon le surintendant de la voirie, une chute de six pouces donnerait une semaine d'ouvrage à 3000 individus sans travail. Or, peu après sa visite à la mairie, il se produisit un événement saugrenu qui créa toute une commotion dans le quartier Hochelaga…

Durant toute la soirée, des bruits inhabituels émanaient de l'écurie et montaient aux logis donnant sur l'arrière-cour. Antonin était descendu quelquefois pour calmer les bêtes.

— Ils sont pas du monde, à soir ! Pour moi il y a une tempête qui se prépare, commenta-t-il en accrochant sa casquette.

— C'est ce que ma mère disait quand Virginie et Rébecca s'énervaient à l'approche du mauvais temps, mentionna Mélina. Au moins, j'espère que tu seras pas obligé de te lever pendant la nuit.

— Tu dois pas t'ennuyer de tes sœurs, fit-il, un sourire narquois au bord des lèvres.

— Je suis bien avec toi, Antonin, c'est tout ce qui importe…

Mélina entraîna son mari dans la chambre à coucher. À la lueur du feu qu'elle avait ranimé avant qu'il ne remonte, elle se déshabilla lascivement. Il contempla la silhouette au ventre rebondi et la désira.

Peu avant l'aube, alors que les ténèbres se retiraient dans un ciel floconneux, des hennissements étouffés retentirent. Antonin souleva sa tête blottie au creux des seins de Mélina et tendit l'oreille. Il consulta le cadran Westclock, se leva.

— Déjà ! exprima Mélina, d'une voix langoureuse.

— Faut que je descende ! Les bêtes sont pas comme d'habitude, s'inquiéta-t-il en s'habillant.

Les bouts de sa ceinture lui battant sur les cuisses, il se rendit à la fenêtre en boutonnant sa chemise.

— Mélina ! proféra-t-il. Les chevaux ont été lâchés lousses ; une vraie catastrophe !

Le visage blême, Mélina se tira du lit, enfila vitement sa robe de nuit et accourut à la fenêtre. En moins de temps qu'il ne faut pour le dire, Antonin avait ouvert la porte du logis et dévalait les marches.

Elle le voyait, les bras écartelés, impuissant à retenir les bêtes affolées. Soudainement libres de leurs cloisons, sans garçon d'écurie, elles s'ébattirent de part et d'autre dans la cour, ne sachant où se diriger. Sous la neige qui s'épaississait, comme une horde sauvage, elles cherchaient une issue pour s'échapper. Au milieu de l'effarement, le palefrenier réussit à contenir la plus docile des juments. Et, contre toute attente, Gasparine en tête s'élança vers la voûte piétonne, entraînant ses compagnes dans son délire.

Désemparé, Antonin reconduisit la pouliche du vendeur de glace dans sa loge. Puis, il sortit de la cour. Dans une course effrénée, les chevaux épouvantés fuyaient en direction de Sainte-Catherine. Au milieu de la rue, le palefrenier s'époumonait. Mais son cri désespéré ne parvenait pas à ralentir la bande indisciplinée qui tourna à l'angle d'Ontario. Il résolut de se rendre au poste du quartier.

Sa casquette accrochée au cornet acoustique du téléphone, un gros homme endormi redressa sa tête appuyée sur ses bras croisés.

Antonin rapporta l'incident peu banal qui venait de se produire. Il ne savait pas qui avait fait le coup, il avait sa petite idée là-dessus. Malgré l'air effaré du palefrenier, le policier crut qu'il lui débitait des absurdités.

— Pour moi, vous en mettez un peu trop, commenta-t-il. Vous êtes sûr que vous avez pas rêvé ça ?

— Heille, baquais ! réagit Antonin en prenant l'agent au collet.

— Pogne pas les nerfs, le jeune ! riposta l'agent en repoussant la main audacieuse. Dis-toi ben qu'à cette heure-ci, le *staff* est pas au complet, mais on va faire notre gros possible pour vous accommoder…

Le policier tira vers lui un carnet pour noter la description de chacune des bêtes.

— C'est pas nécessaire ! se fâcha Antonin. Je suis pas pour vous donner des détails sur leur couleur : des chevaux en liberté, ça court pas les rues, d'habitude. Posez-vous pas de questions : si vous en voyez un quelque part, ramenez-le sur la rue Cuvillier.

L'agent ôta sa casquette de son support et composa une série de numéros pour transmettre les informations aux postes des quartiers voisins. La mine renfrognée, Antonin rebroussa chemin, confiant aux forces de l'ordre la tâche singulière.

Les traces de l'affolement des chevaux étaient englouties sous la neige. Elles avaient cédé la place au piétinement éberlué des livreurs qui s'étaient d'abord rassemblés dans la cour arrière. D'un œil soupçonneux, le palefrenier suivit les empreintes des hommes.

Dès qu'il parut au logis, un silence interloqué s'installa. Ils étaient tous assis autour de la table devant un café fumant, leurs manteaux sur le dossier des chaises.

— Il nous en est arrivé une belle ! exprima Antonin.

Ils avaient tous cet air emprunté aux déconfitures, sauf Honoré Lafleur, qui s'était joint par sympathie au groupe de désespérés.

— Que c'est qu'on va faire, asteure ? demanda le boulanger Racine.

— Il a dû les ramener une par une dans leur box, s'amusa le livreur de glace.

— Tu peux ben rire, toi, Honoré, rétorqua Authier. Les petites mères vont attendre après leur lait à matin pour faire boire leurs veaux.

— Écoutez-moi ben, les gars, enchaîna Antonin. Pour avoir fait un coup pendable de même, il y a sûrement quelqu'un qui en veut à un de nous autres. La police est ben avertie. Pour l'heure, l'important c'est de mettre la main à la crinière des chevaux, puis après je me charge de mettre le grappin sur le malfaiteur. Vous pouvez être certains que dorénavant, en plus de verrouiller l'écurie, je vas installer une barrière cadenassée pour bloquer la sortie. En attendant, vous pouvez rester ici dedans ben au chaud, ma femme va vous servir autant de café que vous voulez. Pas vrai, Mélina ?

La ménagère opina du bonnet. Un moment, elle se retrouva en pensée chez l'homme d'affaires Hubert Rémillard, confinée à son rôle de servante. Elle se sentit mal au milieu de ces livreurs qui avaient envahi sa cuisine. Ils entamèrent des discussions sur les conséquences de l'incident, sur les pertes subies et sur le malfaiteur à épingler.

— On va retrouver les chevaux, puis vous allez commencer votre journée avec un peu de retard, dit Antonin en tentant de les rassurer.

— Pendant ce temps-là, la neige s'accumule, puis ta Gasparine est pas là pour ouvrir les rues avec ta gratte, commenta Racine.

Le ton s'était durci, et plusieurs avaient pris des airs de reproche. Sous le couvert de remarques à peine voilées, Authier blâma le palefrenier. Le charbonnier Lambert broyait muettement du noir et il appréhendait le mécontentement des ménagères. Il mit fin à sa sourde colère :

— Fais pas l'innocent, Antonin ! Avec le dégât que ta Gasparine a fait hier à la maison du surintendant de la ville, c'est pas ben ben surprenant. T'avais juste à pas nous le raconter. Tu fais semblant de pas savoir à qui était destiné le mauvais coup. Pour moi, c'est clair : c'est pas aux livreurs, c'est à toi !

Les échanges devenaient plus animés, Mélina tenta une tactique de diversion. Elle lança un regard complice à son mari, se rendit discrètement chez la voisine et en revint avec un jeu de cartes. Pour le livreur de glace, la compassion avait ses limites. Honoré Lafleur alla atteler sa jument.

Pendant ce temps, un nombre incalculable d'appels impérieux retentissaient aux postes. Des groupuscules de citoyens ameutés s'étaient joints aux policiers de service et à d'autres qu'on avait tirés du lit. Certains volontaires s'étaient munis de gourdins ou de lassos. On recommandait aux mères de rester encabanées avec leur marmaille, jusqu'au lever de l'alerte décrétée. Jamais on n'avait vu un tel déploiement d'effectifs dans les faubourgs environnants.

Comme une volée de canards, les quadrupèdes s'étaient regroupés et avaient atterri sur un terrain vacant. Leur course les avait affamés. Ils broutaient paisiblement les herbes rêches, pâturages inespérés que la neige n'avait pas recouverts. Sous la conduite du chef de police d'Hochelaga, on les encercla. Afin de ne pas les effaroucher, un petit détachement s'approcha lentement de la bande. On parvint à maîtriser les bêtes en cavale et à se mettre en marche vers leur écurie, en les tenant par la bride. La mine piteuse, elles avancèrent en caravane, rongeant leur mors au poing des laquais de fortune.

Le palefrenier avait perdu le sourire factice qu'il arborait quand on entendit le pas résonnant des chevaux qui repassaient sous la voûte.

— Les v'là ! proféra joyeusement Lambert, le charbonnier.

Chacun alla à son cheval pour l'atteler à sa voiture, qui partit avec trois bonnes heures de retard. Antonin prit sur lui de ne pas réprimander Gasparine, la meneuse qui avait entraîné ses compagnes dans une folle échappée. Il l'attacha au tombereau dans lequel il jeta sa pelle, et quitta les lieux.

***

Mélina avait été soulagée de voir sa cuisine désertée. Elle ne s'était pas vue à fricoter un plat pour tous ces hommes ou à vider sa glacière de ses provisions. Après avoir ramassé les tasses de café et lavé le plancher de linoléum souillé par les bottes enneigées, elle remit le jeu de cartes à sa voisine et se rendit à la quincaillerie Melançon pour acheter un gros cadenas afin de verrouiller la porte de l'écurie. De son côté, Antonin avait demandé la permission au propriétaire afin de construire une barrière pour bloquer la porte cochère. Monsieur Deschambault avait d'abord rejeté l'idée, alléguant qu'il fallait garder un accès facile aux locataires qui empruntaient le passage et, qu'à ce compte-là, il faudrait aussi ériger une barrière du côté de la ruelle. Mais il finit par consentir…

Quant à l'évasion des chevaux, Antonin était convaincu que Goyette en était l'instigateur. Il avait assurément envoyé un émissaire pour accomplir la sale besogne. Mélina l'avait persuadé de ne pas riposter. Selon elle, le surintendant municipal était capable des pires actes de piraterie…

Chapitre 11

Un des traits dominants de son caractère était son acharnement au travail. Journalier increvable, le matin il dégageait d'abord l'arrière-cour pour faciliter l'attelage des chevaux et les manœuvres des livreurs. Pendant la journée, il pouvait passer la gratte et ensuite remplir une bonne dizaine de fois son tombereau, dont il allait faire basculer le chargement sur un terrain vacant. Et les sous s'accumulaient. Le roulier s'estimait privilégié d'avoir été engagé pour le déneigement des rues, alors que des chômeurs se plaignaient que des chasse-neige motorisés et les récentes souffleuses d'Arthur Sicard acquises par la ville leur enlevaient de l'ouvrage. Aussi, la rencontre avec le maire Camillien Houde avait éveillé son intérêt pour les affaires municipales. Le soir, après s'être préparé pour la nuit, il s'absorbait dans la lecture d'articles sur le personnage public dans *La Patrie* sur laquelle il s'endormait de fatigue, finalement.

Les jours s'écoulaient dans un bonheur tranquille. Le petit couple de la rue Cuvillier était maintenant fort bien acclimaté à la vie montréalaise. On trouvait de tout dans le quartier, des épiceries aux quincailleries en passant par les buanderies chinoises, les *quinze-cents*, et le forgeron de la rue Davidson. Mais la période des Fêtes était imminente et Mélina rêvait de fouiner dans les grands magasins. Comme il était impensable qu'elle et son mari se rendent dans la péninsule gaspésienne, et que personne de Rivière-au-Renard ne s'était manifesté pour venir les visiter, elle désirait acheter quelque présent qu'elle enverrait à sa mère.

Depuis son lever, Mélina attendait le moment propice pour faire sa demande. Il allait revêtir sa gabardine quand elle se décida :

— On est samedi aujourd'hui. Que c'est que tu dirais si j'allais magasiner en ville ? demanda Mélina, d'une voix implorante. Le mois de décembre commence, puis j'ai rien acheté pour les Fêtes.

— Dans ton état, t'as pas peur que ça brasse trop dans les petits chars ? Puis, une fois rendue, tu risques de te perdre dans les grands magasins, réagit Antonin. C'est la voisine qui t'a mis ça dans la tête ?

— Tu trouves pas que t'exagères? Rassure-toi, madame Philippon va venir avec moi, justement.

— Avec une armoire à glace comme elle, il y a pas de danger, en *effette*...

Gertrude Philippon entra avec un énorme sac à main. L'hommasse était habillée d'un manteau de drap trois-quarts et coiffée d'un chapeau rond enfoncé jusqu'aux yeux. Elle ressemblait à un garde du corps en mission commandée.

— On dirait que tout était organisé d'avance ! commenta Antonin. Que c'est qui serait arrivé si j'avais dit non ?

— Envoyez, Antonin, ça va lui changer les idées à votre petite femme, affirma la voisine.

Antonin abaissa les paupières en guise d'approbation. Un sourire de contentement affleura sur les lèvres roses de Mélina.

Les deux femmes quittèrent le logis et affrontèrent le froid piquant. Elles marchèrent sur les trottoirs que les employés de la ville avaient eu le temps de désencombrer. Avenante, madame Philippon soutenait la jeune femme enceinte de son bras solide et surveillait les moindres faux pas qu'une glace traîtresse pouvait provoquer.

Quand elles approchèrent de l'arrêt de tramway, des usagers s'engouffrèrent avec peine dans le véhicule.

— Dépêchons-nous ! ordonna madame Philippon, sinon on va geler quinze minutes de plus.

Sûre d'elle, la fonceuse entraîna Mélina et brandit son bras importun pour empêcher que la porte à deux vantaux ne se referme.

— Vous avez pas pitié des femmes enceintes, vous, non? s'écria-t-elle.

— C'est laquelle de vous deux? rétorqua le wattman. Si c'est la petite dame, c'est correct, mais si c'est vous, il y a pas de place.

— Ben vous êtes pas mal effronté, s'empourpra l'audacieuse. Demandez à vos passagers de se tasser, c'est toute!

Le conducteur, un freluquet dans la cinquantaine arborant une grosse moustache qui lui masquait la moitié du visage, se leva:

— Avancez en arrière, s'il vous plaît! s'époumona-t-il.

Sans remercier le conducteur, Gertrude Philippon fit un signe de tête à Mélina. Puis, elle monta à bord du tram en écartant d'une main ferme quelques passagers debout. Elle paya pour deux et, la correspondance entre les dents, se faufila jusqu'à la banquette la plus proche. Elle ôta son bout de papier.

— Jamais je croirai qu'il y en a pas un de vous autres qui va laisser sa place, asteure! affirma-t-elle.

Elle darda ses yeux gris fer sur son entourage, et son regard menaçant se fixa sur un joufflu dont le corps débordait dans l'allée. L'obèse se leva lourdement, céda sa place à Mélina et s'accrocha à une ganse.

Arrivées à destination, elles déambulèrent sur la façade de Dupuis Frères, le magasin du peuple. Des hommes chichement vêtus étaient affalés et tendaient la main vers les passants. Parmi eux, un jeune habillé d'un gros gilet de laine sale et coiffé d'une casquette cendrée tétait un mégot probablement ramassé sur le trottoir. À côté de lui, les coudes appuyés sur les genoux, le front au creux de ses mains gercées, un individu avait renversé sa casquette à ses pieds.

La vue de cette galerie de mendiants bouleversa Mélina. Elle allait puiser quelques sous dans son porte-monnaie quand sa compagne s'éloigna vers le bord de la rue en feignant de les avoir vus. Gertrude Philippon s'arrêta brusquement et chuchota quelques mots à l'oreille de Mélina :

— As-tu remarqué la bougrine du monsieur qui a la tête penchée ? s'enquit-elle.

— Heille ! Ça m'a tout l'air d'être Amédée, s'exclama Mélina.

— Pas si fort ! Ouf ! Je pense qu'il nous a pas entendues. On devrait filer avant qu'il nous reconnaisse.

Mélina éprouva un étrange embarras. Elle aurait volontiers renoncé à quelque dépense pour voir naître un sourire sur le visage d'un malheureux.

Après leurs emplettes, les voisines de la rue Cuvillier patientaient dans le crépitement des tiroirs-caisses pour payer. Tous leurs achats avaient pris place dans le grand sac à commissions de l'imposante dame, sauf un traîneau qui, tenu à la verticale, rivalisait de hauteur avec ses six pieds. Mélina avait été éblouie par les tablettes et les comptoirs surchargés de biens, malgré la période économique creuse que le peuple subissait. Elle était en sueur. Les pans de son manteau ouvert flottaient sur le haut de ses bottes fourrées. De temps à autre, elle poussait des soupirs d'exaspération, car elle appréhendait son retour au logis.

— Avec tout notre stock, on va avoir de la misère à prendre le tramway, s'inquiéta-t-elle.

— Pas tant que ça, rétorqua sa compagne, on sera pas à l'heure du gros *rush*.

Au sortir du magasin, elles devaient repasser devant la petite société de clochards écrasés par la cruauté du destin. Madame Philippon crut bon de prévenir Mélina. Sur la devanture, la fonceuse donna ses directives :

— Je vas apporter mon sac à poignées. On va tenir la traîne sauvage sur la longueur, puis on va prendre chacune notre bout. En se cachant derrière, on va pouvoir passer ni vu ni connu.

Les bras pleins de paquets, des femmes emprisonnées dans les portes tournantes semblaient furieuses. D'un grand coup sec, l'une d'elles, une quinquagénaire bien en chair, réussit à se dégager et parut sur le trottoir.

Elle s'adressa à madame Philippon :

— Vous êtes ben *sans-dessine*, vous voyez pas que vous bloquez tout le monde, aboya-t-elle. Avez-vous acheté le devant du magasin, coudonc ?

— Écoutez-moi ben, vous, madame Chose, si vous voulez pas que je vous fasse *envaler* vos paquets…

Manifestement, l'algarade avait attiré les regards.

— Ah ! ben calvince, par exemple ! réagit Sylvestre. Du monde que je connais !

Amédée Sylvestre se déplia péniblement et s'approcha de ses connaissances qui dégageaient maintenant les portes.

— Vous m'avez l'air pas mal embarrassées, mesdames. Comment vous allez faire pour vous en retourner ? Si vous me le permettez, je vas vous reconduire à la maison. Mais avant, j'haïrais pas manger un peu…

Sur la rue, les passants remarquaient ce curieux assemblage d'une meneuse corpulente à l'air contrarié qui en devançait une autre qui marchait lourdement suivie d'un mendiant qui tirait un traîneau de marchandises. La petite compagnie alla s'engouffrer dans un casse-croûte pour dîner.

* * *

Bien évidemment, Antonin avait mal accueilli le clochard qui s'était invité à son logis. Après une nuitée, il lui avait payé son passage en transport collectif afin qu'il regagne son lieu de vagabondage et de mendicité. Mélina avait expédié à sa mère une belle corbeille de couture garnie en paille tressée, avec doublure de satinette et couvercle rembourré, pour remplacer le panier à ouvrage fleuri qui avait fait son temps. Par le fait même, elle regrettait de ne pas la voir aux Fêtes et donnait des nouvelles de sa grossesse et du bonheur qui l'habitait dans l'attente de son premier enfant. Cependant, trois jours après Noël, elle reçut des messages de Rivière-au-Renard. C'est ainsi que le soir neigeux du 28 décembre, les essuie-glaces battant la mesure à plein régime, une voiture de la compagnie Taxi Boisjoly se gara devant la porte piétonne de la rue Cuvillier.

— Vous v'là rendues, mesdemoiselles, fit le taximan.

— Au prix que vous chargez, vous pourriez ben rentrer dans la cour, se plaignit Rébecca. Faut passer par en arrière.

— Ça doit être pas mal encombré, dans cette cour-là ; j'ai pas envie de rester pris avec mon char.

— D'abord apportez nos bagages, ordonna sèchement Virginie. Ma sœur puis moi, on est pas pour coucher sur le trottoir.

En homme courtois, Boisjoly fit descendre les deux sœurs du véhicule et alla sortir les bagages du coffre. Immobilisées dans un pied de neige, les voyageuses attendirent que le chauffeur mécontent prenne les devants. Boisjoly avançait prudemment, pilotant la neige à chacun de ses pas pour faciliter le déplacement de ses clientes. Enfin parvenu au bas des degrés, il considéra les marches qu'il avait à gravir.

— Il est ben à pic, ce maudit escalier-là ! maugréa-t-il.

— Ben prenez juste une valise à la fois puis vous redescendrez pour l'autre, commenta Virginie.

Au logis, Antonin avait revêtu sa robe de chambre et s'était rendu à la porte.

— Taboire, Mélina ! Viens voir qui c'est qui nous arrive…

Décontenancé, Antonin s'éloigna et laissa Mélina constater la cause de son étonnement.

Des sentiments mêlés d'hospitalité et de répulsion se bousculèrent dans la tête de la jeune femme. Elle avait le visage consterné et eut un moment de stupéfaction intense. Que leur avait-il pris, à ces deux laideronnes, de surgir à l'improviste à la tombée du jour ?

— Montez donc ! dit Mélina, d'une voix blanche.

Les voyageuses devancèrent le porteur qui parvint à l'étage en déposant les lourdes valises sur le plancher de la cuisine. Elles contemplèrent le ventre rebondi de leur sœur.

— Es-tu à la veille d'accoucher, coudonc ? demanda Rébecca, avec indélicatesse.

— Qui c'est qui paie ici dedans ? interrompit le taximan. J'ai d'autres clients à charrier.

Les visiteuses fixèrent leur sœur qui ne bronchait pas et reportèrent leur regard sur leur beau-frère qui se tenait dans l'embrasure de sa porte de chambre.

— Je crois ben que ça va être moi, trancha Antonin, avant de disparaître et de revenir avec son porte-monnaie.

Édouard Boisjoly quitta l'appartement.

— Pour quelqu'un qui déblaye les chemins, la cour est pas ben ben déneigée, le beau-frère, tança rudement Virginie.

— Vois-tu, la belle-sœur, je m'attendais pas à te voir la fraise à soir. Avoir su, je me serais peut-être forcé un peu, persifla Antonin.

— Bon, où c'est qu'on s'installe, asteure ? s'enquit Rébecca.

Antonin empoigna les bagages et alla les déposer dans la future chambre du bébé.

Au matin, les voyageuses se levèrent en se plaignant d'avoir mal dormi, et s'engouffrèrent sitôt dans la salle de bains. Le palefrenier rentra, alla se laver les mains à l'évier et s'assit à table avec son journal. Une demi-heure plus tard, Mélina et Antonin s'exaspéraient à attendre la visite pour le déjeuner. Du jambon et des œufs cuisaient sur le poêle. La chétive Virginie brossait sa tignasse rousse pendant que la grasse Rébecca, déjà avantagée par une tête bouclée, tentait de se faire une beauté avec du maquillage bon marché de Rivière-au-Renard. Elles parurent enfin dans la cuisine.

— Comme ça, vous allez magasiner chez Eaton, les filles ! lança la cuisinière.

— Pourquoi vous allez pas chez Dupuis Frères, le magasin des Canadiens français ? questionna Antonin. Mélina est ben allée, elle, avec madame Philippon, la voisine.

— Parce qu'on est pas des Canadiens français, nous autres, les O'Brien, répondit la boulotte, la lèvre méprisante. On est des Irlandaises, tu sauras.

— Des descendantes d'Irlandais, c'est pas pareil ! la rembarra Antonin. En tout cas, vous ferez ben ce que vous voudrez, c'est votre affaire. Bon, assez discuté ! On va manger, asteure. Nous autres on a faim, ça fait une secousse qu'on est debout. On a quasiment une demi-journée de travail dans le corps. Mélina avait fini de dormir puis moi, je me suis levé de bonne heure pour pelleter. Ça fait exprès, il a reneigé pendant la nuit.

Les convives s'attablèrent. Antonin rassembla toutes ses miettes de patience pour expliquer à ses belles-sœurs comment se rendre au centre-ville. Mélina les mit en garde contre les détrousseurs dans les tramways et contre les aubaines alléchantes des magasins. Ils les attendraient pour le souper.

Il était cinq heures moins dix quand les deux exaltées remontèrent du sous-sol avec leurs sacs à poignées remplis d'objets divers. Dans ces soldes d'Après-Noël, elles avaient recherché avec fébrilité les étiquettes rouges et vertes qui avaient fait leur apparition le jour même dans tous les rayons du magasin. Au milieu du scintillement des lumières et du fourmillement des clients, elles avaient raflé tout ce qui leur avait semblé utile et qu'elles ne retrouvaient pas dans leur patelin gaspésien. Après s'être pâmées devant les grille-pains nickelés et les fers à repasser électriques, elles avaient changé de rayon. Elles avaient ratissé toutes les allées, du cinquième étage au sous-sol, et revenaient au rez-de-chaussée pour mettre la main sur des bracelets, des boucles d'oreilles et des colliers qui pendraient à leur cou.

Essoufflée, Rébecca déposa ses trois sacs sur le plancher lamellé, près d'un tourniquet de bijoux.

— Que c'est que tu fais donc ? demanda Virginie.

— Penses-tu que je vas choisir à l'aveuglette ? Faut que ça *matche* avec mon linge.

De sa main potelée, Rébecca fourrageait pour débusquer les huit robes de simili soie qu'elle s'était procurées au sous-sol. Elle achevait de les accrocher au présentoir rotatif quand une dame bien mise, aux cheveux raides et au nez acéré, s'approcha.

— Que c'est que vous faites là, mademoiselle ? s'enquit-elle, le ton sec.

— Ben, je veux des décorations pour aller avec mes robes, c't'affaire, répliqua Rébecca.

— C'est la première fois que je vois ça, sortir sa garde-robe devant tout le monde. Avez-vous pris ça ici, toujours ben ? Montrez-moi donc votre facture ?

— Ma sœur est pas une voleuse, madame, la défendit Virginie ; elle a tout payé en bas. Vous avez juste à pas faire de vente Après-Noël puis annoncer des robes à trois piasses et soixante-et-six si vous voulez pas que le monde achète tant.

La boulotte renversa le reste de ses sacs. Des gants de chamoisette, des bas de cachemire, une robe de nuit belge en coton, une ribambelle de mouchoirs de toile ornèrent le plancher. La vendeuse s'inclina au-dessus du sac.

— Des combinaisons ! s'exclama-t-elle.

— Ben oui, les combines en belle laine australienne étaient réduites à trois et quatre-vingt-quinze, précisa Rébecca.

— C'est pour notre père, renchérit Virginie. Il en a ben besoin pour passer l'hiver.

— Puis vous trouvez pas la facture ! dit la vendeuse, le sourcil méfiant.

Elle tourna les talons et se rendit au comptoir-caisse, où le gérant était accouru pour soulager la caissière débordée. Après avoir fini de servir une cliente, le petit homme court et rond perdit son sourire et marcha d'un pas allègre vers les deux sœurs.

Rébecca avait vidé son sac à main et farfouillait nerveusement dans les poches de son manteau. Celle qu'on soupçonnait ne trouvait rien qui ressemblait à une facture du magasin Eaton. Elle rapailla ses articles et les remit dans ses sacs. Pendant que Virginie et la vendeuse surveillaient les lieux, la boulotte marcha dans le dos du gérant qui alla s'enquérir des achats auprès d'une employée au sous-sol. Rébecca rejaillit glorieusement au rez-de-chaussée.

Elle ôta son manteau, éparpilla le contenu de ses sacs qu'elle jeta sur un étalage de chapeaux. Puis, posant une robe sur son buste généreux, elle commença à chercher le collier dont les formes et les couleurs se mariaient le plus harmonieusement possible. Il en fut ainsi pour chacun de ses huit vêtements.

L'heure de la fermeture avait sonné. On avait éteint une rangée de lumières sur deux. Le gérant avait regagné le comptoir et attendait sa dernière cliente, tandis que la vendeuse s'exaspérait à voir tergiverser l'acheteuse. Au bout d'une quarantaine de minutes, Virginie s'interrogea sur le montant des bijoux qui s'accumulaient dans les mains de la vendeuse. Elle demanda à sa sœur :

— Vas-tu avoir assez d'argent pour payer ? Fie-toi pas sur moi parce que j'ai plus rien pantoute.

— Coudonc, tu me fais penser à une affaire ; je vas regarder dans ma sacoche.

Rébecca déposa la robe violette qui parait sa poitrine et fouilla dans son porte-monnaie.

— Mmm ! soupira-t-elle, je suis même pas certaine d'en avoir assez pour retourner en tramway.

Puis, se tournant vers la vendeuse :

— Ouan, je pense que je vas laisser faire. J'aurais tellement aimé le collier à trois rangs en simili perles que j'avais choisi en premier. Ben, coudonc ! La prochaine fois peut-être.

— Vous auriez pas pu le dire avant, ragea l'employée. À cause de vous, je vas finir tard sans bon sens.

Dans la lueur pâlotte qui éclairait leurs pas, les bras étirés par la lourdeur de leurs emplettes, les acheteuses s'acheminèrent à la sortie du magasin.

Sur le trottoir slocheux que des milliers de clients avaient foulé, elles relâchèrent leurs sacs et guettèrent le premier taxi en maraude qui aurait l'obligeance de s'arrêter.

Parvenues à destination, elles demandèrent au conducteur d'avoir la gentillesse de patienter quelques instants, le temps de rapporter les sous pour régler le montant de la course…

Le souper était prêt. Mélina avait mitonné un plat de poisson que la grand-mère O'Brien leur servait parfois quand elles allaient la visiter. Elle avait apprêté des restes dans une sauce tomate dont ses sœurs raffolaient. Mais la cuisinière avait substitué le flétan à la morue, ce qui avait désenchanté les visiteuses. Déjà exaspéré par l'argent qu'il venait de leur donner pour payer leur taxi, Antonin dit :

— Vous trouvez toujours le moyen de chialer. Si vous êtes pas contentes, ben vous savez quoi faire, leur lança-t-il pour les rabrouer.

En arrivant, les laideronnes n'avaient pas eu le temps de déballer leurs sacs, mais elles se firent un plaisir de relater leur journée chez Eaton et de mentionner les aubaines dont elles avaient bénéficié. Elles n'avaient rien acheté pour Exarée, mais rapportaient des combines pour leur père et une écharpe en épais crêpe de Chine pour la vieille Lucinda. Le cœur serré, Mélina les écoutait parler comme si sa mère n'existait pas ou qu'elle ne méritait aucune gratitude, tandis que le maître de la maison s'attirait toutes les marques de reconnaissance.

Les voyageuses demeurèrent deux autres journées à flâner au lit et à baguenauder dans le quartier, avant de se rendre à la gare aux frais de leur beau-frère et de reprendre le train pour lequel elles avaient pris la précaution de se procurer un billet de retour.

***

L'hiver avait ramassé ses hardes blanches et grises et se retirait civilement jusqu'à la fin de l'automne. Antonin avait charrié une tripotée de tombereaux et troqué sa pelle à neige contre un outil plus approprié au creusage. Depuis une semaine, le chantier des vespasiennes avait été mis en branle, et il se rendait avec son gréement au parc Lalancette, coin de Rouen et Nicolet. Ce matin, plus qu'aux derniers jours, il était parti avec une inquiétude. L'heure de l'enfantement approchait. Mélina avait perdu ses eaux pendant la nuit. « Va à ton ouvrage ! lui avait-elle dit sur le seuil de l'appartement. Pour un premier, il paraît que ça peut être long. Quand le moment sera venu, si t'es pas là pour aller chercher le docteur, je m'arrangerai ben avec la voisine. »

Toute la journée, Mélina avait essayé de s'occuper l'esprit sans y parvenir. En matinée, elle avait mis un peu d'ordre dans la maison, secoué les carpettes, passé la vadrouille sur le plancher luisant et cuisiné quelques plats. Désormais, la glacière et le garde-manger étaient pleins de victuailles. Après le départ de ses sœurs, elle avait refait ses provisions et, comme dans une forteresse assiégée, elle était prête à tenir le coup, le temps de ses relevailles.

Vers la fin de l'après-midi, plutôt que de se morfondre et de tourner en rond, elle s'était installée pour faire un peu de lavage. Elle avait rempli sa cuve d'eau savonneuse et sa cuve de rinçage, dans lequel elle avait jeté un carré de bleu. Les vêtements rincés et passés au tordeur, elle sortait sur la galerie pour les épingler sur la corde et elle reluquait la fenêtre de madame Philippon. Lorsque le moment opportun viendrait, elle irait cogner à sa porte. Pour l'heure, entre les séances de frottage et lorsque les douleurs se faisaient insistantes, elle s'accordait quelques instants de répit dans la bergère et se relevait pour reprendre son ouvrage.

Penchée sur sa planche à laver, elle avait commencé à décrasser un pantalon d'Antonin quand des contractions plus rapprochées l'assaillirent. *Je ne suis pas pour accoucher toute seule comme une chatte,* pensa-t-elle. Sa voisine devait être à préparer son souper avant que ses enfants ne reviennent de l'école. Le visage crispé, elle alla frapper à sa porte.

— Pauvre petite mère, j'arrive! la plaignit-elle, d'une voix affligée.

Mélina retourna chez elle. La tête effarée, Gertrude Philippon alla vitement retirer son chaudron du feu, ôta son tablier et s'empressa chez la jeune femme.

— Tu peux t'étendre, ma fille, ça a pas de bon sens de pâtir de même! Aussitôt que mon plus vieux va revenir, je vas l'envoyer chercher le docteur, ajouta-t-elle en calant un oreiller dans le dos de Mélina.

— Je pensais que vous pouviez m'aider à accoucher, madame Philippon.

— J'ai gardé un mauvais souvenir de mes accouchements, ma belle, admit-elle, décontenancée. J'ai peur du sang, ça me fait tomber sans connaissance. Je me sens pas capable de t'assister. Le mieux que je peux faire, c'est de continuer ton lavage…

La costaude se rendit aux cuves afin de poursuivre la corvée entreprise. À tout moment, elle délaissait le chantier et allait chez elle pour voir si ses écoliers étaient rentrés. À son quatrième compte-rendu, elle déclara:

— Veux-tu ben me dire comment ça se fait qu'Alphonse lambine de même? Je lui ai déjà dit de pas traîner après la classe. Mes deux plus jeunes, Xavier et Ange-Aimé, sont revenus, eux autres. En tout cas, s'il revient sale, il va en manger toute une, proféra-t-elle en élevant la main.

Au milieu des cris qui montaient de la chambre de Mélina, un claquement sec la fit sursauter. Elle retourna à son logis.

— Regarde-moi donc de quoi t'as l'air ! morigéna-t-elle. Que c'est que t'as fait encore ? La casquette de travers, le coupe-vent décousu, puis les culottes crottées...

— Il s'est battu avec Pouliot, dit le plus jeune.

— *Chnail* te changer au plus sacrant ! brama-t-elle. Tu me donneras ton linge que je le lave chez madame Bernard tandis qu'elle a de la bonne eau.

Alphonse revint la mine basse en brandissant ses vêtements éprouvés.

— Ah ! ben, si je me retenais pas, dit-elle en agrippant les morceaux du chenapan. Asteure, va chercher le docteur pour madame Bernard !

— Que c'est qu'elle a, la femme de l'écurie ?

— Faut-tu être assez sans-dessein ! s'exaspéra la mère. Je t'expliquerai ça plus tard. Envoye, déguédine !

Affolée, Gertrude Philippon revint chez sa voisine. Elle se pencha dans l'embrasure. Sa tête dolente posée sur l'oreiller, Mélina était en sueur et semblait au bord d'un épuisement.

— Tiens bon, l'encouragea l'hommasse avec humeur, le docteur va nous arriver d'une minute à l'autre.

Aucun des accouchements de madame Philippon n'avait été facile. Pour l'aîné, elle avait un peu trop forcé ; elle avait déchiré et la sage-femme avait dû la recoudre. Pour le cadet, elle avait appris à pousser, mais le bébé avait montré son siège. Enfin, pour le benjamin, persuadée d'avoir des complications, elle avait mandé un jeune praticien inexpérimenté qui en était malheureusement à ses premières parturientes. Alors qu'elle était dans tous ses états, elle avait dû lui donner des directives pour le rassurer. Et l'enfant avait manqué d'air à la naissance.

La bonne Samaritaine plongea les culottes de son fils dans l'eau savonneuse et les désencrassa avec une ardeur étonnante.

Le jeune Alphonse devança le docteur et s'immobilisa sur le seuil du logis. Puis, il poussa gravement la porte.

— C'est là ! dit-il, d'un air sentencieux.

— Va faire tes devoirs, asteure ! lui intima sa mère. Il est temps que vous arriviez, docteur, la petite dame est aux cinq minutes.

Le docteur Laforest, un sexagénaire au visage anguleux allongé par une barbiche grise, promena un regard atterré sur le chantier en cours dans la cuisine.

— J'ai pas besoin de tout cet attirail-là, blagua-t-il. Faites chauffer une bassine d'eau.

Le médecin confia sa trousse à la voisine et alla à l'évier pour se laver les mains. Puis, il entra dans la chambre. Au pied du lit, des piqués, des couches et une couverture de flanelle. À la demande du praticien, la femme forte remplit un grand bac d'eau qu'elle mit à chauffer sur le poêle. Puis, elle pénétra dans la pièce et, avec un air effrayé, elle étala sur la commode du fil, des ciseaux, des débarbouillettes et un petit bassin de granit.

L'accoucheur demanda à Gertrude Philippon si elle était la mère de madame Bernard. « Je suis juste la voisine qui a de jeunes enfants, mais je vas faire mon gros possible », avait-elle répondu. Après deux heures d'une assistance mitigée à voyager de son logis au front de Mélina, Gertrude Philippon commença à donner de sérieux signes d'agacement.

— Allez-vous finir par vous fixer, madame Philippon ? s'enquit le médecin. Pâle comme vous êtes, j'ai pas envie de vous ramasser sur le plancher. Ou bien vous vous calmez ou bien vous retournez chez vous bien tranquille. Parce que là, voyez-vous, vous êtes pas mal énervante…

Dès lors, saisie par les paroles désobligeantes du médecin, la costaude s'apaisa. Elle cessa d'aller et de venir à son logement, et se montra de bonne compagnie.

Moins d'une heure plus tard, Antonin parut avec sa boîte à lunch. Malgré le branle-bas dans la cuisine, un calme déconcertant régnait dans l'appartement. L'air décontracté, Gertrude Philippon sortit muettement de la chambre avec une brassée de piqués souillés qu'elle jeta dans l'eau savonneuse.

— Pis, madame Philippon, dites quelque chose…

Sur les entrefaites, le docteur Laforest suivit avec sa trousse en observant celui qui venait d'entrer. D'un geste de la main, il désigna la pièce. Antonin entra dans la chambre et s'approcha doucement du lit.

— Regarde comme ta fille est belle, dit faiblement Mélina, elle te ressemble.

Chapitre 12

Un an plus tard, presque jour pour jour, la petite Angélina s'élançait fièrement à la conquête du monde sur le plancher de la cuisine. Les derniers temps, elle avait modéré son babillage ; on aurait dit qu'elle avait consacré son énergie à se mouvoir et à essayer de se tenir après le dossier des chaises. Pour éviter d'accourir, Mélina les avait renversées. Et lorsqu'elle ressentait le besoin de s'asseoir, elle en redressait une, s'écrasait quelques minutes et contemplait sa fille en flattant son ventre rond de sept mois.

Après les vespasiennes du parc Lalancette, Antonin avait consenti à suivre l'équipe pour la construction d'autres toilettes publiques à la place d'Armes. Cependant, il avait dû renoncer à ses déplacements en voiture avec Gasparine et devait prendre le tramway tous les matins. Sur les chantiers, on chuchotait que les élections de 1932 chasseraient Camillien Houde du pouvoir et qu'il serait remplacé par l'honorable Fernand Rinfret, qui jouissait déjà d'une influence considérable comme député fédéral du quartier Saint-Jacques. Afin de ne pas perdre leurs revenus tirés des chevaux, Mélina assistait son mari à l'écurie. Pendant ce temps, Angélina s'amusait en lieu sûr avec ses jouets dans le tombereau.

— Tu vas perdre ta *job* de bécosses si jamais ton Houde se fait mettre dehors ! proféra le boulanger. D'habitude, quand on change de gang, c'est plus les mêmes petits amis qui obtiennent les contrats.

— On verra ben, rétorqua le palefrenier, soudainement embarrassé. De toute façon, j'ai pas les moyens de lâcher mon entreprise, dit-il en regardant Mélina à la dérobée. J'ai confiance que monsieur Houde se fasse réélire, mais on sait jamais…

— Bon, ben je vas arrêter de jaser, dit le livreur en montant à bord de son véhicule hippomobile. Ôtez-vous de là, mes clients vont crier après moi si je retarde.

Honoré Lafleur fit claquer ses rênes sur le dos de sa jument, et la voiture s'ébranla.

— Oubliez pas de m'apporter de la glace, Honoré, s'écria Mélina.

Elle avait entendu l'échange entre les deux hommes. Manifestement, pour la ménager, Antonin s'était abstenu de lui révéler sa crainte en écartant le sujet de leurs conversations. Malgré leur deuxième enfant qui venait, elle était prête à poursuivre son travail à l'écurie. Il était sur le point de quitter les lieux pour prendre le tram de la rue Ontario ; elle le laissa partir.

***

Plus les élections municipales du 4 avril approchaient, plus l'angoisse devenait torturante pour Antonin. Cette journée-là, un temps exécrable avait forcé les ouvriers à ramasser leurs outils au milieu de l'après-midi. Plutôt que de retourner au logis, il décida de faire un crochet par l'hôtel de ville.

Il emprunta un couloir qui le mena à l'antichambre du cabinet du maire. La préposée leva les yeux de sa machine à écrire et les posa sur le visiteur.

— Oui ! dit madame Wickham, d'un ton sec. Je ne me souviens pas de votre nom, mais je me souviens de vous avoir vu, mentionna-t-elle dans un français douteux. À ce moment-là, vous étiez comme un canard boiteux.

— Maintenant je suis rétabli, madame. Puis-je voir monsieur Houde ?

La dame au chignon serré se leva et alla frapper. En tenant la poignée de la porte entrouverte, elle abaissa un visage approbateur.

Monsieur Houde était retranché derrière une pile de documents. Le magistrat, habillé d'une chemise blanche au col ouvert serrée par des bretelles élastiques rouge et noir, tripotait sa plume entre ses doigts et paraissait très nerveux ; il la posa et prit l'attitude de quelqu'un qui avait l'air détendu et prêt à écouter le visiteur dont il reconnaissait vaguement les traits.

— Je n'irai pas par quatre chemins, monsieur le maire, déclara Antonin : croyez-vous que je pourrais continuer à travailler pour la ville si jamais vous n'étiez pas élu ?

Le magistrat étira le bras vers une boîte de cigares. Il en alluma un, aspira une grande bouffée qu'il rejeta à la face de son interlocuteur.

— La question ne se pose même pas, jeune homme, plastronna-t-il. Rinfret va mordre la poussière. Sachez, jeune homme, que je jouis d'une grande popularité auprès de la population. Les Montréalais sont pas fous, ils savent reconnaître tout ce que j'ai fait pour eux pendant les quatre dernières années. En tout cas, pour revenir à nos moutons, disons qu'on construira des vespasiennes dans le quartier Sainte-Anne et même un kiosque à musique dans le quartier Saint-Gabriel, termina-t-il en s'esclaffant.

Camillien Houde fondait son optimisme sur une certitude qui lui sembla démesurée. Toutefois, Antonin le remercia civilement et rentra chez lui.

***

Dieu merci, Antonin ne s'était pas trouvé du nombre des 60 000 chômeurs de la ville. Néanmoins, malgré les paroles encourageantes du maire, il appréhendait le jour des élections qui venait. Pourtant, la veille du scrutin, il s'était rendu dans la vaste salle de l'école Saint-Joseph, rue Dézéry, pour entendre le maire sortant. Au dire des journalistes, c'est par un véritable triomphe que Camillien Houde avait terminé sa campagne. Au cours de la journée, il s'était adressé à plus de 15 000 auditeurs. Et jamais il n'avait été si chaudement applaudi qu'il ne l'avait été dans le quartier Saint-Jacques, le château fort de Fernand Rinfret, son principal adversaire dans la course. Et pour ajouter à son désarroi, le jour de la consultation publique, Antonin reçut la visite de quelqu'un dont il n'avait pas imaginé la présence dans sa ville d'adoption.

Au logis, on n'entendait que le bruissement du journal qu'Antonin replaçait sur ses genoux et les soupirs que Mélina émettait entre les mouvements du bébé dans son ventre. Installé dans sa berçante, Antonin parcourait un article de *La Patrie* sur l'affluence aux *polls* durant la journée. Mélina était allée voir la petite Angélina, qui dormait à poings fermés. Elle venait tout juste de se rasseoir pour repriser des salopettes ; elle tressaillit en entendant qu'on frappait.

— Va donc voir, Antonin, dit-elle. À cette heure, c'est sûrement pas madame Philippon qui a besoin de farine.

Antonin esquissa une moue contrariée, posa son journal sur le coin de la table et se rendit à la porte.

— Salut le petit frère ! lança l'arrivant en laissant tomber sa lourde valise à ses pieds.

— Heille ! Tu vas réveiller Angélina, réagit Antonin.

Des cris retentirent. Les lèvres crispées, Mélina se délesta de son ouvrage, accourut vers la chambrette et referma la porte sur ses talons.

— Ça commence ben ! On dirait que je suis pas le bienvenu dans ce logis-là, rétorqua le visiteur. Tu me mettras quand même pas à la porte comme un vulgaire quêteux : c'est moi, ton frère préféré…

— Là, mon Barthélémy, écoute-moi ben, riposta Antonin en dardant vers son frère des yeux mauvais. Tu vas commencer par baisser le ton, puis me dire que c'est que tu viens faire ici dedans.

— Laisse-moi le temps de m'asseoir, puis je vas tout t'expliquer ça.

Barthélémy était un peu plus jeune qu'Antonin. Son caractère fantasque et son air de supériorité le rendaient parfois déplaisant. Il pouvait manier le ton narquois avec une aisance redoutable qui faisait abdiquer son interlocuteur. C'est précisément pour cela qu'il avait toujours existé une rivalité entre les deux frères.

Le jeune loup avait quitté Petite-Rivière-au-Renard à la suite d'un différend avec son père. Ambitieux, il voulait acquérir une ferme dans le même rang. À l'exemple de son aîné, il avait réclamé une avance sur son héritage que leur père Magella lui avait refusée.

— Toi puis moi, on a toujours été à couteaux tirés. C'est pas asteure qu'on va s'entendre, il y a rien de changé entre nous deux. Je te connais : quand t'avais pas ce que tu voulais, tu faisais la baboune. À part de ça, on est tassés comme des sardines ici dedans, puis Mélina attend un autre bébé. Je te gage que t'as même pas de *job*. Si tu penses que tu vas te faire vivre en venant habiter chez nous, détrompe-toi ! s'indigna Antonin.

— J'ai pas dit ça ! protesta Barthélémy. J'étais le plus vaillant sur la ferme du père.

Mélina sortit doucettement de la chambre de sa fille en arborant un sourire embarrassé.

— Puis toi, la belle-sœur, qu'est-ce que t'en dis ? Aurais-tu une petite place pour ton petit beau-frère ?

— On va dire, soupira-t-elle en décochant un regard amusé à son mari. Mais je t'avertis, va falloir que tu dormes sur le plancher du salon ou que tu partages la chambre d'Angélina. C'est là que mes sœurs ont couché quand elles sont venues au temps des Fêtes.

— En tout cas, veille pas trop tard, le frérot, parce que demain matin, tu vas remplacer Mélina à l'écurie.

Antonin reprit sa lecture du quotidien. Tout indiquait une participation record des électeurs. Selon les derniers relevés enregistrés aux *polls*, le vote semblait favoriser Camillien Houde.

Barthélémy s'était retiré dans la chambre de sa nièce avec son bagage. Malgré le risque d'être réveillé par des pleurs d'enfant, il bénéficierait d'une plus grande intimité que dans le salon. Après avoir attribué une serviette et une débarbouillette au voyageur, Mélina retrouva son mari dans leur alcôve. La tête sur l'oreiller, Antonin se tourna vers celle qu'il aimait le plus au monde.

— Je te préviens, Mélina, murmura-t-il, Barthélémy va prendre le bord aussitôt que ça marchera pas.

— Tu dis ça, mon grognon, mais comme je te connais, t'as le cœur à la bonne place. À part de ça, tu peux dormir en paix, ton monsieur Houde va être réélu.

Il faisait nuit close. Les yeux de sa femme perçaient la noirceur. Il l'enveloppa de son bras puissant et lui embrassa tendrement les paupières.

***

À une heure matinale, Antonin était entré dans la chambre de sa fille pour réveiller son frère. Les yeux hagards, Barthélémy s'était levé en grommelant avec une humeur massacrante des mots qui semblaient traduire un sommeil laborieux ponctué de rêves bizarres. Après un déjeuner copieux, les deux frères descendirent dans l'arrière-cour. Honoré Lafleur s'amena avec *La Patrie* sous le bras. Il déplia le journal et le brandit à la face du palefrenier.

— Rinfret est le nouveau maire de Montréal! s'exclama Antonin. Ça regarde mal en joual vert pour moi! ajouta-t-il, d'une voix déçue.

— Comme tu vas perdre ta *job* de construction de bécosses, t'auras pas besoin d'un *helper* à l'écurie, commenta le livreur de glace en regardant le garçon qui se tenait à côté du palefrenier.

Le visage rembruni, Antonin entraîna avec brusquerie son frère au soin des chevaux. Barthélémy comprenait vite les explications de son frère et tout le travail qu'il aurait à accomplir pendant la journée. Avant même que les autres livreurs n'arrivent, il se pressa à l'arrêt du tramway.

Sur le trajet qui le menait à son travail, les usagers discutaient de la défaite de Camillien Houde. Assis sur la banquette du wagon, les mains sur les genoux, Antonin les écoutait d'un air désabusé. Les Montréalais croyaient qu'en élisant un nouveau maire, le problème du chômage se réglerait, alors qu'Antonin était persuadé que Houde avait fait l'impossible pour enrayer la calamité sociale. Selon lui, Rinfret ne ferait pas mieux que son prédécesseur.

Des hommes munis de pelles, de pioches et de râteaux faisaient face à ses compagnons de travail qui flanquaient le contremaître de la ville. De part et d'autre, on s'échangeait des invectives.

— Retournez chez vous, bande de profiteurs! s'écria l'un. Asteure que Houde a perdu, c'est à notre tour d'avoir de l'ouvrage aux «camilliennes».

Antonin s'approcha en cherchant à se frayer un chemin entre les passants qui s'accumulaient.

— T'arrives juste à temps pour nous aider, Bernard, dit un de ses camarades.

— C'est pas ce blanc-bec là qui va nous énerver, riposta un manifestant en s'avançant d'un pas. Il a besoin de manger des croûtes avant de nous faire peur.

Des voix fortes qui ressemblaient à des cris d'encouragement fusèrent dans les rangs d'Antonin. Sous l'emprise de son orgueil, il amorça un mouvement vers celui qui l'avait provoqué. Il ôta sa casquette, retroussa ses manches, se cracha dans les mains. L'autre se rua vers lui.

Un petit attroupement de passants et de badauds s'était formé et on commentait l'événement. Au milieu du rassemblement, entre les deux groupes alignés, deux individus se battaient à coups de poing. Les antagonistes se frappaient farouchement au visage. L'un d'eux tomba au sol et se releva aussitôt, littéralement abasourdi, mais prêt à se jeter à nouveau sur son adversaire, tandis que l'autre le regardait, la poitrine haletante, le nez sanguinolent.

Sur les entrefaites, des voitures se garèrent à proximité dans un crissement de pneus. Garcette à la main, des policiers en descendirent et se précipitèrent sur les deux opposants qu'ils maîtrisèrent rapidement.

— Dispersez-vous, intima à la cantonade l'un des agents de la paix.

— C'est pas juste! protesta l'un des manifestants, la lèvre rébarbative.

Un fourgon arriva. Les deux antagonistes furent menottés et conduits dans le camion. Peu après, la foule se débanda. Un policier s'entretint avec le contremaître de la municipalité qui s'adressa ensuite à ses employés.

— On va mettre la clef sur le chantier pour aujourd'hui, déclara ce dernier.

Débinés, les ouvriers se dispersèrent sans savoir ce que le lendemain leur réservait.

Enfermé dans une cellule, Antonin bouillait de rage. Sous l'impulsion du moment, il s'était laissé emporter. Il avait montré sa carte d'identité et sa carte de travail, mais cela n'avait pas suffi à justifier l'échauffourée dans laquelle il s'était engagé. On lui avait enlevé ses menottes, pansé ses blessures au visage, en lui disant qu'il passerait le reste de la journée et la nuit derrière les barreaux.

Accablé par un fâcheux mal de tête, il pensait à Mélina qu'il ne pouvait joindre. Elle se morfondrait dans une attente anxieuse. Des larmes humectèrent ses paupières et il pleura silencieusement.

Des heures lentes s'écoulèrent dans le sombre cachot, à entendre le bruit des pas lugubres, le cliquetis des clefs et le grincement des portes qui se verrouillaient. À l'heure des repas, un gardien surgissait avec un morceau de pain rassis et une écuelle d'eau. En guise de lit, une inconfortable paillasse jetée au sol. Et pour les besoins naturels, une rudimentaire tinette qui rappelait la vie dans les misérables taudis.

Au matin, un des agents de police qui l'avait arrêté se présenta avec un gardien et demanda à le suivre. Après un entretien sommaire, Antonin fut libéré.

La faim lui triturait les entrailles. Il s'arrêta dans une gargote pour déjeuner et s'achemina ensuite à son travail. Une escouade de policiers avait été dépêchée sur les lieux. Les manifestants de la veille avaient battu en retraite. On lui demanda de présenter ses cartes pour accéder au chantier, et la journée se déroula dans un calme rassurant.

Le palefrenier était dans un état d'accablement quand il regagna son domicile. Mais il retrouva un semblant de bonne humeur en arrivant à son écurie.

Les livreurs étaient repartis. Le matin, Barthélémy leur avait expliqué que son frère avait dû partir plus tôt qu'à l'habitude. Accroupi à la lourde porte du bâtiment, il leva des yeux étonnés vers son frère.

— Je suis en train de faire une petite réparation, mentionna-t-il en se relevant. Mais toi, c'est pas de mes affaires, mais on dirait que t'as rencontré ton homme, badina-t-il.

— Niaise-moi pas, Barthélémy, rétorqua l'aîné des deux, je suis pas un bagarreur. Hier, il y avait des manifestants qui voulaient prendre nos *jobs*. La police est intervenue, elle a ramassé deux gars qui se battaient puis elle a demandé au *boss* de fermer le chantier.

— Puis toi, t'étais un des deux gars en question, je suppose ? À moins que tu te sois fait prendre dans le lit de ton amante, s'amusa-t-il.

— C'est à cause des élections, répondit évasivement Antonin. L'ouvrage a repris aujourd'hui, mais ce qui est plate, c'est qu'on sait rien pour la suite des choses.

Antonin entra dans l'écurie en promenant un regard critique. Les instruments avaient été soigneusement rangés et les stalles étaient d'une propreté impeccable. Il revint vers son frère et se planta devant lui en arborant un air satisfait.

— J'ai des félicitations à te faire, mon frérot ! T'as fait du sapré beau travail !

— C'est ben la première fois que tu me chantes des louanges, fit remarquer Barthélémy.

Antonin prit un air navré et livra le fond de sa pensée :

— J'aimerais que tu te fasses pas trop d'illusions, Barthélémy. Même si tu te forces ben gros pour être fin avec nous autres, c'est pas garanti que je vas te garder chez nous.

Barthélémy arbora une moue de déception. Antonin prit congé et monta au logis.

Les craquements de la berceuse emplissaient la cuisine. Angélina était blottie dans les bras de sa mère. Elle perçait des dents et faisait un peu de fièvre. Il referma doucement la porte pour ne pas effrayer la petite dormeuse.

— Prendrais-tu un thé ? Tu peux te servir.

— C'est pas Barthélémy, Mélina, c'est ton mari qui revient.

Elle se retourna comme si la voix qu'elle entendait l'arrachait tout d'un coup à ses tracasseries les plus sombres. Il progressa vers la berçante et les entoura de ses bras meurtris.

— Mais regarde-moi donc comme il faut, Antonin. Puis, où c'est que t'étais? Je me suis fait du sang de punaise…

Le mari se déporta devant la chaise. Un bref instant, il considéra la frimousse rosie de la bambine. La physionomie de Mélina se teinta de peur et d'étonnement.

— Tu t'es fait massacrer la figure! exprima-t-elle, d'une voix altérée. La lèvre enflée puis un œil au beurre noir.

— C'est rien, à côté de l'inquiétude que je t'ai fait subir…

***

La construction de bâtiments abritant des camilliennes se poursuivait sans autre revendication ou clameur discordante de la part de manifestants. Il s'était trouvé un hurluberlu récalcitrant pour revenir sur le chantier. L'affaire s'était limitée par une empoignade avec le contremaître. Des policiers chargés de la surveillance des lieux avaient neutralisé le regimbeur, qui ne s'était pas remontré le bout du nez par la suite.

Le printemps venu, d'autres travaux publics nécessitaient des bras de chômeurs. Pour un temps, Antonin était assuré d'un salaire décent qui lui avait permis d'acheter du mobilier. D'abord un petit lit pour Angélina. Le bébé à naître dormirait dans la couchette de sa sœur. Le couple s'était aussi procuré quelques commodités: une machine à coudre, une laveuse électrique avec une cuve de cuivre, un mécanisme giratoire et une essoreuse. Antonin avait attelé Gasparine au tombereau pour transporter les achats. Il revenait du magasin Pilon de la rue Ontario avec Barthélémy et stationna son attelage dans l'arrière-cour.

Ses enfants pendus à ses jupes, Gertrude Philippon parut sur la galerie avec son mari quand la voiture recula au pied des marches. Du haut de l'escalier, Mélina contemplait le petit homme qui avait l'air de l'aîné de la progéniture que la voisine poussait en avant, comme si elle faisait la promotion d'une marchandise.

— Forcez pas comme des bœufs, les garçons, s'écria madame Philippon. Armand va vous donner un coup de main.

— On est assez de deux, puis on veut pas se badrer d'un petit monsieur, railla Antonin.

— Vous, par exemple, vous pourriez être utile avec votre corpulence, renchérit Barthélémy.

— Non, elle, on la garde pour les accouchements, ricana Antonin.

La laveuse avait été rangée près de l'évier. Les deux frères venaient de décharger la machine à coudre et de la monter à l'étage. Ils patientaient dans le tambour. Mélina se tenait près de la porte entrouverte et, le doigt sur les lèvres, elle tergiversait.

— Placez-la donc sous le châssis, décida-t-elle. Comme ça, quand je vas coudre le jour, j'aurai de la lumière de dehors ; ça va ménager l'électricité, puis j'aurai un œil sur la cour.

Les hommes installèrent l'instrument. Barthélémy était fier de participer au réaménagement, mais en temps ordinaire, il s'embêtait au logis. Il se frotta les mains en arborant un air de satisfaction.

— Vous avez pas d'autre chose à me demander ? s'enquit-il.

— Sais-tu, mon bonhomme, rétorqua Antonin, je commence à trouver qu'on est pas mal petitement ici dedans. Asteure qu'on est organisés comme du monde, plutôt que de faire des châteaux de cartes ou de te tourner les pouces le restant de la soirée, tu devrais sortir prendre une bonne bolée d'air.

— Ben tu me le diras pas deux fois, s'emporta Barthélémy.

Il avait le visage rembruni par la colère et l'indignation. Il décrocha son coupe-vent de la patère et retraversa le seuil.

— Veux-tu ben me dire quelle mouche l'a piqué, Mélina ?

— Je dois dire que tu mets pas toujours tes gants blancs pour parler à ton frère.

— Faut-tu que je le prenne avec des pincettes, asteure ?

— C'est pas ce que je te dis, Antonin, répliqua-t-elle, d'une voix apaisante. On compte plus les services que Barthélémy nous rend. T'as rien à lui reprocher. Les livreurs ont rien à redire non plus. Admets que, s'il était pas là, je me demande comment on ferait pour arriver à abattre l'ouvrage à l'écurie.

— Ça je le reconnais, ma belle, mais je suis plus capable de l'endurer à niaiser au logis.

— En plus, tu lui donnes pas une cenne pour ses petites dépenses, affirma-t-elle. Comment veux-tu qu'il sorte de la maison ? Sur la ferme à Petite-Rivière-au Renard, ton père lui donnait pas un sou sans qu'il soit obligé de quémander. Es-tu en train de faire la même chose avec ton frère, coudonc ?

Antonin abaissa les paupières, redescendit pour ranger le tombereau et dételer sa jument. Il ressassait les paroles sensées de Mélina. Barthélémy avait choisi de ne pas dilapider la petite somme que lui avait donnée son père, et il avait choisi de mener une existence tranquille. D'ailleurs, Gasparine avait pratiquement été mise au rancart. Il songea à se départir de sa désœuvrée. Il traversa la cour à grands pas et remonta au logis.

Mélina était assise à sa machine ; elle examinait le meuble.

— Je viens d'avoir une idée, Mélina. Je vas lui proposer de reprendre ma *run* de fruits et de légumes. Comme ça, il aura pas de temps creux dans ses journées, puis il va gagner quelques piasses par semaine. Puis le soir, je vas essayer d'être un peu plus tolérant…

— Là tu me fais plaisir, mon bel amoureux, exprima-t-elle.

Elle délaissa sa machine à coudre et l'entraîna dans la chambre conjugale.

Les ténèbres avaient répandu leur noirceur dans toutes les pièces du logis. La maisonnée dormait d'un doux sommeil. Certaines nuits, parfois assaillie par un cauchemar, la petite se réveillait et se mettait debout dans sa couchette, ses petits doigts enserrés aux barreaux, hurlant sa peur. Alors sa mère accourait, la prenait, et allait la bercer pour la rendormir. Mais ce soir-là, Antonin se releva, comme émergeant brusquement d'un mauvais rêve.

Des pas lourds gravissaient les marches et résonnaient sur les murs de l'escalier. Antonin enfila son pyjama et se rendit précipitamment à la porte. Une lumière diffuse provenant de la cour éclairait l'endroit. La main mal assurée sur la rampe, Barthélémy avait entrepris une montée périlleuse. Il vacillait comme la flamme d'une chandelle, et sa tête échevelée chantonnait des airs d'une gaieté insoucieuse.

— Tu pourrais pas faire moins de bruit, non ? reprocha Antonin.

Il descendit quelques degrés et empoigna son frère par le collet.

— Tu sens la tonne ! À soir, tu coucheras pas dans ton lit, le frérot.

La main solidement agrippée au coupe-vent de son frère, Antonin le fit rebrousser chemin et le traîna au bâtiment avant de le laisser choir sur le seuil. À la lueur d'un fanal, il prépara une couche rudimentaire avec de la paille et retourna quérir le moribond.

— Je vas pas coucher là ! s'insurgea Barthélémy.

— Pour à soir, ça va être de même, répondit sèchement Antonin. Puis recommence-moi plus jamais ça…

Antonin regagna son lit. Insensible aux libations de son beau-frère, Mélina n'avait pas été dérangée par l'incident. Mais au matin, alors qu'Antonin s'assoyait muettement à table, elle interpella son mari :

— Barthélémy tarde à se montrer pour déjeuner, dit-elle. Si ça continue, Angélina va se réveiller avant lui.

— Il est pas dans la chambre de la petite, il est déjà à l'écurie, dit-il, énigmatique.

— Que c'est qui pressait tant à matin ?

On montait lourdement dans la cage de l'escalier. Barthélémy parut, le visage livide, avec un air d'égarement dans le regard.

— Puis, frérot, on dort-tu ben dans l'écurie ?

Barthélémy marmonna quelques mots incompréhensibles, mais sa physionomie traduisait avec éloquence la nuit affreuse qu'il avait traversée. Il rapporta à sa belle-sœur que chez Baril il avait fait connaissance avec des copains qui lui avaient payé la traite et qu'il s'était enivré pour noyer sa peine. Cependant, il ne blâmait pas son frère de l'avoir repoussé aux petites heures de la nuit et obligé à partager la maison des bêtes.

— T'as fait ça à ton frère, Antonin ! le réprimanda Mélina. Asteure, dis-lui donc ce que t'entends lui proposer. Même avec ça, je suis pas certaine que ça va être assez pour te faire pardonner…

Barthélémy écouta son frère lui faire part de son projet de *run* de fruits et de légumes. De prime abord, il ne se montra pas trop intéressé. Cependant, à mesure que l'exposé avançait, son esprit se désengourdissait, et il en vint à s'imaginer qu'il pourrait ramasser une somme qui lui permettrait d'habiter un jour son propre logis.

Chapitre 13

Barthélémy n'avait pas gardé rancune à son frère. Il s'était vite rétabli de sa nuit passée à l'écurie. « Un mal pour un bien », avait-il dit. Il avait accepté l'offre de son frère pour livrer des fruits et des légumes, et conservé son emploi de palefrenier. Peu après, il s'était loué un petit meublé pas cher, un peu plus haut sur Joliette, juste à temps pour échapper à l'agrandissement de la famille. Bénédicte était née entre les mains du docteur Laforest et le bras non moins secourable de Gertrude Philippon. Comme il se plaisait à le répéter, il fréquentait maintenant « un beau brin de fille » qu'il avait rencontré en faisant sa tournée de livraisons. Il avait prévenu sa belle-sœur qu'il la leur présenterait un de ces soirs.

Les petites étaient couchées. Mélina venait d'allaiter le bébé et s'était remise à sa machine à coudre. On frappa.

— Va donc voir, ça fait deux minutes que je suis installée. Puis ferme donc la porte de la chambre en passant.

Antonin poussa un soupir résigné. Il déposa son journal et se leva.

— J'espère que c'est pas eux autres, rechigna Antonin en se rendant à la porte. J'ai pas envie de veiller tard. Comme tu sais, faut que je me lève de bonne heure demain matin.

Mélina esquissa un demi-sourire de compassion.

— Tadam ! émit fièrement Barthélémy, avant de se couvrir la bouche de la main pour étouffer son enthousiasme.

Les yeux d'Antonin s'étaient agrandis de ravissement. Il invita les arrivants à s'asseoir.

Rosita était une belle châtaine plantureuse. Elle avait des lèvres charnues colorées de rouge et portait avantageusement une robe violette serrée à la taille et des souliers de reptile à talons hauts. Le livreur l'avait connue à la fruiterie Adélard Lange, un grossiste de la rue Dézéry. La vendeuse n'avait à peu près pas de discours. Elle laissait parler son charme. Le plus souvent, Barthélémy répondait à la place de sa blonde ou fournissait des précisions concernant une de ses réponses trop brèves. Bien que la personne physique de la sémillante fruitière l'attirait, après une heure de conversation, Antonin fut repris par la visite qu'il attendait le lendemain. Il se leva.

— Mélina m'a dit que quelqu'un est venu pour me voir aujourd'hui. Il est supposé revenir demain puis m'attraper avant que je parte. Ça fait que…

— Après-midi, précisa Mélina, madame Philippon était tout heureuse de m'annoncer qu'un dénommé Clouâtre était venu lui dire que son petit frisé avait été choisi pour la parade de la Saint-Jean-Baptiste. Après, le monsieur lui aurait dit qu'il avait affaire au propriétaire de l'écurie, précisa Mélina.

— Dans ce cas-là, moi puis Rosita on va décamper, annonça Barthélémy.

***

Vers cinq heures trente, un homme courtaud, vêtu d'un habit beigeasse et coiffé d'un feutre foncé, attendait à l'abri sous la porte cochère. Antonin descendit dans l'arrière-cour.

— Monsieur Bernard!

Antonin comprit que le visiteur hésitait à franchir la barrière et à s'aventurer près du bâtiment; il le rejoignit.

— Aurèle Clouâtre, dit-il en tendant une main moite.

Le membre de la Société canadienne-française souhaitait une participation accrue des résidants de la paroisse de La Nativité lors de la traditionnelle parade du 24 juin. Cette année, en plus de la voiture paroissiale, on avait remis la décoration de la voiture la plus importante entre ses mains. Et il avait pensé que des chevaux de l'écurie pourraient tirer le dernier char du défilé.

— Ouais! Je veux ben, mais ces bêtes-là sont pas accoutumées de travailler en *team*. La jument du laitier puis celle du vendeur de glace ont de la misère à s'accorder, faut pas les placer dans des box voisins ou s'arranger pour qu'elles se retrouvent une à côté de l'autre sur la cour…

— Au nombre de bêtes que vous gardez, argumenta Clouâtre, il doit ben y en avoir une couple qui sont capables de s'endurer.

L'homme paraissait insistant. Beaucoup de paroissiens mettraient la main à la pâte. Il ne manquait que la bonne volonté du palefrenier pour que la fête soit un succès. Antonin céda.

Aurèle Clouâtre prit congé. Quelques instants plus tard, Barthélémy arriva en sifflotant un air joyeux.

— Pour moi, je viens de croiser ton monsieur Clouâtre. Que c'est qu'il voulait, au juste?

***

D'un commun accord, les frères Bernard avaient réussi à convaincre le vendeur de glace de jumeler son cheval à Gasparine pour l'événement.

Le matin du 24 juin, on attela Gasparine au tombereau. Barthélémy marcherait derrière avec la jument d'Honoré Lafleur. Il avait hâte de voir sa blonde Rosita; elle lui avait promis une petite surprise. Pendant qu'Antonin tenait les rênes, Armand Philippon aida Mélina et ses petites ainsi que deux de ses garçons à prendre place dans la voiture. Il ne restait que sa femme et l'enfant aux cheveux bouclés à monter. Par la suite, on chargerait un panier de provisions en osier et un sac contenant le costume du patron des Canadiens français.

— Envoye, Gertrude ! s'écria son mari.

— J'embarquerai jamais là-dedans, s'indigna-t-elle en retenant son frisé par la main. C'est pas un char allégorique, ça ! Ange-Aimé puis moi, on va vous suivre à pied.

Malgré le temps menaçant, le cortège s'ébranla vers le parc La Fontaine. Parvenu sur la rue Sherbrooke, Antonin alla signaler sa présence à Aurèle Clouâtre. Après, il aurait amplement le temps de luncher avant le départ de la parade.

Une atmosphère de fête foraine régnait sur les lieux. On s'était écrasés sous les arbres. Des enfants couraient partout. D'autres, plus curieux, s'approchaient des chars auxquels on mettait la dernière main. Antonin retourna avec les siens qui s'étaient installés dans l'herbe, sur une couverture, pour manger. Tout près, Gasparine et le cheval du livreur de glace pacageaient paisiblement au bout d'une corde reliée à des arbres en croissance. Et pour compléter le tableau bucolique, un agnelet bêlait en cherchant sa mère.

À la fin du repas champêtre, madame Philippon s'énerva. Elle avait perdu de vue son frisé.

— Où c'est qu'il est, donc, le petit mosus ? demanda-t-elle. Il est pas allé se salir, toujours ?

— Il doit ben être quelque part, Gertrude, répondit naïvement son mari. De toute manière, quand bien même qu'il se salirait un peu, va falloir qu'il se change pour mettre son costume de petit Saint-Jean-Baptiste.

— On voit ben que c'est pas toi qui laves le linge, Armand Philippon ! En tout cas, va voir où c'est qu'il est, lui intima l'hommasse.

Le père partit à la recherche de son fils. Avant de s'éloigner, il commença par explorer les alentours, promenant des yeux saillants sur tous ceux qu'il rencontrait, contournant le lac, des arbres et des bosquets, attentif au moindre suspect à la chevelure frisottée. Mais plus il marchait, plus il avait l'impression de s'égarer lui-même dans la foule et dans l'immensité du parc, et de perdre son temps. Il rebroussa chemin, persuadé qu'Ange-Aimé était retourné auprès des siens.

Sur l'allée centrale, dans un brouhaha indescriptible, on procédait à un alignement des vingt-deux chars. À travers les manœuvres pour ordonner les voitures, des bénévoles faisaient reculer les curieux nuisibles qui risquaient l'écrasement. Malgré lui, Philippon ne put s'empêcher de regarder sous les roues, entre les pattes des chevaux, se relevant à chaque fois, la figure livide, désemparé.

Il avait presque retrouvé son groupe quand il fut attiré par les pleurs d'un enfant aux cheveux moutonnés. Assis sur un banc, la tête inclinée, Ange-Aimé sanglotait.

— T'es là, toi, garnement ! Ta mère va être contente de te voir de même, constata-t-il avec mauvaise humeur.

Armand Philippon agrippa son fils et entreprit de le ramener. Derrière lui, l'enfant sautillait, sa voix hoquetant de douleur, sa main libre essuyant ses larmes.

— D'où c'est que tu sors, toi, mon énergumène ? brama madame Philippon. On attend après toi, t'es la vedette de la journée. Puis regardez-moi donc de quoi il a l'air, lança-t-elle à la cantonade. Il est tout débraillé, puis il a la face changée de couleur.

De sa voix saccadée, l'enfant rapporta qu'il avait dû se défendre contre le petit roux Nathanaël Lauzon, un bouclé de la rue Darling qui avait revendiqué le rôle du berger. Bref, ils s'étaient tirés aux cheveux, Ange-Aimé avait saigné du nez, et son visage meurtri était ponctué d'un remarquable œil au beurre noir. Sa mère était aux abois.

— Quelqu'un, donnez-moi ma sacoche…

Gertrude Philippon farfouilla dans son sac à main et en retira un mouchoir et un reste de fond de teint qu'elle appliqua sur les ecchymoses de son fils.

— Asteure, tu t'assis ben tranquille au pied de cet arbre-là, puis tu attends pour mettre ton costume. Armand, surveille-le !

Il était trois heures précises lorsqu'au-devant du défilé, sous les applaudissements de la foule, un corps de vingt-quatre policiers à cheval se mit en branle. Ils étaient suivis de près par d'autres agents à pied, des vétérans, des pompiers et des hussards de la quatrième division militaire. Venaient ensuite des zouaves pontificaux – risiblement habillés de leur uniforme gris et rouge aux culottes bouffantes – qui précédaient le premier char, celui du magasin Dupuis Frères. Une après l'autre, entrecoupées de fanfares et de corps de clairons, les voitures quittaient le parc La Fontaine et s'élançaient sur le pavé.

Pendant ce temps, Antonin et son frère achevaient d'atteler Gasparine et la jument d'Honoré Lafleur. Au pied d'un chêne, les familles Philippon et Bernard attendaient sagement les consignes. Un peu à l'écart, vêtu de ses habits ordinaires, Ange-Aimé surveillait le petit agneau qui broutait l'herbe fraîche, en picossant la terre avec son bâton de berger.

Aurèle Clouâtre parut. Il était dans un état de vive excitation.

— C'est le temps d'embarquer, il manque juste vous autres, éclata-t-il.

Le responsable de la Société tourna la tête et remarqua le berger un peu plus loin. Une seconde irritation haussée d'un cran le gagna :

— Grouillez-vous, madame Philippon ! aboya-t-il. À l'heure qu'il est, le petit Saint-Jean-Baptiste est supposé être habillé puis assis sur le char, le mouton dans les bras.

Armand Philippon abandonna Ange-Aimé à sa femme et entraîna ses deux plus vieux vers le char allégorique du quartier Hochelaga. Barthélémy amorça un mouvement pour délaisser l'attelage.

— Heille, Barthélémy, va-t'en pas de même, comment tu penses que je vas m'arranger avec les chevaux ?

— Je vas aider Mélina avec ses petits ; elle a pas assez de ses deux bras pour s'en occuper, répondit-il en continuant de s'éloigner.

Gertrude Philippon empoigna un sac de vêtements et tira son Ange-Aimé derrière un buisson touffu.

Pendant que le parc déversait son flot de chars et de participants à la rue, la parade s'étirait lentement vers l'avenue Atwater. Après un fort contingent de Chevaliers de Colomb de Verdun venait un char intitulé « Le défrichement ». Ce tableau était illustré par deux bœufs robustes aux jarrets contractés tirant sur une énorme souche. Venaient ensuite le corps de cadets de l'école Sacré-Cœur de Notre-Dame-de-Grâce et la fanfare des Grenadiers Guards qui précédaient le vieux curé de la paroisse de La Nativité d'Hochelaga coiffé de son melon habituel. Flanqué de personnalités habillées de vestons à queue et de chapeaux haut-de-forme, le myope monseigneur Lepailleur déambulait fièrement devant le char. Au milieu, trônant sur un rocher, la sémillante Rosita. Audacieusement vêtue d'une robe écourtichée d'un décolleté vertigineux garni d'un collier de grosses perles vert amande, elle tenait dans ses mains une gerbe de blé mûr. Autour d'elle, des corbeilles débordant de fruits. À ses pieds, Mélina et sa progéniture, Armand Philippon et deux de ses garçons représentaient les familles avec d'autres habitants du quartier.

À tout bout de champ, le regard des messieurs qui accompagnaient le curé se tournait vers « la fille de la terre ». Mais on craignait ainsi que le bon curé faiblissant n'atteigne l'estrade d'honneur portant l'écusson royal et pavoisé aux couleurs de la nation où prenaient place, entre autres dignitaires, le gouverneur général du Canada et son épouse, le maire Rinfret ainsi que l'archevêque coadjuteur de Montréal, monseigneur Georges Gauthier.

Le déploiement patriotique se poursuivait sur la rue bordée de centaines de milliers de personnes. Mais au fond du parc, à la queue du défilé, Antonin était aux prises avec de sérieux problèmes : Gasparine et la jument du livreur de glace ruaient dans les brancards, et Gertrude Philippon appelait en bêlant à quatre pattes l'agnelet que Saint-Jean-Baptiste avait laissé échapper dans les impénétrables buissons de ronces.

Aurèle Clouâtre surgit, la figure convulsée de colère.

— Comment ça se fait que vous partez pas ? brama-t-il. On a du retard, monsieur Bernard.

Cramponné aux mors des chevaux, Antonin pointa du menton la mère d'Ange-Aimé.

— Faites quand même avancer la voiture, monsieur Bernard, je vous l'ordonne ! hurla Clouâtre.

Si la question retentissante de l'organisateur avait intimidé les bêtes, son cri acheva de les effaroucher.

— Wô, les filles ! dit Antonin.

Incapable de relâcher doucement l'attelage, le palefrenier s'écarta brusquement. Dans un emportement fougueux, les juments s'emballèrent. Le temps de le dire, le char allégorique avait rattrapé la voiture précédente et filait à l'épouvante sur Sherbrooke. Sur son passage, les corps de cadets se resserraient, les Chevaliers de Colomb se regroupaient autour de leurs drapeaux, la foule se repliait sur les trottoirs pour ensuite envahir le pavé et regarder la cavalcade effrénée. Après avoir doublé le char de la paroisse, un policier à cheval voyant l'équipée rocambolesque qui ne donnait aucun signe d'essoufflement se mit en frais de pourchasser l'attelage. De loin, des yeux ahuris s'agrandissaient, des spectateurs fuyaient, les fanfares se taisaient dans un decrescendo discordant. Après un interminable galop et le défilement des chars de l'Imperial Tobacco, de la brasserie Molson ltée, de la United Cigar Stores, de la Banque d'épargne et celui de Dupuis Frères, les juments affolées avaient franchi la tête du défilé. Personne ne savait où et quand les bêtes allaient s'arrêter. D'autres montures suivaient à présent le policier téméraire dans sa course débridée. On avait peur que les attaches se rompent et que le char n'aboutisse dans la foule. Rien à faire. Dans le couloir balisé par l'assistance, le regard partiellement masqué par des œillères, les juments n'entrevoyaient aucune issue sur les côtés. Elles fonçaient.

Au croisement du boulevard Saint-Laurent, au bord de l'épuisement, la jument du livreur de glace commença à ralentir. À ce moment, Gasparine réalisa qu'elle ne se rendrait pas au bout de la route à cette vitesse et qu'elle n'allait nulle part. À son tour, elle refréna ses ardeurs, de sorte que l'attelage s'immobilisa au coin de Jeanne-Mance. Des policiers à cheval arrivèrent à la hauteur, soulagés. Ils descendirent de leur monture. L'un d'eux accéda à la plateforme du char. Blanc de peur, le petit Saint-Jean-Baptiste avait eu la présence d'esprit de s'agripper au rebord de la voiture.

Au parc La Fontaine, Antonin avait maîtrisé l'agnelet et l'avait claustré dans le tombereau. Après de vains efforts pour récupérer l'animal, Gertrude Philippon avait les bras et le visage couverts d'égratignures. Elle était à la fois découragée et fort inquiète.

— Que c'est qui est arrivé à mon Ange-Aimé ? demanda-t-elle en se bassinant le front.

La dame fixait des yeux le palefrenier, le tenant responsable du déplorable incident.

— Vous avez fait votre gros possible, madame Philippon, vous avez rien à vous reprocher. Mais moi, je m'en veux à mort d'avoir été incapable de retenir les bêtes, exprima-t-il pour s'amender.

— En tout cas, on me repognera pas l'année prochaine, fit-elle, d'une voix brisée. Asteure, comment on va faire pour rattraper les autres ?

— Il y a sûrement quelqu'un qui va penser à nous. De toute façon, ils doivent revenir au point de départ.

Sur la rue Sherbrooke, les forces de l'ordre avaient dégagé de la voie le char de Saint-Jean-Baptiste tout de suite assailli par des âmes charitables de l'assistance pour entourer le petit et flatter les bêtes. Après une interruption subite et imprévisible, l'émoi passé, le cortège avait repris et se déroulait maintenant dans un ordre irréprochable.

Une heure plus tard, après avoir vu défiler l'entièreté du convoi, le dernier char se raccrochait à la parade et celui du magasin Dupuis Frères paraissait devant Leurs Excellences Lady et Lord Bessborough et les autres distingués invités logés sur l'estrade d'honneur.

Sur le parcours, le déclinant curé Lepailleur menaçant de s'effondrer, des bénévoles l'avaient hissé sur le char de sa paroisse Hochelaga. Devant Rosita, la pétulante « fille de la terre », il saluait béatement d'une main molle la foule nombreuse qui le regardait. Comme tous les paroissiens de La Nativité, Mélina avait vu le dernier char doubler le sien avant de le revoir amarré au bord du trottoir un mille plus loin. Par ailleurs, elle se demandait ce qui était advenu entre-temps d'Antonin. Autour d'elle, d'aimables habitants du quartier avaient tenté de la rassurer et pris ses filles pour lui soulager les bras.

Bientôt, devancé par les cadets de l'école Sacré-Cœur et la fanfare des Grenadiers Guards, ce fut au tour du char de La Nativité d'atteindre son point de salut. À son approche, les yeux se braquèrent sur les personnages du curieux tableau. Au son du traditionnel « En roulant ma boule », le curé opinait de son chapeau melon pendant que « la fille de la terre » agitait gracieusement sa main dans l'air derrière la marmaille de son char allégorique. Lord

Bessborough se dressa en soulevant gaiement son haut-de-forme. Manifestement mal à l'aise, Madame la Comtesse, son épouse, tenta de l'arracher à sa contemplation en le tirant par la manche. En même temps, sans distinction de leur état civil ou religieux, les yeux de la brochette de dignitaires se rivèrent sur l'attraction. Puis, au milieu du concert de protestation des épouses, comme repris par son rôle d'archevêque-coadjuteur responsable de la morale de ses ouailles montréalaises, monseigneur Gauthier se racla très bruyamment la gorge et se pencha à l'oreille chaste du maire Rinfret.

— Comment est-ce possible de s'exposer ainsi le poitrail! commenta-t-il.

Et son honneur le premier magistrat de demander :

— Qui est ce prêtre au-devant du char ? Il a l'air complètement innocent de ce qui se passe derrière lui.

— Ah ! lui ? C'est le vieux curé Lepailleur de la paroisse de La Nativité d'Hochelaga.

— Je m'excuse, je ne l'avais pas remarqué…

Plusieurs autres chars défilèrent et allèrent se garer plus loin. Venaient ensuite les cadets et les clairons de l'école Olier, le corps de clairons et les zouaves du troisième bataillon de Montréal, le char allégorique « Salut au drapeau canadien », la Philharmonique La Salle de Trois-Rivières, les cadets et les clairons de l'école Champagnat et la fanfare du Sault-au-Récollet. Puis, il y eut un moment interminable dans l'attente du dernier tableau.

Exaspérée, la foule commençait à se disperser et à envahir la rue. Pour assurer la sécurité, les policiers retenaient les spectateurs. On allait assister à un débordement quand le très attendu char commandité par la laiterie J.J. Joubert parut. Bien assis au milieu de la voiture, les talons collés aux fesses, on n'apercevait que la tête ondulée du charmant Saint-Jean-Baptiste appuyée sur ses genoux, pleurant à chaudes larmes. Jamais on n'avait vu une procession du saint patron des Canadiens français si attristé d'avoir perdu son mouton.

Une vingtaine de minutes plus tard, Armand Philippon retrouva son fils éploré et rejoignit les participants de la paroisse de La Nativité qui s'étaient rassemblés. Entre-temps, une automobile avait cueilli le décadent curé Lepailleur pour le ramener à son presbytère. Des bénévoles offrirent de reconduire le père et ses trois garçons, ainsi que Mélina et ses deux filles. Il ne restait plus que Barthélémy et sa Rosita qui désiraient repartir dans le sens inverse avec les bêtes pour récupérer le tombereau au parc La Fontaine. Un ardent Chevalier de Colomb dans la soixantaine encore vert se détacha d'un groupe d'admirateurs.

— Mademoiselle, voulez-vous monter avec moi, ça me ferait plaisir de vous ramener chez vous ? proposa-t-il.

— Mademoiselle est avec moi, monsieur, s'interposa Barthélémy.

— Mais, chéri, je suis pas mal tannée puis j'ai des souliers à talons hauts, riposta-t-elle, d'une voix doucereuse. Je m'en irais chez moi si je pouvais.

— Justement, tu peux pas. Oublie pas que je suis tout seul pour retourner au parc avec les chevaux.

Rosita consentit à mener Gasparine. Barthélémy partit devant avec la jument d'Honoré Lafleur.

Deux heures s'étaient écoulées lorsque l'équipage aboutit au parc La Fontaine. Excédée, Gertrude Philippon était rentrée en taxi. Antonin s'était endormi, la tête appuyée sur une roue du tombereau. Gasparine fut prise d'un hennissement de soulagement quand elle comprit qu'elle était revenue dans l'espace gazonné.

Chapitre 14

Sept années se consumèrent dans la fuite inexorable du temps. Pendant la construction de «camilliennes» et la réalisation de grands travaux qui s'achevaient, les chômeurs avaient espéré la mise en œuvre d'un projet de tramway souterrain. Un premier circuit coupant du nord au sud à peu près sous la rue Saint-Urbain et un second à la hauteur d'Ontario auraient été bénéfiques pour la métropole: le chantier aurait redonné de l'ouvrage à des milliers de sans-emplois sur une bonne période et réglé une partie du problème de la congestion.

Dommage! La Commission des tramways et la ville ne s'étaient pas entendues sur le partage des coûts, et l'entreprise estimée à soixante-cinq millions de dollars avait été reléguée aux calendes grecques. Antonin s'était alors tourné vers le creusage de caves à son compte, tout en renouvelant son contrat de déneigement avec la municipalité. Le palefrenier avait conservé sa pension de chevaux. Angélina et Bénédicte allant en classe, Mélina assurerait plus facilement la gestion de l'écurie. Quant à Barthélémy, son beau-frère employé, il avait marié sa vendeuse de fruits et de légumes Rosita, qui lui avait donné deux rejetons, un garçon et une fille.

Antonin et Mélina trimaient dur pour gagner leur vie. Ils avaient bien survécu à la crise économique. La famille avait emménagé dans le cinq et demi au rez-de-chaussée du même immeuble, juste en dessous des Philippon. À part le salon double, la cuisine, la salle à manger et la salle de bains, le logement comportait la chambre des parents, celle des enfants, et une troisième pièce servait de bureau et de chambre d'invités. Chez les Bernard, les filles étaient bien habillées et on ne manquait pas de l'essentiel. À l'occasion, ils se permettaient quelques petites douceurs.

Mais une autre calamité pire encore que la récession s'abattait en Europe : l'armée et l'aviation allemande avaient envahi la Pologne, l'Angleterre avait déclaré la guerre à l'Allemagne, ce qui risquait d'emporter le monde dans un tourbillon infernal. Pour l'heure, on assistait à une véritable course aux provisions. Ce qui avait entraîné une hausse sensationnelle des prix du sucre, de la farine, du beurre et de plusieurs autres denrées de consommation. Dans certains commerces, on avait même rationné les ventes de sucre, alors que des millions de livres étaient entreposés. Et avec l'automne qui pointait, on craignait une augmentation excessive des prix du charbon et du mazout. Heureusement, la ruée hâtive et sans fondement avait été de courte durée.

Néanmoins, dans le voisinage, les gamins avaient commencé à jouer aux soldats. Avec des épées de bois qu'ils s'étaient fabriquées, ils se pourchassaient dans la ruelle et s'affrontaient dans l'arrière-cour. L'impressionnable Bénédicte en avait vu mourir sur le champ de bataille, sanglants et couverts de boue, râlant leur dernier soupir. La pauvre n'en dormait pas. D'horribles cauchemars l'oppressaient. Et ce matin-là, jour d'entrée à l'école, alors que sa sœur s'impatientait dans le tambour, elle se tenait immobile sur le seuil du logis, déterminée à infléchir la décision de ses parents.

— Dépêche-toi, Bénédicte, lança Antonin. Ça prend plusieurs minutes pour te rendre.

— Ta sœur a hâte de retrouver ses amies, ajouta Mélina. Toi aussi tu vas revoir des fillettes avec qui tu as joué cet été. Angélina, donne-lui la main puis emmène-la.

— Non ! protesta âprement la petite écolière.

Antonin s'inclina vers Bénédicte.

— Tu sais, ma belle, il y a pas la guerre chez nous au Canada, dit-il. C'est dans les pays loin loin. Ici, il y a aucun danger. Puis ces étrangers-là, ça se bat pas avec des épées. Ça se bat avec des chars d'assaut, des avions, puis de vraies armes en métal.

— Voyons, Antonin, aide-moi donc un peu, s'indigna Mélina. T'es en train de lui mettre des idées pas d'allure dans la caboche.

— D'abord je vas les reconduire à l'école, décida-t-il.

Antonin décrocha sa casquette et alla atteler Gasparine au tombereau.

Bénédicte n'était pas entièrement rassurée. En route, écrasée au fond de la charrette, elle se bornait à suivre les mouvements de la rue. Le véhicule se gara aux abords du trottoir longeant l'institution. Angélina sauta à terre et amorça un pas vers la cour de récréation.

— Minute ! s'écria Antonin. Tu dois veiller sur ta sœur.

— Ah ! J'oubliais, papa, j'ai tellement hâte de revoir mes camarades.

La nouvelle écolière s'était relevée et se jeta dans les bras de son père, qui la déposa au sol.

— Bonne journée, ma chérie, dit-il, avant de lui donner un bisou sonore.

Des enfants quittaient les jupes de leur mère en pleurnichant. D'autres, moins timides, étaient arrivées seules et s'agglutinaient comme une nuée de moucherons attirés par du miel.

À la fin de l'avant-midi, Angélina ramenait sa sœur pour dîner. Bénédicte entra au logis et alla se précipiter sur son lit en pleurant. Mélina cessa de touiller la soupe aux légumes, s'essuya les mains sur son tablier et accourut à la chambre.

— Bon, bon ! Les grosses larmes maintenant, exprima-t-elle en lissant la chevelure de sa fille. C'est parfois difficile quand on rentre à l'école. Viens manger, puis on va oublier tout ça.

— C'est pas ce que vous croyez, maman, il y a des vlimeuses qui l'ont achalée, expliqua l'aînée. Roberte Gadoury puis Berthe Chauvin lui ont dit qu'elle sentait le fumier à plein nez.

— Ah ! les polissonnes, faut-tu être assez mal élevé, s'indigna la mère. On va manger, puis je vas aller régler ça après-midi.

Le repas terminé, encadrée de ses deux filles, Mélina s'acheminait à l'école, le pas rapide, résolument déterminée à en découdre avec cette histoire de fumet d'écurie. En arrivant dans la cour de récréation, Angélina alla rejoindre ses amies. Mélina entraîna Bénédicte chez la directrice. Sœur Herménégilde était reconnue pour être un bourreau de travail. Elle avait passé son heure de dîner dans son bureau, absorbée par une montagne de dossiers.

Quand elle entendit frapper à sa porte, elle déposa son plateau sur une table sise dans l'enfoncement de la fenêtre et alla se rasseoir.

— Oui !

Une saisissante odeur de transpiration monta aux narines des visiteuses. Sœur Herménégilde dégageait. Mélina progressa vers le secrétaire. La religieuse lui tendit une main molle et les invita à prendre place sur les chaises devant elle. Puis, elle abaissa ses paupières boursouflées sur la jeune élève.

— Si je ne m'abuse, risqua-t-elle, tu as commencé l'école ce matin. Cela s'est bien déroulé ?

— Pas vraiment, coupa Mélina. Je suis désolée de vous le dire aussi crûment, mais deux de vos élèves se sont moquées de Bénédicte au vu et au su de tout le monde. C'est ben simple, ma sœur, renchérit Mélina, ma fille est revenue à la maison ce midi en disant qu'elle ne voulait plus jamais remettre les pieds à l'école.

Les effluves musqués de la directrice l'incommodaient de plus en plus. Elle s'empressa de donner la raison exacte de son déplacement :

— Je vas vous dire ce qui en est, ma sœur, enchaîna-t-elle. On accuse ma fille de sentir le crottin de cheval…

— Roberte Gadoury puis Berthe Chauvin m'ont fait pleurer, larmoya Bénédicte.

— Ce sont des queues de la troisième année B, précisa la religieuse. Attendez-moi un instant, je les fais venir à mon bureau.

Sœur Herménégilde disparut dans le corridor et revint se poster dans l'embrasure, les bras croisés. Quelques minutes après, les deux fautives s'insérèrent entre le cadrage et la supérieure, en s'éloignant au plus tôt vers l'intérieur de la pièce. La religieuse exhorta les présumées coupables à avouer leur moquerie et à s'excuser auprès de la victime. Puis, désignant les pupitres qui servaient aux mauvaises élèves :

— À présent, dit-elle, je vais vous installer là en silence et vous allez copier cent fois la phrase suivante : « À l'avenir, je serai respectueuse de chacune de mes camarades. » Et comptez-vous chanceuses que je ne sévisse pas davantage…

L'entretien terminé, Mélina eut la satisfaction de voir les deux gamines se mettre à l'ouvrage. Rassérénée, Bénédicte esquissa un large sourire de contentement. En sortant, elle murmura à sa mère :

— Je sens peut-être un peu le fumier, mais ces deux niaiseuses-là vont sentir la mouffette…

***

Mélina s'était étonnée de sa propre réaction. D'un naturel doux et assez peu combative, elle réalisait qu'elle était capable de monter aux barricades quand il s'agissait de défendre ses filles. En cela elle tenait plus de sa mère que de son père, né pour diriger. Mais elle avait appris à ne pas se laisser marcher sur les pieds par les livreurs. Et elle avait sa fierté. Elle se dépensait beaucoup pour coudre des vêtements à ses enfants et lorsque les fins de mois étaient moins serrées, elle les amenait au magasin L.N. Messier pour leur acheter de petites robes.

Le dimanche d'après, pendant que Mélina était allée se promener sur la rue Ontario avec Angélina, Antonin profitait de son unique jour de repos avant d'entreprendre une autre semaine de travail. Bénédicte s'amusait dans la courette avec Odette, une copine dont la famille occupait son ancien logement. Assis sur une chaise, les mains jointes sous la nuque et les deux pieds sur la rambarde du perron, Antonin regardait distraitement les passants en mâchouillant un cure-dent. Parfois, ses yeux se fixaient sur une feuille roussie qui se détachait de l'érable et la suivaient dans sa funeste descente au sol.

Mais le calme trop serein dont il jouissait taquina son inquiétude. Il se remémora la venue, en mai dernier à Montréal – le jour même de sa fondation–, de Leurs Majestés le roi et la reine d'Angleterre. À ce moment-là, on suspectait les menées hitlériennes en Europe. Selon Antonin, la visite singulière avait pour but ultime de faire mousser l'attachement des Canadiens français aux souverains, devant la fatalité d'une éventuelle guerre qui mobiliserait les sujets du royaume. Ce jour-là, de la gare Jean-Talon à l'hôtel de ville, une foule enthousiaste avait acclamé le roi et la reine qui prenaient place dans la première voiture, et monsieur le maire qui était monté dans la suivante avec son épouse et le premier ministre King. Le convoi s'était finalement arrêté à l'hôtel Windsor, où les attendaient mille convives. Par la suite, le couple royal s'embarqua à bord d'un train pour la capitale nationale.

Pourchassées, Bénédicte et Odette traversèrent le porche et firent irruption sur la façade de l'immeuble.

— Papa ! s'écria-t-elle, tremblante de peur, les garçons arrêtent pas de nous courir après avec leur fusil.

— Venez donc en avant sur le trottoir, c'est pas mal plus tranquille, puis je vas pouvoir vous surveiller. À part de ça, c'est assez boueux en arrière, puis ta mère aimerait pas trop que tu salisses ta robe du dimanche.

Bénédicte entra et ressortit avec sa corde à sauter. Xavier, le cadet des Philippon, surgit sur la rue avec une armée de sans-culottes.

— À l'attaque ! lança-t-il en se ruant sur les deux fillettes.

— Wô ! s'écria Antonin. Vous allez m'arrêter ça tout de suite. Vous êtes une gang de gars contre deux petites filles sans défense ; vous avez pas honte. Lâchez-les tranquilles, puis allez jouer dans la ruelle.

Alertée par la pagaille qui s'élevait, Gertrude Philippon parut sur son balcon.

— Xavier ! Que c'est que je vous ai dit, vous autres ? Vous écoutez pas ? Attendez pas que je descende, parce que ça va aller mal. Envoyez en arrière !

Le fils Philippon et sa clique obéirent et repassèrent sous la voûte. Armand Philippon surgit à son tour.

— Heille ! Ils viennent d'annoncer à la radio que le Canada a déclaré la guerre à l'Allemagne.

— Pas si fort, Armand ! répliqua sa femme. Des plans pour que les enfants se remettent à se chamailler.

— Pour le moment, c'est entre vous deux que la chicane est en train de pogner, ricana Antonin.

— Tu peux ben rire, le voisin, mais si t'es forcé d'aller te battre au front, tu trouveras pas ça aussi drôle !

— On verra ben, Armand Philippon. Moi, je me fie sur ce que j'ai lu dans *La Patrie* aujourd'hui même. Le premier ministre King l'a dit : « Pas de conscription ! »

— Que c'est que ça veut dire, ça, au juste, pas de « circoncision » ? À l'église, ils nous ont toujours dit que c'était une fête, la circoncision du petit Jésus. Mais ils nous ont jamais expliqué en quoi ça consistait.

— Innocent ! le rabroua Antonin. Pas la circoncision, la CONSCRIPTION, martela-t-il.

Au sommet de l'érable bordant la rue, une corneille poussa un graillement irrité. Sur un balcon, précisément celui qui donnait sur l'ancien logis occupé par Antonin, une grosse femme assise dans une berçante arrêta d'égrener son chapelet. La mère d'Odette se signa, rouvrit les yeux et enfouit son objet de culte dans la poche de son tablier. Puis, elle s'agrippa à la rambarde, se releva et alla incliner son visage affaissé.

— Monsieur Bernard, un peu de charité, s'il vous plaît. Puis vous, les Philippon, ajouta-t-elle en se tournant vers les locataires du même étage, votre Xavier est pas du monde. Vous êtes mieux d'y voir avant qu'il soit trop tard. Puis toi, Odette Dostie, que je te vois pas te mêler au jeu des garçons, acheva-t-elle, le visage tout en réprimande.

La jeune fille abaissa un regard de soumission sur le trottoir.

Les Dostie formaient une famille de cinq. En fait, ils n'étaient plus que quatre après la mort accidentelle de leur fils.

Paul-Émile et son garçon Odilon travaillaient à l'essouchage. Le cultivateur était derrière l'attelage et donnait des ordres à l'adolescent afin qu'il harcèle les bœufs pour arracher la dernière souche. Dans un craquement de racines, au moment où les animaux s'acharnaient, le jeune fermier trébucha en reculant sur un rondin qui déparait le sol. Il n'eut pas le temps de se dégager et fut écrasé sous les sabots des bêtes. Découragé, Dostie avait vendu sa ferme et avait déménagé en ville. Il avait vécu quelques années sans travailler. L'argent de la vente fondu et son maigre pécule écoulé, Corinne, la grande sœur d'Odette, s'était engagée dans l'infâme métier du sexe pour secourir les siens. Régulièrement, une fois par mois, elle faisait parvenir des sous à son père. Les Dostie savaient que leur fille vadrouillait dans le secteur des rues Clark, Stanley et du tristement célèbre boulevard Saint-Laurent, sans connaître l'endroit exact de la maison close du tenancier. Depuis lors, Ida s'était jetée dans le feu dévorant du culte. Son logement exhalait une forte odeur de dévotion: il était tapissé d'images saintes, d'angelots, de statues à la Vierge et de lampions, d'une Sainte Face au visage anguleux et torturé, et un crucifix ornait le haut des murs au-dessus de chaque porte.

Sur le trottoir, à une centaine de pieds, un couple enlacé s'amenait d'un pas languissant. La jeune fille, juchée sur des talons pointus, était habillée d'un long manteau noir dont le collet et les manches garnis de caracul donnaient faussement l'impression de richesse. Le type qui l'accompagnait, un moustachu fin vingtaine arborant une chevelure lissée à la brillantine, la dépassait d'une tête. Il était vêtu d'un imperméable marron et portait des souliers vernis qui brillaient avec éclat.

Madame Philippon promena distraitement le regard vers les passants.

— Regardez-moi donc la roulure, commenta-t-elle.

Ida Dostie, sa voisine de palier, détourna les yeux qui s'agrandirent aussitôt. Sa physionomie se figea muettement dans une sculpture saisissante. Elle regagna son logis.

Quelques instants plus tard, le jeune couple bifurqua sous le porche et monta chez elle.

— Pour moi, t'as parlé trop vite, ma femme, c'est la fille des Dostie, dit Armand Philippon.

— Tant pis, ça lui apprendra à dire du mal de nos enfants, rétorqua l'hommasse. Xavier est pas si pire que ça, tu sauras. Il est juste un peu grouillant.

Quatre heures sonnaient au clocher de l'église de La Nativité. Mélina et Angélina revenaient de leur séance de lèche-vitrine sur la rue Ontario.

Ida Dostie était assise au bord du fauteuil. Elle n'avait pu s'empêcher de déverser un torrent de larmes devant le locataire du rez-de-chaussée. Ses pleurs redoublèrent d'intensité quand elle vit apparaître Mélina.

— Madame Dostie! s'exclama Mélina. Ç'a pas l'air d'aller pantoute...

— C'est à cause de Corinne, ma fille, commença-t-elle.

Reprise par son douloureux tourment, la femme éplorée laissa Antonin s'exprimer à sa place.

La jeune fille allait bientôt se marier. Le jeune homme l'avait connue dans l'exercice de ses fonctions sur la rue Clark. Dans l'imminence d'une deuxième guerre mondiale, au contraire de ces esprits échauffés qui commençaient à s'enrôler comme volontaires, Rodolphe était de ces cervelles obtuses qui paniquaient de peur d'être appelées sous les drapeaux. En s'unissant à lui, Corinne abandonnait par le fait même son emploi. Elle ne serait donc plus en mesure d'apporter sa contribution indispensable au loyer de ses parents.

Mélina buvait les paroles de son mari et s'apitoyait progressivement sur le sort de la famille éprouvée: les Dostie se retrouvaient donc sans le secours nourricier de l'aînée. À mesure qu'Antonin débitait les mots de la femme et qu'il soutenait le regard implorant de Mélina, son cœur semblait se dilater.

— D'abord je vas l'engager pour le creusage, votre mari, dit-il.

Ida Dostie releva les paupières et son visage de reconnaissance dont les traits s'étaient détendus.

— Merci beaucoup, monsieur Antonin, je vas prier pour vous, exprima-t-elle, d'une voix altérée.

***

Au matin du lendemain, Paul-Émile Dostie descendait du deuxième avec un sac à lunch en papier kraft.

— Envoyez, monsieur Dostie ! proféra Antonin.

Le locataire s'amena vers l'entrepreneur, le pas gourd et la mine fatiguée.

— À cette heure-ci, je devrais déjà être parti, bougonna Antonin. Vous devez le savoir, pourtant, vous passez vos grandes journées assis dans votre berçante à regarder par le châssis. Quand la plupart des voitures sont parties puis qu'il reste juste mon frère Barthélémy avec le boulanger à l'écurie, c'est parce qu'il commence à être pas mal tard.

— C'est ma femme qui a pris les arrangements avec vous, monsieur Bernard, argumenta Dostie. C'est elle qui est allée brailler à votre logis.

— Voulez-vous travailler ou ben si vous voulez pas ? Faites-vous un pis ! Moi je peux en avoir de même du monde, dit Antonin en montrant sa paume ouverte.

La lippe pendante, l'employé se hissa à bord du tombereau. Antonin fouetta le flanc de Gasparine et le véhicule quitta l'arrière-cour.

Peu après le dîner, Ida Dostie se rendit chez les Bernard. Elle avait attendu que les enfants de Mélina et sa fille Odette partent pour l'école pour aller faire sa grande demande. Elle avait envisagé tous les scénarios possibles pour la noce qu'elle désirait organiser. Elle avait tout prévu. Après le mariage collectif de Corinne à l'église de La Nativité, la réception aurait lieu chez les Bernard. Son logement était beaucoup trop exigu pour une trentaine d'invités. Il ne restait qu'à obtenir l'assentiment de l'aimable Mélina.

— Vous pensez ben que je veux vous aider à ma manière, répondit-elle en déposant sa tasse de thé.

— Voulez-vous en jaser avec votre mari ?

— Je suis capable de prendre mes décisions toute seule, se redressa fièrement Mélina.

— Parlez-moi de ça, des femmes qui se laissent pas mener par le bout du nez par leur mari.

À voir l'air de sa voisine, Mélina avait le pressentiment que la dame n'avait amorcé que le début de la liste de ses requêtes. Corinne avait de grosses dépenses pour son mariage. Elle rêvait d'une belle robe blanche, d'un voyage de noces à Québec, et son futur époux, qui n'avait pas beaucoup d'économies, ne pouvait compter sur son maigre salaire.

Ida Dostie sirotait son thé tiède. Elle ne semblait pas pressée de remonter à son logis. Elle se mit à discourir sur leurs enfants. Bénédicte et Odette s'entendaient à merveille. Cependant, les petits Philippon la faisaient suer ; le Xavier, surtout. Il avait toujours de mauvais plans. C'était pire depuis que la guerre avait commencé en Europe.

Mélina se leva pour réchauffer les tasses et se rassit. La visiteuse confia qu'elle éprouvait un profond soulagement de savoir que sa fille Corinne recouvre une vie normale après avoir connu les déboires du vice. Elle avait tant prié, et le ciel semblait maintenant l'exaucer.

— Asteure, c'est pas avec le petit salaire que Paul-Émile va rapporter qu'on va pouvoir se sortir de la misère, soupira-t-elle.

— Que c'est que vous diriez si je préparais un rôti de porc, une épaule de jambon, de la poule pour ceux qui aiment pas le porc, quelques pâtés, des tourtières puis un gâteau pour la noce ? proposa Mélina.

Un sourire éclaira le visage de la dame.

— Vous feriez ça pour nous autres, Mélina ?

Dans l'heure qui suivit, Mélina et sa voisine dressèrent une liste de denrées à acheter et se rendirent chez Tousignant et frères, une épicerie de la rue Ontario. Sitôt revenues, elles se délestèrent de leurs sacs sur le coin de la table. Tandis que Mélina s'occupait d'apprêter la viande, madame Dostie entreprit de fabriquer la pâte. Mélina observait sa voisine rouler la préparation avec une ardeur infatigable. Mais elle redoutait secrètement la réaction d'Antonin en devinant ses paroles réprobatrices. Selon lui, il y avait des limites à aider le pauvre monde et, comme entrepreneur, il faisait déjà sa large part pour embaucher un souffreteux dont il appréhendait le piètre rendement au travail.

Vers les quatre heures, madame Dostie commença à surveiller le retour des écolières. Toutes les cinq minutes, elle allait à la fenêtre et en revenait, comme si elle attendait avec effervescence la venue d'un accoucheur, ce qui causa un énervement chez la patiente Mélina.

— Craignez pas, madame Dostie, Odette va monter chez vous, puis quand elle va s'apercevoir que la porte est barrée, elle va redescendre pour venir faire ses devoirs avec Bénédicte.

Il était presque cinq heures. Odette n'était pas rentrée. Les enfants Philippon s'amusaient avec des camarades qu'ils avaient entraînés dans la cour. En arrivant, ils s'étaient vite débarrassés de leur sac d'école et s'étaient mis à jouer à la cachette. Ida Dostie s'excusa auprès de Mélina et sortit sur la galerie des Bernard. Elle aperçut Xavier, la tête appuyée au mur de la maison. La voix du grouillant gamin se répercutait en écho dans l'espace clos de la cour intérieure. Elle l'interpella :

— Xavier ? s'époumona-t-elle.

Le fils Philippon cessa de compter et se tourna vers elle.

— Que c'est que vous voulez, vieille folle ? répondit-il, avec irritation.

— As-tu vu Odette ? Elle est pas revenue de l'école.

— Je m'en sacre ! Fichez-moi la paix !

Ida Dostie regagna la cuisine.

— Tu parles d'un effronté, exprima-t-elle. Il m'a traitée de folle, puis m'a envoyée promener. Laisse faire, si j'ai la chance, je vas dire à madame Philippon que ses enfants sont mal élevés.

Bénédicte entra. Elle s'était un peu attardée après la classe. La religieuse lui avait demandé de laver les tableaux avec Odette. Mélina ne la gronda pas. Mais à l'avenir, elle préférerait que la bonne sœur la prévienne par un billet.

Odette était montée au logis et redescendue par en avant, pour éviter la bande de morveux qui déferlaient en arrière. Elle alla frapper à la porte. Soulagée, sa mère l'installa avec la petite Bénédicte qui achevait de vider son sac d'école.

Madame Dostie et sa fille étaient encore au logis quand Angélina rentra. Elle venait de laisser un petit mot à son mari afin qu'il les rejoigne. Les jeunes écolières avaient ramassé leurs effets scolaires, rangé leur sac et s'amusaient à découper de belles demoiselles dans un catalogue de Dupuis Frères, sur le plancher du salon. Dans la cuisine, la dévote achevait de dresser les couverts. L'aînée des Bernard salua civilement la voisine et se retira dans sa chambre pour faire ses devoirs.

Le tombereau passa sous le porche. D'une humeur maligne, Antonin alla dételer Gasparine. Dostie monta malaisément chez lui et redescendit au logement de l'entrepreneur où se dégageait un délicieux fumet.

— Bonjour, madame Bernard, ça sent donc ben bon ici dedans ! s'exclama-t-il.

— Mélina puis moi, on a cuisiné une damnée secousse pour les noces. On est allées acheter tout ce qu'il fallait. Il va manquer juste le gâteau qu'elle va faire la veille du mariage. En plus, madame Bernard a décidé de nous garder à souper. Tant qu'à être dans la popote… Puis, t'as passé une bonne journée, mon homme ?

— Je suis pas mal éreinté, Ida ! Je t'avoue que le creusage, c'est pas fait pour tout le monde.

— Tu vas t'habituer avec le temps, ricana sa femme. Pour le moment, va te laver les mains, puis viens t'asseoir. Ça sera pas long, ton patron va rentrer.

À l'écurie, avant de retrouver sa Rosita et leurs enfants, Barthélémy avait croisé son frère mécontent. Antonin s'était défoulé sur lui : Dostie était un traîne-savates à qui il avait eu envie de « botter le cul » à plusieurs reprises pour son inefficacité flagrante. À tous moments, le fainéant avait délaissé la pioche ou la pelle pour prendre « un petit *break* », se plaignant de ses douloureux maux de reins et de ses ampoules qui lui chauffaient les mains.

L'entrepreneur n'avait pas eu le temps de décolérer quand il parut chez lui, et referma en faisant claquer la porte.

— Ah ! ben cibole, par exemple ! proféra-t-il en embrassant d'un coup d'œil la tablée.

— Vous avez l'air de trouver qu'on est nombreux à votre table, monsieur Antonin, commenta la voisine, mais faites-vous à l'idée pour la gang de noceux que vous allez recevoir samedi.

Le maître des lieux jeta un regard éberlué à sa femme, qui posait un pâté au poulet sur un sous-plat. Il crut d'abord à une mauvaise blague qui s'estompa lorsqu'Ida Dostie donna des détails sur les festivités qui suivraient la cérémonie à La Nativité.

* * *

C'était la première fois que les Bernard accueilleraient autant de personnes. À part la famille de Rosita et de Barthélémy, et la visite annuelle de Virginie et Rébecca, ils recevaient peu. Avec l'aide de son creuseur de caves, Antonin avait converti le salon double en salle de réception. Il avait installé une longue table, rapatrié toutes les assiettes, les ustensiles et les chaises des deux logements, et fabriqué un banc d'appoint avec un madrier inutilisé de l'écurie. L'ensemble du mobilier était plutôt disparate, mais une fois assis, on ne verrait que la mine réjouie des convives.

Après le mariage collectif et l'incontournable séance de photos dans les marches de l'église, la petite société des Dostie s'achemina au logis des Bernard. Dans le temps de le dire, on s'engouffra chez les hôtes. Des cadeaux furent déposés sur un guéridon recouvert d'une nappe. Dans l'attente des mariés qui tardaient, tandis que Mélina se dépensait en marques de politesse et que ses filles s'étaient enfermées dans leur chambre avec Odette Dostie, Antonin offrait des liqueurs douces et des boissons gazeuses. Les adultes papotaient et commentaient ce qui s'était déroulé dans le lieu saint. Mais déjà, des garçons s'ennuyaient dans le confinement de la maison et sortirent sur la cour arrière.

La vieille Ford déglinguée que l'oncle de Corinne avait astiquée se gara devant l'immeuble. Le couple en descendit et glissa fièrement jusqu'à la porte. La mariée était habillée d'une robe de satin neige et elle portait un voile de tulle illusion retenu par un bandeau de fleurs d'oranger.

Sous une pluie de confettis, dans un tonnerre de cris et d'applaudissements, les nouveaux mariés se rendirent à la place d'honneur qui leur était réservée.

— Coudonc, revenez-vous de votre voyage de noces ? demanda une voix avinée.

— Je les ai promenés dans tout le quartier en faisant crier mon criard, répondit le chauffeur.

Mélina apporta le rôti, le jambon, de la poule bouillie et une énorme chaudronnée de patates pilées. Dans un fracas de pattes de chaises, la bande d'affamés poussa des grognements sourds et s'installa pour manger. Antonin déboucha les bouteilles de vin et laissa les convives se servir.

Ida Dostie replaça les plumes d'autruche qui ornaient sa coiffure. Elle était fière de voir son mari boudiné dans un complet dégoté à la Saint-Vincent-de-Paul, et paraissait très heureuse d'avoir pu réunir les deux familles en aussi peu de temps pour l'événement. Les enfants étaient sages et les adultes s'empiffraient en discourant. Mais dans une telle occasion, il se trouve toujours des langues de vipère pour échanger quelques médisances. À un bout de la table, des tantes bavardaient.

— On dira ben ce qu'on voudra, mais la Corinne exerçait un drôle de métier dans un *tourist rooms* du bas de la ville. D'après ce que j'en sais, ma nièce était pas juste une femme de chambre, avança l'une.

— Puis elle a le front de porter une robe blanche, la gueuse, commenta une tante du marié.

Sous le couvert de la clameur qui régnait, on continua à déblatérer sur le passé récent de la mariée. Les hommes, eux, s'élevaient contre le prix de la bière à dix-neuf cents dans les épiceries et discutaient de politique. Duplessis venait de déclencher des élections pour le 25 octobre. Et lorsqu'un fêtard moins émoustillé que les autres se rappelait qu'il était à des noces, il faisait tinter les verres de vin jusqu'à ce que les mariés se lèvent et s'embrassent.

La cuisinière retourna à son poêle. Antonin alla la rejoindre.

— Tu parles d'une gang de morons ! exprima-t-il. En plus, ça mange puis ça boit comme des cochons.

— Aide-moi qu'on en finisse, soupira Mélina.

Ils apportèrent des pâtés et des tourtières fumantes. Comme si le jambon et le rôti de porc avaient servi d'entrée, on se darda dans les pointes accompagnées de légumes et du ketchup maison.

À travers les éclats de rire et la gaieté débordante, le vin coulait et la température du salon double augmentait. Entre-temps, les filles avaient fini leur assiette et elles étaient retournées dans la chambre des petites Bernard. La mère du marié, une dame qui semblait être d'un certain *standing* et d'une certaine éducation, portait avec élégance une robe de crêpe français rouge foncé et une parure de renard argenté. Elle se leva pour manifester sa gratitude :

— Je tiens à remercier monsieur et madame Dostie pour leur hospitalité. J'en profite pour féliciter mon fils et ma belle-fille et leur souhaiter beaucoup de bonheur, exprima-t-elle.

La dame fit une pause qui s'emplit d'un silence significatif. Puis, elle braqua un œil chagriné sur son mari et reporta son regard vers le petit couple :

— Et j'espère qu'ils auront assez d'amour pour passer au travers de toutes les épreuves que la vie nous envoie, acheva-t-elle, d'une voix émue.

La belle-mère de Corinne se rassit dans des hochements de tête et des raclements de gorge. Un de ses frères fit tinter les verres pour recréer une ambiance plus festive à l'événement. Offusqué par le fâcheux oubli de l'oratrice, Antonin entraîna Mélina à la cuisine.

— Pour les remerciements, on repassera, ragea-t-il. S'il y a de quoi de choquant, c'est ben ça. On a pas droit à une miette de reconnaissance. Ça aurait été le temps qu'Ida ou Paul-Émile se lève pour prendre la parole. Pour qui ils se prennent donc, eux autres ?

Mélina avait fermé les paupières en guise d'approbation. Elle demanda à Antonin d'aller quérir le dessert dans le tambour. Il en revint, ses nerfs étirant devant lui l'immense gâteau dont la décoration avait subi un ravage.

Les garçons s'étaient retirés prématurément de table et avaient fait honneur à la pâtisserie au passage, avant de retourner sur la cour. Irritée, Mélina s'empressa de redonner un aspect plus présentable au gâteau étagé, qui avait été amputé de gros morceaux grossièrement taillés. Après un rafistolage exécuté à la hâte, elle le fit transporter par Antonin.

— Il y en a qui ont déjà eu leur part, proféra-t-il.

— Ça prend-tu des mal dégrossis ! s'emporta Ida Dostie en promenant des yeux réprobateurs sur la belle-famille. Moi puis madame Bernard, on a mis beaucoup de temps après ce damné gâteau-là.

Étrangers à ce qui se déroulait, Corinne et son époux n'avaient pas attendu le tintement des verres pour exprimer leur passion. Ils s'embrassaient à bouche que veux-tu. Au terme de son rapprochement, lorsqu'elle reprit son souffle, la mariée s'aperçut de l'air débiné de sa mère.

— Voyons, moman, que c'est que vous avez donc ? demanda-t-elle. C'est fête, aujourd'hui.

Peu portés sur le sucré, quelques fêtards gris étaient allés s'écraser sur le lit des hôtes et sur le fauteuil placé au bord de la cuisine pour l'occasion. Une tante, plus avenante que les autres, découpa le gâteau.

Des hennissements prolongés firent sursauter les convives. Antonin se précipita au-dehors. Les garnements avaient pris les clefs de l'écurie. L'un d'eux retenait Gasparine par la bride tandis qu'un autre essayait vainement de la monter, alors qu'un troisième s'amusait à faire avaler les restes de son morceau de gâteau à la jument du livreur de glace.

Pendant qu'Antonin s'occupait des bêtes, à l'intérieur on débarrassa la vaisselle. Puis, des invités rangèrent les chaises le long des murs et démantelèrent la grande table du salon double. Sitôt le plancher libéré, un oncle risqua quelques pas de danse au son d'une musique imaginaire, avant de perdre l'équilibre et de reculer sur une chaise. Encouragés par la compagnie, les nouveaux époux entamèrent une valse sentimentale. Dans la pièce, on contemplait la beauté du couple. Mais rapidement, la danse mourut sous quelques pas désarticulés.

— C'est le temps des cadeaux ! s'écria Ida Dostie.

Alors qu'on apportait les présents, la maîtresse de maison commença à distribuer des arachides, des bonbons assortis et des digestifs. Avec les yeux ravis d'une gamine déballant ses étrennes du père Noël, Corinne étalait devant elle ses surprises. Elle s'attaqua d'abord aux deux plus grosses boîtes.

Sa physionomie s'altérait à mesure qu'on la voyait déchirer les emballages. Elle prit un air de désolation.

— Ben, ça va te faire deux *toasters*, ma fille ! soupira Ida Dostie.

— C'est pas ça, moman, rétorqua la mariée. L'affaire, c'est qu'on a pas d'électricité au logis.

— Dans ce cas-là, j'en prendrais ben un, répliqua la mère. Paul-Émile aime pas ça quand je fais brûler ses toasts sur le poêle.

Corinne n'avait pu cacher sa déception. Elle poursuivait le désemballage dans l'espoir de tomber sur quelque chose qui lui ferait vraiment plaisir, un objet qui ferait vibrer son futur état de reine du foyer. Mais elle ne découvrait qu'un décevant ramassis de babioles et de bibelots inutiles. Elle était au bord des larmes. Son mari lui prit la main, s'inclina vers elle et se mit à la bécoter :

— C'est toi la plus importante, mon amour, lui murmura Rodolphe, d'une voix consolatrice.

Antonin entra, l'air éminemment déconfit. Des piles de vaisselle sale jonchaient le comptoir, des invités ivres gisaient dans la cuisine et dans sa chambre, et une odeur de tabac grillé emplissait l'atmosphère.

Une tante émoustillée s'approcha de lui en lui faisant les yeux doux :

— En prendrais-tu une, mon homme ? demanda-t-elle effrontément, en lui présentant son paquet de cigarettes.

— Si ça vous fait rien, je vas laisser faire, déclina Antonin. Pour vous dire franchement, je commence à en avoir assez, de cette maudite noce-là.

La tante parut insultée. Antonin se déporta dans le salon double et rejoignit les invités. La vue des corps désossés et des estomacs gavés qui digéraient sur les chaises acheva de le rebuter. Au milieu des papiers déchiquetés, comme s'ils ne faisaient plus partie de la fête, les amoureux s'embrassaient goulûment. Il s'avança vers eux.

— Hum ! Si ça continue, vous allez manquer votre train, exprima-t-il.

Le mari ôta la main sur la cuisse de sa femme.

— Oh ! répondit-elle, il est temps de partir, mon chéri, sinon on va être obligés de coucher au logis.

Les mariés se levèrent et ramassèrent leurs cadeaux. Les deux belles-mères s'empressèrent de les saluer. Le chauffeur roupillait. Sa femme lui asséna un coup de coude dans les côtes. La tête dolente, il se réveilla mollement et réalisa qu'il devait reprendre son rôle. Ida Dostie alla prévenir les invités, qui se rassemblèrent autour d'eux pour réitérer leurs vœux de bonheur et souhaiter un bon voyage à Québec.

Chapitre 15

Au demeurant, pour la plupart des Canadiens, la déclaration de guerre du pays à l'Allemagne n'avait rien changé de leurs habitudes. Pourtant, le premier ministre King avait décrété des mesures exceptionnelles. La censure des journaux et l'arrestation des citoyens allemands et italiens sur le territoire ne semblaient pas émouvoir. Avec ces derniers, on avait aussi incarcéré le profasciste Adrien Arcand, notre petit Hitler local. « Tenir des propos défaitistes, nuire au recrutement et au succès des forces de Sa Majesté » était passible d'une peine d'emprisonnement. Après la courte ruée aux provisions et la course au mariage débridée qui avaient donné la trouille à une minorité de gens, Montréal avait renoué avec son calme.

Chez les Bernard, on se remettait lentement de la fête qui avait suivi les épousailles. En ce dimanche du lendemain, le logement avait retrouvé ses occupants. Antonin avait sorti les vidanges et replacé les meubles. Mélina et ses filles achevaient le ménage lorsque Gertrude Philippon, l'ennemie jurée et voisine de palier d'Ida Dostie, cogna à la porte.

— Puis, Mélina, avez-vous bien fêté hier ? demanda-t-elle.

— Je vous avoue que j'étais pas mal soulagée de voir partir la visite à la fin de l'après-midi. Quand je me suis couchée, j'avais une grosse journée dans le corps, puis aujourd'hui, faut finir de tout nettoyer.

— C'est moi qui as vidé les cendriers, dit Angélina, ça m'a levé le cœur. Puis j'ai dû ramasser des bouteilles de bière avec ma sœur un peu partout dans la maison et même dans la cour, lança-t-elle, avant de sortir prendre l'air.

— Ouache ! c'est dégoûtant de la bière ! commenta Bénédicte, qui alla rejoindre sa sœur sur la galerie.

— Je vas m'arrêter un peu, dit Mélina, prendriez-vous une tasse de thé ?

Mélina paraissait exténuée. Elle s'essuya les mains sur son tablier, le dénoua et le plaça sur le dossier d'une chaise avant de se rendre au poêle et d'en rapporter la théière sur la table. Gertrude Philippon ne désirait pas la brusquer, mais elle la connaissait suffisamment pour lui adresser les commentaires d'une mère avisée.

— Je pense que tu es trop bonne, Mélina. Je sais que la Corinne s'est mariée hier matin et que tu as reçu les familles parce qu'ils auraient été petitement dans le logis des Dostie.

— Qu'est-ce que vous avez contre Corinne puis son mariage ?

— Prends-moi pas pour une poire, Mélina. Quand je suis sortie pour voir ce qui se passait dans la cour avec la marmaille, j'ai entendu des hommes de la parenté un peu chaudasses qui se gênaient pas pour déblatérer contre elle. À les entendre, la Corinne travaillait dans un bordel, puis là, la guidoune a lâché son métier pour se marier parce que son *chum* voulait pas aller au front. Si tu veux mon avis, les mononcles auraient aimé ça être de ses clients…

— Mais qu'est-ce que ça peut ben vous faire, madame Philippon ? rétorqua timidement Mélina.

— Depuis qu'elle a déménagé dans votre logement que je la connais, la Dostie. J'avais beau la questionner sur ce qu'était devenue sa Corinne, mais je voyais ben qu'elle tournait toujours autour du pot ou qu'elle s'inventait des réponses. En autant que je me souvienne, elle a jamais été ben ben docile, sa Corinne. Sa petite sœur Odette a un ben meilleur caractère. J'aime pas ça quand on me ment en pleine face. À part de ça, elle puis ses bondieuseries. T'as déjà vu à quel point ton ancien logis est rempli de toutes sortes d'images dévotieuses, de crucifix, de lampions puis de statues ? Pense ce que tu voudras, Mélina, mais moi je trouve qu'elle est pas mal hypocrite, la Dostie. Eh qu'elle avait l'air folle le jour des noces, avec ses plumes d'autruche puis sa robe de faux crêpe de Chine achetée dans un *quinze-cents* de la rue Ontario !

Gertrude Philippon se répandait en paroles infamantes et en lamentations. Mais à travers ces phrases proférées sur le ton de la désinvolture, Mélina ressentait de vifs reproches. En outre, l'hommasse avait vu Ida Dostie remonter des restes de mangeaille à son logis. Elle pariait que Mélina avait fourni toute la nourriture, qu'elle avait sans doute été remerciée du bout des lèvres par la bénéficiaire et allait jusqu'à prétendre qu'Antonin était à la veille de mettre le holà à toutes ses largesses et à ses élans de générosité.

Les lèvres tremblantes, Mélina accusait confusément le coup. Aux prises avec ses tourments intérieurs, elle ne savait plus dans quelle mesure elle devait s'affirmer.

Bénédicte fit irruption dans la cuisine.

— Madame Philippon, Alphonse a pris une fouille en bicycle ! s'affola-t-elle.

La voisine leva sa tête effarée et s'élança vers la porte. Avant de traverser le seuil, elle se retourna.

— Les enfants le savent pourtant que je veux pas qu'ils prennent la bécane de leur père le dimanche, fulmina-t-elle. Grand gnochon, attends que j'arrive…

Xavier et Ange-Aimé délaissèrent le gisant et s'esquivèrent furtivement derrière l'écurie.

Gertrude Philippon bondit dans la cour. Alphonse était étendu dans une flaque de boue, le bas de son pantalon pris dans la chaîne de la bicyclette.

— Armand ! Les garçons ! Venez m'aider, quelqu'un, s'époumona-t-elle.

Elle se tourna vers son logis et appela son mari. La voix tonnante de l'hommasse qui se répercutait sur les murs de la courette avait fait sortir les locataires de leur logement. Antonin et Mélina étaient à présent sur leur galerie avec leurs filles. Au deuxième, les Dostie contemplaient la scène. Odette descendit rejoindre son amie Bénédicte.

Antonin alla chausser ses bottes et s'approcha de l'accidenté. Il évalua la situation et en arriva à la conclusion que, pour dégager l'apprenti et le soigner, il fallait décoincer le bas du pantalon graisseux en le déchirant.

L'opération complétée, devancé par Gertrude Philippon, Antonin transporta le corps gisant dans la chambre d'invités qui servait de bureau pour ses entreprises.

— Faut appeler le docteur Bonnier ! décida la mère.

— Je vas aller téléphoner au restaurant Chez Paul, proposa Mélina. Toi, Bénédicte, viens avec moi, t'es trop émotionnable.

— Je vas aller avec vous autres, résolut la petite Dostie.

Le blessé reposait dans les draps souillés et détrempés, à demi inconscient, la face tuméfiée. Sa mère rageait contre la maladresse chronique de l'aîné, qui avait probablement été entraîné par ses frères.

Après sa sieste du dimanche après-midi, Armand Philippon se leva et se rendit à la fenêtre. Il écarta le rideau : un objet reposait dans la mare. Intrigué, le visage grimaçant, il se dirigea vers la grenouillère. Paul-Émile Dostie, son voisin de palier, reparut sur sa galerie, une bière à la main.

— T'es aussi ben de l'enlever de là, parce qu'on va passer dessus demain matin avec les chevaux puis les voitures, puis il restera plus grand-chose de ta bécane, ricana-t-il.

— Ah! J'oubliais, monsieur travaille asteure, il commence à être temps que tu fasses vivre ta famille, riposta Philippon. Et puis, d'après ce que je peux voir, t'es encore sur le party.

— C'est pas de tes maudites affaires, ça!

— Viens donc me dire ça à six pouces du nez, proféra Philippon, avant d'attraper la bicyclette par un guidon pour la retirer des lieux humides.

Dostie posa sa bouteille sur l'allège du châssis et quitta l'étage en s'appuyant sur la main courante de l'escalier. Au bas des marches, il tituba jusqu'à son interlocuteur qui l'attendait de l'autre côté de la nappe d'eau jaunâtre, le poing dressé, l'œil furibond. Une bataille allait s'engager.

Au début, comme si on avait choisi une arène inappropriée pour lutter, les opposants se toisèrent en contournant le milieu liquide qui les séparait. Ni l'un ni l'autre n'osait amorcer le premier geste et porter le coup qui allait déclencher l'empoignade. Soudain, emporté par une rage subite, Philippon se rua sur son adversaire en le prenant à la gorge et le précipita violemment à l'eau.

Décontenancé par une puissance brutale inattendue, Dostie se roula sur la berge près de la bicyclette. Il rassembla ses forces et se redressa avec orgueil. Ses vêtements étaient imbibés et salis, il avait la mine vindicative et les traits convulsés de colère.

— Je vas m'en rappeler, mon torgueux! éclata-t-il en décochant un coup de pied dans les rayons métalliques de la roue arrière.

L'œil méchant, Philippon regarda son adversaire reculer et s'effondrer au pied de son escalier. Se rappelant la mésaventure de son fils, il alla ramasser sa bicyclette qu'il appuya sur l'écurie et entra au rez-de-chaussée dans la chambre où reposait Alphonse. Xavier et Ange-Aimé sortirent de leur cachette en riant.

— Veux-tu ben me dire d'où c'est que tu sors arrangé de même, Armand? demanda sa femme. T'as l'air d'une truie qui s'est vautrée dans la vase.

— Dostie puis moi on s'est pognés dans le trou d'eau sur la cour, répondit Philippon. Le verrat a vargé à grands coups de pied sur mon bicycle. Il va me le payer cher…

Mélina était revenue du restaurant Chez Paul avec Bénédicte et son amie Odette. Madame docteur lui avait dit que son mari partait sur-le-champ.

Allongé sous les couvertures, Alphonse semblait émerger de son état de demi-inconscience. Il dessilla lentement les yeux qu'il posa d'abord sur sa mère.

— Tu nous as causé toute une frousse, mon grand escogriffe.

— Je vous promets de jamais plus essayer la bécane à popa, dit-il en se frottant la tête. Cette invention-là, on dirait que c'est pas fait pour moi.

— C'est aussi ben de même, le seconda son père. Les poignées sont toutes croches, puis le cave à Dostie a pété des broches par-dessus le marché. Je pourrai pas me rendre au travail en bicycle demain matin.

L'accidenté leva les yeux vers ses frères qui entraient dans la pièce. Ils avaient la mine embarrassée et tentaient d'étouffer de petits ricanements de nervosité.

— Vous v'là, vous deux! s'exclama la mère. Montez en pénitence dans votre chambre. Puis vous allez vous passer de souper…

— Je veux ben, moman, mais il faudrait que quelqu'un aille ramasser le bonhomme Dostie, baragouina Xavier. Il a l'air pas mal amoché, précisa-t-il en pouffant de rire.

Antonin ressortit sur la cour et se rendit au bas des marches où son employé avait échoué. Il souleva le tronc du naufragé et le traîna dans sa maison.

Réalisant qu'on amenait plus mal en point que lui, Alphonse se leva, contrairement aux recommandations de ceux qui l'entouraient. Au milieu de la confusion, les Philippon sortirent de la pièce pour permettre à Antonin de larguer la carcasse de l'homme enivré sur le lit.

Xavier et le bouclé Ange-Aimé exécutèrent l'ordre de leur mère. Indécise, Gertrude Philippon hésitait à partir sans que son fils Alphonse soit examiné par le médecin. Son mari se tenait au seuil du logement, prêt à remonter chez lui. Il avait assez vu la face de son voisin de palier. Entre-temps, accompagnée de Bénédicte, Odette Dostie avait résolu d'aviser sa mère du piteux état de son père.

La sonnette de cuivre tinta au logis. Antonin s'achemina à la porte. «J'ai l'impression qu'on vous a fait venir pour pas grand-chose», docteur Bonnier, dit-il, avant de l'escorter jusqu'à la chambre. Ida Dostie avait rejoint son homme à qui elle roucoulait des paroles de réconfort pendant qu'il ronflait comme un orgue à tuyaux.

Le soignant se pencha vers le blessé.

— Votre mari sent la bière à plein nez, madame. Mais je vais l'ausculter quand même…

Gertrude Philippon était revenue avec son fils Alphonse dès qu'elle avait vu le praticien s'engouffrer dans la pièce.

— Docteur, vous allez examiner mon garçon, j'espère! lança-t-elle. C'est pour lui qu'on vous a téléphoné.

Benjamin Bonnier jeta un regard incrédule à la silhouette dégingandée qui paraissait dans l'encadrement de la porte et opina de la tête pour approuver la demande.

Après les examens de routine qui ne révélèrent rien de sérieux ni pour Dostie ni pour Alphonse, le médecin se retira et les Philippon purent regagner leur logement. Antonin s'approcha de son employé toujours alité et l'empoigna au collet.

— Asteure, mon espèce de crapet, écoute ben ce que j'ai à te dire : tu vas prendre tes cliques puis tes claques, puis tu vas décamper ; va finir de récupérer chez vous ! Puis arrange-toi pour être sur le piton demain matin.

Antonin desserra les dents. La pièce qui servait de bureau avait été convertie en chambre d'hôpital, tandis que la cour et le logement avaient servi de lieux d'affrontement entre deux familles qui semblaient se haïr. Afin de se calmer les nerfs, il se rendit à l'écurie pour le soin des bêtes.

Angélina avait suivi les péripéties rocambolesques de l'après-midi ; elle plaignait sa mère. En l'aidant à retirer les draps souillés du lit occupé successivement par Alphonse Philippon et Paul-Émile Dostie, elle considéra son air affligé.

— Je trouve que vous en faites beaucoup pour les autres, maman, exprima-t-elle. Moi je pense que vous êtes bonne comme du bon pain.

— Faut aimer son prochain, ma grande, rétorqua-t-elle, d'une voix altérée.

Angélina voyait clair, plus que Mélina ne le croyait. Perspicace, elle percevait la différence de vues de ses parents : son père s'irritait facilement quand il s'agissait de rendre service, alors que sa mère était plus encline à la compassion. Elle se demanda de qui elle retiendrait, elle…

Chapitre 16

Le cours du temps coula au fil des jours, parfois paisible comme une onde tranquille, parfois impétueux comme un torrent, suivant les méandres des aléas quotidiens. Les élections provinciales du 25 octobre avaient jeté le gouvernement Duplessis dehors et reconduit au pouvoir Adélard Godbout. Étonnamment, le maire Camillien Houde – ayant sollicité un mandat de ses électeurs pour se présenter comme député indépendant dans la circonscription de Montréal-Sainte-Marie – siégeait également à l'Assemblée législative.

Pour Antonin, le plus important demeurait que l'administration municipale du premier magistrat de la ville respecte sa promesse de ne pas acquérir de machineries modernes pour l'enlèvement de la neige dans les quartiers de l'est et ainsi assurer du travail aux charretiers comme lui et son engagé. Par conséquent, il était allé faire mesurer son tombereau, comme le stipulaient les règles à cette époque de l'année. Cependant, après quelques caves creusées à la sueur de son front, Paul-Émile Dostie voyait venir l'hiver avec horreur.

C'était un soir de décembre. Une bordée était tombée durant la nuit du jeudi au vendredi et avait encombré les ruelles et les artères, et rendu impraticables les trottoirs. Un peu partout, des remparts s'étaient formés. Au retour de l'école, les enfants avaient érigé des forteresses ou creusé des tunnels dans la neige entassée. Antonin et son engagé avaient besogné toute la journée pour déblayer un bout de la rue Cuvillier, et ils étaient revenus à la lumière des lampadaires. Sitôt après le souper, madame Dostie descendit avec sa fille Odette.

— Que c'est qui vous arrive, Ida ? s'enquit Mélina. Vous avez l'air toute virée à l'envers.

La pauvre femme était bouleversée. Debout sur la catalogne de l'entrée, elle semblait écrasée par le poids de son léger manteau de drap. Sa mandibule était agitée de petits mouvements convulsifs et sa voix étranglée n'émettait aucun son intelligible.

— C'est pas nécessaire de vous déchausser, Ida, approchez-vous, insista Mélina.

Angélina déposa son linge de vaisselle sur le dossier d'une chaise et se rendit dans sa chambre pour lire.

— Est-ce que Bénédicte peut venir jouer avec moi dehors? demanda Odette. On va rester en arrière.

Dans sa chaise berçante, Antonin épluchait *La Patrie*. Il avait conservé l'air grave qu'il avait affiché depuis son retour à la maison. Manifestement, le travail exténuant avait eu raison de sa bonne humeur. Mais quelque chose paraissait le chicoter que Mélina n'avait pas réussi à lui extirper. Elle le consulta du regard et acquiesça à la requête de la petite voisine. Par le fait même, elle désirait soustraire Bénédicte aux lamentations de la dame qu'elle pressentait.

Paul-Émile Dostie venait de livrer le fruit de ses réflexions à sa femme. Il avait résolu de quitter son emploi de pelleteur pour s'engager dans l'armée canadienne. Pour l'heure, l'enrôlement portait sur la défense du pays et tous les volontaires acceptés commenceraient aussitôt leur entraînement. Bien entendu, on prendrait d'abord ceux qui avaient déjà appartenu à un régiment quelconque, qui connaissaient le maniement des armes et qui n'étaient pas des recrues sans expérience. Ensuite, les célibataires seraient choisis. Puis viendraient les hommes mariés, ceux qui n'avaient pas d'enfants, en priorité.

— Comme ça, votre mari va échanger sa pelle contre un fusil, commenta Mélina.

— Quand on restait à la campagne, c'est notre fils Odilon qui prenait la carabine pour chasser les renards qui s'attaquaient à nos poules, expliqua la voisine.

Mélina détacha son regard et le fixa sur son mari qui avait écouté muettement les propos.

— T'étais au courant, toi, Antonin ? s'enquit-elle.

— Ben sûr que oui. Mais je l'ai dit à Paul-Émile que son affaire avait pas d'allure. Là le gouvernement d'Ottawa va lui payer une piasse et trente par jour plus les allocations familiales. Moi à sa place, je m'embarquerais pas là-dedans parce qu'à un moment donné, il va être obligé d'aller de l'autre bord, dans les vieux pays, pour combattre. Puis là, si vous voyez ce que je veux dire, vous risquez de vous retrouver veuve, toute seule avec Odette, madame Dostie. Vous êtes mieux de prier fort pour pas qu'il aille s'enrôler…

La porte du logis s'ébranla de coups de poing.

— Que c'est ça, encore ? proféra Antonin d'une voix impatiente, en se levant pour aller ouvrir. Entre donc, fit-il, on chauffe pas le dehors.

— Venez nous aider, monsieur Bernard, s'écria Ange-Aimé ; votre fille puis la petite Dostie sont pognées dans les tunnels qu'on a creusés.

Les frères du bouclé étaient partis chez des amis et ses parents étaient allés faire des emplettes. Au milieu du gémissement des femmes, en chaussant ses bottes doublées, Antonin envoya le jeune quérir Paul-Émile Dostie et parut sur la cour intérieure.

Bénédicte et Odette s'étaient aventurées dans les ténèbres du labyrinthe. Ange-Aimé les avait défiées d'entrer et d'essayer de trouver l'issue. Pendant qu'il marchait pour se rendre à l'autre bout, la construction s'était affaissée. Il avait pris panique.

À la faveur de la lune presque pleine et du fanal allumé dans l'écurie, armés de leur outil habituel, les deux hommes se postèrent successivement à chacune des extrémités. Le souffle haletant, Antonin se pencha à l'ouverture, s'écria et tendit l'oreille. Seul le sourd remuement des chevaux effrayés dans les stalles emplissait la cour.

Emporté par une indicible frayeur, sous l'emprise de gestes effarés, Dostie se mit à donner des coups de pelle.

— Picosse pas de même, Dostie, des plans pour les assommer ben raide !

— À soir, t'es pas mon boss, Bernard, tu me diras pas quoi faire ! La vie de ma fille est peut-être une question de secondes…

Le père d'Odette reprit avec acharnement. En possession de ses moyens, Antonin maniait son outil avec prudence et lançait ses pelletées à bonne distance. Entraîné par les deux adultes, Ange-Aimé était remonté au deuxième et en avait redescendu la pelle de bois qui servait à dégager la galerie et les marches de l'escalier. Puis, avant de s'engager sur le sinistre chantier, il repassa mentalement la configuration qu'il avait imaginée dans sa tête frisée.

Ida Dostie, Mélina et Angélina avaient fait irruption dehors et observaient les vaillantes silhouettes.

— J'ai déjà perdu un fils, je veux pas que ce dédale-là devienne le tombeau de ma fille, exprima Dostie en reprenant son souffle.

La remarque aviva la douleur des femmes. Ida Dostie se signa et entama une prière à la Vierge pour sauver les petites de leur prison de glace.

Les hommes avaient retracé les couloirs étroits du labyrinthe, mais n'aboutissaient à aucune découverte. Serrées les unes sur les autres, les femmes grelottaient dans leur inquiétude de retrouver les corps suffoqués des fillettes ensevelies. Des larmes coulaient de leurs yeux terrifiés. La dévote invoquait à présent le patron des causes désespérées.

— Une mitaine ! s'écria Ange-Aimé, exhibant fièrement la pièce de vêtement.

Les pelleteurs se précipitèrent en contournant la construction et entreprirent le déblayage de la brèche. Bientôt, ils aperçurent les jambes de l'une des fillettes immobilisées sous le poids de l'effondrement. Avec une agitation frénétique, ils dégagèrent le corps inerte de Bénédicte, puis celui d'Odette qu'ils étendirent sur la neige.

— Dieu soit loué ! s'écria Ida Dostie en se signant.

Les femmes trépignaient. Leur visage hagard couvait la scène de leurs yeux horrifiés.

— Elles respirent, s'exclama glorieusement Antonin.

Angélina ouvrit la porte du logement. Précédés d'Ange-Aimé, les deux compagnons de travail transportèrent les fillettes et les déposèrent en travers du lit dans la chambre d'invités. Mélina se mit à tapoter les joues de sa fille, tandis qu'Ida Dostie secouait vigoureusement la sienne.

Comme émergeant d'un sommeil profond, Odette et Bénédicte sortirent de leur torpeur. Elles recouvrèrent peu à peu leur respiration normale. Autour, des visages quittaient leur physionomie apitoyée et se teintaient de ravissement.

— Vous auriez pas dû m'écouter, s'amenda Ange-Aimé. J'ai pas été fin avec vous autres.

Mélina étreignit doucement sa fille. Ida Dostie jeta un œil torve au garçon.

— Toé, mon petit torrieu, que je te reprenne avec tes mauvais plans ! proféra-t-elle. On a eu toute une peur. S'il avait fallu que nos petites meurent étouffées, c'est toé qui aurais été responsable. Asteure, ajouta la dame en se tournant vers sa fille, envoye en haut puis que je te reprenne plus à jouer avec cet agrès-là !

Paul-Émile Dostie avait tourné les talons. En le voyant rentrer, sa femme s'était demandé s'il n'avait pas changé son fusil d'épaule, mais le fait est qu'on avait suspendu le recrutement de volontaires, car plusieurs régiments n'avaient pas encore été mobilisés. Il avait donc été contraint de reprendre la pelle. Son peu d'ardeur à l'ouvrage ne s'était pas démenti, d'autant plus qu'il entretenait à présent la crainte de déterrer des cadavres gelés sous la neige.

***

Chaque fin d'année, avec la même infatigable régularité, Antonin voyait apparaître ses belles-sœurs. D'habitude, elles arrivaient autour du 20 décembre et repartaient dans la péninsule gaspésienne pour Noël. Exarée ayant la plume avare de mots et fuyant les rumeurs, les racontars et l'ordinaire de la vie quotidienne, Rébecca et Virginie apportaient dans leurs bagages des nouvelles de la dernière année. Cependant, les deux laideronnes ne venaient plus seules. Elles traînaient leur moitié dans leur périple à Montréal. Dans une innocence virginale, elles s'étaient entichées d'Octave et d'Évariste, les hommes engagés de leur père. Depuis lors, elles semblaient vivre un amour platonique. C'était à se demander si la peur d'engendrer des êtres au visage repoussant ne leur avait pas imposé une secrète et chaste retenue dans leurs relations amoureuses.

Mélina et Antonin prirent une profonde inspiration quand les quatre voyageurs débarquèrent sur le trottoir avec leur armada de valises. L'heure était tardive et, jusqu'à la dernière minute, ils avaient espéré un changement de programme. Ils avaient rêvé d'une tempête dans le Bas-du-Fleuve qui les aurait empêchés de se rendre à destination ou d'un sérieux malaise qui les aurait obligés à rebrousser chemin. Mais non ! Ils étaient là avec armes et bagages.

Les hôtes n'avaient pas particulièrement de bons rapports avec leurs beaux-frères emmenés de force dans la métropole. Comme à l'accoutumée, dès le premier soir, Octave parlait de retourner dans son patelin, Évariste se reprenait à débiter ses exagérations dont tout le monde se lassait à sa première tentative.

— On vous attendait plus ! dit Antonin, feignant la joie de voir arriver les visiteurs.

— Fais donc pas semblant, Antonin, rétorqua Virginie, c'est la bande de fatigants qui rapplique !

Octave, le mari de Rébecca, ôta ses claques et s'empressa de transporter ses valises dans la chambre d'invités. La mine belliqueuse, Évariste l'apostropha :

— Heille, gros lard, dit-il, c'est à notre tour de coucher là ! L'an passé, on a pas dormi de la nuit à cause de la lumière du matin qui rentre dans le salon.

— C'est ça ou ben je m'en vas à l'hôtel, répliqua sèchement le ventru.

Une âpre discussion s'engagea entre les deux beaux-frères. Bénédicte se mit à pleurer. Elle agrippa sa poupée, se releva de son lit et alla se blottir dans les jupes de sa mère. Vêtue de sa robe de nuit, Angélina s'était assoupie avec un livre sur un fauteuil du salon. Apeurée, elle sursauta et vint se placer sous la protection de son père.

— Calmez-vous, les gars, vous dérangez toute la maisonnée, intervint Antonin. Si ça continue, vous allez vous ramasser à l'hôtel pour vrai…

— Ben tu me le diras pas deux fois ! réagit Octave, l'œil féroce. Viens-t'en, Rébecca !

— Vous êtes pas pour partir de même, les supplia Mélina. J'ai plein de victuailles dans la glacière, puis empilées sur les tablettes du tambour. On a tout ce qu'il faut pour vous recevoir comme du monde.

Le poussah avait repris ses bagages et les avait transportés dans le vestibule. Il rechaussa ses claques.

— On se reverra à la gare dans trois jours ! proféra Rébecca en reboutonnant son manteau.

Le couple retraversa le seuil et entreprit de se rendre sur la rue Ontario pour attraper un taxi en maraude.

Les enfants gagnèrent leur lit. Le sourire vainqueur, Évariste s'employa au transport des valises dans la chambre-bureau.

Au matin, la grande perche et son épouvantail s'éveillèrent avec le sentiment de ne pas avoir fermé l'œil. Toute la nuit, le vent malicieux s'était déchaîné en horribles bourrasques. À plusieurs reprises, Évariste s'était levé pour améliorer le calfeutrage de la fenêtre avec les dessous féminins de sa femme. Dehors, la neige s'accumulait et mettait en péril leur journée. Lors du déjeuner, Mélina leur recommanda d'attendre au lendemain que les trottoirs soient déblayés sur les artères principales. « Rappelle-toi les tempêtes de la Gaspésie, dit-il, c'était dix fois pire ! » N'écoutant que leur désir de magasiner, ils bravèrent les palissades de neige et allèrent se poster à un arrêt de tramway.

À cette heure de la matinée, la circulation dense était ralentie par le désencombrement des rues. Le secteur était achalandé, mais non loin de là, on voyait les tramways bondés s'acheminer vers l'intersection chaotique Bleury-Sainte-Catherine. Sitôt parvenus à destination, Virginie entraîna son mari chez Dupuis Frères. Pendant qu'elle furèterait pour trouver quelques pièces de vêtement, le petit homme pourrait fouiner à sa guise. Comme elle venait chaque année, elle commençait à connaître les différents rayons et pouvait ainsi repérer la marchandise qui lui convenait à des prix avantageux. Après trois heures d'essayage et à tâter les articles, elle aboutit dans le rayon des garçons, où ils s'étaient donné rendez-vous. Cependant, entre les clients, les présentoirs, les décorations et les étalages de toutes sortes, elle cherchait son homme. Elle s'adressa à une commise, une dame de taille moyenne qui replaçait des chemises sur leur cintre :

— Auriez-vous vu un petit monsieur dans les parages ? demanda-t-elle.

— Il y en a un qui a l'air d'attendre après quelqu'un, répondit-elle. Je lui ai dit de s'asseoir là-bas, informa-t-elle en désignant le coin de son doigt effilé.

Virginie se déporta dans le rayon des chaussures pour enfants. Évariste était écrasé sur une chaise, la mine boudeuse, un sac posé sur ses genoux.

— D'après ce que je peux voir, t'as pas acheté grand-chose, commenta-t-elle.

— Juste une paire de chaussures du dimanche, rétorqua le nabot. J'ai pas trouvé ce que je voulais. Tu le sais que je suis pas facile à habiller. J'ai dû essayer une vingtaine de chemises puis une trentaine de paires de culottes, il y en a pas une qui me faisait comme il faut.

La grande perche serra les dents et alla fourgonner dans les vêtements pour garçons. Le magasinage dura jusqu'à l'heure des grandes affluences, de sorte que le retour à la maison fut retardé. Tant pis ! Virginie regagnerait Rivière-au-Renard avec des achats satisfaisants.

Après trois nuitées dans un hôtel minable, Rébecca et Octave avaient retrouvé Virginie et Évariste à la gare. Les deux couples étaient repartis vers la péninsule dans une conduite infantile. Le train passait Québec quand ils mirent fin à leur brouille. Rébecca avait cessé de regarder son alliée de toujours comme une adversaire, et les deux sœurs daignèrent s'adresser la parole. Quant aux deux beaux-frères, ils renouèrent le dialogue une fois rendus à destination. Cette année-là, Antonin avait été soulagé d'un couple. Il ne perdait sans doute rien pour attendre. D'autres périodes du temps des Fêtes les ramèneraient à Montréal.

* * *

Cependant, la fin de l'année 1939 lui réservait un épisode encore plus éprouvant.

C'était le jour de Noël. Antonin avait consenti à recevoir la famille de Barthélémy et Rosita. En les invitant à partager le repas du soir, il évitait le dépouillement de l'arbre de Noël, qui l'aurait forcé à offrir des cadeaux à Clovis et à Adrienne, leurs enfants. La vendeuse de fruits et de légumes était vêtue d'une robe de velours rouge garnie de brandebourgs dorés et se dandinait sur des talons hauts. La dépensière consacrait ses payes à son habillement ; il lui restait peu d'argent pour les étrennes. De plus, elle n'était pas très douée pour la cuisine.

— Ta dinde est juteuse, tes patates pilées sont dures à battre, puis ta farce est vraiment bonne, ma belle-sœur, commenta Barthélémy en présentant de nouveau son assiette.

— Ma femme est une cuisinière dépareillée, renchérit Antonin.

— De quoi tu te plains, mon mari ? riposta Rosita. J'ai compris ton allusion. Je voudrais ben te voir aux chaudrons, je pense qu'on souffrirait de la faim.

En attendant le dessert, Bénédicte s'était levée de table et elle avait entraîné Adrienne et Clovis au salon. Antonin avait rempli les coupes. Angélina écoutait les femmes qui discutaient de la mode de 1940 inspirée des uniformes d'aviateur.

— Je vas bientôt m'acheter une robe de style militaire avec des épaulettes et un chapeau perché sur le côté de la tête. Je pense que je vas être pas mal *cute* à voir.

— Moi je me vois pas ben ben avec des poches sur les hanches assez grandes pour contenir ce que je mets dans mon sac à main, argumenta Mélina. De toute façon, la mode va passer, puis les femmes vont perdre le goût des vêtements aux allures garçonnes. Pour moi, tu vas gaspiller ton argent, ajouta-t-elle.

Rosita avait changé d'air. Elle préparait une réplique incisive quand Angélina retroussa le nez en arborant une mine suspecte.

— Me semble que vous avez rien dans le four, maman, exprima-t-elle.

— Ça sent le brûlé ! proféra Mélina en reculant précipitamment sa chaise.

Elle se pressa vers la cuisine, ouvrit son fourneau, le referma sans ménagement et s'élança vers la porte. Elle l'entrebâilla.

— Il y a de la boucane qui vient de dehors, s'écria-t-elle.

Antonin quitta la table, traversa la salle à manger et la cuisine, et sortit sur la courette. Des cris désespérés fusaient au milieu de la fumée grisâtre qui s'échappait du logement des Dostie. Il rentra rapidement.

— Ça vient d'en haut, déclara-t-il. Vite, Mélina, donne-moi mon manteau !

Antonin monta à l'étage. La porte s'ouvrit brusquement pour livrer passage à Paul-Émile Dostie et à sa fille qui évacuèrent en toussant, le corps plié en deux.

— Ida, elle ? demanda Antonin.

Dostie releva légèrement la tête et pointa du menton l'intérieur. Antonin s'engouffra dans le logis. Les flammes semblaient provenir du salon. Il se dépêcha vers la pièce. Ida Dostie s'était effondrée près du sapin de Noël qui achevait de flamber, et cherchait son air. À son flanc, une chaudière d'eau renversée. Le feu avait dévoré le rideau, embrasé le divan-lit et léchait les images saintes accrochées au mur. Dans l'atmosphère étouffante, Antonin se pencha vers le corps affaissé et le traîna sur la galerie.

— Occupe-toi de ta femme ! intima-t-il à Dostie.

Le sauveteur repassa le seuil et récupéra le seau qu'il alla remplir à l'évier. Après quelques chaudiérées d'eau, le meuble embrasé s'éteignit. On ne distinguait plus les motifs du tissu chamoisé à présent noirci. Antonin contempla dans le coin de la pièce le chicot calciné qui ne semblait plus représenter de menace. Il ouvrit toutes les fenêtres pour aérer les pièces et quitta le logement. Sur la galerie, Barthélémy venu à la rescousse aidait l'infortunée à se relever, tandis que Dostie et sa fille étaient assis au bas des marches.

Les sinistrés furent ensuite escortés chez Antonin. Mélina prit les mains de sa voisine.

— Venez vous asseoir, Ida, exprima-t-elle, d'une voix altérée.

Les sanglots plus que la fumée semblaient maintenant suffoquer madame Dostie.

— Je lui avais pourtant dit que c'était dangereux des chandelles allumées dans un arbre de Noël, semonça son mari. Elle puis ses maudites manies. Avec tous les cierges puis les lampions, c'est encore surprenant qu'on soit pas passés au feu avant aujourd'hui. À part de ça, malgré toute la cire des cierges puis des lampions qui se consume chez nous, il y a pas eu un saint capable d'arrêter le feu.

Chaque année, les journaux rapportaient des pertes de vies et des dégâts matériels causés par des chandelles dans les arbres de Noël. Aussi les jeux de lumière non conformes et les circuits surchargés pouvaient-ils provoquer des incendies.

Les enfants s'étaient rassemblés dans la cuisine pour écouter la conversation des adultes.

— La police est venue dans notre école pour nous parler des feux puis des fausses alarmes déclenchées par des écoliers dans le temps des Fêtes, dit Angélina.

— On a ben assez des feux causés par des négligences sans faire des farces plates avec ça, commenta Antonin.

Il avait lancé un regard accusateur à sa voisine. Dans l'atmosphère chargée de tensions, Mélina était consciente que la situation dans laquelle sa famille était plongée exaspérait son mari. Elle invita tout le monde à s'attabler. Puis, elle apporta son gâteau aux fruits.

— Là on va finir de manger, déclara l'hôte, puis après vous irez faire du ménage dans votre logis. D'après moi, avec une couple d'heures d'ouvrage, vous allez pouvoir retourner coucher chez vous.

— Madame Dostie, votre linge va sentir la boucane sans bon sens, proféra Rosita.

— J'aime mieux sentir le brûlé que votre parfum *cheap* à deux piasses la tonne, madame Bernard, riposta la sinistrée.

Mélina se pencha à l'oreille de la dépensière et la supplia de manifester de la commisération pour la famille éprouvée. Elle lui proposa de troquer sa belle robe des Fêtes contre une tenue de semaine. Après un moment d'hésitation coupable, Rosita marcha vers la chambre dans le dos de sa belle-sœur. Elle en ressortit au bout d'une vingtaine de minutes, prête à attaquer.

— Asteure, on va demander aux enfants de faire la vaisselle, puis on va monter, dit Mélina.

— Les hommes, eux autres ? se plaignit la dévote. Ça va aller ben plus vite si on leur met un torchon dans les mains.

— Les hommes vont faire leur part, craignez pas, Ida, répondit l'hôtesse.

Mélina alla quérir une chaudière et des produits de nettoyage, distribua les ordres aux jeunes filles et entraîna la compagnie à l'étage.

La locataire s'immobilisa sur le seuil de son logis et contempla l'étendue du gâchis. Son front se crispa sur ses paupières d'où perlèrent des larmes de découragement.

Chapitre 17

À l'aube de l'an 1940, la guerre en Europe donnait peu de signes d'essoufflement entre les principales nations belligérantes. Le tonnerre des combats grondait avec fracas et ne semblait pas s'apaiser dans un silence réconfortant. La mobilisation générale était décrétée en Grande-Bretagne. À son retour des vacances de Noël, le roi George VI avait signé une proclamation ordonnant à tous les jeunes gens de 19 à 27 ans de s'enregistrer pour le service obligatoire. Pendant ce temps, au Canada, le deuxième contingent canadien était rendu en Angleterre pour soutenir les efforts militaires de l'Empire britannique, et les politiciens continuaient de promettre de s'opposer à un éventuel enrôlement forcé.

Mais dans le confort relatif des chaumières montréalaises, dans une moindre mesure, de petites hostilités persistaient dans les voisinages. La douce Mélina était parfois prise entre deux feux, entre les Philippon et les Dostie qui se haïssaient comme la peste noire. À l'occasion de la fête de l'Épiphanie, le moment était favorable pour tenter d'établir un rapprochement entre les familles sur le terrain neutre de sa salle à manger. Afin d'atténuer les tensions, elle avait aussi invité Barthélémy et les siens à déguster le dessert. Gertrude Philippon avait préparé le gâteau glacé de bleu dans lequel elle avait inséré le pois pour déterminer le roi du jour, tandis qu'Ida Dostie avait caché la fève dans sa pâtisserie au crémage rose dans le but de proclamer la reine.

Les convives avaient pris place. Semblablement à des armées qui s'affrontent sur un champ de bataille, les antagonistes s'étaient alignés face à face, et les autres s'étaient répartis de part et d'autre et à chacune des extrémités de la table.

— Comme ça, Dostie, l'interpella Armand Philippon, vous travaillez pas trop fort cet hiver.

— C'est pas de ma faute si la neige tombe pas, rétorqua son voisin d'étage. Si on m'avait engagé dans l'armée en tant que volontaire, j'aurais eu un salaire assuré. Tandis que là, on tire le diable par la queue. Puis vous le savez comme moi que c'est pas avec des prières qu'on met du beurre sur notre pain, ajouta-t-il en haussant le ton à l'intention de sa femme.

— Les années passées, on avait à peu près cent pouces de neige pendant tout l'hiver, mentionna Antonin. Mais cette année, à ce rythme, on va en avoir à peine la moitié. En 1940, pour donner de l'ouvrage aux chômeurs, il faudrait que le fédéral s'entende avec les États pour que le projet de canalisation du Saint-Laurent fonctionne.

Pendant que les hommes continuaient de deviser entre eux et que Rosita parlait de mode avec sa belle-sœur, Ida Dostie s'exaspérait des vacances des Fêtes :

— Il est temps que les jeunes retournent à l'école, lança-t-elle.

— Vous êtes pas ben ben gênée, madame Dostie, riposta Gertrude Philippon. Venez pas me dire que mes enfants sont dérangeants, ils font juste jouer au hockey dans la cour avec des amis.

— Dites-leur donc d'aller dans la ruelle comme les autres, rétorqua la dévote. Comme ça, on va avoir la paix.

— En passant, je vous l'ai pas dit parce que ça a pas adonné, mais quand on est revenus chez nous le soir de Noël, ça sentait le brûlé sans bon sens dans notre logis, répliqua l'hommasse. On a été obligés d'aérer pendant deux jours avant de plus sentir cette odeur-là. C'est ça qui arrive quand on a pas d'allure puis qu'on met des chandelles allumées jusque dans le sapin de Noël. Vous puis vos saprées bondieuseries !

— Puis vous, votre mari pourrait se forcer pour déblayer les escaliers avant d'aller travailler, semonça Ida Dostie. Paul-Émile a ben assez de pelleter toute la journée.

Au milieu de la discorde, les enfants Philippon s'amusaient. Alphonse et Xavier prenaient part à un concours ; c'était à qui faisait rire l'autre. Ils semblaient se moquer des locataires du même étage. Leur bouche se tordait en de vilaines grimaces, tandis qu'Odette Dostie suppliait sa mère de la défendre contre les agaceries d'Ange-Aimé qui tirait la langue.

— Dites donc à vos enfants d'arrêter leurs simagrées, madame Philippon, l'apostropha la dévote.

Mélina se désespérait de voir l'ambiance s'envenimer.

— Mesdames, je pense que c'est le temps de manger, annonça-t-elle.

Ida Dostie réprima la colère qui affluait à ses lèvres. Elle saisit le couteau sur la nappe et trancha un premier morceau qu'elle donna à Bénédicte, la fille de l'hôtesse. Puis successivement, elle en distribua un à Angélina, à Adrienne et à Odette, pour finir avec Rosita, madame Philippon, Mélina et elle-même. Pendant ce temps, l'hommasse avait offert des tranches aux garçons et termina avec les hommes avant de se servir.

Les convives allaient piquer leur fourchette quand on frappa au logis. Antonin recula sa chaise et se rendit à la porte.

— C'est Corinne, s'écria-t-il en se tournant vers la salle à manger. Elle a l'air pas mal éméchée.

La jeune mariée était seule. Elle était montée au logement de ses parents. Sa mère avait laissé une petite note pour l'informer de sa présence chez les Bernard. Antonin l'invita à se joindre à la fête. Il lui retira galamment son manteau. La femme ivre se pendit à son cou. Elle s'accrochait à lui comme s'il eût été son amant. Un trouble délicieux l'envahit, mais il résista aux charmes de la belle. Il l'entraîna dans la salle à manger.

— C'est ça que ça donne quand on se marie en vitesse pour éviter la guerre à son homme, commenta Gertrude Philippon. Votre fille s'est sortie d'un malheur pour entrer dans un autre.

— Tant qu'à ça, elle aurait été aussi ben de rester dans son *tourist rooms*, lança platement Armand Philippon. Là au moins, elle faisait le bonheur de ben du monde…

— Vous avez pas le droit de juger de même ! la défendit la dévote. Corinne est une fille respectable, larmoya-t-elle.

Mélina trancha un morceau de gâteau qu'elle servit à l'arrivante. Tout le monde se prit à regarder d'une manière soutenue la tête branlante de la visiteuse qui attaquait la pâtisserie. Corinne mangeait comme si elle avait été privée de nourriture. Entre les bouchées qu'elle parvenait à enfourner, elle se barbouillait la figure de glaçage. Des miettes parsemaient sa gorge dénudée. Le crémage se mêlait à son fard à joues dont le teint s'avivait de rose.

Elle avalait sa huitième fourchetée quand elle tomba sur une petite masse.

— Je suis la reine du jour ! annonça-t-elle en exhibant fièrement la fève à toute la tablée. Attendez, je vas faire un vœu, exprima-t-elle en refermant les yeux.

Armand Philippon avait entamé son morceau. Après deux bouchées, une petite boule dure roula dans son assiette. Avec l'adresse d'un kleptomane, il la prit en vitesse et l'inséra furtivement dans le glaçage de son hôte.

Au moment où Corinne s'apprêtait à redemander du dessert, Antonin croqua à belles dents dans la préparation crémeuse.

— Saint-cibole, par exemple ! s'exclama-t-il en retirant un fragment de dent brisée.

— Ah ! V'là mon roi ! proféra la femme ivre.

Elle se leva et alla s'asseoir sur les genoux d'Antonin dont le pantalon se gonfla de plaisir. Scandalisée, Ida Dostie jeta un œil révulsé à son mari. Paul-Émile Dostie quitta sa place et tira sans ménagement sur le bras de sa fille.

— Ôte-toé de là, espèce de guédaille ! ragea-t-il, c'est pas de même qu'on t'a élevée…

— Voyons, Paul-Émile, retiens-toi un peu ! l'interdit sa femme. Que c'est que le monde va penser de nous autres ?

— Essaye pas, la Dostie, réagit Gertrude Philippon, tout le monde ici dedans la connaît, votre histoire. C'est rien de ben reluisant ! Ça cherche à faire croire que ça a pas de défaut, mais ça ramasse tous les péchés de la terre.

Ida Dostie se défendait. Son mari avait tiré leur fille dans la cuisine. Antonin rapporta le manteau qu'il jeta sur les épaules de la jeune femme. Pour le remercier, elle lui saisit la tête à deux mains et l'embrassa goulûment sur la bouche. Exaspéré, Dostie agrippa Corinne, ouvrit la porte et la poussa à l'extérieur du logis.

— Dehors, va te refroidir un peu les sens ! proféra-t-il, avant de la suivre sur la galerie.

Antonin demeura seul, abasourdi par tant de manifestations affectueuses. Ida Dostie fit irruption dans la pièce, la physionomie bouleversée. Elle devançait sa fille Odette et Mélina qui l'accompagnait. Les lèvres tremblantes, incapable de prononcer un traître mot, la dévote chaussa ses bottes, revêtit son manteau de drap et passa le seuil.

Attristée par la scène, Mélina s'inclina vers Odette qui s'habillait.

— Va falloir que tu sois ben sage ! dit-elle. Si tu as besoin de revenir pour parler, gêne-toi surtout pas, t'es chez toi ici dedans, tu sais.

L'enfant répondit par un hochement de tête mêlé de larmes. Mélina referma la porte dans le dos de la jeune fille et se tourna vers son mari.

— Moi qui croyais ben faire, soupira-t-elle, j'ai royalement manqué mon coup.

En guise de consolation et de soutien, Antonin serra longuement sa femme dans ses bras. Angélina et Bénédicte parurent dans la cuisine et couvèrent leurs parents d'un regard attendri.

— Vous allez vous aimer longtemps encore, j'espère, exprima Angélina d'une voix remplie d'émotion.

Mélina éleva amoureusement les yeux vers Antonin et les abaissa maternellement sur ses filles. Puis, elle entraîna les siens dans la salle à manger.

— On va finir ces gâteaux-là, je veux plus qu'il en reste, décréta Antonin. C'est le roi qui décide ! ajouta-t-il lorsqu'il vit que Mélina allait protester.

Sans se faire prier, les fils Philippon engloutirent ce qui restait de la pâtisserie décorée en bleu. En conversation avec ses enfants Adrienne et Clovis, Rosita essayait de dédramatiser la bouleversante scène qui venait de se dérouler avec les Dostie. Barthélémy observait la retenue de son frère qui contemplait son débris dentaire.

— T'es dû pour une réparation, asteure, dit-il.

— Aujourd'hui samedi, fête des Rois, le bureau du dentiste est fermé ; je vas y aller dès lundi, répondit Antonin.

***

L'après-midi avait été éprouvant pour les membres de la famille Bernard. Des chicanes déclenchées avaient engendré des malaises, une visite inopinée était survenue et une dent avait éclaté. Après un souper frugal, Mélina avait résolu de dégarnir le sapin de Noël. Ses filles à ses côtés, elle avait relu puis rangé dans une boîte les cartes de l'arbre reçues de Rivière-au-Renard dans les dernières années.

— Est-ce qu'on va la connaître un jour, grand-maman Exarée ? demanda Bénédicte.

— D'après ce que vous nous avez raconté, maman, elle a l'air beaucoup plus gentille que Virginie et Rébecca, commenta Angélina.

— Je vous promets que vous allez la voir un jour, affirma Mélina.

« Si elle est encore en vie quand on voudra la voir », continua-t-elle pour elle-même.

Elle s'apprêtait à enlever les boules de laine enveloppées avec le papier argenté des sacs de thé Salada. Antonin était à examiner sa dentition devant le miroir suspendu au-dessus de l'évier. On cogna impérativement à la porte. Il eut un air agacé, mais alla répondre.

— J'ai besoin de votre aide ! haleta Dostie. Mon gendre est venu faire du trouble en haut.

L'employé tremblait de tous ses petits membres. Mélina fit irruption dans la cuisine.

— C'est à cause de Rodolphe, le mari de Corinne, j'ai peur qu'il mène le diable au logis, expliqua Dostie. Puis Odette qui voit ça, c'est pas ben bon pour elle.

Antonin enjamba le seuil et escalada les degrés. L'homme furieux était debout près de sa femme et la harcelait de questions en la retenant par le poignet.

— Une femme doit rester soumise à son mari, puis asteure que t'es mariée avec moé, tu vas revenir à la maison, proféra-t-il, d'une voix tonitruante à la fin de son interrogatoire.

— Lâche-la, grosse brute ! fulmina Antonin.

— Toé, le charretier, mêle-toé de tes maudites affaires, riposta l'homme ombrageux, avant de relâcher brutalement le poignet de son épouse.

La jeune Odette se tenait contre sa mère. La main sur sa poitrine oppressée, la dévote semblait balbutier des imprécations contre le cosaque qui s'acharnait sur sa fille.

— Mettez-le dehors ! s'écria-t-elle.

— Ça sera pas nécessaire, rétorqua l'indésirable.

L'importun jeta des yeux mauvais et quitta précipitamment le logis. Corinne leva un regard reconnaissant vers Antonin. Elle considéra son sauveur d'une manière qui le troubla. Cependant, elle avait une requête qui augmenta d'un cran l'embarras d'Antonin. Elle sollicitait son aide pour déménager chez ses parents.

***

Le lundi matin, Antonin attela Gasparine au tombereau et se rendit avec son voisin Dostie chez le dentiste Melançon. Pendant que le patient attendait dans le cabinet de la rue Ontario, Dostie trépignait d'impatience sur le trottoir en se frottant vigoureusement les mains.

Un garçonnet à la mine contrite sortit de la petite salle avec sa mère, en se tenant la joue avec la paume de sa main.

— C'est ça qui arrive quand on a des dents *pourrites*, morigéna-t-elle.

Un petit homme sec à la moustache tombante cachant sa dentition apparut dans l'embrasure.

— La prochaine fois, j'en enlèverai une autre, avisa l'arracheur de dents. C'est à vous, monsieur.

Une demi-heure plus tard, après une empreinte relevée sur sa dent cassée, Antonin quitta le cabinet et s'achemina au logis mal chauffé de Corinne. Le mari était au travail. La locataire avait rassemblé au milieu de la cuisine ses maigres effets et quelques petits meubles qu'elle avait dégotés d'un chiffonnier. Elle était assise sur une pile de boîtes écornées et grelottait. Rodolphe ne pouvait s'imaginer qu'elle se sauverait pendant son absence. Après la scène de l'avant-veille, elle lui avait promis la fidélité d'une épouse. Comme il lui avait demandé, elle avait renoncé à sa recherche d'emploi. Monsieur ne gagnait pas beaucoup, mais il était orgueilleux. Il avait la prétention de pouvoir faire vivre sa femme avec son petit salaire de vendeur de chaussures du Montreal Shoe Store. Au fond, selon elle, il désirait l'empêcher de frayer avec des hommes sur le marché du travail. En même temps, il redoutait que sa femme reprenne son ancien métier et reçoive des clients à la maison. Cela le rendait fou. Maintenant, il la maltraitait. Elle était malheureuse en mariage.

Après le déménagement, les deux pelleteurs retournèrent à leur ouvrage, soulagés d'avoir arraché Corinne des griffes de son époux, mais inquiets de la suite des événements. Dostie avait recommandé à sa fille de s'embarrer dans l'appartement et de ne le quitter sous aucun prétexte.

Au retour de l'école, les fils Philippon jouaient au hockey dans la cour. Derrière les volets clos, Ida Dostie était enfermée avec ses filles et priait devant une statue de la Vierge quand on souleva la clenche.

— Ouvrez, madame Dostie ! ordonna Rodolphe en secouant la porte. Je sais que ma femme est là. Ouvrez sinon c'est vous qui allez avoir affaire à moé, brama-t-il en levant la main.

Corinne s'était réfugiée dans la chambre que sa sœur Odette partageait à présent avec elle. Persuadée que son mari reviendrait, elle vivait des moments d'angoisse prévisibles, tout en espérant qu'il renonce à la violence. Mais il se faisait insistant et menaçait de briser les carreaux pour déverrouiller et entrer. Ange-Aimé Philippon lança son bâton de hockey et monta prévenir sa mère de la scène insolite qui se déroulait chez leur voisin, et redescendit dans la courette. Gertrude Philippon entrouvrit la porte de son logis et poussa son mari sur la galerie.

— Envoye, Armand, va décoller c'te racaille-là ; ça doit être encore le gendre des Dostie qui fait des siennes, présuma-t-elle.

Vêtu de son manteau mal boutonné, Philippon progressa chétivement vers l'intrus. Dans un accès de colère, les yeux révulsés, Rodolphe s'avança vers le voisin en égrenant un rire sardonique. Philippon esquissa un rictus en coin, ses traits se moulèrent en une vilaine grimace et il commença à se replier vers la descente. Encouragé par la défilade de son antagoniste, Rodolphe s'élança. Philippon recula au bord de l'escalier. Il n'eut pas le temps de s'accrocher à la main courante, quelques instants plus tard, il s'étalait au bas des marches. Étonné par la tournure de l'altercation, Rodolphe alla dévaler les degrés et disparut par la ruelle. De sa fenêtre, l'hommasse contemplait maintenant son mari, regrettant de l'avoir envoyé au front, tandis que les garçons semblaient s'apitoyer sur le sort de leur père.

Sur les entrefaites, Gasparine entra dans la cour arrière à l'heure où Barthélémy et les livreurs étaient partis. Armand Philippon se relevait péniblement de sa dégringolade.

— Regarde donc qui c'est qui est là, fit remarquer Dostie, ça ressemble à Philippon. Il a l'air pas mal amoché. Ça doit être sa femme qui l'a renvoyé, ricana-t-il.

Antonin sauta à terre et attacha les rênes au tombereau.

— Notre père a pris une méchante débarque, commenta Xavier, pouffant de rire.

— Au lieu de vous amuser en revenant de l'école, vous pourriez peut-être nettoyer l'escalier, réprimanda Antonin.

— On va le rentrer chez vous pour le soigner, proposa Dostie.

— Non, non ! Les marches sont pas déneigées, il a pas dû se faire ben mal s'il a déboulé. Prends ton bord, on va le remonter chez lui.

— Ayoye ! se plaignait Armand Philippon.

La porte de son logement s'ouvrit toute grande et on transporta le corps meurtri sur un divan.

— Ça m'apprendra à me mêler de ce qui me regarde pas, gémit le blessé en jetant un regard oblique à sa femme. C'est à cause de votre gendre, monsieur Dostie. Il vient de disparaître dans le décor, l'enfant de chienne. Que je le repogne pas de sitôt, parce que…

Le gringalet avait laissé filtrer le sous-entendu, sachant fort bien qu'il ne pouvait rien contre le vendeur de chaussures.

***

Le samedi soir de la même semaine, comme elle le faisait parfois, Mélina se rendit avec Bénédicte chez Barthélémy et Rosita. Angélina était demeurée à la maison avec son père, qui s'était retiré dans son bureau pour consigner ses revenus et ses dépenses dans son grand livre de comptes. Elle n'aimait pas beaucoup les jeux enfantins que lui proposait sa cousine Adrienne et refusait de faire la gardienne avec le petit Clovis qui tirait toujours sur elle pour l'entraîner à ses jeux de garçons.

Antonin sirotait un thé. À tout moment, entre deux inscriptions, il posait le crayon, prenait une gorgée et relevait les paupières vers le plafond avant de les rabattre dans son cahier. Il se faisait violence ; elle le troublait. La semaine précédente, l'aguichante Corinne avait atterri au milieu de la fête des Rois, soûle, la tête effarée, avec l'air pitoyable des chiens battus. Il aurait été curieux de savoir quel vœu elle avait formulé. Pour sa part, il avait souhaité une liaison avec elle, mais il avait rapidement écarté le rêve insensé. Deux jours plus tard, il l'aidait à déménager chez ses parents. Il se demanda s'il y avait un signe qui le concernait dans ce déplacement, une manière sournoise que la vie avait prise afin qu'elle se rapproche de lui.

Pourtant, il aimait sa Mélina. Après deux grossesses, elle avait repris sa taille de jeune fille, et l'aube de la trentaine la gratifiait d'une remarquable joliesse. Et le charme ineffable qui émanait de sa belle personne n'avait d'égal que sa beauté intérieure. Une âme pure dont s'exhalait un parfum de calme et de sérénité. Jamais de blâmes, jamais de reproches. Qu'un front qui se plissait parfois sur les contrariétés de l'existence.

On cogna aux carreaux de la cuisine. Angélina sortait de la salle de bains.

— Irais-tu répondre, ma belle ?

Angélina alla ouvrir. Corinne entra doucettement en s'excusant de déranger.

— C'est la sœur d'Odette, papa.

Antonin délaissa sa chaise et parut dans l'encadrement.

— Mademoiselle Dostie !

Angélina dessina une moue dubitative sur ses lèvres. Corinne pénétra sans gêne dans la chambre-bureau et referma doucement derrière elle.

— Ça fait du bien de rentrer dans une maison avec des murs qui sont pas tapissés de saints qui ont l'air de nous guetter tout le temps, déclara Corinne.

La jeune femme se dévêtit du manteau blanc jeté sur ses épaules. Elle était habillée d'un rouge flamboyant, et le décolleté de son chemisier au creux duquel se logeait un collier de fausses perles était invitant.

— Je suis venue pour te remercier tout spécialement, affirma-t-elle.

Que signifiait ce «spécialement» qui prenait un sens différent selon l'endroit où il était placé dans la phrase? S'agissait-il d'un remerciement particulier tel qu'évoqué, ou simplement d'une démarche qui avait pour seul but l'expression d'une gratitude? Et pourquoi avait-elle décidé de le tutoyer comme elle le faisait sans doute avec ses anciens clients du *tourist rooms*? À ce moment précis, il n'aurait pu le dire, mais il combattait le plaisir qu'il éprouvait et auquel il opposait des années de bonheur avec Mélina.

Elle s'assit sur le bord du lit et se mit à relater son incursion importune à la fête des Rois. Elle s'accusait de son état lamentable et se répandait en effusions de reconnaissance pour l'avoir aidée le jour de son déménagement. Par la suite, elle s'était claquemurée dans le logis de ses parents de peur que son Rodolphe ne revienne. Maintenant qu'il était marié, il se sentait bardé d'une certaine protection contre l'enrôlement obligatoire. Elle songeait à refaire sa vie avec un autre, à se trouver un emploi de vendeuse dans un magasin ou comme fleuriste, peut-être. Jamais elle ne retournerait sur le marché du vice, à vendre son âme pour le plaisir des hommes. Des beaux, des laids, des propres, des salauds, des lents, des pressés. Les contemplatifs étaient rares en la matière, car ils avaient hâte de passer à l'action, de satisfaire leur besoin de fauve affamé.

Plus elle se racontait, plus elle le séduisait. Des sensations délicieuses l'envahissaient. Il l'aurait serrée dans ses bras. Elle se serait laissé posséder facilement. N'était-elle pas apparue comme par enchantement pour l'amadouer, lui, un être faible, au fond? Elle avait attendu que Mélina et Bénédicte passent sous sa fenêtre et quittent la cour arrière pour surgir à son logement. Et la grande Angélina, sage comme une image, n'était pas un panier percé, une pie qui s'empresse de bavarder aux curieux que cela pourrait intéresser. Il n'aurait qu'un mot à dire, un regard à adresser à l'aînée de ses filles pour qu'elle comprenne que la visite de Corinne devait être tenue sous le sceau du secret.

Il était encore tôt. Mélina ne reviendrait pas tout de suite. Il avait le temps de s'asseoir à côté d'elle sur la couche. Ils ne feraient rien de mal, ils s'échangeraient des regards langoureux. Les yeux ne peuvent se toucher. Mais la main, elle, la maîtresse du mal! C'est elle que la morale inculperait si jamais elle se faisait leste, expansive ou audacieuse. La grande responsable du geste qui se fait le messager d'une pulsion, d'un sentiment.

Il éprouvait une honte confuse. Il avait délaissé sa chaise pour le bord du lit en sachant qu'il s'engageait dans une entreprise dont le coquin hasard s'amuserait à dévoiler les étapes. Des frémissements lui parcouraient le corps tout entier. Après tout, n'était-il pas dans la chambre de visites, une pièce pour des gens de passage? Elle lui demanda de voir le chicot de sa dent cassée. Cela lui parut étrange. En temps ordinaire, les préliminaires devaient être bien différents. Il céda à son désir. Elle avança ses lèvres voluptueusement ouvertes contre les siennes.

Angélina lisait sous la fenêtre du salon double, à la clarté d'une lampe qui grésillait en émettant des lueurs intermittentes. Elle se sentait d'une connivence coupable avec son père, investie d'un rôle qui la tourmentait. À chaque fin de chapitre, elle se levait et jetait un regard nerveux sur le trottoir. «S'il fallait!» se disait-elle. De temps à autre, à un bas de page ou lorsque l'auteur la captivait moins, elle était reprise par son anxiété et se relevait encore.

Elle avait fâcheusement perdu le fil de son histoire quand elle écarta le rideau d'une main et aperçut sa mère qui s'amenait avec sa sœur. La complice déposa son livre et s'empressa vers la chambre de visites. Elle frappa.

Au milieu de murmures indistincts et de bruissements d'étoffe, Angélina retourna à sa lecture. Dehors, Bénédicte s'amusait à contempler les petits êtres difformes que la neige avait dessinés sur la clôture.

— On rentre, ma fille, tu devrais être couchée à l'heure qu'il est.

Mélina s'attarda quelques minutes et entra en avant. Bénédicte réalisa qu'elle ne devait pas abuser de sa mère si bonne pour elle et consentit à la suivre.

Corinne avait furtivement traversé le seuil du logement. Antonin soupirait d'aise devant la porte qui venait de se refermer. Il commençait à chausser ses bottes.

— Vous avez passé une belle soirée ? s'enquit-il en voyant Mélina et sa jeune fille.

— Bien agréable. J'ai placoté avec Rosita, puis Bénédicte s'est amusée avec Adrienne, et Clovis s'est mêlé à leurs jeux. Il y a juste Barthélémy qui avait l'air de s'ennuyer. J'espère que tu vas nous accompagner la prochaine fois. Toi ?

— J'étais un peu raqué de ma semaine, puis j'avais cette saprée paperasse à faire. T'en fais assez pour moi, c'est normal que j'en fasse de temps en temps. Puis Barthélémy, je le vois tous les jours…

Il s'était relevé la tête pour lui adresser la parole. Mais une ombre de malaise pesait sur ses paupières lourdes de remords. Il enfila son manteau.

— Faut que j'aille faire ma tournée à l'écurie.

Chapitre 18

Presque quotidiennement, les journaux rapportaient des frappes contre l'ennemi, des incursions indésirées, des revers subis par les camps opposés. On faisait le décompte des pertes infligées, en hommes et en matériel ; le nombre d'avions abattus, de navires coulés, de sous-marins torpillés faisait les manchettes. En Grande-Bretagne, Churchill prévoyait que le conflit allait dégénérer et embraser toute l'Europe.

Au pays, le gouvernement procédait à un premier emprunt de deux cents millions de dollars pour soutenir les dépenses engagées par le conflit, et un troisième contingent canadien était débarqué en Angleterre. Le Canada acceptait de devenir le grand centre d'aviation du Commonwealth. Il fallait ouvrir 67 écoles d'aviation militaire, avec aérodromes et tout le matériel nécessaire à l'entraînement de 25 000 pilotes par année. L'industrie de la guerre était sur le point d'employer les hommes et les femmes disponibles. Devant la demande croissante de main-d'œuvre, Paul-Émile Dostie songeait à quitter son travail de charretier. Il n'avait pas réussi à s'enrôler au sein de l'armée, mais dans les millions de dollars de matériel militaire que le gouvernement fédéral avait commandé, il était persuadé que « quelques piasses » lui étaient destinées. Sa fille Corinne avait été embauchée et recevait un salaire décent qui lui permettait de payer une pension à ses parents et même de se gratifier de quelques folies.

Ce matin-là, le fardier était stationné sous la porte cochère. Tous les livreurs avaient pris la route. Antonin avait refermé la barrière et s'entretenait avec Barthélémy. Les naseaux fumants dans l'air humide de ce 29 février 1940, Gasparine s'exaspérait.

— Saudit branleux ! s'impatienta Antonin. Que c'est qu'il fait donc, lui qui arrive pas à matin ?

— Il est pas fiable pour deux cennes, ton Dostie ! commenta Barthélémy.

La dévote parut sur la galerie, la tête couverte d'un fichu jaune noué à la gorge, et se pencha sur la rambarde. Elle avait jeté une veste mauve sur ses épaules et portait des bas beiges ravalés sur de vieilles savates.

— Attendez-le pas, monsieur Bernard, Paul-Émile est déjà parti, s'écria-t-elle ; il commençait aux usines Angus à sept heures ; c'est ma fille Corinne qui l'a fait rentrer.

— Bonyenne ! proféra Antonin en assénant un solide coup de pied dans la barrière. Si je me retenais pas, je pense que je sacrerais, maugréa-t-il. J'ai une bonne journée devant moi, puis je vas être tout seul pour la faire.

— Je veux ben te donner un coup de main, mais faudrait que Mélina se tape tout l'ouvrage à l'écurie, formula Barthélémy.

Pendant que les hommes conféraient ensemble à voix forte, Ida Dostie s'interposa :

— Tiens, je vous invite à souper, monsieur Bernard, ça va soulager Mélina. Surtout si elle passe la journée en dehors de la maison. Je vas vous préparer un petit plat de circonstance. C'est la Mi-Carême aujourd'hui, puis on va en profiter pour fêter la nouvelle *job* de mon mari.

Antonin acquiesça en songeant à la sulfureuse Corinne. Sans perdre de temps, il alla aviser sa femme des changements qui impliquaient, du reste, son indispensable concours.

En revenant de l'école, Angélina s'était rapidement mise à ses travaux scolaires, tout en supervisant le devoir de Bénédicte. Puis, elle avait résolu de prendre de l'avance pour aider sa mère, sans doute au bâtiment. Sœur Herménégilde encourageait ses élèves à se montrer serviables, particulièrement pendant la période du carême. L'aînée des Bernard avait donc ouvert une boîte de macaroni cuit Libby's. Comme le faisait sa mère, après avoir disposé en lit la quantité requise dans une casserole, elle avait recouvert la préparation de chapelure et de fromage râpé, et mit le tout au four. Puis, elle s'était empressée de dresser le couvert, en savourant la joie de la surprise qu'elle réservait à la maîtresse de maison.

Mélina entra, referma la porte et se secoua les pieds sur le paillasson.

— Ça sent bon ici dedans, s'exclama-t-elle.

— J'ai voulu vous faire plaisir, maman, exprima l'aînée en esquissant un sourire de contentement.

— T'es toujours aussi serviable. C'est bien gentil de ta part, ma belle, mais on va souper chez la mère d'Odette, ce soir. J'aurais dû te prévenir.

La physionomie d'Angélina s'assombrit. Elle aurait pu regimber devant cette nouvelle ou bougonner sa déception ; elle retrouva aussi vite sa bonne humeur habituelle.

— En quel honneur qu'on va manger chez les Dostie ?

— C'est une drôle d'affaire, expliqua Mélina. Figure-toi donc que monsieur Dostie se serait trouvé un emploi puis que sa femme veut souligner l'événement.

— Papa doit pas être ben content de ça.

— Oui et non. Ton père l'a appris à la dernière minute ce matin. Sur le coup, ça l'a rendu maussade, il a chialé un peu. Mais le problème s'est vite réglé quand ton oncle Barthélémy lui a offert ses bras pour la journée. Monsieur Dostie a travaillé pour nous pendant une secousse, mais entre toi et moi, c'est pas un homme ben vaillant. Ton père l'a embauché quasiment parce qu'il avait pitié de lui. D'une certaine manière, il est heureux de s'en débarrasser. Puis il finira ben par en engager un autre…

Mélina alla se changer de vêtements, revêtit un tablier et retira le plat bien doré qu'elle mit à refroidir sur une tablette du tambour.

Une quinzaine de minutes plus tard, le maître du logis entra chez lui.

— Ouais, je serai pas fâché que le printemps arrive, dit-il en accrochant son manteau. Coudonc, ça sent ben bon dans la cuisine…

— C'est Angélina qui nous a fricoté une recette de macaroni, fit Mélina en s'approchant de son mari.

— Je l'ai fait pour vous, papa; je sais que vous aimez ça, mentionna Angélina, avec enthousiasme.

— Avec une bonne miche de pain puis du ketchup, il y a pas grand-chose pour accoter ça.

— Je veux pas te décevoir, mon mari, tempéra Mélina. Tu te rappelles qu'on va chez les Dostie.

— C'est ben vrai, j'oubliais, répondit-il en feignant de ne pas se souvenir de l'invitation.

Antonin repensa à Corinne. Il ôta ses bottes et, sous une impulsion un peu trop débordante, il souleva sa femme et la déposa par terre en lui donnant un gros baiser sonore sur chaque joue.

Bénédicte apparut avec son catéchisme.

— Maman, pouvez-vous me faire réciter mes réponses? demanda-t-elle. Je veux être prête pour ma première communion.

Antonin eut un geste d'impatience: sa jeune fille éprouvait quelque difficulté à apprendre et retarderait leur départ. Il se rendit à sa chambre pour se dévêtir de sa vareuse et de sa chemise de travail, et pour enfiler un pantalon et une chemise propre. Après, il fit un crochet par la salle de bains pour soigner sa coiffure. Puis, il alla prendre une bouteille de vin rouge dans le tambour et revint dans la cuisine. Bénédicte achevait de repasser ses réponses.

— On va monter, Mélina, décida-t-il.

— J'ai pas fini, papa, rétorqua la petite écolière.

— Je m'occuperai de toi à mon retour tout à l'heure. C'est pas très poli de faire attendre les gens qui ont la gentillesse de nous inviter, tu sais.

L'écolière consentit à la requête de son père.

La famille Bernard s'achemina au logis des Dostie. Odette vint ouvrir et entraîna Bénédicte dans sa chambre. Pendant que Mélina et Angélina accrochaient leur manteau à la patère, Antonin chercha des yeux Corinne, qui s'était retirée dans la salle de bains afin d'être un peu plus présentable.

La dévote avait troqué son accoutrement de la matinée contre une robe austère. Le plafonnier de la cuisine était éteint et ça sentait fort la cire fondue. On aurait dit qu'elle avait converti son logement en petit oratoire, avec tous les cierges et les lampions allumés et le prie-Dieu que son mari avait fabriqué dans l'atelier de l'écurie et qu'elle avait fait ajouter à sa panoplie d'artifices religieux.

— J'ai apporté une bonne bouteille, madame Dostie, dit Antonin. On fête ou on fête pas…

— C'était pas nécessaire, monsieur Bernard. C'est la Mi-Carême, mais c'est toujours la période du carême qui se poursuit. D'ailleurs, Paul-Émile est pas revenu. Il va être surpris de vous voir quand il va retontir à la maison.

La dévote rappela que jadis la journée était marquée par des réjouissances et qu'il était heureux qu'on ait délaissé cette tradition au profit d'une pratique plus respectueuse. Les costumes et les masques étaient à peu près disparus du paysage et on maintenait les deux jours maigres par semaine recommandés par l'Église. Quant à elle, portée sur les excès d'observance, elle avait confectionné un plat de poisson. Comme Mélina se montrait intéressée au menu, elle précisa ses explications :

— J'ai fait venir un livre de recettes du ministère des Pêcheries. Je vous ai préparé de l'aiglefin fumé à la crème. Évidemment, j'ai remplacé la crème par du lait. Ça prend 2 tasses de poisson cru, 4 tasses de lait, 3 cuillérées à table de beurre, 1 tasse de céleri haché, 2 tasses de patates crues, 2/3 de tasse d'oignons hachés, sel et poivre. Pour commencer, il faut recouvrir le poisson d'eau, amener à ébullition et laisser mijoter quelques minutes jusqu'à cuisson complète. Puis, il faut égoutter le poisson, le déposer sur un plat chaud et parsemer de petits morceaux de beurre. Ensuite…

Les petites surgirent dans la cuisine.

— On mange-tu, maman ? coupa Odette.

— Que c'est que je t'ai dit ! gronda Ida Dostie. C'est pas poli, ça, d'interrompre les adultes, puis ton père est pas encore arrivé.

Corinne apparut dans une tenue affriolante, habillée de la même robe rouge qu'à l'occasion de la fête des Rois. Cette fois, ses yeux avivés de khôl, ses joues fardées de rose, ses lèvres d'un rouge criant et ses cheveux relevés en chignon maintenus par un bandeau lui donnaient un air coquin qui déplut à sa mère.

— Va donc t'arranger autrement ! s'indigna-t-elle.

— Je m'arrangerai ben comme je voudrai ! riposta sèchement Corinne. Ah ! Vous avez apporté une bouteille de vin, monsieur Bernard. Dommage, nous n'avons pas de quoi l'ouvrir dans cette maison.

— J'avais prévu le coup, j'ai mis un tire-bouchon dans ma veste, rétorqua fièrement Antonin.

Corinne s'empara de la bouteille et de l'instrument que lui tendait le visiteur. Elle se rendit à l'armoire, en sortit des verres qu'elle remplit sans vergogne.

— Merci pour moi, dit Mélina, désapprouvant en elle-même l'attitude désinvolte de la jeune femme.

Corinne trinqua avec Antonin et commença à parler de son emploi de secrétaire. Même sans expérience pertinente, elle avait été embauchée sur-le-champ et accomplissait les tâches les plus diverses. Elle éprouvait un peu de difficulté avec le dactylographe, mais son patron se montrait très compréhensif dans son apprentissage…

Mélina l'écoutait en couvant du regard Antonin, qui semblait davantage subjugué par la personne que par les paroles qui émanaient des lèvres pulpeuses de l'ancienne fleur de macadam. Angélina ressassa dans sa mémoire les circonstances qui avaient marqué la visite de la raccrocheuse, alors que sa mère était partie avec Bénédicte chez sa belle-sœur Rosita. Depuis lors, elle détenait un secret qui pétrissait sa conscience.

On n'avait guère perçu les pas de l'homme à l'air démoralisé qui poussait la porte. Dostie referma derrière lui et retira son manteau en esquissant un sourire forcé.

— Voyons, Paul-Émile, que c'est qu'ils t'ont fait, donc ? demanda sa femme. Ils t'ont mangé la langue, coudonc ?

— Ils ont pas voulu me garder, les taboires ! Ils m'ont sacré dehors, exprima-t-il.

— Je veux pas entendre sacrer dans cette maison-là ! répliqua-t-elle. Moi qui voulais souligner ta première journée aux usines Angus, j'ai l'air fin, asteure.

Corinne se versa un second verre et remplit celui d'Antonin.

— D'abord, il faut boire pour oublier ça, dit-elle.

La cuisinière renifla une odeur de brûlé. Elle se précipita au comptoir, s'empara de ses mitaines et retira son plat du four en jetant un regard de désolation.

— C'est de l'aiglefin fumé, mais là ça sent un peu fort, dit-elle. On va s'approcher; appelez Odette puis Bénédicte.

La cuisinière posa sa casserole sur un sous-plat, et les convives s'attablèrent.

Les paroles laconiques du travailleur congédié commandaient des précisions. Il consentit à expliquer qu'on avait trouvé son rendement insuffisant. On lui avait fait comprendre qu'on pouvait embaucher des pousseurs de balais plus efficaces, que les usines Angus n'étaient pas l'assistance publique, et qu'il pouvait tenter sa chance ailleurs. À mesure que l'homme se livrait et que ses états d'âme transparaissaient, Mélina s'attendrissait. Elle se tourna vers son mari.

— Tu pourrais le reprendre, proposa-t-elle.

— Ce serait bien apprécié, commenta Ida Dostie. Qu'est-ce que t'en dis, Paul-Émile?

Dostie poussa un murmure évasif, mais sa femme comptait bien obtenir une approbation de son voisin d'en bas avant qu'il ne quitte son logis.

On avait attaqué l'aiglefin durci qui ne s'émiettait pas facilement sous la fourchette. Odette et Bénédicte avaient repoussé leur assiette et demandèrent à boire du lait en disant qu'elles reviendraient au dessert.

La rencontre ne se déroulait pas comme prévu. La cuisinière entreprit de converser avec Mélina. Pendant une demi-heure, elle déblatéra sur les Philippon et sur leurs enfants mal élevés. De temps à autre, elle risquait à la dérobée des regards inquisiteurs pour s'assurer que sa fille tienne sa place et que l'employeur de son mari ne manque de rien. Mais voilà que le visiteur semblait plus appâté par le frétillement de l'ancienne morue que par l'aiglefin séché de son assiette.

L'hôtesse se leva pour rappeler les deux fillettes de la chambre et rapporta une soucoupe remplie de friandises dont les enfants s'exclamèrent.

— Ma petite touche sucrée pour finir, annonça-t-elle. Je peux vous donner la recette si vous voulez, Mélina. C'est pas ben ben compliqué. Faut juste faire cuire ensemble de la cassonade, de la mélasse, de l'eau puis du vinaigre, expliqua-t-elle. La cuisson est à point quand le mélange casse dans l'eau froide.

— Vous auriez pu vous forcer, la mère, lança Corinne. Des plans pour s'ébrécher les dents.

Antonin élargit un sourire jaune qui mettait en évidence sa dent en or.

— Ils doivent pas être si durs que ça, exprima-t-il pour désamorcer la remarque désobligeante. À part de ça, on est pas obligés de croquer dedans, recommanda-t-il.

Le repas s'achevait et Dostie n'avait pas ajouté un traître mot. Cependant, il redoutait un retour à son travail de pelleteur. Sa femme, qui voyait diminuer le niveau de la bouteille et sa fille de plus en plus émoustillée, choisit d'intervenir :

— Puis, monsieur Bernard, que c'est que vous avez décidé, rapport à mon mari ? s'enquit-elle.

— Je vas le reprendre, bredouilla-t-il. Mais va falloir qu'il soit plus vaillant sur la pelle que sur le balai, ricana-t-il.

L'ambiance s'était dégradée. Mélina se désolait de la tournure du repas. Bénédicte se gavait de friandises, Angélina semblait la supplier de ses yeux implorants et Antonin s'engluait déplorablement. Elle résolut de regagner son logis.

— Bon ben, on a beau être jeudi soir, mais Bénédicte a pas fini ses leçons, puis Corinne et les hommes travaillent demain matin. Voulez-vous que je vous aide pour la vaisselle, Ida ?

— Je vas m'arranger avec ça. Pour le poisson, je vas faire tremper un peu la casserole, puis ça va décoller tout seul.

La petite société se débanda au déplaisir de Corinne et d'Antonin. Rendue chez elle, Mélina vida le reste de la bouteille de vin dans l'évier, sous l'œil effaré de son mari, et demanda à Angélina de faire réciter à Bénédicte ses réponses de catéchisme. L'aînée appréhenda un entretien difficile entre ses parents. Elle entraîna sa sœur dans leur chambre.

— C'est pas moi, par hasard, qui étais supposé de…

— Toi, Antonin, viens te passer la face à l'eau froide, ça va te ramener un peu les esprits, lui intima Mélina. Puis tu devrais avoir honte devant les filles…

— Je suis pas soûl, tu sauras, bafouilla-t-il. Mais j'ai une de ces faims, par exemple.

Il s'achemina au tambour et s'empara du macaroni, dont il préleva une grosse portion qu'il mit à chauffer sur le poêle.

Mélina n'élevait jamais la voix. Elle avait l'intime conviction qu'on obtenait tout par la douceur. Mais le comportement répréhensible d'Antonin méritait une conversation qu'elle ne tarderait pas à engager.

Sitôt les filles au lit, Mélina s'approcha de son mari attablé. Il avait englouti sa portion de macaroni et un morceau de tarte aux pommes, et sirotait un thé en feuilletant *La Patrie*. Elle se pencha par-dessus son épaule. Au bas de la page 3, on pouvait lire un court texte intitulé « Il est temps de penser au jeûne ! »

— Laisse-moi voir, dit-elle, avec une pointe d'ironie dans la voix. Ça semble intéressant.

Elle lui ôta le journal et lut. Puis, elle reprit les dernières lignes en les transmettant comme un coup de semonce :

« C'est aujourd'hui la Mi-Carême. Ceux qui ont oublié leur jeûne le commencent dès maintenant. En trois semaines, on peut tirer beaucoup d'avantages physiques et moraux à faire pénitence ! »

— Qu'est-ce que tu veux que ça me fasse ? rétorqua-t-il.

— Regarde-moi ben ! ordonna-t-elle. Me prends-tu pour une nounoune, Antonin Bernard ?

Elle n'était pas dupe, c'était trop évident : il avait accepté avec empressement l'invitation à souper de la dévote parce que l'occasion lui permettrait de faire le jars auprès de Corinne. Pendant tout le repas, il paraissait envoûté par la jeune femme. De plus, elle déplorait son attitude de mari et de père irresponsables. Afin de le punir, pour les trois semaines de carême qui restaient, elle refuserait chacune de ses avances.

— Tu peux pas me faire ça, se défendit-il. Tu te trompes royalement. C'est elle qui m'a provoqué…

Aucun argument opposé sur un ton implorant ne faisait fléchir Mélina. Il la suppliait de ses yeux avinés, mais le visage résolu de sa femme semblait fermé à toute possibilité de compromis. Elle l'embrassa pudiquement sur le front et se retira dans leur chambre.

Chapitre 19

Le vendredi matin, Dostie reprenait à reculons le chemin de la fastidieuse besogne et aboutissait au chantier délaissé la veille par Antonin et son frère Barthélémy. Il estimait que sa fille Corinne ne serait pas toujours là pour supporter financièrement la famille. Elle referait sa vie avec un autre et les abandonnerait à eux-mêmes. Il était donc temps qu'il fasse un homme de lui et assume ses responsabilités. Quant à Antonin, il voyait venir le jour où elle s'éprendrait d'un autre. La faune masculine de la manufacture devait déjà se trémousser autour d'elle pour la séduire.

Les deux pelleteurs s'étaient réfugiés dans leurs pensées, sans révéler ce qui assiégeait leur esprit. Les mains réchauffées dans leurs mitaines solidement agrippées à la pelle, ils répétaient machinalement le même geste, sans se poser de questions, comme des travailleurs à la chaîne. À la différence qu'ils subissaient les bruits de la circulation, au lieu de ceux plus assourdissants des usines, et qu'ils bénéficiaient d'un air plus pur dont ils s'emplissaient les poumons. Curieusement, comme si elle devinait que le tombereau était plein, Gasparine se retournait et, les naseaux fumants comme la locomotive qui va s'élancer sur les rails, elle avançait sans qu'on la harcèle d'un coup de fouet ou de cris déplaisants qui pourraient l'énerver. Elle semblait aimer cette complicité entre l'homme et la bête, et souhaitait repousser le plus loin possible le jour de sa mise au rancard et sa conversion en viande chevaline.

Le fardier bondé de neige s'achemina vers le terrain vacant pour le premier déchargement de la journée. Un camion noir était reculé. Derrière, deux individus râblés s'affairaient avec une pelle.

— Que c'est que vous faites là ? s'enquit Antonin.

— On met la neige dans la boîte du *truck*, ça prend juste un cornichon pour pas comprendre ça, rétorqua l'un des manœuvres.

— C'est ma place pour mettre ma neige, s'insurgea Antonin. Te rends-tu compte que si un inspecteur de la ville s'aperçoit que le tas est pas plus gros que ça, c'est moi qui vas être blâmé. Ça fait que vous allez décharger ce que vous avez mis dans votre taboire de *truck*.

Le second ouvrier trapu avait les mains nues et une allure fort belliqueuse. Il jeta rageusement sa pelle, se dévêtit de sa bougrine et amorça le pas vers Antonin en carrant les épaules.

— On est mieux de sacrer notre camp, conseilla Dostie, le visage convulsé de peur.

Antonin retira ses mitaines et les lança au sol. La poitrine haletante, il enleva son manteau et le donna à son compagnon.

— Tiens ça, je vas leur montrer à qui appartient le tas, proféra-t-il.

Son adversaire se rua vers lui. Antonin esquiva le mouvement en étirant le pied. Son assaillant s'étala de tout son long. L'imposteur se releva prestement quand il vit une automobile s'immobiliser à proximité.

Le conducteur, un homme dans la quarantaine au nez camard, en descendit et s'approcha des lieux. Les quatre ouvriers reconnurent le conseiller municipal du quartier.

— Comment ça se fait que le camion est ici ? demanda-t-il.

Le premier des camionneurs bredouilla une explication.

— Je vas vous le dire, moi, intervint Antonin. Ces deux crapets-là sont en train de nous voler notre neige. Au lieu de la pelleter dans la rue puis de la charroyer, ils la prennent sur le terrain vacant. Comme ils sont payés au voyage, c'est de l'argent vite fait puis c'est malhonnête.

Les camionneurs ne protestèrent pas. Le conseiller municipal promit de rédiger un rapport à l'attention de monsieur Savignac, président du comité exécutif de la ville.

Le camion et la voiture repartis, Antonin enfila son manteau, le reboutonna et rechaussa ses mitaines. Cependant, des sueurs glacées ruisselèrent sur son échine. Un frisson le saisit; il éternua plusieurs fois.

Il avait pris froid. Midi sonna au clocher de l'église de La Nativité. Plutôt que de s'asseoir sur le bord du tombereau et de manger le lunch que Mélina lui avait préparé, il sentit le besoin de prendre un bon repas chaud au restaurant Ti-Charles, sur Saint-Germain.

Antonin avait survécu à son après-midi. Mais il s'était passablement affaibli. Il était à présent accablé d'une fièvre et d'une toux persistante. En arrivant à l'écurie, il confia Gasparine à Barthélémy et gagna aussitôt son logement. Mélina s'était occupée des chevaux des livreurs. Elle venait de rentrer pour préparer le souper.

— Coudonc, Antonin, t'as pas l'air de filer, observa-t-elle.

— Non, pas pantoute, répondit-il en lui remettant sa boîte à lunch.

— T'as pas dîné, c'est pour ça que t'es faible de même, conclut-elle. T'avais pris un bon déjeuner, mais comment t'as fait pour travailler après-midi?

Il sortit un mouchoir de sa poche. Entre deux éternuements et après s'être épongé le nez, il raconta l'incident de la matinée, son insouciance à se dévêtir en plein hiver. Mélina regardait l'air dépéri de son homme et lui recommanda de s'allonger sous les couvertures. Puis, elle alla quérir du sirop et de quoi lui frictionner la poitrine.

***

Par le fait même, Dostie se retrouva sans ouvrage pendant quelques jours. Le reste de la semaine suivante s'était déroulé sans qu'il remette la main à la pelle. C'était à peine s'il daignait dégager l'escalier commun avec un balai, ce qui enrageait Gertrude et Armand Philippon. Au dire de sa femme, il « se la coulait douce, les deux pieds sur la bavette du poêle ». Il arguait que ce n'était pas sa faute si son patron était malade. La dévote, qui commençait à trouver son mari encombrant, résolut de prendre le taureau par les cornes. Mélina fut étonnée de la voir apparaître chez elle avec une petite découpure de journal.

De la chambre conjugale provenait une toux grasse à traverser les murs.

— C'est-tu ton monsieur des assurances ? s'écria Antonin, d'une voix entrecoupée. Je t'ai dit que je voulais pas le voir, lui.

— Non, c'est madame Dostie, mais j'attends monsieur Raynault d'une minute à l'autre, par exemple.

— Adhémar Raynault, l'ancien maire de Montréal ? Eh ben ! s'exclama la dévote. Regardez, Mélina, dit-elle en lui présentant le bout de papier. On pourrait faire un pèlerinage à Sainte-Anne-de-Beaupré. J'ai confiance à la mère de la Sainte-Vierge pour obtenir la guérison de ton mari. Paul-Émile prétend que ça vaut pas la peine de dépenser quatre piasses et soixante-dix, que si je suis pas exaucée avec mes prières puis mes lampions, que ça donne rien d'aller virer si loin. Mais moi je pense que ça vaut le coût. Il y a un train qui part de bonne heure demain matin.

— C'est ben aimable à vous, Ida, d'avoir pensé à la santé de mon mari, rétorqua Mélina. Le docteur Bonnier est venu cette semaine puis il m'a dit que d'ici trois, quatre jours, Antonin va être pas mal rétabli. Il a attrapé une mauvaise grippe, c'est tout. Pour le moment, il tousse encore pas mal creux, mais sa fièvre a baissé. Je veux pas vous insulter, termina-t-elle, mais pour ces affaires-là, j'ai plus confiance en la médecine puis aux médicaments que dans la religion.

Le caquet bas, Ida Dostie repartit avec sa découpure de papier journal et alla se replier dans ses dévotions. Antonin redevint sur les épines ; il s'était remis à tousser. Une douzaine de minutes plus tard, Mélina recevait Adhémar Raynault au salon. L'homme à la moustache étroite était habillé avec élégance et portait un complet anthracite et une cravate bleu poudre. Il avait cet air digne des êtres fiers. Honorée d'accueillir chez elle l'ex-premier magistrat de la ville, elle avait fait infuser du thé qu'elle servirait dans ses plus belles tasses de porcelaine.

L'agent venait de lui exposer la situation.

— Ainsi, madame Bernard, vous aimeriez que votre mari soit protégé par une assurance vie.

— On ne connaît pas l'avenir, monsieur Raynault, exprima-t-elle. Pour le moment, il y a rien de grave, mais si jamais je tombais seule avec deux enfants, je sais pas comment je ferais pour m'en sortir. Les chevaux en pension, ça rapporte un peu, mais ça serait pas suffisant pour vivre. Avant, je m'étais pas arrêtée à penser à ça. Quand votre mari tombe malade, ça fait réfléchir, vous savez…

Le courtier prépara un formulaire pour son client en dégustant le thé de l'hôtesse. Il en relut les grandes lignes.

— Maintenant, dit-il, il reste à le soumettre à la personne concernée.

Raynault marcha dans le dos de Mélina, qui s'engouffra dans sa chambre. Angélina et Bénédicte délaissèrent leurs travaux scolaires et allèrent se poster dans l'encadrement de la porte. Le malade se redressa dans son lit et fixait l'intrus d'un regard chargé d'hostilité.

— Que c'est que je t'ai dit, Mélina ? Vous, monsieur Raynault, je veux pas vous voir pantoute, acheva-t-il, avant de cracher dans un mouchoir. D'ailleurs, tandis que vous êtes là, je vas vous dire que Camillien Houde fait une ben meilleure *job* que vous à la gouverne de la municipalité.

Raynault tourna vers l'hôtesse des yeux interrogateurs qu'il reporta sur le malade.

— Peut-être, concéda gentiment Raynault, mais laissez-moi au moins le temps de vous exposer les différents plans d'assurance vie offerts par la compagnie que je représente, monsieur Bernard. Après, si vous le désirez, on discutera de politique.

— J'en ai déjà entendu parler de vos plans, monsieur Raynault ; j'ai pas une maudite cenne à dépenser pour ça. À part de ça, je suis pas à l'article de la mort, débita-t-il avant de s'étouffer, le corps plié en deux sur ses genoux.

Mélina expira sa résignation en abaissant les paupières et elle ressortit de la chambre avec l'agent en écartant de la main ses filles. Puis, elle reconduisit Raynault au vestibule.

— Mon mari est pas mal boqué ces temps-ci, s'excusa-t-elle.

— J'espère qu'il aura pas à regretter son refus, madame Bernard, rétorqua l'agent. En tout cas, si jamais il changeait d'idée, n'hésitez pas à communiquer avec moi.

Son état grabataire l'avait rendu irascible. Heureusement, son irritabilité se mua en humeur morose, et les jours suivants apportèrent un soulagement dans une maison qui en avait bien besoin. À présent, il toussait moins. Il se levait, faisait quelques pas erratiques et s'emparait de *La Patrie* qu'il parcourait d'un bout à l'autre. Toutes les nouvelles de la guerre paraissaient se ressembler. Les élections fédérales imminentes ne le captivaient pas. De toute façon, avec le maintien de sa promesse de ne pas imposer la conscription aux Canadiens, King était bien en selle au gouvernement. Il se surprenait à lire les pages du sport et les mondanités de la métropole. Puis il tombait de fatigue. Et au lieu de s'endormir sur la berçante, il se levait et se rendait à la fenêtre givrée, et jetait un regard impassible dans l'arrière-cour en songeant au travail qui reprendrait sous peu.

Les divertissements étaient rares. Il y avait bien les allées et venues des livreurs avec les voitures et les chevaux, cela ne suffisait pas à l'égayer. De temps à autre, il voyait passer Corinne Dostie au pied de l'escalier. Leurs regards se croisaient alors. Puis, il se remémorait les paroles de Mélina qui l'avait relégué dans une abstinence imposée. Après la grippe, ce serait le refus global. Parce qu'il avait reluqué une jeune femme, elle continuerait de lui en faire payer le prix, et il pâtissait maintenant en pyjama à se contenter de la voir monter ou descendre. Il l'avait bien méritée, cette face de carême. Tant pis pour lui !

***

C'était le jeudi 14 mars. Cela faisait quelques jours qu'il avait repris le travail avec une ardeur mesurée. Dostie se réjouissait de voir Antonin déployer moins d'effort qu'à l'accoutumée pour accomplir sa besogne. Comme si les ennuis de santé de son patron l'avaient rendu plus raisonnable. Le rythme lui paraissait plus convenable et plus semblable au sien. De fait, il lui procurait un vague plaisir qu'il se gardait d'avouer. Des observateurs perspicaces auraient décelé une harmonie dans la cadence des deux voituriers : le même remplissage de la pelle, le même coup de poignet, le même souffle, le même temps de pause entre deux pelletées.

Antonin et Dostie venaient de repasser sous la porte cochère avec la sérénité tranquille du devoir accompli. Barthélémy sortit de l'écurie pour les accueillir.

— Vous avez besoin de vous coucher de bonne heure à soir, les gars, recommanda-t-il en tenant Gasparine par son licou. Pour moi, ça va être congestionné demain matin. Le temps est écho puis les nuages sont bas. On va en avoir toute une !

— Ça me donne pas grand-chose de me coucher de bonne heure, ricana Antonin. Ma femme a décidé de me faire jeûner jusqu'à la fin du carême. C'est dur en cibole !

— Ça doit être Ida qui lui a mis ça dans la tête, persifla Dostie, moi aussi c'est pareil. J'ai hâte en maudit que Pâques arrive…

— Toi, Dostie, pieuse comme elle est, ta femme doit se mettre au lit avec son chapelet à longueur d'année, railla Barthélémy, avant de s'esclaffer.

Son rire sonore se répercutait encore quand Rosita entra dans l'arrière-cour en traînant ses enfants qui se chamaillaient derrière elle.

Adrienne et Clovis continuèrent de se tirailler en se dirigeant vers la maison de brique. Ils secouèrent leurs bottes et s'engouffrèrent chez leur tante. Rosita s'approcha de son mari.

— J'avais convenu avec Mélina qu'on allait magasiner à soir, dit-elle. Elle nous avait invités ; j'ai oublié de t'avertir.

— Les enfants ont l'air tannants. Ça annonce une tempête. C'est le temps de changer d'idée, ma femme, parce que ça sera pas ben beau quand vous allez revenir.

— Si tu penses que je vas manquer mon magasinage, rétorqua-t-elle. Justement, il va y avoir moins de monde chez Dupuis ; c'est en plein le temps d'en profiter.

Rosita marcha d'un pas décidé vers le logis de sa belle-sœur. Ida Dostie sortit sur la galerie.

— Paul-Émile, s'écria-t-elle, va donc voir madame Philippon pour lui dire que son haïssable d'Ange-Aimé a mis de la neige dans le cou d'Odette ! La petite est montée en braillant tout à l'heure…

— Bon, pas encore une autre histoire avec les Philippon, maugréa Dostie. Il y a pas moyen d'avoir la paix quand on revient de travailler, non ?

Antonin et son frère pouffèrent de rire. Ils dételèrent Gasparine et la conduisirent dans son box. Après l'avoir soignée, ils gagnèrent le logement.

La cuisine dégageait un violent fumet. Angélina achevait de dresser le couvert. Le plat était presque prêt. Le poisson et les légumes étaient cuits. Mélina ajouta le lait dans la casserole et porta le mélange à ébullition. Elle attendit que les hommes se lavent les mains. Pour la convenance, elle supplia Antonin de remonter les bretelles qui lui battaient aux flancs et intima aux trois plus jeunes l'ordre de cesser de courir autour de la table :

— Assoyez-vous, on va manger du bon *chowder*, lança-t-elle.

— Vous êtes ben turbulents, donc, les enfants, commenta Rosita.

— Je te l'ai dit tout à l'heure, lui rappela son mari. Les enfants sont pas du monde, il va nous tomber un char de neige sur la tête. Il y a juste Angélina qui est capable de rester tranquille, rectifia-t-il en regardant sa nièce.

— Moi à votre place, les femmes, je reporterais mon magasinage, conseilla Antonin. Les commerces vont être ouverts encore la semaine prochaine.

Bénédicte, Clovis et Adrienne s'attablèrent en grimaçant. La bouteille d'huile de foie de morue était sur la table. Antonin demanda qu'on apporte du pain. Cela aiderait Bénédicte à ingurgiter la substance riche en vitamines et ferait un repas plus soutenant pour des travailleurs manuels.

Après les deux cuillérées avalées par Bénédicte, les hommes devisèrent ensemble sur l'usine de fabrication d'huile de foie de morue qui s'était établie deux ans plus tôt à Rivière-au-Renard. L'entreprise connaissait une renommée retentissante, en voie de surpasser celle de la Norvège par la qualité de son produit.

À tout moment, ils interrompaient leur conversation. Antonin calmait alors la remuante Bénédicte, qui taquinait son cousin Clovis qui étrivait sa sœur Adrienne. Clovis et Adrienne, des enfants d'ailleurs si mal accoutrés, alors que leur mère Rosita voyait venir le changement des saisons en refusant de porter les mêmes vêtements que l'année passée.

Rosita consulta sa montre et recula brusquement sa chaise.

— Antonin, si ça te fait rien, on va te laisser la vaisselle, avisa Mélina en se levant.

Elle avait formulé un message qui s'apparentait plus à une déclaration qu'à une requête. Les femmes s'organisèrent et enjambèrent le seuil de la porte.

Les plus jeunes avaient desservi les couverts. L'aînée nettoyait la vaisselle sale et la déposait dans l'égouttoir. Antonin essuyait distraitement en jasant avec son frère assis dans la berçante. Clovis avait repris à courir après sa sœur autour de la table. Bénédicte alla entrouvrir la porte pour secouer la nappe. Elle la referma.

— Corinne vient de monter avec son *chum*, déclara-t-elle. Odette m'a dit qu'elle venait le présenter à ses parents ce soir.

Une assiette glissa des mains d'Antonin et se fracassa sur le plancher de linoléum.

— Voyons, papa, faites attention ! s'exclama Angélina. Touchez à rien, je vas m'en occuper. Les enfants, éloignez-vous.

Barthélémy s'était esclaffé. L'aînée s'en fut quérir le porte-poussière. Pendant qu'elle ramassait les morceaux, le maître des lieux se rendit à la fenêtre et souleva le rideau.

— Il a commencé à neiger, dit-il en se retournant.

Antonin avait le regard insondable. Était-ce l'inquiétude de la tempête qui s'amorçait ou le malaise causé par la présence de l'étranger qui accompagnait Corinne ?

Angélina, elle, soupçonnait ce qui avait pu troubler son père, en se remémorant la visite de la grande Dostie et les minutes interminables pendant lesquelles ils avaient séjourné dans le bureau.

Antonin alla à son cabinet de boisson et en rapporta une bouteille qu'il déposa sur la table.

— On va prendre un petit remontant, Barthélémy, dit-il en retirant deux verres de l'armoire.

— Vous les avez essuyés tantôt, ces verres-là, le gronda l'aînée. Puis maman serait pas contente de vous voir prendre de la boisson pendant le carême.

— Fais pas ta madame Dostie, Angélina ! riposta Antonin. C'est pas elle qui va être obligée de se lever pour pelleter au cours de la nuit.

Il versa deux rasades de gin et trinqua avec son frère.

Bénédicte avait plié et rangé la nappe. Clovis et Adrienne s'étaient massés à la porte et piaffaient d'impatience. Elle demanda à son père d'aller jouer dehors avec ses cousins. D'un geste de la main, il lui accorda la permission. Il fut tenté de monter chez les Dostie pour voir celui qui avait le bonheur de connaître Corinne ; la pensée le démangeait. Il prétexterait qu'il avait à s'entendre avec son employé pour un départ plus matinal le lendemain. Mais il trouva l'idée trop grossière et résolut de rester chez lui.

La neige s'accumulait à une vitesse hallucinante et les magasineuses n'étaient pas revenues. Barthélémy décida qu'il retournerait chez lui sans attendre sa Rosita. Il demanda à sa nièce d'appeler les plus jeunes. Ils rentrèrent, las de fatigue et leurs vêtements presque détrempés.

— On peut pas partir de même, dit Barthélémy, faut faire sécher votre linge.

Antonin tendit une corde au-dessus du poêle et proposa à Angélina de lire une histoire aux plus petits. La mine ravie, les enfants se déchaussèrent de leurs bottes enneigées. Il en replia le rebord et les déposa sur un paillasson, près de la chaleur. Après, ils se débarrassèrent de leur manteau et de leurs jambières mouillées, et allèrent s'installer au salon.

Barthélémy se versa une généreuse rasade d'alcool et contempla les chaussures éculées et ce qui pendait sur la corde.

— De vraies guenilles, observa-t-il. Rosita s'achète du linge, mais les enfants passent toujours en dernier.

Ce qu'il avait refoulé au fond de lui-même ressurgissait. Les yeux avinés, il pérorait sur la nécessité de mettre l'argent à la bonne place, à l'exemple de Mélina, qui se montrait raisonnable dans ses achats.

Le propos de son frère l'ennuyait. Antonin en avait déjà discuté maintes fois avec lui : le travers de Rosita ne se corrigerait pas et il se devait de le supporter.

— Ça a pas l'air de te faire grand-chose, commenta Barthélémy.

— Que c'est que tu veux ? On a chacun nos petits défauts, dit le maître des lieux en se rendant à la porte.

Il revêtit ses habits de travail, sortit pour déblayer les accès. Il pelletait depuis une vingtaine de minutes. La porte des Dostie s'ouvrit et la dévote s'écria pour retenir sa fille. Avec insolence, Corinne tourna le dos à sa mère et descendit de l'étage au bras d'un homme, et s'immobilisa au bas de l'escalier. La mine rieuse, elle regardait les petites étoiles blanches atterrir sur son manteau de drap. Sa physionomie s'embarrassa lorsqu'elle aperçut le patron de son père. Après les présentations d'usage, elle repartit avec son amant.

Avec sa tête triangulaire effilée, son nez allongé, ses oreilles dressées et ses yeux ronds, l'individu ressemblait à un renard. Qui était donc, au juste, ce voleur de poules qui emmenait la jeune femme dans sa tanière ? Cela sentait l'escapade nocturne. Antonin eut envie d'en pénétrer les arcanes, mais il se contenta de suivre des yeux le couple qui se frayait un chemin sur le sol matelassé. Il relâcha son regard dès que les amoureux eurent passé la porte piétonne et se remit à pelleter.

Environ une heure plus tard, les magasineuses poussaient le portillon de l'entrée de la cour et regagnaient le logement chargées de paquets. Antonin venait de se débarrasser de ses vêtements de travail, et Barthélémy avait la tête posée sur ses bras croisés devant la bouteille de gros gin.

— Les petits chars avancent pas vite avec un temps de même, se plaignit Mélina.

— Que c'est qu'on vous avait dit, Barthélémy puis moi ?

Rosita eut l'air découragée de voir son mari ainsi affalé sur sa chaise. Elle se délesta de ses sacs et s'avança pour tâter les vêtements qui pendouillaient au-dessus du poêle.

— C'est encore pas mal mouillé. Puis à voir mon homme écrasé de même, on est pas rentrés chez nous…

— Vous êtes pas des étrangers, vous allez dormir ici, décida Mélina. On a de la place pour tout le monde. Clovis va dormir avec Angélina, Adrienne avec Bénédicte, puis vous deux dans le bureau. Rosita, je vas te prêter une jaquette.

On s'occupa d'abord des enfants endormis au salon. Sous les habits d'hiver, les vêtements étaient restés humides. Antonin installa une deuxième cordée et il remorqua le corps mort jusqu'à sa destination. Puis, il jeta quelques pelletées de charbon dans le poêle avant de se coucher.

Au lever du jour, la neige tombait de plus belle. Antonin alla réveiller son frère pour prendre son repas matinal avec lui ; des livreurs se présenteraient tôt pour atteler leur voiture et circuler dans les rues encombrées. Après son déjeuner, il était allé cogner à la porte des Dostie avant de dégager la cour avec une charrue accrochée à Gasparine.

Après avoir ôté le linge sec sur la corde et demandé aux enfants de se vêtir, Mélina leur servit un bol de gruau et fit griller des tranches de pain sur le poêle. Rosita parut enfin dans l'embrasure de la porte. Elle s'étira en bâillant.

— Oh ! Oh ! s'exclama-t-elle. Faut pas trop branler, les enfants. Moi, c'est pas grave, le vendredi je travaille à la fruiterie juste l'après-midi, mais on doit repasser à la maison pour prendre votre sac avant de vous rendre à l'école. Les hommes sont partis ? s'enquit-elle en s'adressant à sa belle-sœur.

— À l'heure qu'il est, ça fait une secousse qu'ils sont à l'ouvrage, rétorqua Mélina, avec humeur. Regarde le temps qu'il fait, tu vas voir, c'est pas ben beau. Si tu veux mon avis, tu serais mieux d'attendre que les rues soient déblayées avant de partir.

— Après le déjeuner, on va jouer dehors, dit Clovis.

— Je te défends ben, mon petit vlimeux, des plans pour mouiller tes habits, proféra sa mère. *Tough*-les jusqu'à la fin de l'hiver. Ton père puis moi, on a pas un gros salaire, tu sais.

— Si t'achetais pas autant de linge pour toi, Rosita, t'aurais peut-être un peu de sous pour habiller les enfants, commenta Mélina.

Elle s'était surprise de répondre d'une manière aussi cassante à sa belle-sœur. Mais au cours de son magasinage, elle avait senti la nécessité de refréner les désirs de l'acheteuse.

On frappa au logis. La face de forçure d'Ida Dostie se montra dans l'aire restreinte d'un carreau givré. Sans attendre, elle poussa la porte et entra avec *La Patrie*.

La dévote avait bravé les éléments et revenait de la messe du carême. En passant devant le restaurant Chez Paul, elle s'était procuré le papier. Le journal faisait état de la tempête : abondante chute de neige, communications brisées, trams immobilisés, quartiers plongés dans l'obscurité, lourds dommages… La liste s'allongeait. Les lignes de la compagnie d'électricité provenant de Shawinigan et entrant dans l'est de Montréal étaient défectueuses. Des équipes s'affairaient à rétablir les services. Et l'Observatoire de McGill prévoyait de la neige pour la journée et le lendemain.

— On a failli être pognées là-dedans, Rosita puis moi, mentionna Mélina.

— Je vas rester pour jouer avec Bénédicte, supplia Adrienne, la lèvre tordue.

— Envoyez, les enfants, j'ai plein de choses à faire avant midi ! ordonna sèchement la mère.

Rosita avait gardé son air offusqué. Vingt-cinq minutes plus tard, elle avait enfilé sa robe de la veille, rassemblé ses paquets et prenait congé avec ses enfants. Quelques instants après, Angélina entraînait sa sœur dans la tourmente.

Sur le paillasson, la dévote avait assisté au départ de la compagnie. Sa physionomie changea brusquement. Elle déboutonna son manteau, ôta ses bottes en disant qu'elle ne resterait pas très longtemps. Elle aussi, l'ouvrage l'attendait.

— Ça a pas l'air de filer, Ida, observa Mélina.

— C'est rapport à Corinne : Paul-Émile puis moi, on est découragés, débuta-t-elle d'une voix altérée. Quand elle s'est mariée avec Rodolphe, on pensait ben qu'elle s'était casée en sortant de son trou de la rue Clark. Mais non ! La gueuse a trouvé le moyen de briser son mariage. Comme je la connais, elle a dû faire de la façon aux hommes à l'usine. Belle de même, c'est sûr qu'elle était pour en faire tomber quelques-uns dans le panneau. C'est pas juste ça ! Elle est devenue effrontée avec son père puis moi. C'est rendu que ça s'embrasse devant nous autres. Quand on lui demande de se retenir, elle nous répond que ça nous regarde pas, qu'on a seulement à se revirer de bord si ça nous dérange. Si c'est pas irrespectueux de proférer une affaire de même à ses parents! Il y a juste avec sa petite sœur qu'elle est correcte. Puis encore, faut le dire vite! Elle a une mauvaise influence sur elle. Odette se rend ben compte que Corinne reste pas avec son mari puis qu'elle découche. J'ai peur que ça finisse mal…

Le cœur de la dévote s'épanchait sur le triste sort de sa fille. Corinne était-elle en train de bâtir son avenir sur les ruines de son passé de débauchée? Et le voisinage qui commençait à jacasser; la Philippon, surtout. Le matin même à l'église, des femmes lui en avaient parlé. Elle se demandait si elle ferait mieux de mettre Corinne à la porte ou d'attendre qu'elle parte de son propre chef. Dans un cas comme dans l'autre, la situation lui paraissait difficile à vivre.

Mélina avait écouté sa voisine avec l'empathie des êtres de compassion. Honnête avec elle-même, elle souhaitait le départ de Corinne, qui semblait exercer une attraction un peu trop forte sur Antonin. Mais comme la dévote, elle se sentait désarmée pour lui prodiguer le moindre conseil. La prière lui parut le refuge ultime:

— Je vas prier pour vous, Ida, exprima-t-elle.

Chapitre 20

Debout dans son tombereau, les traits tirés par une harassante journée de travail, Antonin se pencha pour traverser la porte cochère et immobilisa Gasparine dès qu'elle mit le dernier sabot dans l'arrière-cour. Barthélémy referma alors la barrière.

Une horde de hockeyeurs recrutés par les trois fils Philippon bloquait le passage sur la patinoire de fortune.

— Vous pourriez peut-être vous ôter, les gars ! proféra le charretier avec humeur.

Affalé dans un coin, son employé s'ébroua comme un cheval, sauta au sol et progressa vers le pied de l'escalier, subodorant le regard suspect des joueurs. Les Dostie étaient devenus la risée du voisinage ; la Corinne avait traîné sa réputation sulfureuse avec elle.

Xavier Philippon se détacha du groupe. Il jeta la rondelle sur une plaque de neige durcie. Puis, il échangea une œillade complice avec son frère aîné. Alphonse alla se placer avec son bâton qu'il inclina devant son voisin de palier.

Xavier décocha un tir. Le projectile suivit sa course rapide sur la glace et, déviant sur la « palette » d'Alphonse, termina sa trajectoire dans le fond de culotte de Dostie.

— Ayoye ! s'écria-t-il. Je voudrais ben savoir qui c'est qui m'a fait ça, tonna-t-il en se retournant.

Le pelleteur promena des yeux mauvais sur la bande d'écoliers qui riaient à gorge déployée.

— Cherche pas, Paul-Émile, les deux plus vieux des Philippon sont de connivence ! les dénonça Antonin.

Dostie escalada les degrés en se frottant les fesses. La petite société se débanda en deux équipes. Antonin fit avancer son attelage vers l'écurie et le confia à Barthélémy. Puis, il rebroussa chemin vers la maison.

Sitôt ses vêtements de travail accrochés dans le tambour, Antonin embrassa sa femme et se rendit aux toilettes. On entendit le bruit d'une vitre qui éclatait avec fracas. Mélina arrêta net de touiller la soupe. Il ressortit de la salle de bains et s'élança vers la galerie. Un carreau n'était plus que bordure échancrée.

— Là, par exemple, ça suffit ! maugréa Antonin, avec irritation.

Il alla cueillir la rondelle de caoutchouc entre les deux portes, remit son manteau et parut sur la cour. Xavier Philippon était posté devant ses camarades, prêt à affronter l'entrepreneur.

— On s'excuse, monsieur Bernard, s'amenda-t-il, on a pas fait exprès.

— Toi, mon hypocrite, fais pas l'innocent ! rétorqua Antonin, les dents serrées. Tes parents vont en entendre parler…

— Heille, c'est à nous autres cette *puck*-là ! riposta Alphonse. Vous avez pas le droit de nous l'ôter.

— C'est pas ben grave, tempéra Xavier. Ange-Aimé en a une autre dans sa poche.

Antonin avait amorcé le pas vers l'escalier. Sur les entrefaites, Corinne Dostie poussa le portillon et fit son apparition.

Des sifflements fort disgracieux retentirent sur la cour intérieure. L'air embarrassé, Antonin attendit que la jeune femme passe devant lui pour entamer l'escalade des marches.

— PÉCHÉ MORTEL ! s'amusaient à scander en chœur les jeunes.

— Mon Dieu qu'ils sont mal engueulés, ces enfants-là ! s'indigna-t-elle.

Antonin marcha dans le dos de la pécheresse qui gravissait les degrés en chaloupant de la croupe. En haut de l'escalier, Corinne se retourna vers lui.

— J'ai affaire chez les Philippon, dit Antonin.

— Tu leur diras qu'on ne s'attaque pas à une femme respectable, exprima-t-elle ; leurs enfants sont en train de me faire passer pour une guidoune…

Antonin acquiesça à la demande en abaissant les paupières. En une seconde, il revit les moments délicieux qu'ils avaient traversés ensemble. Il voulut l'étreindre dans ses bras, mais il se borna à la saluer avec civilité et alla frapper chez les Philippon.

— Armand est-il là ?

— Il retarde, je l'attends d'une minute à l'autre. C'est à quel sujet ?

— Vos garçons ! Ils m'ont pété une vitre, les p'tits verrats.

L'hommasse considéra le visiteur d'un air dubitatif.

— Ils venaient juste d'envoyer une *puck* sur monsieur Dostie pour le faire réagir, expliqua Antonin. Puis comme je les ai vus faire, je les ai dénoncés. Ils se sont vengés contre moi.

La physionomie de la femme de résolution mâle s'altéra en un épouvantable rictus : sa mâchoire se crispa, ses yeux se plissèrent, du sang afflua à son visage, et des poils se hérissèrent sur ses bras nus qui dépassaient de sa robe à manches courtes. Elle actionna la clenche, tira brusquement la porte en faisant battre le store vénitien et sortit.

— Xavier, Alphonse, Ange-Aimé, montez tout de suite en haut ! s'époumona-t-elle.

Elle rentra en poussant sa colère par ses naseaux dilatés et referma sans ménagement. En bas dans la cour, les fils Philippon saluèrent leurs amis et, la tête baissée, gravirent les marches à la file indienne.

La mère se tenait le dos raide et promenait un regard incendié sur sa progéniture.

— C'est-tu vrai ce qu'a raconté monsieur Bernard ?

— Ben, on le sait pas ce qu'il vous a dit, m'man, rétorqua Xavier. On se faisait du *fun* tout bonnement sur la patinoire quand le bonhomme Dostie est arrivé…

Alphonse et Ange-Aimé s'étaient mis à rire.

— Déshabillez-vous tout de suite, puis allez en pénitence dans votre chambre jusqu'au souper. C'est final bâton ! Pour le reste de la semaine, il y aura pas de hockey avec vos amis.

La mère avait terminé sa diatribe d'une voix rêche. Leur mine coupable les accusait. Elle attendit qu'ils s'éloignent pour s'adresser au visiteur.

— Coudonc, monsieur Bernard, soit dit entre nous autres, ils sont du drôle de monde, les Dostie. J'étais pas pour prendre la part de mes enfants devant vous ; je suis obligée de les punir. Prenez le père, par exemple : lui-même aurait besoin de se faire botter le derrière. Je sais pas comment vous faites pour endurer un flanc-mou de même au travail ! Puis la mère, elle puis ses bondieuseries, c'est plus catholique que le pape. Asteure la Corinne, pensez pas qu'elle court pas après ses problèmes, vous trouvez pas ? En tout cas, moi je la plains pas. Les enfants sont pas fous. Ça se répète entre petits gars qu'elle a un gros penchant pour les hommes, vous savez. J'ai ben averti Armand de pas la zieuter. Si j'étais vous, bel homme comme vous êtes, je me surveillerais pour pas me faire attraper dans ses filets. D'ailleurs, j'en ai déjà parlé avec Mélina : c'est du vrai poison, ce genre de femme là…

Gertrude Philippon dérapait. Elle déblatérait ses infamies avec l'aisance qu'on déploie à estimer les qualités de quelqu'un. Sans le savoir, elle avait fait renaître les reproches qu'il s'adressait à lui-même. Depuis les moments intimes qu'il avait connus avec Corinne, les remords et le désir de recommencer se disputaient en lui. Après tout, n'était-il pas un homme comme tant d'autres ? Il y avait les fidèles, les rangés, ceux qui ne dérogent jamais de leur ligne de conduite. Et les autres, ceux qui succombent, qui se laissent dominer par leurs bas instincts.

Madame Philippon avait mentionné qu'elle avait jasé avec Mélina de la force attractive de la voluptueuse et des dangers qu'elle le détourne de sa femme. Tout ce que Mélina pouvait faire, c'était d'entretenir des soupçons. D'une certaine manière, la venue d'un nouvel amant dans la vie tumultueuse de Corinne protégeait son mariage à lui. Mais la passion est ainsi faite qu'elle transgresse les barrières et excite la convoitise. Il avait l'impression qu'il se débattrait avec sa conscience tant qu'elle serait dans le paysage…

Armand Philippon n'était pas revenu de son travail. Antonin remit la rondelle et prit congé. Il effectuerait lui-même le remplacement de la vitre.

Mélina avait bricolé un carton pour boucher le carreau.

— Puis, comment ça s'est réglé avec les Philippon ? demanda-t-elle.

— Je me suis arrangé avec elle. Même si lui avait été là, ça aurait pas tourné autrement. Tu le sais comme moi, c'est elle qui a le gros bout du bâton dans cette famille-là. On est pas là pour le voir, mais Armand doit passer par le trou de la serrure comme ses enfants. Quand la bonne femme décide, Armand a sûrement pas son mot à dire…

— Je te défends de la traiter comme ça, Antonin. Gertrude est une bien bonne personne, elle a le cœur sur la main. Je trouve que t'es pas mal dur avec elle. Regarde quand on emménagé ici dedans…

— Je peux pas dire le contraire. Mais elle a une façon de dénigrer les autres qui me répugne.

— Elle t'a encore parlé des Dostie, je suppose.

— Elle y va pas avec le dos de la cuillère, je t'en passe un papier.

— Gertrude a ses défauts comme tout le monde, puis après… Des fois elle dit des choses qui donnent à réfléchir…

— Comme quoi, par exemple ?

— M'man, j'ai faim, quand est-ce qu'on soupe ? se lamenta Bénédicte.

— Maman discute avec papa, ma chérie. Tu le sais que c'est pas poli d'interrompre deux adultes. Bon, va te laver les mains, puis appelle Angélina.

Mélina avait l'idée de reprendre la conversation. Mais elle n'eut pas le courage de revenir sur la délicate question. Elle préféra mesurer l'attachement de son homme pour elle. Son carême de privations n'était pas terminé, mais elle avait besoin de savoir s'il éprouvait autant l'envie de la posséder.

Il pouvait aller au lit. Elle lui avait dit qu'elle s'occuperait du chauffage pour la nuit. Après avoir nourri le poêle de quelques pelletées de charbon, elle s'enferma dans la salle de bains pour enfiler sa jaquette. Puis, elle dénoua le ruban qui retenait ses cheveux, secoua sa chevelure qui tomba en cascades sur ses épaules. Ses vêtements de jour sur son bras, elle avança les lèvres vers le miroir en une moue délicieuse. Et comme si elle allait commettre un larcin, avec un sourire coupable, elle s'achemina à pas feutrés vers sa chambre.

***

Antonin et Mélina avaient apaisé leurs sens. Après des jours d'abstinence, ils avaient retrouvé le corps de l'autre dans des plaisirs satisfaits. Comme si l'amour avait scellé leurs retrouvailles.

Au retour de l'ouvrage, Gasparine s'immobilisa sur la devanture de la quincaillerie Ravary et Antonin entra au magasin. Assis sur le bord du fardier, les jambes pendantes dans le vide, Dostie observait les passantes de la rue Sainte-Catherine. Aucune d'elles ne ressemblait à sa Corinne. Elles avaient toutes la figure honnête des filles de son âge et leur tenue était tout ce qui était de plus ordinaire. Par son allure provocante, Corinne faisait ressurgir son passé discutable. D'ailleurs, le crochet par la quincaillerie en dépendait directement. On s'en était pris à lui. Son patron avait dénoncé les malfaisants et en avait subi les conséquences.

Le conducteur franchit la porte cochère et Dostie monta à son logis. Puis, il confia son attelage à Barthélémy avec qui il échangea quelques paroles. Ensuite, il pénétra dans l'écurie et en ressortit avec quelques outils de l'atelier qu'il alla déposer sur le plancher de la galerie, avec la vitre de la quincaillerie et du mastic, avant d'entrer chez lui.

Il enserra sa femme dans ses bras musclés et relâcha son étreinte quand ses filles parurent dans la cuisine.

— Il me semble que vous l'embrassez pas souvent, maman, commenta Bénédicte.

— On se donne des becs en cachette, ricana Antonin.

— Votre père et moi on s'aime quand même, rétablit Mélina.

Angélina s'était contentée d'un sourire rassuré. La studieuse regagna sa chambre pour terminer ses travaux scolaires.

— Asteure, faut que je remplace ce sapré carreau-là, décida le maître des lieux ; ça fait dur un peu.

— Tu as le temps avant le souper, mon homme.

Antonin retourna sur la galerie. La lumière projetée de la cuisine éclairait suffisamment son petit chantier. Le carton qui obstruait le carreau une fois enlevé, il débarrassa avec précaution les morceaux qu'il jeta dans une boîte. La réparation ne lui plaisait pas trop, mais il retrouva une mine plus joyeuse quand il repensa à la nuit qui venait.

Il lissait la pâte adhésive avec une spatule. Un individu s'amena dans l'arrière-cour et entreprit de gravir les marches.

— Rodolphe ! l'interpella Antonin.

— Ah ! C'est vous, monsieur Bernard, sursauta l'époux de Corinne en se retournant.

L'homme apportait un emballage de fleurs. Mais il avait un de ces regards effarés, étranger à un mari qui désire surprendre agréablement sa femme. Il s'informa sur les allées et venues de Corinne chez ses parents et demanda si Antonin l'avait vue au bras de son amant. L'entrepreneur répondit qu'il n'en savait rien, que ça n'adonnait probablement pas qu'il la croise, que leurs heures de retour ne coïncidaient pas. Il avait forgé un pieux mensonge afin de ne pas la compromettre ; il l'avait rencontrée en revenant chez lui alors qu'elle repartait de la maison familiale.

Soudain, la physionomie de Rodolphe s'assombrit.

— Vous me dites pas la vérité ! affirma-t-il sur un ton de révolte.

Antonin fit valoir qu'il n'avait aucun intérêt à mentir, que toute cette histoire de séparation ne le concernait pas.

Le malheureux suffoquait de colère. Il escalada quatre à quatre les degrés et frappa au logis des Dostie. Antonin entendit un échange vigoureux de paroles et une porte qui se refermait brusquement.

Rodolphe redescendit avec son emballage et le lança rageusement dans la cour comme un bouquet d'orties.

Le mastic durcissait. Antonin s'empressa de le lisser, se rendit à l'écurie pour remiser ses outils. Après, il ramassa l'emballage et rentra chez lui.

— Des fleurs ! Petit cachottier, va ! s'exclama Mélina.

— Je veux pas te faire de peine, ma belle, elles étaient destinées à Corinne. Tout à l'heure, Rodolphe est arrivé avec ce paquet. Il s'est engueulé avec ses beaux-parents, puis il est reparti en s'en débarrassant dans la cour. Il était vraiment hors de lui.

— C'est comme rien, Corinne devait pas être là. En tout cas, je vas les mettre dans l'eau, ça va ensoleiller la cuisine, ajouta-t-elle avec le sourire.

Mélina déballa les fleurs et sortit un vase. Ses deux filles surgirent.

— Comme papa est fin avec toi ! s'enthousiasma Bénédicte.

— Il a peut-être quelque chose à se faire pardonner, rétorqua sa mère, avant d'égrener un rire mi-figue mi-raisin.

Bénédicte s'approcha de son père.

— Après le souper, allez-vous me demander mes réponses de catéchisme ? minauda-t-elle en battant des cils.

— Tu sais ben que oui, je veux que tu la fasses en même temps que les autres, ta première communion, répondit-il en exhibant sa dent en or.

Il la savait un peu « dure de comprenure », la benjamine. Elle n'avait pas le talent de l'aînée. Après le souper, il consacrerait un peu de temps à la faire répéter, plutôt que de la laisser ânonner seule dans son coin. Du coup, cela soulagerait Angélina, qui la prenait souvent sous son aile pour la faire progresser.

Bénédicte venait d'entraîner son père au salon avec son précieux livre quand des jointures cognèrent au nouveau carreau. Angélina déposa son linge de vaisselle sur le coin de la table et se rendit à la porte. Mélina tordit sa lavette et se retourna.

— Bonsoir Ida, entrez donc, l'invita-t-elle.

Madame Dostie avait la physionomie affaissée des grandes défaites. Mélina tira une chaise et elle fit avancer la voisine, avant de replier sur le dossier le manteau qu'elle avait simplement jeté sur ses épaules. Angélina sortit deux soucoupes et deux tasses, et versa le thé qui restait dans la théière avant de regagner discrètement sa chambre.

— Elle aurait pu rester, comme je la connais c'est pas une bavasseuse, commenta la dévote. Ah ! C'est-tu bête, j'avais pas remarqué le beau bouquet.

Mélina rapporta qu'Antonin avait eu connaissance de la visite du gendre, qu'il avait entendu la discussion orageuse et qu'il avait récupéré les fleurs plutôt que de les abandonner dans la neige.

Rodolphe avait entrepris de reconquérir le cœur de Corinne, mais la démarche s'avérait inutile. Encore une fois, il s'était buté à une déception. La dévote et son mari lui avaient signifié qu'il perdait son temps à attendre. L'époux éconduit était reparti comme un désespéré, les yeux plissés de vengeance et de jalousie.

La fervente se mit à écouter les questions qui émanaient du salon et à en balbutier les réponses. Elle semblait éprouver un indicible plaisir à constater que la religion s'enracinait dans une maison presque païenne où seul un petit crucifix de bois témoignait d'un attachement à l'Église.

Entre-temps, Rodolphe regagnait le domicile conjugal dans le bouillonnement intense de ses sentiments. L'atmosphère lugubre du soir présageait un malheur. Il marchait d'un pas rageur comme si l'atteinte de son logis allait calmer toutes ses frustrations en même temps. Mais le destin fit en sorte que son état d'effarement atteignit un degré insupportable qui le conduisit à un geste éminemment regrettable.

Il neigeotait. Le désespéré venait de quitter l'angle de la rue de Rouen et de s'engager sur Nicolet, vers le nord, quand il vit un couple qui déambulait sur le trottoir en regardant les flocons tomber. Corinne ne se serait certes pas aventurée aussi impunément dans son quartier ! Pourtant, la jeune femme avait la même taille fine, un manteau pâle semblable ourlé d'un col de fourrure. Aux abords du parc Lalancette, il avait ralenti et marchait à présent d'un pas mesuré avec l'assurance du loup qui s'approche de sa proie. Mais la tactique était trop calculatrice et risquait de le déclarer. Il bifurqua dans une allée du parc et s'embusqua derrière les camilliennes. Tout doute était maintenant dissipé.

Sa poitrine s'oppressa dans un affreux serrement, puis son souffle s'accéléra. Son visage se tordit dans une étrange convulsion.

Ils ne m'échapperont pas ! pensa-t-il.

Il fonça dans un sentier et se rendit chez lui. Parvenu à son logis, il se précipita dans sa chambre, farfouilla dans un tiroir et enfouit l'arme dans sa poche avant de ressortir sur la rue.

Le couple s'était immobilisé un peu plus loin le long du parc. La scène était imprégnée d'un romantisme touchant. La rue était calme et les maisons s'endormaient dans une lumière diffuse. Un passant s'engouffra dans un logis. Une voiture projeta ses phares et alluma une nuée de flocons qui tourbillonnaient avec indolence sur les amants enlacés. C'était presque trop beau à voir ! L'irritation de Rodolphe augmenta. Il décida de se dissimuler dans l'obscurité d'un bosquet touffu et de surgir à l'improviste.

— Ah ! Ah ! C'est là que je vous surprends, mes deux hypocrites ! ricana-t-il en brandissant son révolver.

Le cœur de Corinne se mit à battre à tout rompre. Dans sa tête éperdue, elle redoutait le pire.

— Fais pas le fou ! réagit l'amant en se plaçant devant Corinne pour la protéger.

Rodolphe tira son rival à bout portant et contempla l'homme qui s'effondrait dans un râle effroyable. Le tireur braqua ensuite son révolver sur la fuyarde, qui s'éloigna en traversant la rue dans une course effrénée. Il fit feu dans sa direction. Corinne s'affaissa. Puis, il retourna l'arme contre lui.

Blessée, sa figure pâle éclairant la nuit, la jeune femme se releva en se tenant le bras. De ses yeux hagards, elle fouilla l'obscurité et attacha son regard épouvanté sur les deux masses sombres et immobiles qui jonchaient le sol gelé. Puis, elle se remit à s'éloigner, la tête éperdue, se demandant ce qui venait de se produire.

Guidée par la lumière des lampadaires et la lueur blafarde des maisons, elle parvint à se rendre sur la rue Cuvillier. Au bas de l'escalier qui menait à l'étage, elle s'arrêta, à bout de souffle.

Mélina s'était relevée pour resservir du thé à sa voisine.

— J'ai-tu la berlue, coudonc ? Me semble que j'ai entrevu quelqu'un.

L'hôtesse remit la théière sur le poêle et se rendit à la porte.

— C'est Corinne ! s'exclama-t-elle. Elle a l'air mal en point.

Ida Dostie s'empressa de regarder. Mélina appela son mari à la rescousse avant de s'agglutiner aux carreaux. Antonin ouvrit et se précipita dehors.

Il entra en soutenant la jeune femme par la taille et la conduisit à une chaise.

— Pour l'amour du bon Dieu ! s'écria la dévote. Veux-tu ben me dire ? Du sang sur ta manche…

La blessure n'était pas due à un simple accident. Corinne se plaignait au bras. La voix discordante, elle essaya de dépeindre la scène : elle avait été agressée sur la rue Nicolet par un brigand qui avait tenté de lui enlever son sac à main alors qu'elle revenait chez ses parents. La victime taisait l'horreur dont elle avait été témoin. Comme si elle voulait se dissocier du drame qui l'impliquait directement ou, à tout le moins, se réfugier dans le déni pour en atténuer l'effet. Mélina lui retira son manteau.

— Il faut aller appeler la police, décida Antonin.

— Je vous en prie, monsieur Bernard, je veux pas que la police retontisse ici dedans, l'interdit Corinne.

— T'es chanceuse de t'en être sortie comme ça, ma fille, commenta Ida Dostie. Tu devrais pas te promener toute seule avec ta sacoche le soir : il me semble te l'avoir déjà dit. Es-tu retournée à ton logis, coudonc ? Tu voulais revoir Rodolphe, quoi ? C'est drôle, il est justement venu à soir pour te parler. Il avait apporté des fleurs. Quand on lui a dit que t'étais pas là, il est devenu de ben mauvaise humeur, puis il est reparti en beau fusil en garrochant le bouquet par-dessus la rampe d'escalier. C'est monsieur Bernard qui l'a récupéré. Regarde comme il est beau…

— Je vas désinfecter la plaie, dit Mélina, soudainement embarrassée.

Antonin se retenait de questionner la jeune mariée sur ses activités nocturnes, mais les explications lui paraissaient néanmoins louches et peu convaincantes. Était-elle vraiment seule sur la rue Nicolet, près du logement conjugal ? Pourquoi s'était-elle rendue dans les parages ? Cette échancrure en croissant dans la manche de son manteau n'était pas le fait d'une arme blanche. Et elle avait réagi au nom de Rodolphe en mordillant ses lèvres hésitantes à dévoiler les faits.

Dans sa tête, le corps des deux hommes finirait bien par être ramassé. Mais le souvenir de l'événement devint plus fort qu'elle ne pouvait en supporter. Elle se mit à revivre les sinistres scènes, et la perte de son amant effondré remonta en elle et ne put l'empêcher d'éclater en sanglots.

Elle avait subi un choc. Antonin eut un mouvement vers l'épaule de l'infortunée, mais il réprima son geste de compassion. Il s'apprêtait à la questionner lorsqu'Angélina et Bénédicte apparurent dans la cuisine, la mine attristée par les pleurs. Ses filles n'avaient pas à écouter la suite. Il les repoussa d'un signe de la main et elles prirent congé.

— Pour moi, tu as vu Rodolphe puis tu veux pas nous le dire, présuma-t-il.

— Rodolphe a pas d'affaire là-dedans ! se rebiffa Corinne, avant d'essuyer ses larmes avec la paume de sa main.

— Ton *chum* non plus, je suppose ?

Il se prenait à jouer au détective et désirait la protéger contre un possible retour de l'agresseur. En réfléchissant bien, il ne voulait pas être aux prises avec le mari jaloux qui reviendrait chez lui et les menacerait tous. Il résolut de la pousser dans ses derniers retranchements.

— Je crois pas un traître mot de ce que tu racontes, s'exaspéra-t-il. Ton histoire de sacoche, ça tient pas debout. Tu veux nous faire accroire que t'étais seule, mais moi je pense plutôt que tu devais être avec ton *chum* quand t'as rencontré ton mari qui vous a tiré dessus avec un fusil…

— Non ! monsieur Bernard, réfuta-t-elle, la voix étranglée.

Puis, les larmes la reprirent, plus fortes et plus douloureuses. Et à travers ses pleurs, elle commença à admettre qu'elle était bel et bien accompagnée de son amant, que son mari les apercevant avait d'abord braqué un révolver sur lui pour l'abattre, qu'elle avait essayé de s'enfuir et qu'il l'avait touchée à un bras. Par la suite, la croyant morte, il avait retourné l'arme contre lui.

Ida Dostie se prit la chevelure à deux mains, en hochant désespérément la tête de gauche à droite. Atterrée, Mélina cherchait des paroles rassérénantes.

— Où vas-tu, Antonin ? l'interpella Mélina.

— Je vas quand même avertir la police. Je cours au restaurant Chez Paul. À l'heure qu'il est, il doit être encore possible de téléphoner. Sinon, je me rendrai directement au poste. En attendant, vous autres, bougez pas puis laissez les portes ben barrées…

Antonin s'habilla vitement et traversa le seuil.

Mélina voguait maintenant entre la mère et la fille, ne sachant trop où donner de la tête. Elle se croyait responsable d'assurer la sécurité de la victime et de veiller sur la mère. Dans son for intérieur, elle espérait le retour rapide d'Antonin. Ce n'est pas tant qu'elle aurait voulu sortir, mais elle se sentait comme une séquestrée, prisonnière dans sa propre maison.

Et la dévote, qui n'avait pas prévenu son mari au sujet de l'événement et des risques de rebondissements indésirés, se tracassait :

— Tout à coup qu'il rappliquerait sur la rue Cuvillier, s'énerva-t-elle.

— Voyons, moman, Rodolphe peut pas ressoudre de même, pensez-y une minute. Si jamais il s'était manqué, il devait pas être arrangé pour se traîner ben loin.

Ida Dostie tergiversait. Allait-elle informer son mari ou attendrait-elle monsieur Bernard ? Il n'y avait pas que son Paul-Émile qui vivait dans l'ignorance du grave incident, mais aussi sa petite Odette, qui devait être épargnée.

L'heure avançait et Antonin n'avait toujours pas regagné le logis. Ida Dostie avait retiré son chapelet de la poche de sa robe et commencé à l'égrener devant le crucifix de bois. Après chaque dizaine, elle adressait des invocations à une litanie de saints dont elle avait les images épinglées sur ses murs. Mélina se contentait de la laisser marmonner ses prières. Corinne, qui avait tari le puits de ses larmes, exhalait de profonds soupirs d'exaspération en rongeant convulsivement ses reculons d'ongles.

Antonin fit irruption dans la maison. Mélina leva les yeux vers lui, comme on attend avec une impatience fiévreuse des nouvelles d'un messager. La dévote embrassa le crucifix de son chapelet et remisa son objet de piété dans sa poche. Corinne cessa son rongement et braqua un regard dévorant sur le maître des lieux.

— La police était déjà au courant. Après avoir téléphoné, j'ai couru sur la rue Nicolet. J'ai fait semblant de rien, je me suis approché.

Il y avait une foule de curieux autour d'une ambulance qui amenait le deuxième corps et des mares de sang coagulé sur la neige. Les gens rapportaient que deux individus étaient morts. On émettait toutes sortes de suppositions sur le drame. Les uns croyaient à un règlement de comptes. D'autres voyaient un affrontement entre des rivaux d'un triangle amoureux. D'autres encore, à l'esprit moins imaginatif, avaient simplement perçu un duel qui s'était soldé par deux victimes.

— Mais faites-vous pas d'illusions, conclut Antonin, un enquêteur va retontir chez vous, madame Dostie. À moins que…

On frappa. La figure anguleuse de l'employé d'Antonin et le minois de sa fillette se dessinèrent dans les carreaux.

— Coudonc, Corinne, t'es pas facile à suivre ces temps-ci, récrimina Dostie. Viens, viens pas, couche, découche, on peut jamais savoir d'avance quand tu reviens au logis. Ida, que c'est que tu fais que tu remontes pas, ça commence à être le temps de coucher la petite.

La rentrée intempestive de l'homme avait figé la compagnie. Dostie se mit à détailler les visages statufiés.

— Écoute ben, mon Paul-Émile, proféra Antonin. On a quelque chose d'important à te dire qui vous concerne, toi puis Odette.

— Tu vas pas raconter ça devant Odette, s'opposa Mélina.

— Oui, madame! Devant Odette puis nos filles à part de ça. Ça va faire, les cachotteries! De toute façon, ce qui s'est passé à soir va se répandre assez vite dans le voisinage. Puis ça va sortir tout croche. Ça fait qu'on est aussi ben de leur dire la vérité vraie. Appelle-les…

Les écolières de la maison s'amenèrent, un air de confusion dominant leur physionomie. Tantôt leur père les avait chassées. À présent, on aurait dit qu'il les invitait à un point de presse, à entendre une déclaration qui, tout à l'heure, était inconvenante à leurs jeunes oreilles.

Avec l'assentiment tacite de Corinne et de sa mère, Antonin narra les faits tels qu'ils les avaient perçus, en remplaçant les mots d'une brutalité excessive par d'autres, moins crus, édulcorés, pour en atténuer l'effet. Au fil du récit, Corinne semblait en approuver l'exactitude par des signes de tête affirmatifs, tandis que les trois enfants ravalaient leur salive en fixant leurs yeux exorbités sur le narrateur.

— Asteure, Corinne, si tu veux ben, ton père puis moi on va t'escorter au poste du quartier avant que la police aboutisse chez vous. Je pense que ça va être plus simple de même pour tout le monde. Comme ça, tu pourras raconter tous les détails. Puis inquiète-toi pas, t'as rien à te reprocher: c'est pas de ta faute si t'avais un mari terriblement jaloux à tes trousses…

Chapitre 21

La bonne Mélina donnait à dîner le jour de Pâques. Antonin avait eu peine à dissimuler son enthousiasme à l'idée de recevoir les Dostie et la famille de son frère Barthélémy. Le mari et l'amant de Corinne enterrés, il évaluait secrètement ses chances de reconquérir la jeune veuve pour qui il éprouvait un fort sentiment amoureux. Il la pensait maintenant libre. Mais en son âme et conscience, il était déchiré entre les forces du bien et du mal.

Mars ne s'était pas retiré de la scène hivernale. Et pourtant, la femme de Barthélémy était bien décidée à faire coïncider la venue du printemps avec le jour de la résurrection. Malgré le temps lourd qui appesantissait l'atmosphère et la température frisquette, Rosita s'était amenée sur ses souliers à talons hauts, saucissonnée dans un tailleur classique, arborant un coquet chapeau, un canotier fleuri orné de pétales bleu nuit sur paille noire qu'elle avait obtenu pour la modique somme de deux dollars et soixante-neuf.

Afin de ne pas astreindre les enfants aux ennuyeuses conversations des adultes, Mélina avait dressé les couverts pour la jeune marmaille dans la cuisine. Dans la salle à manger, les hommes conféraient sur les élections fédérales qui devaient avoir lieu deux jours plus tard. King, le premier ministre sortant, avait pensé que les rencontres familiales de Pâques susciteraient d'âpres discussions, soulèveraient les passions, mais seraient néanmoins propices à l'échange d'opinions en faveur de son parti. D'autant qu'il misait sur le désir de stabilité des Canadiens dans l'ombre de la Seconde Guerre mondiale. N'était-ce pas comme cela que s'exerçait la démocratie avant de tracer une croix dans la case appropriée le jour d'un scrutin ? Mais, paradoxalement, l'expansion de l'industrie de guerre contribuait à contrer le chômage en même temps que le gouvernement canadien s'engageait à ne pas imposer la conscription. Antonin s'en méfiait comme d'un gros mensonge. Et ce qui l'ulcérait davantage, c'est que le premier ministre provincial Godbout invitait la population québécoise à appuyer le Parti libéral du Canada. Quant aux femmes, pour l'heure elles se désintéressaient des questions politiques, hautement absorbées par ce qu'il adviendrait de Corinne.

— Vas-tu te remarier ? demanda Rosita.

— Ça dépend si je trouve un bon parti, répondit l'intéressée.

— Ma fille a le temps de refaire sa vie, il y a pas de presse, hein ? commenta Ida Dostie en mettant sa main sur le bras de la victime.

— Ayoye, moman, vous me faites mal ! grimaça la blessée en tournant vers sa mère sa voilette sombre.

Même pour un jour glorieux, Corinne portait le deuil. Elle était habillée d'une robe noire à manches longues pour camoufler sa blessure, mais pas un vêtement ne serait parvenu à masquer l'entaille plus profonde qui avait abîmé son cœur.

À chaque bouchée, la veuve relevait sa voilette et la rabattait sitôt sa fourchette retirée de sa bouche vermeille. Elle avait consenti à participer au repas pascal, à la condition qu'elle ne devienne pas le point de mire de la tablée.

— Vas-tu reporter ton manteau rose ? s'enquit Rosita.

— Je lui ai fait une petite réparation, ça paraît presque pas, coupa Ida Dostie. Ma fille a pas tellement les moyens de gaspiller son argent à s'acheter du linge, elle…

Rosita ravala, réalisant l'inconvenance de son propos. Mélina, qui couvait la jeune veuve du regard, pressentit un débordement. Et comme cela survient quelquefois, une indisposition ressentie par une personne fait naître une remarque encore plus embarrassante de sa part :

— Tu as ben failli te faire tuer par ton mari, reprit Rosita.

Corinne rabattit sa voilette et déposa avec fracas sa fourchetée de jambon sur la table. Les hommes cessèrent de discuter et braquèrent leurs yeux sur la malheureuse qui recula sa chaise et se dirigea vers la porte.

L'hôtesse se leva et alla la rejoindre. La petite tablée d'enfants se figea.

— Je vas t'aider à mettre ton manteau, dit Mélina.

— Vous êtes ben bonne pour moi, madame Bernard, la remercia-t-elle. Mais là, j'en peux plus avec votre belle-sœur qui arrête pas de m'asticoter.

— Je suis ben contente que tu sois venue, murmura Mélina. C'est dommage que tu partes aussi vite, mais je peux comprendre ce que tu ressens. J'espère que t'es pas trop fâchée après Rosita, elle est pas mal plate, des fois. En tout cas, on se reprendra. Puis entre-temps, si je peux faire quoi que ce soit, gêne-toi pas.

La veuve remercia l'hôtesse avec effusions et prit congé.

— Pourquoi elle s'en va ? demanda Odette en se précipitant aux carreaux.

— Ta grande sœur a besoin de se reposer, ma belle, répondit la maîtresse de maison.

— Ah ! Il neige ! s'exclama la fillette.

— Bon ! Vous allez finir de manger, puis vous irez jouer dehors, décida Mélina.

Le ciel se dégonflait de ses nuages obèses et commençait à entraver les déplacements. À l'exclamation d'Odette, une désolation avait assombri la physionomie des pelleteurs de la salle à manger. Antonin et son employé s'étaient regardés en se disant qu'ils ne pourraient pas s'éterniser à festoyer tout l'après-midi. Une grosse bordée les attendait.

***

Au matin du lundi de Pâques, toutes les routes de la province étaient bloquées. Des automobiles étaient englouties et les trains, entrés en gare avec des heures de retard. Des chasse-neige avaient déraillé. Très difficile pour les automobilistes d'atteindre Boucherville et La Prairie. Bien qu'ouvert à la circulation, l'axe Montréal-Sherbrooke était à déconseiller. Seulement les services d'autobus vers Saint-Eustache, Saint-Hubert, Sainte-Anne-de-Bellevue et Sainte-Geneviève avaient repris. Et avec peine. À Montréal, on circulait péniblement. La nature s'était déchaînée. De mémoire d'homme, on n'avait jamais vécu pareille tempête à la fin de mars.

Antonin et Dostie travaillaient sans relâche. Toute la main-d'œuvre et l'équipement disponible étaient affectés au débourbage des rues et des trottoirs les plus fréquentés. Les locataires s'armaient d'une pelle pour déblayer leurs escaliers et se frayer un passage. Heureusement, en ce jour de congé, la plupart des habitants n'avaient pas à se rendre à l'ouvrage. Toutefois, il fallait dégager les artères afin de permettre aux ambulances et aux voitures de police de se déplacer. Et à la veille de la consultation populaire, il importait de rendre les bureaux de vote accessibles.

Déjà, en matinée, par un temps froid et ensoleillé, les électeurs étaient nombreux à déposer leur bulletin dans les urnes des dix-huit circonscriptions de l'île. Afin de minimiser les risques de débordement, les tavernes étaient fermées jusqu'à six heures. En plus de la période du dîner, les patrons étaient obligés d'accorder deux heures supplémentaires pour permettre à leurs employés de se rendre aux *polls*. Paul-Émile Dostie avait tenu à terminer plus tôt sa journée de travail. « Pour une fois que je suis payé à rien faire ! » avait-il déclaré.

Le vote se déroula dans le calme et dans l'ordre, sans anicroche digne de mention. Par mesure de prévention, la police montréalaise avait été mobilisée. De nombreux agents s'étaient massés dans les divers postes, et des patrouilles parcouraient la ville en plus des

« escouades volantes » prêtes à intervenir à la moindre alerte. Les officiers-rapporteurs relevèrent quand même que le candidat de Maisonneuve-Rosemont avait été victime de plusieurs « raids ». Des intrus avaient volé ses documents et coupé les fils téléphoniques de toutes les cellules conservatrices du comté. Deux arrestations effectuées trois heures avant la fermeture des *polls*. Trois descentes avec confiscation de pamphlets de propagande.

Le soir, Antonin se rendit avec Barthélémy et Dostie à la taverne-restaurant Baril et frère pour connaître les résultats du scrutin : la très grande majorité des électeurs de la province ayant exercé leur droit de vote s'étaient prononcés en faveur de King. Au pays, on pouvait donc dormir tranquille. Cependant, en Angleterre, la victoire libérale était perçue comme la promesse d'une aide supplémentaire. Il s'agissait maintenant de savoir dans quelle mesure le Canada pourrait participer plus efficacement à la guerre…

***

Début avril. Des jours s'étaient égrenés, rognant de plus en plus sur la nuit, dans l'espoir d'un printemps hâtif. Après son travail à l'écurie, Mélina s'acheminait à la maison quand Gertrude Philippon sortit en trombe de son logis et dévala l'escalier pour la rejoindre. La femme forte semblait dans un état d'irritation peu commun. La palefrenière la fit asseoir et lui offrit un thé, en espérant qu'elle ne s'englue pas trop longtemps ; Ida Dostie avait des conseils de couturière à lui demander et Mélina désirait éviter que les deux voisines ne se crêpent le chignon.

Madame Philippon semblait aux prises avec un problème insoluble. Elle se tortillait sur sa chaise en avalant nerveusement des lampées brûlantes. Après quelques minutes de bavardage inutile, elle ne parvenait pas à aborder la question qui la préoccupait. Hésitante, elle étirait indûment la conversation, pataugeant dans les potins du voisinage et les problèmes des autres, et ressassait avec une certaine délectation les événements tragiques qui avaient ébranlé la famille Dostie. Cependant, Mélina avait hâte qu'elle aboutisse.

— On dirait qu'il y a de quoi qui vous démange, Gertrude, risqua-t-elle.

— Toi, tu connais pas ça, Mélina, t'as juste des filles, commença-t-elle. Mais moi, j'ai un fichu problème, ajouta-t-elle, énigmatique.

Son Ange-Aimé mouillait encore son lit. Elle avait tout essayé ; la gentillesse, les menaces, les punitions, rien n'y faisait. Elle devait laver quotidiennement le pyjama et les draps. Elle avait les mains pleines de gerçures. La situation la désespérait : elle était à la veille de craquer elle-même. Et pour ajouter au malheur, Alphonse et Xavier s'en moquaient.

— Je sais pas à quel point c'est efficace, mais il existe des médicaments, recommanda Mélina. À votre place, j'irais chercher ce qu'il faut à la pharmacie. Si ça marche pas, dites-vous que le beau temps va venir, puis que vous allez pouvoir étendre dehors…

— Ouan, c'est pas une grosse consolation, ça. D'autant plus que j'étends pas dehors à cause de la senteur du fumier. En tout cas, je vas aller m'en acheter, de ce médicament-là.

Ida Dostie parut aux carreaux avec le sourire. Sa physionomie s'ombragea lorsque ses yeux heurtèrent sa voisine de palier. Terrassée entre son désir de se précipiter à la pharmacie Ontario et son besoin de contempler la mine de la dévote, l'hommasse trancha le dilemme. Ida Dostie prit une profonde inspiration et entra quand même.

— Je vas rester quelques minutes, décida Gertrude Philippon. Puis, madame Dostie, votre Corinne est retournée à la *shop* ? Elle a passé un méchant quart d'heure, la pauvre.

— Ça irait pas mal mieux sur la terre si des gens comme vous se mêlaient de leurs affaires, rétorqua la dévote. Demandez-vous pas pourquoi il y a de la guerre dans les vieux pays…

Un silence embarrassé se répandit dans la cuisine. Ida Dostie déposa son patron sur la table. Elle se débattait comme un diable dans l'eau bénite avec son modèle en papier afin de confectionner une robe de première communion à sa fille Odette. Après le sacrement de l'Eucharistie de Corinne, elle avait cru sa famille complétée. Elle s'était débarrassée du décorum de la cérémonie et avait fermé boutique en croyant que sa progéniture ne s'agrandirait pas. Mais la nature rusée l'avait détournée de ses illusions. Elle avait attrapé une grossesse comme on attrape une maladie, sans la désirer, et avec l'espoir d'en guérir au plus coupant. Depuis lors, elle se croisait les jambes et récitait son chapelet en se mettant au lit, et son Paul-Émile n'avait qu'à faire un nœud dedans. Ainsi, elle contrevenait sciemment aux prescriptions de l'Église qui encourageait la famille. Qu'à cela ne tienne ! Elle aussi avait fait son effort de guerre et milité pour la patrie.

Ida Dostie défroissait son papier avec le plat de la main en souhaitant que l'hommasse décollât.

— De toute façon, madame Philippon, affirma-t-elle, vous pouvez pas comprendre comment ça marche un patron pour une fillette, vous avez eu juste des garçons, vous !

— Vous seriez surprise, Ida, tempéra Mélina. J'ai dû consulter notre voisine quand j'ai cousu la robe d'Angélina. C'est pour ça que cette année j'ai seulement des petits ajustements à faire pour Bénédicte.

Gertrude Philippon se leva et se mit à étudier le patron.

— Madame Dostie, allez donc chercher votre tissu, je vas vous arranger ça, intima-t-elle.

La dévote parut un tantinet offusquée, mais obtempéra à la demande. Elle revint quelques minutes plus tard avec un morceau de taffetas. Mélina se rendit à sa machine à coudre et en rapporta une petite boîte. Avec sa main large et ses gros doigts noueux, l'hommasse s'affaira tout de suite à étendre le tissu, sur lequel elle épingla le patron.

Ida Dostie admirait l'habileté de la femme forte, qui contrastait singulièrement avec la prestance de sa personne physique. La femme aux allures masculines était capable d'un étonnant raffinement.

Après la coupe, la couturière s'installa à la machine. Pendant que les mères des communiantes conféraient sur les garnitures de broderie, bouffettes, falbalas et autres ornements de décoration, Gertrude Philippon mettait tout son cœur à coudre. Fière de son travail, elle se leva.

— Bon ! J'en ai fait un bout, vous devriez être capable de continuer avec Mélina, affirma-t-elle. J'aurais aimé ça avoir une fille, mais le bon Dieu m'en a pas donné, s'attendrit-elle d'une voix altérée. Je suppose qu'Il devait savoir ce qu'Il faisait…

Rapprochement impensable jusqu'alors, Mélina assistait à une véritable réconciliation. Elle aurait voulu imaginer une occasion plus favorable qu'elle n'aurait su la concevoir. Elle réfléchissait sur le sujet quand on entendit des pas marteler les marches de l'escalier.

Comme un appel à l'aide, le visage affligé d'Ange-Aimé s'encadra dans un carreau de la fenêtre. Gertrude Philippon s'empressa vers la porte qu'elle entrouvrit.

— M'man, Xavier puis Alphonse m'ont encore traité de maudit pisseux.

— Monte en haut tout de suite, je vas aller régler ça, asteure ! proféra-t-elle. Je pense que je vas les envoyer faire une commission à la pharmacie Ontario…

***

Quelques jours se succédèrent sans événement notable, du moins jusqu'au mercredi après-midi. Comme à l'accoutumée, à cette heure les voitures étaient garées, les chevaux dans leur box. Il ne restait que le fardier d'Antonin à regagner l'arrière-cour. Mélina était rentrée pour s'occuper de ses filles et préparer le souper, et Barthélémy achevait ses corvées à l'écurie.

Les fils Philippon étaient revenus de l'école avec un plan bien précis. Depuis un certain temps, ils s'étaient désintéressés de leurs fusils et de leurs épées de bois pour guerroyer dans le voisinage. Dans leur jeu, qui ressemblait de moins en moins à un amusement anodin, ils désiraient passer à une intensification des combats avec une arme plus palpitante. La fabrication d'un projectile les avait engagés dans un état d'excitation croissante. Depuis quelque temps, ils avaient rassemblé et caché ce qu'ils croyaient nécessaire. Ils résolurent de quémander un petit coin pour bricoler leur grenade. Après s'être délestés de leur sac d'écolier, et après avoir récupéré leur matériel dissimulé dans le hangar au bout de leur galerie, ils s'acheminèrent au bâtiment.

— Que c'est que vous faites là, les gars ? se surprit Barthélémy en retenant dans les airs l'étrille qu'il avait à la main. Vous savez ben que vous avez pas le droit de rentrer à l'écurie !

— On a une petite permission à vous demander, osa Xavier, la mine un peu faraude.

— Vous êtes encore en train de concocter un mauvais coup, je suppose, répondit le palefrenier, avec humeur. Déjà qu'on vous tolère dans la cour avec vos amis.

— On pourrait-tu s'installer avec nos affaires sur la table de l'atelier en attendant que votre frère revienne ? s'enquit Alphonse.

— On va dire que oui, mais faites ben attention pour pas faire de niaiseries, puis serrez les outils à leur place parce que ça va être la première puis la dernière fois que vous mettez les pieds ici dedans.

Les garçons étalèrent les constituants de leur engin ; une boîte de conserve vide, une mèche, de la poudre provenant de cartouches volées par un fantassin de leur bande auprès de son père se retrouvèrent notamment sur l'établi.

De temps à autre, Barthélémy jetait à la dérobée un œil suspicieux vers le trio. Après une demi-heure à les couver du regard, il entendit :

— Ange-Aimé, t'es pas *game* d'essayer, lança Xavier.

— Es-tu fou ? rétorqua le frisé.

— Pisseux ! t'es rien qu'un maudit pisseux ! se moqua-t-il en lui donnant une bourrade. Tu sais ben qu'on va essayer dehors. Alphonse, sors une allumette…

— Heille ! Êtes-vous tombés sur la tête, coudonc ? s'interposa Barthélémy. Depuis tout à l'heure que je vous surveille du coin de l'œil. C'est quoi, cette patente-là ? Donnez-moi ça tout de suite, brama-t-il en arrachant l'engin des mains de Xavier. *Scramez* !

Alphonse en tête, les fils Philippon déguerpirent en direction de leur logis. Le palefrenier examina le curieux dispositif qui ne lui inspirait maintenant que de la frayeur. Il causerait certainement d'assurances avec son frère ; faudrait voir à augmenter la protection de l'écurie.

Antonin s'était fait forcer un peu la main, mais avait finalement accepté la proposition de Barthélémy. Après le souper du surlendemain, Adhémar Raynault paraissait avec sa mallette, un sourire carnassier irradiant son visage.

— Vous avez changé d'idée, monsieur Bernard? demanda-t-il.

— C'est pas une assurance vie que je veux avoir, c'est pour ma Gasparine puis les chevaux que je garde en pension. Avec les chenapans qui rôdent dans le voisinage, on sait jamais…

Cette fois, Mélina ne voulut pas se mêler des affaires de son homme, mais elle trouvait qu'il jouait d'imprudence. En tant que manœuvre, il s'exposait à des accidents.

— J'espère que vous êtes ben couvert, monsieur Raynault, badina Antonin. La pluie s'est changée en neige, c'est ben traître sur les trottoirs. J'ai ben peur que des piétons se fracturent un bras ou une jambe en tombant. C'est de même, les giboulées du mois d'avril, avec ses brusques changements de température!

Raynault s'amusa de la blague et poussa vers son client un formulaire. Antonin signa et s'empressa d'aborder un des sujets préférés du courtier:

— J'en connais un qui joue pas mal avec le feu, par exemple, lança-t-il, mystérieux. Je vous cacherai pas que, depuis que Camillien Houde est revenu au pouvoir, il commence franchement à m'énerver. Notre maire est mieux de pas trop s'opposer ouvertement à l'enregistrement national parce qu'il va se faire ramasser par le gouvernement.

— Dans le temps comme dans le temps, monsieur Bernard, les politiciens ont parfois des tours dans leur sac, ricana l'agent d'assurances. Pour le moment, le premier ministre King nous dit de pas s'inquiéter pour rien, que l'enregistrement national est pas la conscription…

Sur ces mots jetés comme une réponse toute faite, Adhémar Raynault prit congé.

***

Le samedi se déroula sans encombre. Les fils Philippon avaient délaissé leur simulation guerrière et rassemblé une marmaille pour jouer au hockey dans l'arrière-cour. Accompagnée de ses filles, Mélina était allée «faire sa grocery» à l'épicerie Tousignant. En revenant, elle avait mis au feu un rôti de porc qu'elle servirait avec des patates brunes et des carottes. Pour dessert, elle confectionna une tarte aux raisins. Antonin serait bientôt de retour de sa dernière journée de travail de la semaine.

Après le souper, l'entrepreneur s'enferma dans la chambrette pour consigner des entrées dans ses livres et débarrasser son bureau de la paperasse accumulée. De temps à autre, le visage grimaçant, il déposait sa plume, et sa main le conduisait à la douleur de son abdomen. Puis, il reprenait à égratigner le papier avec les crispations du mal. Pourtant, il avait l'habitude de manger du porc sans le moindre signe d'une digestion laborieuse. *Je n'aime pas prendre des médicaments, mais si le malaise persiste…*, pensa-t-il.

Il poursuivit son activité. Cependant, des tiraillements revenaient avec insistance, l'arrachant sans vergogne à son occupation. Il recula sa chaise et quitta son bureau. Mélina était à repasser une chemise des dimanches de son mari. Elle déposa son fer.

— T'as pas l'air de filer, mon bel ami! commenta-t-elle. Aurais-tu de la misère à digérer ton souper, coudonc?

— Je vas prendre du Bromo Seltzer, ça va me faire du bien, répondit Antonin.

Il avala le liquide effervescent, émit quelques rots sonores et se rassit à son bureau en tentant de s'absorber dans sa tâche. La paperasserie terminée, il entreprit d'arpenter le passage. Il se prit à penser qu'il se déplaçait comme un malade en convalescence déambulant dans un corridor d'hôpital. Il s'empressa de chasser l'image déprimante qu'il se faisait de la réalité.

La mine tracassée, sous les craquements sourds de son pas feutré, le père allait et venait d'un bout à l'autre du logement. Mais chaque fois qu'il croisait les portes fermées du salon double, il devinait ses filles, serrées l'une contre l'autre, à lire des histoires merveilleuses qui les faisaient rêver. Il se prépara à leur sourire, elles pouvaient surgir à tout moment et le questionner. Il songea à revêtir sa robe de chambre et à aller les déranger dans leur lecture silencieuse. En bon paternel, il les embrasserait en leur disant qu'il se mettait au lit plus tôt que de coutume parce que la semaine avait été dure. Elles comprendraient celui qui les affectionnait et se dépensait corps et âme pour leur apporter tout ce dont elles avaient besoin. C'est ce que leur mère leur inculquait. Le bien-être ne tombe pas du ciel comme une manne bienfaisante, leur enseignait-elle.

Antonin s'immobilisa pour savourer le bonheur tranquille qui s'exhalait de la pièce. À la seconde où il repartait, Angélina tourna la dernière page de son chapitre. Un couinement aigu se fit entendre. Elle posa son livre et s'achemina au passage.

— Oh! papa, on aimerait ça que vous nous lisiez un peu, le pria-t-elle.

— Je veux ben, ma chérie, mais juste un chapitre, par exemple. On a beau être samedi soir, faut pas veiller trop tard, faut se lever demain matin.

Antonin alla s'installer entre ses deux filles ravies.

Les lignes du livre avaient agi comme un baume; le malaise du lecteur était curieusement disparu. Antonin avait achevé un chapitre et en avait commencé un autre. Cependant, l'horloge avait sonné neuf heures. Mélina parut discrètement dans l'embrasure du salon: une photo de famille où il ne manquait qu'elle se fixa dans sa mémoire. Ils avaient l'air si heureux ensemble. Elle pensa à laisser filer le temps, à les contempler de son œil admiratif, à croquer la scène touchante de ses filles blotties contre leur père aimant.

Mais les occupants du fauteuil n'étaient pas dupes de celle qui les épiait pour son plaisir en profitant du bonheur éphémère qui s'offrait. Ils n'osaient lever les yeux, ne serait-ce que pour adresser une œillade de connivence à celle qui les enveloppait de son tendre regard.

Mélina et ses filles s'étaient endormies, englouties dans les ténèbres qui avaient envahi toutes les pièces du logement. Antonin, lui, avait franchi le cap de minuit sans fermer les paupières, attentif au clignement du mal, au moindre bruit fantomatique qui habitait la maison. Il ressassait sa soirée et essayait de se convaincre que le malaise persistant qui lui gonflait maintenant le ventre s'évanouirait avec la nuit. Que le lever du jour lui paraîtrait comme un oracle de bienfaits, comme la promesse d'une bonne journée.

Antonin s'était fait violence pour s'arracher à son lit. Afin de n'inquiéter personne, il s'était levé en même temps que la maisonnée en disant qu'il avait assez bien dormi. Pieux mensonge ! Malgré l'insistance de Mélina, il avait refusé de se rendre à la messe du dimanche ; il se bornerait à soigner les chevaux. Elle avait fait valoir que l'occasion était favorable pour demander des grâces au Seigneur afin de le mettre à l'abri des ennuis de santé. En quelque sorte, pour elle, c'était la meilleure police d'assurance qui existait. Et pour Bénédicte qui se préparait à sa première communion, la décision de son père lui semblait incompréhensible. Effectivement, chez les Dostie, à part Corinne, reconnue pour avoir depuis longtemps décroché de la pratique religieuse, tout le monde assistait à la cérémonie dominicale.

Après son train à l'écurie, il avait dressé la table et il s'était mis à la cuisson de galettes dont ses filles raffolaient. En attendant de se procurer le sirop d'érable de la saison, on répandrait des coulées de mélasse. Il avait beau s'occuper l'esprit, il était essoufflé, des pointes de douleur se manifestaient, le forçant à prendre de profondes respirations. Mais le soulagement était de courte durée ; le mal le reprenait et devenait de plus en plus tenace. Son rythme cardiaque était accéléré, il faisait de la fièvre et un gonflement à la ceinture abdominale le tenaillait.

À son retour de l'église, Mélina constata que son mari était accablé. « Ça va un peu mieux, asteure ! » dit-il pour la rassurer. Mais la figure crispée d'Antonin le trahissait. De toute évidence, le repos en matinée ne semblait avoir produit aucune incidence notable. C'est là qu'elle commença à s'inquiéter vraiment. Si l'état de son homme ne s'améliorait pas, il faudrait consulter. Pour l'heure, en après-midi, elle le laisserait se reposer encore. Il aurait la tranquillité nécessaire : elle irait avec ses filles visiter Barthélémy et Rosita.

Quand elles regagnèrent le logis, elles le trouvèrent affalé dans sa berçante, le visage blême, les traits tirés. Mélina s'approcha de lui. Il tressaillit.

— Regarde-moi donc, dit-elle, t'as pas l'air de filer pantoute. Tu serais pas mieux de t'allonger sur notre lit ou sur le sofa, suggéra-t-elle. Ça a pas de bon sens ! Après le souper, je vas faire venir le docteur, décida-t-elle, impérative.

— J'ai pas ben faim pis je veux pas voir le docteur, rétorqua-t-il.

— T'es toqué comme un âne, Antonin Bernard, répliqua-t-elle avec humeur. T'es pas raisonnable ! Quand on est malade, faut se faire soigner ! Tu te vois pas dépérir ? T'es pâle comme un drap puis t'arrêtes pas de grimacer. T'es ben bon pour t'occuper des chevaux, mais quand il s'agit de toi, par exemple, ça, c'est une autre histoire…

La douce Mélina avait riposté sèchement. Les filles surgirent dans la cuisine, la mine ahurie.

— Vous êtes choquée, maman, fit Bénédicte. On aime pas ça vous voir de même.

— Ben non, maman est pas choquée, mon trésor, c'est juste que votre papa veut pas écouter le bon sens, répondit-elle d'une voix radoucie.

Angélina considéra le visage pâlissant de son père et son air réticent de marmot boudeur. Sans mot dire, elle lui adressa un regard implorant. Ce que sa mère n'avait pas réussi avec la persuasion, elle y parviendrait peut-être autrement. Le silence est parfois plus fort que la parole. Les heures suivantes étaient déterminantes ; elles parleraient d'elles-mêmes.

Antonin avait pignoché quelques bouchées avant de s'acheminer laborieusement vers le sofa.

— Finissez votre assiette, les filles, je vas aller au restaurant Chez Paul pour téléphoner.

Un masque d'inquiétude moula les physionomies. Bénédicte pressa quelques larmes. Angélina s'efforça de demeurer impassible pour ne pas éclater devant sa petite sœur.

— Nous deux on va essayer d'être fines, exprima-t-elle. On va faire tout ce que maman nous demande.

Elle avait prononcé ces phrases comme on place un point final à un paragraphe, sans conviction, en souhaitant que des interrogations n'obligent pas à préciser davantage. De toute manière, elle ne possédait pas de réponses aux questions qu'elle se formulait elle-même.

Mélina regagna son logement.

— Puis, maman ? s'informa Bénédicte.

— Le docteur s'en vient, répondit la mère, laconique.

Devant le restaurateur qui la couvait furtivement, elle avait eu peine à maîtriser ses nerfs, à contenir le flot de larmes qui affluait aux frontières de ses yeux. Le médecin lui avait dit qu'il se dépêchait, que le mal sournois dont souffrait son mari pouvait dissimuler quelque chose de plus grave.

Benjamin Bonnier surgit sur la rue Cuvillier comme des brancardiers arrivent sur les lieux d'un accident. Au cours de son examen sommaire, il constata le durcissement des muscles abdominaux accompagné d'une fièvre élevée. Le malade n'était pas incommodé par des diarrhées ou des vomissements, mais il présentait des signes tout aussi inquiétants. Le diagnostic tomba :

— Vous souffrez d'une péritonite aiguë, monsieur Bernard, il faut opérer de toute urgence. Pourquoi avez-vous tardé à m'appeler ? Madame Bernard, faites venir une ambulance ; elle va emmener votre mari à l'hôpital de La Miséricorde.

— Non ! s'interposa Antonin en levant la tête du coussin qui lui servait d'oreiller. J'en connais un qui est allé là puis qui en est pas sorti vivant…

La main sur le ventre, le front brûlant, le malade avait clamé son refus avec sa force résiduelle. Il eut peur. Des idées sinistres roulèrent dans sa tête enfiévrée.

— Si ça presse tant comme vous dites, docteur, faites-le donc tout de suite.

— Madame Bernard, envoyez votre aînée chercher mon épouse. Elle va m'assister pendant l'opération. Pour le moment, j'apprécierais une bonne tasse de thé.

Advienne que pourra ! pensa le médecin. Même à l'hôpital, le chirurgien ne disposerait pas de l'antibiotique approprié : le précieux médicament était requis pour les soldats.

Mélina s'empressa de dégager la table de la salle à manger. Elle tentait de bannir de son esprit toutes les pensées négatives qui en émergeaient. Elle aurait besoin de ce courage pour soutenir son homme et pour en insuffler à ses filles. Les prochaines minutes étaient décisives…

Chapitre 22

L'intervention avait réussi. Néanmoins, le docteur Bonnier se croisait les doigts pour la suite des choses. Normalement, selon la cause et la gravité du problème, l'opéré était contraint à une huitaine de jours d'hospitalisation afin de surveiller si des complications survenaient et de s'assurer que le fonctionnement intestinal se régularise. Antonin ayant refusé de se rendre à l'hôpital, le soignant avait jugé bon que sa femme veille au chevet du malade jusqu'au lendemain. Quant à lui, il ferait tout son possible pour mettre la main sur l'antibiotique qui lui paraissait indispensable.

Le convalescent reposait à présent dans sa chambre-bureau. Mélina s'était couchée avec un certain soulagement, à la fois épuisée par des heures d'angoisse et plongée dans une prudente expectative. Au matin, elle aviserait Barthélémy et Dostie des derniers événements. Il était entendu que son homme ne pourrait reprendre le travail avant une bonne période de rétablissement. Les employés ne pourraient compter sur eux ; le pelleteur Paul-Émile devrait s'arranger tout seul, et elle ne ferait que de brèves incursions à l'écurie.

Au matin, les filles trottinèrent dans leurs pantoufles vers la chambrette. Elles poussèrent la porte entrebâillée. Au fond de la pièce, à la lueur d'une lumière glauque qui filtrait, leur père gisait la bouche ouverte, exsangue. La femme du docteur Bonnier sursauta.

— Psitt ! fit-elle en levant la main.

Elle avait cet air assassin avare de mots et qui porte un coup fatal à toute tentative. La veilleuse s'était réveillée souvent pendant la nuit. Chaque fois, elle s'était approchée du patient, avait pris son pouls, posé la main sur son front et jugé de la pertinence d'administrer un calmant avant de regagner sa chaise et de somnoler, jusqu'à ce qu'elle entende à nouveau une respiration irrégulière qui la tirait de son assoupissement.

Elle avait chassé les petites Bernard comme on éloigne un chat mutin qui s'amuse à dévider une pelote de laine. Mélina s'amena, drapée dans sa robe de chambre.

— Chut ! maman, la prévint Bénédicte. Madame Bonnier veut pas qu'on dérange.

Antonin dormait d'un sommeil abyssal. C'était tant mieux.

La maison était un peu frisquette. Mélina résolut de jeter quelques pelletées de charbon au poêle avant de faire déjeuner ses filles et de s'habiller. Après, elle irait prévenir Barthélémy et Dostie.

Mélina était rentrée de l'écurie juste à temps pour voir partir les écolières. Le calme retrouvé dans la chaumière, l'infirmière sortit de la chambre du malade et se laissa choir sur une chaise.

— Puis, madame Bonnier ?

— Dans les circonstances, on peut dire que ça va assez bien. Votre mari a subi une opération majeure, vous savez. J'ai dû lui donner plusieurs calmants pendant la nuit. Pour le moment, la fièvre persiste. Je ne vous cacherai pas que j'ai hâte que mon mari revienne…

Que signifiait cette dernière phrase, énoncée sur un ton désinvolte ? Était-elle due à la fatigue, à une inquiétude croissante ou à une certaine indifférence ?

La maîtresse de maison servit un bol de gruau à la veilleuse. Afin d'alléger l'ambiance angoissante, les deux femmes entreprirent de s'échanger des banalités sur la température : la tendre verdure et les fleurs printanières, les oiseaux qui s'animeraient bientôt dans la chevelure des arbres et la hâte de se dévêtir de son linge d'hiver. Au demeurant, des propos qui n'engageaient ni l'une ni l'autre. Rien de troublant. Mais peu à peu, reprise par la gravité oppressante du logis, madame Bonnier détourna la conversation. La guerre qui sévissait en Europe, l'acharnement des hommes à s'entretuer, la folie du dictateur allemand qui conduisait les peuples à se défendre et à sacrifier des vies pour en sauver d'autres…

Le son cuivré de la sonnette retentit dans la cuisine. Mélina s'empressa d'aller répondre. La porte refermée, on n'entendait plus que le bruissement du manteau que le médecin lui remettait gravement. Madame Bonnier s'achemina vers le vestibule.

— J'ai fait tout ce que j'ai pu, déclara le docteur, d'une voix lugubre. C'est bien ce que je pensais, ils ont raflé les antibiotiques pour l'armée. Comment va notre malade ?

Malédiction ! La voix tremblante d'émotion, les femmes rapportèrent l'état de l'opéré. Le soignant s'était informé auprès des hôpitaux de la métropole ; l'engagement militaire du Canada avait provoqué une pénurie de médicaments. Il restait à espérer que le malade ne s'empoisonne pas. Mélina ne put retenir des larmes. Madame Bonnier l'entraîna dans la cuisine. Son mari les suivit et entra dans la chambrette.

Après quelques recommandations pratiques, le médecin et sa femme disparurent de l'appartement. Mélina demeurait seule, comme une bête effarée soudainement prise au piège. Elle voyait défiler devant elle des jours d'inquiétude, tourmentée par l'abominable perspective du malheur.

Des jointures retentirent dans les carreaux. Mélina se dirigea sans enthousiasme vers la porte qui donnait sur la galerie. Ida Dostie jetait un regard apitoyé sur celle qui allait lui ouvrir.

— J'ai vu repartir le docteur avec sa femme, fit la dévote. Je suppose que ça va mieux…

— Je suis pas prête à dire ça, justement! rétorqua Mélina, désabusée.

Le patient prenait-il du mieux ou, au contraire, la situation était-elle désespérée ? Ida Dostie fouilla dans la poche de sa robe et sortit son chapelet.

— Non, Ida, je vous en supplie, allez égrener vos dizaines ailleurs ! la réprima Mélina.

L'air navré, la pieuse personne embrassa le crucifix et rangea son objet de dévotion. Elle réalisa qu'elle avait de la facilité à recourir à la prière pour affronter les mauvais moments. Les autres n'étaient pas aussi portés vers le culte. Néanmoins, une fois retirée dans son logis, elle s'agenouillerait sur son prie-Dieu et consacrerait du temps pour invoquer les saints.

Angélina et Bénédicte étaient arrivées pour dîner. Dans un silence presque monacal, elles mangèrent sans appétit. Leur mère paraissait fermée et peu encline à leur rapporter le constat du médecin qui donnait peu à espérer. Combattant un accès de pleurs, elle s'était bornée à dire que le rétablissement serait lent, que le temps s'allierait à la patience. Pour l'heure, c'était la meilleure attitude à prendre.

Cependant, la voix que leur mère avait empruntée pour les rassurer était loin d'être l'expression pure et cristalline que les fillettes avaient coutume d'entendre. Maintes fois pendant le repas, elle avait tiré un mouchoir de la poche de son tablier pour se tamponner furtivement les yeux. À l'aube de la guérison de son mari, elle pouvait se permettre de se faire des accroires et souhaiter que ses filles s'accrochent à son espoir.

Le palefrenier n'avait pu s'empêcher de tenir sa langue. Au cours de l'après-midi, il était entré chez son frère. Il était maintenant à même de renseigner les livreurs sur la santé déclinante de l'entrepreneur. Certains avaient manifesté le désir de voir le malade, mais Barthélémy avait argué qu'il était trop tôt. Du reste, il avait été lui-même estomaqué de constater son état préoccupant. Alors qu'il réfléchissait au surcroît de travail imposé, les fils Philippon s'amenèrent, avec une bande de camarades turbulents, par le passage charretier en se bousculant. Le palefrenier sortit en trombe de l'écurie et se précipita vers eux.

— Personne dans la cour! les apostropha-t-il en leur barrant l'accès. Vous reviendrez une autre fois.

— Pour quoi faire? s'entêta Xavier, l'air bravache. On a ben le droit.

— Pas aujourd'hui! Antonin est malade, puis c'est pas avec une gang de gamins turbulents comme la vôtre qu'il va pouvoir se remettre.

Barthélémy avait cet air farouchement hostile propre à décourager une armada de galopins. Xavier Philippon comprit la détermination du palefrenier. Il se dit prêt à renvoyer ses amis et réussit à négocier un arrangement. Lui et ses frères souhaitaient bricoler des échasses dans l'atelier. Barthélémy y consentit, c'était une manière d'acheter la paix.

Leurs camarades refoulés sur la rue, les Philippon allèrent donner signe de vie à leur mère avant de redescendre et de s'engouffrer dans l'écurie avec quelques pièces de bois ramassées dans le hangar. Étonnée par ce qu'elle venait d'apprendre, l'hommasse surgit au logement du rez-de-chaussée.

— T'aurais pu me le dire, Mélina, que ton mari filait pas, je serais venue t'aider ben avant, s'indigna-t-elle.

Gertrude Philippon était offusquée. Avoir su, elle aurait offert volontiers son assistance, et l'insulte paraissait surpasser la compassion qu'elle éprouvait. Pendant que Mélina serait auprès du malade, elle fricoterait un plat avec le reste de rôti de lard. Ce à quoi Mélina s'opposa. Elle attribuait au rôti le déclenchement des malaises d'Antonin et tout ce qui s'était ensuivi. Dans tout le branle-bas, elle avait oublié de le mettre à la ruelle pour nourrir les chiens errants.

— Vous avez ben assez de vous occuper de vos garçons sans faire la cuisine chez votre voisine, Gertrude, commenta Mélina.

L'hommasse avait déjà sorti la poêlonne, le lait et les œufs, et cherchait dans l'armoire le poivre et la ciboulette. Les écolières entrèrent par la porte d'en avant et traversèrent l'appartement avec un enthousiasme modéré. À voir l'air tempéré de leur mère, elles comprirent que l'état du malade n'était pas très rassurant.

Avec le retour de ses filles, Mélina se réjouissait de la présence de son aimable voisine ; la vie continuait de battre pour les autres membres de la maisonnée. Elle s'était consacrée à son mari toute la journée et entrevoyait des heures angoissantes. Au milieu de ses douleurs persistantes, il lui avait murmuré des bribes parfois incohérentes, mais toujours empreintes du plaisir de voir son visage penché sur sa souffrance. Dans ses moins mauvais moments, il lui avait dit qu'il se sentait un peu perdu, qu'il trouvait que l'amélioration était lente, qu'il aurait dû se plier à l'exhortation du docteur Bonnier de se rendre à l'hôpital. Pour l'apaiser un peu, elle lui avait dit que le médecin faisait ce qu'il pouvait avec les médicaments disponibles et que son patient bénéficiait des meilleurs soins possible, dans les circonstances.

Des bruits inusités émanèrent de la chambre du malade. Mélina accourut. Antonin agitait la tête en cherchant confusément la provenance de ce qui perturbait son repos. Elle souleva le rideau et s'inclina à la fenêtre. Le visage de Xavier perché sur des échasses se tordait en de vilaines grimaces à faire peur. La mine consternée, Mélina lui adressa des signes désespérés. Puis, elle attendit que le garçon s'éloigne. Ensuite, elle susurra quelques mots au malade et retourna à la cuisine.

— Je regrette de vous le dire, Gertrude, mais Xavier est allé cogner à la vitre de mon mari. Il a pas l'air de savoir qu'il y a un grand malade ici dedans.

— Que c'est qu'il a fait encore, celui-là ? brama-t-elle.

L'hommasse ôta son tablier et parut en robe à manches courtes sur la galerie. Xavier était descendu de ses échasses, tandis que les deux autres avaient l'air de s'empiffrer de sa dernière lèchefrite de galettes à la mélasse.

— Vous trois, serrez-moi ces brimbales-là puis montez tout de suite en haut, vous allez vous passer de souper, fulmina-t-elle avant de refermer vigoureusement la porte.

— Vous êtes pas mal sévère, Gertrude. À leur âge, ces enfants-là ont besoin de manger pour grandir, compatit Mélina.

— Si t'avais vu Alphonse puis Ange-Aimé la bouche pleine, tu dirais pas la même chose, certain…

Madame Philippon regagna son logis. Mélina s'attabla avec ses filles. Pendant tout le repas, elle chercha des simulacres de gaieté pour les distraire de l'atmosphère pesante qui régnait dans la maison. Elle raconta quelques histoires drôles. Mais rien ne parvenait à égayer les écolières. Ce qui naguère déclenchait les rires ne réussissait qu'à leur arracher un sourire poli.

À la fin du repas, Angélina débarrassa la table et entreprit la corvée de la vaisselle. Sa mère s'occuperait de faire repasser les réponses de catéchisme de Bénédicte. La future communiante mettait tout son cœur à l'étude. C'était sa manière de quémander de la fierté à son père. Si elle avait su : le culte ne le touchait guère ! Mélina pensait que la santé de son mari le raccrocherait peut-être un peu aux croyances religieuses. Il n'avait manifesté aucun attachement particulier afin de se rapprocher du bon Dieu. Il faut croire qu'il était persuadé de s'en sortir sans l'aide du ciel.

La mère posa le catéchisme sur le coin de la table et se déporta au vestibule.

Le docteur Bonnier entra, engoncé dans son manteau de drap beige. Il avait la mine sombre de ceux qui pressentent l'inexorable fatalité. Il s'aperçut que sa physionomie s'accordait avec celle de l'hôtesse. Elle l'entraîna à la chambre-bureau.

Le patient souleva une main falote. Entre les pointes de l'oreiller, des yeux hagards creusaient la figure livide qui, de plus en plus, prenait la couleur du désespoir. Aucune amélioration appréciable n'avait ponctué la journée du patient. Le fonctionnement intestinal du fiévreux n'avait pas repris. Le médecin délaissa l'alité et suivit l'épouse à la cuisine. Angélina et Bénédicte redoutaient la déclaration du soignant. À lire sur les visages défaits qui paraissaient dans la pièce, elles n'avaient pas besoin de paroles.

— Au train où vont les choses, madame Bernard, les chances de rétablissement sont plutôt minces.

— Minces ou inexistantes? demanda-t-elle, redoutant la réponse.

Les lèvres frémissantes, elle s'empêcha de le questionner sur la suite des événements. Le regard de Benjamin Bonnier semblait invoquer sa douloureuse résignation et son courage pour affronter les heures pénibles qui s'annonçaient. Elle alla reconduire le médecin dans le vestibule et revint dans la pièce au fond du logement. Angélina et Bénédicte pleuraient à chaudes larmes. La mère éplorée se pencha sur ses filles et les entoura de ses bras maternels.

Soudées l'une à l'autre, agglutinées, les filles avaient gagné leur chambre. Désormais, elles seraient solidaires dans l'épreuve qui se tissait avec les fils macabres de la mort. Mélina retourna dans la chambre-bureau. Antonin dormait. Effrayée par les progrès du mal, elle prit de quoi écrire et alla s'asseoir pensivement à la table. Une première lettre s'adresserait à la famille Bernard et une seconde à la sienne. Elle les informerait du sérieux problème de santé d'Antonin et des graves conséquences qui pourraient survenir.

***

Dans les jours qui suivirent, les choses empirèrent. Le degré de conscience du malade avait diminué, il était incapable de mâcher et ne parvenait plus qu'à avaler quelques petites goulées de bouillon. Peu à peu, Mélina et ses filles s'accablèrent et sombrèrent dans un affligeant désespoir. Gertrude Philippon venait quotidiennement faire son tour en apportant trois portions de ce qu'elle avait cuisiné pour le souper et repartait, histoire de retourner à son logis pour garder l'œil ouvert sur sa grouillante progéniture. Connaissant l'heure de visite de sa voisine de palier, Ida Dostie évitait de se présenter en même temps qu'elle. De toute façon, aujourd'hui cela lui convenait. Son mari et ses filles avaient manifesté le désir de compatir. C'est ainsi que la famille Dostie aboutit au logis des Bernard en délégation officielle.

Depuis le début des ennuis de santé de son patron, l'engagé s'était abstenu de le visiter. Il connaissait parfaitement le travail à faire et pouvait fort bien se débrouiller sans lui. Avec le beau temps qui s'amenait, la besogne devenait moins poignante. Sans personne pour le harceler, il avait donc ralenti ses coups de pelle pour mieux se conforter avec sa nature paresseuse. Néanmoins, il vivait inquiètement : advenant le pire des scénarios pour le malade, il ne serait pas en mesure de racheter la compagnie.

Afin de ne pas se faire reprocher son empressement à l'égrenage de son chapelet, la dévote avait apporté une image avec une prière au dos de la face compassée d'un saint. Mélina lui avait signifié qu'elle priait à sa manière, qu'avec la rapidité selon laquelle les choses évoluaient, pas un de ces bienheureux n'avait le pouvoir de renverser le cours des événements.

— Déshabillez-vous, dit Mélina.

La petite fille et ses parents empilèrent leurs manteaux sur la berçante. Vêtue de sa robe de communiante, Odette s'avança vers le milieu de la pièce. Avec une apparente réticence, Corinne se délesta de sa pèlerine.

— Ah ! Je ne savais pas que… exprima l'hôtesse.

La jeune veuve avait le ventre légèrement rebondi. Elle avait hésité à descendre chez celui qui ne devait plus ressembler à l'homme qu'elle avait séduit. En fait, elle n'aurait su dire si l'enfant qu'elle portait en son sein était de son mari, de l'amant qu'il avait abattu, ou du malade qui se mourait dans cette maison.

— On peut le voir ? demanda la dévote.

— Vaut mieux pas ! répondit Mélina.

Odette avait rejoint son amie Bénédicte, qui avait sitôt revêtu ses habits de cérémonie. Les deux « premières communiantes » déambulaient à présent dans le passage sous le regard enveloppant de la dévote.

Dostie était entré avec une physionomie chagrine et ne s'en était pas départi. Il s'était tiré une chaise et gardait ses bottes sur le paillasson en triturant sa casquette. Son emploi s'achèverait-il avec le printemps ou se poursuivrait-il avec son travail de pelleteur de caves ? Il interpella la femme de son patron :

— Croyez-vous, Mélina… ? insinua-t-il.

— Je sais à quoi vous pensez, Paul-Émile, rétorqua-t-elle. Vous aussi vous entrevoyez le pire… Mais à l'heure qu'il est, je peux rien vous promettre.

Elle n'avait pas prononcé les vrais mots, ceux qui font frémir et qui donnent froid dans le dos au simple fait de les évoquer.

À tout moment, la dévote consultait l'horloge de la cuisine. Que faisait-il qu'il n'arrivait pas ? Il lui avait pourtant promis de se joindre à sa famille et de mettre une touche un peu moins païenne dans une chaumière de la paroisse.

Quelqu'un sonna et entra dans le vestibule, et se débarrassa de sa pelisse de castor. Angélina escorta le prêtre à la cuisine. Le vicaire salua civilement la compagnie et s'informa :

— Où c'est qu'il est, notre malade ? s'enquit-il, le verbe haut.

— Faudrait baisser le ton, monsieur l'abbé, réprimanda gentiment la dévote. Il est couché juste à côté.

L'abbé Morissette fixa la porte de la chambre-bureau. Puis, il promena un regard avant de l'attacher sur Corinne. La jeune femme enceinte était vêtue d'une robe de taffetas mauve sans manches qui offrait la chair affriolante de ses bras dénudés.

— Que faites-vous des convenances ? demanda-t-il. Vous pourriez avoir un peu plus de pudeur ! affirma-t-il, la figure durcie.

Le pasteur se rappelait la course effrénée au mariage. Elle avait été l'épouse d'un de ces étourdis qui s'étaient empressés de faire sonner les cloches pour éviter l'armée. On lui avait raconté cette histoire sordide de son mari jaloux qui avait tué un antagoniste avant de s'enlever théâtralement la vie.

Corinne eut un mouvement d'humeur ; elle alla se couvrir de sa pèlerine et remonta à l'étage.

La cuisine avait soudainement pris une teinte sacerdotale, quelque chose comme l'atmosphère d'une nef remplie de fidèles qui courbaient l'échine de culpabilité dans un mouvement d'ensemble devant le prône moralisateur du célébrant.

Le prêtre avait jeté un froid à glacer ses ouailles. Il avait remis à sa place une pécheresse qui le méritait bien. Il quitta sa physionomie austère lorsqu'il vit apparaître Odette et Bénédicte à qui il enseignait le catéchisme à l'église le samedi matin.

— Elles sont bien parties celles-là, commenta-t-il. À les voir, on dirait qu'elles ont hâte à leur première communion.

— Je vous le fais pas dire, monsieur l'abbé, acquiesça la dévote.

L'abbé Morissette demanda à voir le malade. L'étole au cou, il récita quelques prières avant de quitter la chambre-bureau.

Atterré par l'état du malade, il eut le sentiment qu'il reviendrait bientôt pour les derniers sacrements…

Chapitre 23

Dans l'étrangeté discrète du salon double, le cercueil reposait sur la table qu'on avait transportée de la salle à manger. La maison funéraire Sansregret avait préparé la dépouille. À côté du défunt, deux petites figures aux yeux rougis se tenaient muettement devant Mélina tordue de douleur. Bénédicte ne comprenait pas pourquoi sa mère semblait demeurer impassible, alors qu'elle et sa sœur avaient déversé toutes les larmes de leur peine. La mort de leur père adoré avait essoré leur corps chétif jusqu'à la moelle. Il ne restait plus que leur jeune âme, lourde et solitaire.

Le docteur Bonnier avait signé l'attestation de décès. Avec l'arme de sa science, il avait lutté en vain contre les assauts de la maladie. L'abbé Morissette s'était empressé dans les derniers moments et avait donné l'onction des saintes huiles. Ida Dostie était descendue avec des cierges qu'elle avait plantés aux quatre coins de la table et s'était mise en prière. Son mari était venu marmonner ses doléances et avait adressé quelque supplique au Tout-Puissant afin qu'Il ne l'abandonne pas à la rue. Ces derniers jours, il avait reculé le tombereau dans le fond de la cour. La période de creusage de caves allait débuter aussitôt le sol dégelé. Par une sympathie communicative, Odette avait pleuré en même temps que Bénédicte. Quant à Corinne, le ventre appuyé au bord de la table, elle avait réussi à balbutier sourdement quelques mots de reconnaissance pour avoir connu Antonin, et se désolait de ne trouver qu'un masque cireux et cadavérique qui couvrait le beau visage qui l'avait attirée.

Le deuxième soir, Rosita emmena ses enfants après l'école pour empêcher qu'ils ne se couchent tard en pleine semaine. Après avoir décrotté leurs bottes, les livreurs circulèrent ensuite devant la dépouille en répandant la forte odeur des chevaux dont leurs vêtements étaient imprégnés. Malgré son déplaisir à sentir le parfum d'écurie, l'hommasse se présenta avec son mari et ses fils après le souper. Pendant que leurs parents se recueillaient, par nervosité ou par inconscience, les trois frères essayaient de contenir des fous rires déplacés. À travers le voisinage qui avait commencé à défiler, ils se bousculèrent jusqu'à renverser un crachoir que Mélina avait pris soin d'acquérir pour les circonstances.

— Vous allez monter en haut tout de suite ! leur intima-t-elle en pointant le plafond.

Comme un gardien qui accompagne des condamnés, Armand Philippon avait escorté ses fils, et sa femme était restée au salon double mortuaire. Elle offrit à la veuve de préparer des sandwiches qui seraient servies à la fin de la soirée.

— On va sortir le lunch à onze heures, décida-t-elle, comme ça on va pouvoir barrer les portes à minuit.

Mélina avait appuyé la décision de sa bienveillante voisine. Elle devait se ménager, les prochains jours seraient éprouvants.

Un peu plus tard pendant la veillée, alors que la maison connaissait un certain répit, Mélina envoya ses filles se coucher. Un homme entra dans le vestibule. Il se déchaussa de ses claques et, les épaules voussées, progressa vers le salon.

— Mes condoléances, madame Bernard, dit-il en relevant les yeux.

La veuve eut un mouvement de répulsion. Par sa présence, Adhémar Raynault aurait pu s'abstenir de lui rappeler qu'Antonin avait refusé la police d'assurance proposée. Elle se culpabilisa de ne pas avoir insisté au moment opportun. Il était trop tard maintenant pour réclamer une prime de dix mille dollars.

Il approchait onze heures. Le courtier allait prendre congé quand une famille de miséreux fit irruption au logis. Acharnés par la guigne, les Bérichon étaient reconnus pour fréquenter les maisons endeuillées. Le jour, l'un des plus vieux de la nichée patrouillait dans les rues à la recherche de crêpes noirs suspendus aux portes du faubourg. Et le soir, on enjambait effrontément les seuils sans nécessairement connaître les gens éprouvés. Puis, les enfants bien dressés entouraient la dépouille comme s'ils s'apprêtaient à manger, pendant que leurs parents offraient leurs condoléances en reniflant des odeurs de cuisine.

Monsieur et madame Bérichon s'éloignèrent de la veuve et entreprirent de deviser avec l'ancien maire de Montréal. Gertrude Philippon les aperçut et voulut en aviser Mélina.

— Eux autres, je vas les mettre dehors, affirma-t-elle sur un ton impératif. Je les connais, c'est une gang de tout-nus de la rue Dézéry qui profite du malheur du pauvre monde.

— On est pas du pauvre monde tant que ça, plaida Mélina.

— Peut-être ben que oui, asteure, rétablit l'hommasse.

Mélina reconnut que ses moyens financiers ne seraient plus les mêmes, qu'elle devrait songer à deux fois avant de distribuer ses largesses de femme généreuse. Elle eut un regard désabusé vers l'agent d'assurances qu'elle reporta sur sa voisine.

— On va offrir juste une partie du lunch, lui murmura-t-elle. Comme ça, il sera pas dit qu'on est trop regardants.

Les Bérichon gloutonnèrent tant qu'ils le purent, avalant des boissons gazeuses et dégarnissant les assiettes de sandwiches de leur contenu. Alors que son mari conversait avec Adhémar Raynault sur l'administration municipale du maire Houde, la mère Bérichon enveloppa dans des guenilles les dernières pointes qu'elle fourra dans son large sac à main. Puis, jetant à la ronde un dernier regard sur les plats de boustifaille vides, elle sonna le glas du réveillon.

— On rentre, proféra-t-elle.

Dès lors, on vit sa flopée s'aligner par ordre de grandeur dans le passage, le nez en direction du vestibule.

Adhémar Raynault salua civilement Mélina et prit congé. Enfin délivrée, Gertrude Philippon alla verrouiller la porte d'en avant et entreprit de passer le balai dans le salon double et de laver la vaisselle.

— Ouf ! s'exclama l'hommasse. Il va rester un autre soir de même. Après, tu vas avoir la sainte paix pour la visite.

— Faut pas parler si vite, Gertrude. Samedi matin, ça va être l'enterrement d'Antonin, puis la première communion de Bénédicte.

Elle venait de prononcer ces paroles quand on insista à la porte arrière.

— C'est la Dostie ! annonça Gertrude Philippon.

Elle alla ouvrir à sa voisine de palier.

— Vous reviendrez une autre fois, madame Dostie ! interdit-elle. Il approche minuit. Tout le monde est parti, il reste juste moi, puis je m'en vais d'une minute à l'autre.

Pendant que l'hommasse faisait office de tourière, la dévote poussait en haletant avec son prie-Dieu dans la porte pour entrer. Elle était descendue de l'étage avec sa pièce d'ébénisterie on ne sait trop comment, mais elle affichait un air triomphant.

— Êtes-vous en train de déménager, coudonc ? s'enquit l'hommasse.

— Laissez faire, Gertrude, je m'en occupe, trancha la maîtresse de maison.

Les deux mains solidement agrippées à son meuble, la dévote s'achemina près du cercueil. Mélina remercia cent fois plutôt qu'une Gertrude Philippon et se rendit au salon.

Madame Dostie était déjà inclinée sur son agenouilloir et avait entamé la récitation de prières.

— Excusez-moi, Ida, mais vous pensez pas que vous devriez revenir demain ? demanda Mélina.

— C'est pas tous les jours qu'on a un mort dans la maison, rétorqua-t-elle. On va faire les choses comme du monde pour que ton mari obtienne les grâces nécessaires pour monter au ciel. Je t'avais pas prévenue, Mélina, mais il faut que tu saches que des femmes vont venir se relayer toute la nuit pour prier. La première va arriver d'une minute à l'autre.

Les bras de la veuve s'étirèrent de découragement. La dévote avait recruté trois étrangères pour sauver l'âme de son mari, un presque mécréant, un infâme renégat qui devait avoir la conscience souillée par quelque péché capital. Mélina voulut s'opposer à tant de générosité catholique, mais elle accepta.

Elle s'allongea dans son lit froid et désert. Une autre nuit ténébreuse avait obscurci toutes les pièces, sauf le salon d'où jaillissait la flamme de quatre cierges allumés et les ardentes prières d'une illuminée. Mélina songea à son mari qui dormait d'un sommeil éternel, juste là, dans la pièce voisine, de l'autre côté du passage. Ils avaient vécu ensemble des années de bonheur, assombri par la pulsion extra-conjugale dont elle avait subodoré l'existence. Elle en avait été blessée. Pendant toutes leurs années de mariage, elle s'était fidèlement gardée pour lui et elle n'avait pas le dessein de le remplacer par un autre.

Une femme apparut sur les coups de minuit. C'était mademoiselle Lafrance, la ménagère du curé, une célibataire dépareillée qui avait pris le chemin des filatures en bas âge pour aider sa famille, mais qui s'était refusé à finir sa vie dans une usine. Elle avait accepté l'invitation de la dévote, à condition d'être la première à passer. Une seconde, madame Lagimonière, se présenta vers les trois heures trente du matin, avec une demi-heure de retard, les yeux perdus sous un chapeau en forme de cloche. C'était une retraitée qui faisait du bénévolat à La Miséricorde et qui avait généreusement consenti à ne pas briser la chaîne des pleureuses. Puis, une troisième et dernière volontaire, madame Blaquière, elle-même veuve depuis peu, s'était fait tirer l'oreille. Son mari, un cuisinier d'un restaurant de la rue Sainte-Catherine, avait été heurté par un tramway dans la nuit du 11 au 12 du mois précédent. Transporté par ambulance à l'hôpital, il avait refusé de se faire hospitaliser, malgré une blessure à la tête. Le soir, il était retourné à son travail. Il venait à peine de commencer qu'il s'affaissait mortellement. Madame Blaquière devancerait son réveil habituel pour participer à l'exercice de piété.

À six heures pile, Ida Dostie parut au logement des Bernard. L'aurore l'avait extirpée de son lit. Elle assisterait à la relève de la garde et prierait ensuite avec la veuve Blaquière.

Elle s'avança au salon. Un livre de prières jonchait le plancher de bois et un chapelet pendait au prie-Dieu.

— Cora ! proféra-t-elle. Je me le disais aussi que je pouvais pas me fier à vous ! J'espère que ça fait pas longtemps que vous dormez.

Offensé, le maillon faible de la chaîne s'ébroua, rassembla ses affaires et disparut en claquant la porte.

Le départ fracassant de Cora Lagimonière avait sonné le clairon du réveil. Mélina surgit au salon funéraire.

— On aurait pu s'en passer de celle-là, exprima-t-elle.

Au fond de ses yeux caves, une lueur de malignité perçait. Comme une conséquence prévisible, Mélina avait connu un sommeil perturbé, interrompu par les mouvements des pleureuses se levant du prie-Dieu pour se servir du thé qui réchauffait en permanence sur le poêle.

C'était vendredi. Une autre journée de veille s'annonçait tout aussi achalandée par le retour des livreurs et quelques paroissiens. Ida Dostie assurerait une certaine circulation autour du cercueil.

Gertrude Philippon aussi reviendrait. Elle s'était proposée pour faire cuire un chapon afin de confectionner des sandwiches pour le dîner du lendemain. Après la première communion de Bénédicte à neuf heures et les funérailles d'Antonin à onze heures, Mélina se devait de recevoir, ce que l'hommasse considérait comme une règle de bienséance inévitable. Cependant, dans le détraquement des activités régulières, Mélina avait oublié qu'un événement prévisible se présenterait…

Sept heures sonnaient au clocher de l'église de La Nativité d'Hochelaga. Barthélémy, Rosita et leurs deux enfants s'étaient recueillis avant la cohue du dernier soir. Tous les livreurs étaient venus rendre un dernier hommage au défunt après leur journée d'ouvrage. Quelques faubouriens passés à la hâte étaient disparus après le temps d'un *Notre Père* et d'un signe de croix. Les fils Philippon, surveillés par leur mère intransigeante, avaient séjourné au salon quelques minutes en prenant de ces airs faussement apitoyés avant de remonter joyeusement au logis. Soudain, des valises précédèrent les voyageurs dans le vestibule…

Le bruit sourd des bagages largués sur le plancher de bois tira Mélina de son entretien avec des gens du voisinage. Elle se rendit au passage.

Ses sœurs Virginie et Rébecca arrivaient de la péninsule gaspésienne avec leur mari. Les deux beaux-frères s'obstinaient entre eux.

— T'aurais pas dû lui donner du *tip*, le gros! semonça le petit Évariste. Le chauffeur de taxi a pas touché une seconde à nos valises.

— On est en ville, c'est pas parce qu'on vient de la Gaspésie qu'on sait pas vivre, rétorqua Octave. Avec ta grandeur, dis-le donc que t'as de la misère à les transporter, s'amusa-t-il. Je te gage que nos nièces sont capables de les soulever…

Habituées aux prises de bec entre leurs époux, les laideronnes se dévêtaient de leur manteau avec indifférence. Mélina intervint :

— C'est le temps de montrer que vous savez vivre, messieurs, reprocha-t-elle. Je vous demanderais de vous retenir un peu dans la maison.

— Sont toujours en train de s'ostiner ces deux-là, mentionna Rébecca.

Angélina et Bénédicte survinrent. Elles saluèrent poliment la visite, empoignèrent des bagages et amorcèrent le pas pour les transporter dans la chambre-bureau. Les beaux-frères reprirent à se disputer. Ida Dostie se leva de son prie-Dieu et surgit au milieu de la discorde.

— Si ça continue, même si vous êtes de la parenté, je vas vous mettre dehors, fit-elle, l'air irrité. Là, dégreyez-vous, puis venez vous recueillir.

Les deux Gaspésiens suivirent la dévote qui les entraîna au prie-Dieu. Des voisins entouraient respectueusement le cercueil. D'un œil sévère, elle incita d'abord Octave à s'agenouiller. Pendant qu'elle surveillait le gros homme, elle jetait à la dérobée des regards dans la pièce pour assurer le bon déroulement de la soirée, ne se gênant pas pour intervenir et rappeler à l'ordre les têtes légères. Celles-là n'avaient qu'à s'éloigner à l'autre bout du salon double pour offrir leurs doléances à la veuve Bernard. Puis, ce fut au tour du petit Évariste à fléchir le genou et à se soumettre à ses règles. Le gnome avait intérêt à s'absorber dans quelque prière réparatrice avant de recommander à Dieu l'âme du défunt.

Le petit homme agenouillé s'assura que la dévote ne le couvait plus du regard. Il se leva et se rendit à la chambre-bureau. Puis, il empoigna la valise de son beau-frère et la transporta dans la salle à manger. Octave le prit sur le fait.

— Heille ! Que c'est que t'as d'affaire à trimballer les valises ? intima-t-il, l'œil menaçant. Va remettre ça à sa place.

Le gros Octave traversa le passage et s'engouffra dans la pièce où le mobilier du salon double avait été remisé pour quelques jours. Les joues rouges de colère, il empoigna sa valise.

Sur les entrefaites, les Bérichon entrèrent dans la maison endeuillée. La mère avait décidé de faire un crochet de bonne heure au logement de la rue Cuvillier. Plus tard en soirée, sa flopée la suivrait dans une résidence plus cossue de la rue Adam, où le père s'était déjà rendu en éclaireur. Les perspectives de cueillette de nourriture s'avéraient là plus intéressantes. À son grand étonnement, Gertrude Philippon avait vu la famille surgir au salon et se disperser parmi la petite société dans la vastitude de la pièce. Cependant, l'un d'eux avait échappé à la vigilance de l'hommasse. Au moment même où l'aîné des Bérichon prospectait les manteaux accrochés dans le vestibule, Octave fit irruption dans le corridor.

— Que c'est que tu fais là, toi ? s'enquit-il d'une voix tonnante.

L'obèse largua son bagage et s'approcha du garçon, qu'il empoigna au collet d'une main robuste et qu'il traîna au salon. Tous les yeux de la petite société s'étaient tournés vers l'homme et sa capture, qui se débattait au bout de son bras.

— À qui cette fripouille-là ? brama-t-il.

Madame Bérichon se détacha d'un petit groupe.

— Vous êtes pas mal insultant, monsieur ! s'indigna-t-elle. Mon garçon est pas une fripouille.

Toute la maisonnée s'était rassemblée dans la pièce mortuaire et suivait avec un intérêt croissant la navrante scène.

— Vide tes poches ! intima le Gaspésien.

Obéissant, la figure chafouine, l'aîné des Bérichon exhiba une poignée de menue monnaie. Subodorant que le garçon s'était emparé de ses billets, Octave demanda à son beau-frère d'aller sonder les poches de leurs manteaux. Évariste s'empressa au passage et revint, la mine désabusée.

— Crache, mon petit verrat ! s'emporta Octave.

— Lâchez-moi tranquille si vous voulez que je fouille dans mes poches ! supplia le garçon, la lèvre tordue.

L'obèse desserra sa poigne. Le jeune Bérichon tâta les compartiments de sa bougrine. Le sourcil méfiant, Octave fouilla lui-même l'intérieur et l'extérieur du vêtement, et en ressortit deux portefeuilles.

— Il me semblait aussi, conclut le gros homme.

Toutes les physionomies étaient à présent rivées sur la mère Bérichon, qui se moula un air affecté.

— Ah ! ben, mon grand tarla, par exemple ! éclata-t-elle. On va passer pour une belle gang de voleurs. Envoye à maison, asteure !

Alors que sa trâlée s'alignait dans le corridor, la mère adressa hypocritement ses excuses. Ida Dostie et Gertrude Philippon s'approchèrent de Mélina afin de l'aider à se remettre de ses émotions. Évariste se trouvait redevable à son beau-frère d'avoir récupéré son portefeuille et consentit à occuper avec Virginie la salle à manger pour la nuit. Et puis la chambre-bureau n'était-elle pas la pièce où Antonin avait rendu l'âme ?

Vers les onze heures, alors qu'on s'apprêtait à se réunir autour du lunch, on vit apparaître l'abbé Morissette. Le prêtre rassembla les gens autour de la dépouille pour réciter le *De profundis* et pour prier une dernière fois ensemble dans la maison avant de disparaître. On le reverrait à l'église le lendemain. Puis, la compagnie se déporta dans la salle à manger pour la collation servie sur une table d'appoint. Angélina et Bénédicte étaient déjà au lit depuis un bon moment. Il faudrait se lever tôt pour la première communion à neuf heures.

La journée achevait et ceux qui devaient partir avaient repassé le seuil. Mélina et les visiteurs de la Gaspésie s'étaient retirés pour la nuit. Il ne restait qu'Ida Dostie, agenouillée sur son prie-Dieu. Sitôt les portes fermées, elle avait entamé la récitation du chapelet.

Cependant, de l'autre côté du corridor, Évariste et Virginie ne parvenaient pas à s'endormir. Malgré eux, ils égrenaient les dizaines et participaient aux invocations de la dévote. Las de la suivre, Évariste avait allongé une main baladeuse pour mieux se soustraire à l'exercice. Virginie leva la tête de son oreiller.

— J'espère qu'on aura pas droit à un rosaire ! se plaignit-elle en repoussant son homme.

Des minutes s'écoulèrent dans un affaiblissement de la voix priante. Puis, un silence de mort enveloppa le logement qui rasséréna les dormeurs de la salle à manger. Le couple gaspésien sentit qu'il allait se passer quelque chose. Soudain, comme emportée par un nouvel élan de ferveur, Ida Dostie entonna un chant. La laideronne se redressa sur le sofa-lit.

— Ben là, ça va faire ! s'exaspéra-t-elle, bondissant de sa couche.

Elle chaussa ses petites lunettes rondes. Le pas décidé, elle traversa le passage et surgit au salon mortuaire.

— Coudonc, la pleureuse, en avez-vous encore pour longtemps ?

Ida Dostie se retourna brusquement.

— Faut-tu être assez irrespectueux pour interrompre une femme en prière ? se rebiffa-t-elle.

— Savez-vous qu'il y a des gens qui veulent dormir ici dedans ? Nous autres on a fait un gros voyage pour venir à Montréal. C'est pas sur le train qu'on se repose ; on a besoin de sommeil, surtout avec la journée qui nous attend.

— Ben habituez-vous parce que ça va être de même toute la nuit ! rétorqua la dévote. Moi je fais un bout, puis après d'autres femmes vont prendre la relève jusqu'au matin.

La voix chevrotante, Ida Dostie reprit son chant sans vergogne. Rabrouée, Virginie tourna les talons et s'en fut s'enterrer sous les couvertures, la tête sous l'oreiller. Évariste sentit qu'il n'avait rien à perdre. Habillé d'un sous-vêtement le couvrant du cou aux chevilles, il enfila ses pantoufles, se leva à son tour et s'achemina au salon. La voix de la dévote demeura suspendue à une note aiguë.

— Pas lui, asteure ! proféra-t-elle à la cantonade. Vous, mon petit bonhomme, retournez donc vous coucher, s'écria-t-elle, scandalisée.

Le temps de le dire, Octave et Rébecca parurent et escortèrent Mélina au salon. L'imposant personnage était pieds nus, vêtu d'un caleçon court et d'une camisole sans manches qui ne lui couvrait que le haut de son ventre velu.

— V'là le gros, asteure ! s'indigna-t-elle. Vous pourriez pas vous accoutrer autrement ? Oubliez pas que vous êtes dans un salon mortuaire…

Mélina s'approcha de la dévote qui tremblait de tous ses membres.

— Ida, je pense qu'il serait plus sage d'abandonner, dit-elle doucement.

— Vous réalisez pas que vous dérangez toute la maisonnée, commenta Rébecca.

Octave et Évariste opinèrent du bonnet. La mine résignée, Ida Dostie ramassa muettement son chapelet et son livre de prières, et disparut. Rébecca murmura quelques mots au pavillon de son mari.

— On a changé d'idée, fit Octave. Ma femme aimerait mieux dormir sur le sofa plutôt que dans le bureau du défunt. Tu me dois ben ça, le beau-frère, ajouta-t-il du même souffle. Rappelle-toi que si ça avait pas été de moi, t'aurais plus une maudite cenne dans ton portefeuille…

— Comme tu voudras, rétorqua Évariste. Mais d'après moi, c'est changer quatre trente sous pour une piasse. Dans la salle à manger, vous allez juste être plus proche du défunt.

Bien qu'il fût reconnaissant envers le mari de Rébecca, Évariste avait obscurément le sentiment d'être déporté. Le malingre petit homme alla aviser sa femme qu'il devait déménager de pièce pour finir la nuit.

L'affairement terminé, la maison redevint tranquille. Dans la chambre-bureau, Virginie s'était allongée avec frayeur dans le lit du trépassé. La maigrichonne éprouvait des angoisses. Dans les lueurs étranges qui émanaient du salon double, avec la conviction d'une hallucinée, elle imaginait des spectres hideux qui dansaient devant ses yeux horrifiés et se pressait contre son chétif mari. Ils claquaient alors des dents et leurs membres grêles s'agitaient d'un sinistre frisson. Dans la salle à manger, le couple d'obèses semblait soulagé. Désormais, il pourrait reposer dans la quiétude du logis, loin du lit mortuaire d'Antonin.

La sonnette de cuivre retentit au logement. La physionomie contrariée, Octave dégagea son bras de sa femme et roula sur le bord du sofa. Les dents serrées, il se rendit au vestibule en expirant sa frustration.

— Bonsoir, monsieur, je viens prendre la relève de madame Dostie, balbutia la ménagère du curé.

Mademoiselle Lafrance détaillait le gros homme au cou de taureau sommairement vêtu qui semblait prêt à foncer sur elle.

— Il y en aura pas de relève! rétorqua-t-il bêtement. On va arrêter ça là tout de suite.

La voix tonnante d'Octave avait alerté la maisonnée. Mélina se dépêcha au vestibule. Elle écouta les doléances de son beau-frère et trancha:

— Vous êtes ben aimable de vous être déplacée pour mon mari, exprima-t-elle, la voix attendrie. Désolée de vous renvoyer au presbytère. On se reverra à l'église pour les funérailles.

La ménagère du curé prit congé. Mais Octave demeurait sur les épines et appréhendait le prochain remplacement. Il regrettait maintenant d'être déménagé de pièce et revendiquait un endroit où étendre son corps perclus de fatigue. Mélina proposa alors de veiller à la porte afin d'intercepter madame Lagimonière, le maillon suivant de la chaîne. Octave regagna sa couche, et Mélina s'installa sur une chaise droite avec son panier à ouvrage à l'entrée. Ainsi, elle aurait le dos raide et s'empêcherait de s'assoupir en ravaudant les bas de ses filles.

Les aiguilles de l'horloge lambinaient. Quant à ne pas dormir, elle estima qu'elle avait le temps de se recueillir sur la tombe de son mari avant de voir apparaître madame Lagimonière, qui devait se présenter vers les trois heures.

Mélina s'engouffra dans le salon et s'agenouilla sur le prie-Dieu. La réalité se dressa vite au milieu de ses pensées chagrines. Sa gorge nouée endiguait ses sanglots. Elle tenta de rassembler ses forces pour adresser au ciel compatissant quelque supplique. Pour le moment, elle ne voyait pas comment elle surmonterait l'épreuve douloureuse qu'elle traversait. Dans quelques jours, elle se retrouverait seule avec ses enfants. Comment ferait-elle pour les consoler du départ prématuré de leur père? L'argent viendrait-il qu'à lui manquer ? Serait-elle obligée de vendre ? Elle soumit toutes ses questions sans réponses à son Dieu lorsque la sonnette retentit dans le vestibule.

Madame Lagimonière était en avance. Pour être correcte avec mademoiselle Lafrance, elle avait devancé son « quart de travail » d'une demi-heure. La bénévole se disait un peu froissée de ne pas avoir été prévenue que ses services n'étaient pas requis et rentra chez elle sans autre récrimination.

L'obèse s'était réveillé en rogne. La tête de Rébecca émergea des couvertures. Octave la mandatait pour intervenir.

Mélina expliqua qu'elle n'avait pas prévu l'arrivée avant l'heure de la dame, qu'elle s'était fait prendre. Sa sœur pouvait retourner au lit sans problème. Il ne restait que la veuve Blaquière à intercepter. Rébecca se recoucha avec une confiance marbrée de doute.

La nuit semblait étirer son ombre. La maîtresse des lieux reprit son poste de vigie. Elle résolut de compléter la veille qui la mènerait aux lueurs de l'aurore. Elle avait tellement combattu le sommeil qu'elle était persuadée qu'il ne s'emparerait pas de son assoupissement. À l'autre extrémité de la maison, on semblait bénéficier des ténèbres et n'être pas incommodé par les différents dérangements survenus. Angélina et Bénédicte n'avaient sans doute eu connaissance de rien, et Évariste n'était pas réapparu. En fait, l'humeur de Virginie et de son mari la préoccupait assez peu. Pourvu que ses filles soient disposées à entreprendre la journée qui les attendait.

L'aube s'infiltrait par les fenêtres du salon et nimbait le cercueil ténébreux d'une lumière ocre. Pour la cinquième fois, Mélina consulta sa montre, déposa son ouvrage à ses pieds, se leva de sa chaise et jeta un coup d'œil sur le trottoir. Madame Blaquière n'arrivait pas. Une idée se fraya une ornière dans son esprit : avant que la chère dame ne revienne, elle se rendrait chez elle afin de l'aviser de demeurer à son logis. Différents événements déplaisants avaient ponctué la nuit. Après tout, les deux couples de visiteurs avaient fait tout un périple pour venir sympathiser et la soutenir ; ils méritaient le repos. Avant de partir, elle sentit confusément le besoin de s'excuser de son absence auprès du défunt. Elle s'achemina dans la vaste pièce, balbutia quelques mots devant la dépouille. Puis, elle s'inclina respectueusement en faisant le signe de la croix.

À l'heure qu'il était, elle parviendrait assurément au domicile de la pleureuse avant qu'elle ne sorte sur la rue. Comme si une honte la tenaillait, elle pressait le pas, la tête engoncée dans son col, soustrayant son visage au regard des passants. Elle pourrait rencontrer des acheteuses de fruits et de légumes, des clientes de son mari qui la reconnaîtraient et la questionneraient. Ils s'étonneraient tous de voir ainsi la désespérée dans une fuite éperdue. Au tournant de la rue Moreau, elle aperçut deux dames de la paroisse avec qui elle causait parfois au sortir de l'église. Elles s'informeraient de ses filles, de la première communion de Bénédicte et de la fin imminente de l'année scolaire, et la marcheuse serait obligée de mentir pour écourter leur entretien. Elle rebroussa chemin et bifurqua par la ruelle.

Lorsqu'elle réapparut sur Moreau, elle eut le sentiment d'être désorientée. La gauche ou la droite se présentait avec indifférence. Ida Dostie, qui avait recruté la pleureuse, lui avait dit que la dame habitait un immeuble en brique grise au-dessus d'un restaurant. Sans plus réfléchir, elle opta pour la droite, ce qui l'éloignait singulièrement de la rue Ontario.

Elle avait accéléré le pas et se déplaçait maintenant à larges enjambées. Mais plus elle marchait, plus elle s'enfonçait dans le doute. Ida Dostie ne lui avait-elle pas dit qu'il s'agissait du restaurant du coin, propriété d'un monsieur Desmarais ? Elle consulta sa montre. Affolée, elle revint sur ses pas.

La fatigue l'avait gagnée et son empressement à intercepter madame Blaquière lui avait creusé l'appétit. Guidée par la lumière pâlotte du commerce, elle progressa vers l'angle de la rue. Avant d'accéder à l'étage, elle s'informerait.

Elle poussa la porte. Une clochette grelotta. Le restaurateur, un homme à la mine débonnaire, la renseigna :

— Ça doit faire sept ou huit minutes que je l'ai vue passer, dit-il.

Le visage de Mélina s'affaissa. Même en se dépêchant, elle ne parviendrait pas à rejoindre la bénévole. La course dans laquelle elle s'était engagée n'avait concouru qu'à l'épuiser davantage. Elle entreprit de regagner la rue Cuvillier.

Chemin faisant, Mélina entrevit la silhouette d'une dame habillée de sombre déambuler vers la rue Moreau. « Qu'est-ce que je vas lui dire ? » pensa-t-elle. Madame Blaquière releva les paupières vers elle et s'immobilisa. Leurs yeux se croisèrent. Mélina marcha à sa hauteur.

— Vous devez m'en vouloir, fit-elle en esquissant un sourire penaud. J'ai fait tout mon possible pour vous empêcher de vous rendre chez moi.

— Rassurez-vous, madame Bernard, c'est pas à vous que j'en veux, rétorqua la priante, c'est à votre beau-frère Octave : tu parles d'un air bête !

— C'est de ma faute, madame Blaquière, j'aurais dû vous aviser ben avant.

L'aimable dame prit le bras de Mélina.

— Je sais que vous avez une dure journée à traverser, madame Bernard. Avec votre permission, je vous raccompagne à la maison et je vais voir à ce que rien ni personne ne vous dérange.

Les deux veuves amorcèrent le pas vers la rue Cuvillier. Mélina écoutait la dame compatissante qui réussissait tant bien que mal à se relever de la mort de son mari. Madame Blaquière prodiguait ses conseils, l'invitant à ne pas s'apitoyer sur son sort, à ne pas céder au découragement. Elle-même avait connu une petite déprime qui avait assombri ses jours. La perte d'un être cher apportait son lot de douleur certes, mais Angélina et Bénédicte avaient besoin de leur mère, et cette raison à elle seule valait la peine de relever l'échine. Et dans l'entourage de Mélina, il se trouverait bien quelqu'un qui l'aiderait…

Chapitre 24

Les deux femmes avaient regagné la maison endeuillée par la porte piétonne. En passant par l'arrière-cour, elles avaient ménagé les deux grasses personnes de la salle à manger. Par contre, malgré la frayeur qui s'était emparée d'eux, les deux maigrelets de la chambre-bureau avaient fini par s'assoupir dans l'entrechoquement faiblissant de leurs os. Madame Blaquière recommanda à sa protégée de se retirer, ne serait-ce qu'une heure, dans sa chambre. La nuit éprouvante avait achevé Mélina. Son visage s'était décomposé et ses yeux cernés semblaient s'égarer. Pâle et trébuchante, elle tombait de fatigue.

Mélina ne pensait pas s'endormir ; trop d'idées battaient dans sa tête. Elle ôta ses chaussures et s'allongea tout habillée sur son couvre-lit. Les paupières closes comme des volets fermés, elle se mit à écouter sa respiration irrégulière. Sa poitrine se soulevait et s'affaissait brusquement, comme si le cœur lui manquait. Un moment, elle essaya d'oublier la mort d'Antonin. Elle se plut à croire qu'il existait. D'ailleurs, ne l'avait-elle pas entendu rouler au bord de leur couche et se lever ? Il avait jeté quelques pelletées de charbon au poêle avant de se rendre à l'écurie pour le soin des bêtes. Après, il reviendrait pour déjeuner. Mais non ! Il ne pouvait mourir une seconde fois. Il était au salon et ne bougeait plus, froid et raide, et demeurerait immobile pour l'éternité. Le ciel avait-il commis une erreur sur la personne ? On ne meurt pas quand la vie chante, en plein soleil, au beau milieu de la trentaine, au mitan de l'existence terrestre. La disparition d'Antonin resterait l'entrave suprême à son bonheur.

Bénédicte sauta dans ses petites pantoufles roses, alla consulter l'horloge au mur de la cuisine et s'empressa à la chambre de sa mère.

— Maman, réveillez-vous ! s'écria la fillette.

Mélina secoua son assoupissement, fit battre ses paupières lourdes.

— Déjà !

— Vous m'avez dit que ce serait le temps de se préparer quand les aiguilles de l'horloge seraient comme ça…

L'enfant avait placé ses menottes pour indiquer la bonne heure. Mélina esquissa un sourire. Bénédicte avait bien retenu sa leçon.

Le brusque lever de la fillette avait ameuté la maisonnée. Afin d'éviter la cohue, la boulotte Rébecca avait entraîné son gros Octave à la salle de bains. Les deux grasses personnes enfermées ensemble dans la minuscule pièce n'avaient pas facilité leurs toilettes matinales. C'était à peine si les débarbouillettes humides et savonneuses pouvaient atteindre les régions cachées de leur corpulence. Elle l'avait ensuite aidé à se vêtir de son habit sombre. Devant le petit miroir de la salle à manger, la figure crispée, il refaisait pour la cinquième fois son nœud de cravate.

— J'en mettrai pas ! grogna-t-il en tirant sur la bande d'étoffe.

Un sourire compatissant se dessina sur le visage poudré de Rébecca. Elle s'approcha de lui et l'aida patiemment.

— Voyons, voyons, mon gros marabout, laisse-moi faire ! lui susurra-t-elle.

On frappa à la porte d'en arrière. Angélina alla répondre. Les Dostie attendaient sur la galerie. Odette jubilait. La dévote avait perdu son air offensé et semblait flotter sur un nuage d'allégresse, tandis que Corinne et son père paraissaient s'astreindre à une pénible corvée.

— Ça sera pas ben long, Bénédicte est presque prête, dit Angélina. Rentrez donc.

Mélina mettait la dernière main au voile de la communiante. Virginie avait dû repasser les pantalons froissés de son homme. Dans la chambre-bureau, les maigrichons achevaient leurs préparatifs.

Octave alla cogner. La chétive entrouvrit. Un parfum âpre s'exhala de la pièce.

— Coudonc, ça sent ben fort ici dedans, es-tu en train de t'embaumer, la belle-sœur ? demanda-t-il niaisement. En tout cas, dépêchez-vous parce que si ça continue, on va passer tout drette pour la première communion de notre nièce, puis on va arriver juste à temps pour les funérailles ! proféra-t-il, avant d'égrener un rire insignifiant.

À sa décharge, le baquais étouffait dans son col amidonné. De plus, sa nuit mouvementée lui avait aiguisé l'appétit et il anticipait un retour rapide de l'église.

Alors que la petite société se réunissait autour de la famille Dostie, Mélina s'attardait devant la dépouille d'Antonin. Pendant qu'elle contemplait le visage de l'homme qu'elle avait aimé, des larmes brûlantes chauffaient ses joues. Elle avait ce regard anéanti des êtres profondément affligés. Après la cérémonie pour leur fille, elle se dépêcherait de revenir au logement. Elle éprouvait le sentiment qu'elle ne pourrait résister à l'enlèvement. Des croquemorts de la maison Sansregret seraient déjà là pour s'emparer de son mari. Elle aurait beau se cambrer devant la bière, faire des scènes, enfoncer des griffes dans le cercueil pour le retenir, elle devrait se résoudre à le laisser traverser le seuil de leur demeure.

Elle ressassait ces idées douloureuses quand elle entendit une petite voix se lamenter du fond de la cuisine.

— Venez-vous, maman ?

Par un temps morne et frais, Odette et Bénédicte en tête, le cortège emprunta la porte cochère et s'ébranla sur le trottoir de la rue Cuvillier. Suivaient les deux mères. Ida Dostie progressait vers le lieu saint avec un empressement démesuré ; sa petite allait bientôt recevoir le sacrement de l'Eucharistie. Soutenue par la dévote, Mélina marchait l'échine courbée par une froide résignation, comme si elle se rendait déjà aux funérailles de son mari. Venaient ensuite les visiteurs gaspésiens qui traînaient un peu, à cause des deux obèses qui ralentissaient aux gargotes et qu'il fallait attendre à tous les cent pas. Finalement, Angélina et Corinne fermaient la procession. Loin derrière, Gertrude et Armand Philippon s'amenaient avec leurs garçons. Ils avaient préféré garder leur distance avec les Dostie, leurs étranges voisins de palier.

Le défilé tourna à l'angle de la rue Ontario sur laquelle ils s'engagèrent vers l'ouest. Après avoir croisé les rues Davidson, Darling et Saint-Germain, ils atteignirent l'église de La Nativité au coin de Dézéry. Sur le parvis, Barthélémy et Rosita toute de noir vêtue patientaient avec leurs deux enfants.

La cérémonie terminée, en proie à une gaieté délirante, la dévote voulut immortaliser l'événement. Avec son appareil photo, elle alla se poster à la suite d'une file de communiants, entraînant avec elle Bénédicte et tous ceux qui l'accompagnaient devant une statue de la Vierge Marie.

Mais le temps s'écoulait et le temple devait se dégorger de ses occupants avant les funérailles. Octave demanda à Mélina la clef pour entrer chez elle ; il pourrait déjeuner et s'occuper des croquemorts.

Au bout d'une quinzaine de minutes d'une attente fiévreuse, Mélina décida :

— Je vas retourner au logement au plus vite, dit-elle en consultant sa montre.

Elle arracha le bras de sa fille qui alla récupérer son manteau, et sortit avec elle et Angélina sur le parvis où s'étaient regroupés les Philippon. Armand s'alluma une cigarette et commença à palabrer avec des connaissances. Voyant que Mélina n'était pas avec la dévote, l'hommasse la rejoignit.

— Asteure il faut s'occuper du cercueil, dit-elle. Je vous raccompagne. Vous autres, les enfants, allez vous épivarder un peu avant de revenir pour les funérailles, tout à l'heure.

Tandis que ses fils s'éloignaient en courant vers le parc, les visiteurs de la péninsule progressaient vers le logement.

Le nez au crêpe de la porte, les employés des pompes funèbres Sansregret sonnaient chez les Bernard.

Remerciements

Mes chaleureux remerciements vont d'abord à madame Huguette Wagner, qui m'a inspiré en grande partie cette histoire. À Claudine Brodeur, pour ses précieux conseils d'infirmière. À Martine Brodeur, qui a relu mon texte et formulé ses judicieux commentaires. À Réjean Charbonneau, qui en a parcouru les lignes avec son œil avisé de directeur-archiviste de l'Atelier d'histoire Mercier-Hochelaga-Maisonneuve. Et à André Cousineau, historien, pour son infatigable travail de moine dans le relevé des commerces et des bureaux de professionnels de l'époque et du quartier concernés.

Encore plus chez Les Éditeurs réunis

Vous avez aimé *Le bonheur des autres*?
Vous apprécierez sûrement les titres suivants:

L'épicerie Sansoucy
Tome 1: Le p'tit bonheur

Richard Gougeon

Au milieu des années 1930, dans le quartier ouvrier de Maisonneuve, la pauvreté règne, le chômage est le pain quotidien des miséreux. La famille nombreuse de Théodore Sansoucy s'entasse dans un logement au-dessus de son épicerie-boucherie avec les sœurs de sa femme Émilienne, toutes trois nouvellement installées chez elle.

Irène, l'aînée des enfants Sansoucy, est la vieille fille sage de la maisonnée. Elle essaie de tempérer tout le monde quand les situations s'enveniment, ce qui arrive souvent puisque affaires et famille font rarement bon ménage. Forte tête, Léandre travaille au magasin, et la tension monte entre son père et lui. Marcel, étudiant peu talentueux, livre les commandes et tient le rôle de souffre-douleur du commerçant qui se montre parfois plus patron que père. L'intellectuel Édouard, quant à lui, rêve de se marier avec la fille du notaire Crochetière, chez qui il fait son apprentissage de clerc. Il ne s'intéresse nullement aux siens et encore moins à l'épicerie. Simone, la «petite perle» du clan, amoureuse d'un Irlandais au grand dam du paternel, ainsi que l'impénétrable Placide, membre de la congrégation de Sainte-Croix qui aspire à marcher sur les pas du frère André, complètent le portrait de cette famille consacrant ses énergies à satisfaire la clientèle en ces temps difficiles.

La vie de quartier s'anime autour de la petite épicerie. Derrière le comptoir, Sansoucy reçoit des confidences, les dames venant colporter les ragots parfois cocasses du voisinage. Cependant, les commentaires sont bien moins drôles à entendre lorsqu'ils concernent sa vie familiale. Surtout s'il s'agit des frasques de ses enfants…

Visitez lesediteursreunis.com pour plus de détails.

L'épicerie Sansoucy
Tome 2 : Les châteaux de cartes

Richard Gougeon

1936. Sans emploi, Léandre Sansoucy accepte à contrecœur la proposition de son père de retourner travailler à l'épicerie familiale. En attendant la guérison de son frère Marcel, qui a été victime d'un accident, il achemine les commandes avec le triporteur, mais l'idée d'un camion de livraison le tente drôlement. Entre-temps, il consent à l'union tant souhaitée par sa douce, à une seule condition…

Marcel, lui, est épris d'une ouvrière de la biscuiterie Viau, mais se heurte à une forte résistance des parents de la jeune femme. Sa sœur Simone, dont l'accouchement est imminent, s'attire les foudres de paroissiennes qui ont le scandale facile. Irène, l'aînée, mène toujours sa vie de vieille fille rangée, tandis qu'Édouard ne semble pas très heureux en mariage et que Placide est affligé d'une peine d'amour.

Épuisée par le travail, Émilienne, la bonne mère de famille, sent le besoin de changer d'air. Sansoucy, croyant lui faire plaisir, considère une offre d'achat très alléchante pour son épicerie. Le patriarche n'a pas consulté le clan avant d'entamer les démarches, mais tout le monde finit par s'en mêler, même les trois matantes de la maison.

Le différend pourra-t-il se résoudre sans conduire à l'irréparable ? L'épicier conservera-t-il finalement son magasin qui rallie la famille en plus d'attirer une clientèle fidèle, avec laquelle on ne peut s'ennuyer ?

Visitez lesediteursreunis.com pour plus de détails.

L'épicerie Sansoucy

Tome 3 : La maison des soupirs

Richard Gougeon

Les ambitieux projets que l'entêté épicier Théodore Sansoucy caressait ne se sont pas concrétisés comme il l'entendait. Pour l'instant, dans le petit logement à l'étage supérieur de son magasin, les choses se compliquent.

Placide habite la résidence familiale malgré les réticences de son père. Irène, sans emploi, devient postulante chez les sœurs de La Providence. Héloïse étouffe dans la maisonnée et Colombine est enceinte malgré sa volonté de ne pas devenir mère. Léandre trempe dans les loteries illégales pour se faire de l'argent rapidement, au grand regret de Paulette, la migraineuse en voie d'adopter un enfant. Simone, pour sa part, désespère de rester encabanée avec son fils de quatre mois. Heureusement, Marcel fréquente avec bonheur l'appartement d'Amandine pendant que son héritage fructifie.

Malgré le temps qui passe, l'épicerie Sansoucy demeure le point de convergence incontournable dans le quartier pour les clients qui font le plein de denrées tout en colportant les cancans entendus à la pharmacie Désilets, à la blanchisserie Lee Sing, à la boulangerie, chez le barbier et, bien sûr, à la taverne Archambault. Dans cette cacophonie de ouï-dire et de commérages, chacun se débat contre les difficultés de sa vie et n'a pas toujours les bons termes pour exprimer ce qu'il ressent. Les silences sont parfois plus éloquents que les mots…

Visitez lesediteursreunis.com pour plus de détails.

MARQUIS
Québec, Canada